EL SECRETO DE LA ESPOSA PERFECTA

EL SECRETO DE LA ESPOSA PERFECTA

LIANE CHILD

HarperCollins

Editado por HarperCollins Ibérica, S. A.
Avenida de Burgos, 8B - Planta 18
28036 Madrid
www.harpercollinsiberica.com

Título original: *The Tradwife's Secret*
© Liane Child 2025
Publicado por primera vez en Gran Bretaña por HQ, un sello editorial de HarperCollinsPublishers Ltd.
© De la traducción del inglés, Carlos Ramos Malavé
© 2026, para esta edición HarperCollins Ibérica, S. A.

Diseño de cubierta: HarperCollinsPublishers Ltd 2025
Imágenes de cubierta: Shutterstock
Maquetación: MT Color & Diseño, S. L.

ISBN: 978-84-1064-468-7
Depósito Legal: M-27340-2025
Impreso en España por: Black Print

MIXTO
Papel
FSC FSC® C159065

A Cicely,
mi #filtro perfecto

Prólogo

Vamos a respirar profundamente. Todas merecemos un momento de calma entre tanto caos.

Como sin duda entenderéis, la cuenta de Instagram @_TrulyMadison_ cerrará con efecto inmediato. En el transcurso de la última década, Madison March ha sido una inspiración para millones de mujeres en Estados Unidos y el resto del mundo. Escogió compartir con todas nosotras su vida y su preciosa familia con la esperanza de que otras pudieran abrazar los valores tradicionales estadounidenses que para ella eran tan importantes.

Gracias a todas las que habéis seguido la historia de Madison con una actitud tan positiva, mostrando vuestro apoyo. Es una tragedia que este hermoso viaje se haya visto interrumpido de manera tan abrupta y violenta. Pero, por favor, recordad a Madison como lo haré yo: como un alma hermosa que quería a su familia por encima de todas las cosas. Y cuyo único error quizá fue quererla demasiado.

D. E. P. @_TrulyMadison_

Erica

@daisymaisie16 ¡Estoy destrozada! ¿Cómo encontrarle sentido a algo así?

@kateaidavine No me lo creo. O sea, sé que es cierto. Pero es demasiado horrible.

@bonnieliveson8 Máximo respeto por esa mujer que hizo todo lo posible por su familia.

@barneylovell43 Esa zorra estúpida se merecía todo lo que le pasó.

Capítulo 1

Madison

@loufromlouisiana Tienes una casa preciosa y una familia preciosa.
Que Dios os bendiga
#amadecasa #tradwife #lafamiliaesloprimero #auténticafeminidad
#inspiración

Dedico a la cámara mi sonrisa característica y la mantengo un segundo más de lo que me resulta cómodo. Esto siempre me parece un poco falso, pero sé que es lo que esperan mis seguidoras y no quiero decepcionarlas. «¿A que os encantan las mañanas de verano? —digo con mi voz melosa y susurrante—. Qué maravilla, el sol está saliendo por detrás de nuestras montañas, lleno de promesas. Sé que hoy va a ser un buen día».

Me pongo de puntillas y abro uno de los armarios superiores de la cocina. Sé que algunos de mis seguidores menos agradables disfrutarán viendo cómo estiro y flexiono los músculos de las pantorrillas, quizá incluso se toquen la entrepierna mientras miran. Pero con el vestido camisero de flores que llevo puesto, que me llega hasta las rodillas, no estoy alimentando esas fantasías; además, lo que suceda en los rincones más oscuros de internet no es mi responsabilidad.

Alcanzo una caja de copos de avena y cuatro tarros de conservas diferentes con etiquetas escritas a mano, y me vuelvo hacia la cámara. Hago una breve pausa, sabiendo por experiencia que el sol de primera hora de la mañana me iluminará los ojos, después me inclino hacia delante, detengo el vídeo y exhalo. Los *reels* al amanecer, en los que aprovecho al máximo la hora dorada, están muy cotizados en Instagram, pero grabarlos todos los días antes de las siete resulta agotador.

Cojo un cuenco de cerámica de la alacena y echo casi todos los ingredientes. Saco un puñado de fruta deshidratada de un tarro y la dispongo sobre la tabla de cortar de madera de tal forma que parezca que ha caído así por casualidad. Muevo la tabla hasta que encuentro el ángulo perfecto para que las cerezas queden bañadas por los rayos de sol —el rojo es hipnótico cuando brilla—, elijo un cuchillo del bloque y lo coloco junto a la fruta. Hago una última comprobación, tomo aire y esbozo una sonrisa rápida a modo de prueba. Luego empiezo a grabar.

—Es temporada de cría en el rancho —anuncio sin mirar a la cámara, aunque sé que el plano recogerá mi mejor perfil—. Michael tiene un duro día por delante, así que voy a preparar algo supernutritivo para desayunar. Muesli casero. Muchos de los ingredientes los cultivamos aquí mismo, en la finca. Quizá recordéis que los niños estuvieron recogiendo cerezas y albaricoques el fin de semana pasado. Dejamos unos puñados secándose al sol y creo que han quedado bastante bien.

Paso la hoja del cuchillo por la fruta con la esperanza de que el nuevo micrófono externo capte el sutil crujido de las frutas al partirse (con lo que costó, más de quinientos dólares, debería). Luego agrego al cuenco la fruta deshidratada y miro el tarro de miel.

En circunstancias normales, dejaría de grabar en este punto para preparar la siguiente escena. Pero la miel está justo donde la necesito. ¿La dejaría ahí Lori la noche anterior? No recuerdo haberle dicho que iba a preparar muesli esta mañana. Mientras lo medito, me doy cuenta de que he fruncido el ceño, de modo que pulso el botón de Stop. Con miel o sin ella, necesito unos instantes para recomponerme.

Respiro, doy gracias a Dios por el *software* de edición de vídeo y vuelvo a grabar.

—Nuestras abejas han estado muy ocupadas este verano —digo mientras saco la densa miel del tarro de cristal—. Ya hemos tenido dos cosechas y no me sorprendería que tuviéramos más. Creo que les gusta el sol de Montana tanto como a nosotros.

Dejo que la miel gotee suntuosa sobre la mezcla. Recojo la última gota con el meñique, me vuelvo hacia la cámara y me lo chupo con una sonrisa pícara.

Saco una larga cuchara de madera del tambaleante bote de utensilios que hizo Molly como regalo de Navidad el año pasado y me coloco el cuenco con la mezcla contra la cadera. Me aseguro de que el contenido quede a la misma altura que la cámara y empiezo a remover describiendo amplios círculos. Es mucho más cansado de lo que parece, pero mantengo el ritmo hasta que queda todo bien integrado.

Tras otra pausa para forrar dos bandejas con papel de horno, planifico mi última toma; después paso la mezcla a las bandejas, cucharada a cucharada.

—No hace falta que las horneéis mucho, con quince o veinte minutos bastará.

Con los años he ido aprendiendo qué es lo que mejor funciona cuando explico recetas de cocina, y si me muestro complaciente, consigo más *likes* que si me pongo mandona.

—Y es una suerte —continúo—, porque no creo que Michael esté de humor para esperar mucho con un día tan agradable. Ah, dejadme en los comentarios si os ha gustado la receta. ¡Que tengáis un día estupendo!

Esbozo una última sonrisa después de mi característica frase de despedida, me inclino hacia delante y pauso el vídeo. Resisto la tentación de volver a ver el material grabado porque sé que encontraré imperfecciones —una sombra aquí o allá, o incluso arrugas sutiles alrededor de los ojos—; para eso está el proceso de edición. Me lavo las manos —todavía tengo el meñique pegajoso por la miel— y me dirijo hacia la puerta. Últimamente paso en la cocina el menor tiempo posible.

—¡Lori! —Me sorprendo al encontrarme a nuestra empleada doméstica parada en el recibidor.

Lleva puesta una falda vaquera larga, deportivas y una sudadera blanca que ha lavado tantas veces que ya parece gris pálido. Cuando nos trasladamos a vivir aquí, le compré ropa: vestidos ligeros y faldas coloridas. Por aquel entonces, ella tenía solo veintisiete años, aunque siempre se ha comportado como si fuera mayor, también se merecía estar guapa. Pero aquellas prendas femeninas rara vez salieron del armario, y al final me rendí.

—¿Qué estás haciendo aquí?

—Discúlpame, no pretendía asustarte —me dice—. No sabía si seguías grabando y no quería estropearlo poniéndome en medio.

—No pasa nada. Ya he terminado. La cocina es toda tuya. Saca el muesli del horno en unos diez minutos si no te importa. Luego deja que se enfríe y avisa a Erica cuando pueda venir a grabarlo, por favor. Ah, ¿y te da tiempo a prepararle a Michael un filete y unos huevos?

—Sí, desde luego —responde Lori—. Y seguro que los niños se comen el muesli si les doy rienda suelta con el sirope de arce.

—¿Los has visto esta mañana? —le pregunto con esa mezcla tan conocida de gratitud y envidia.

Lori tiene muy buena mano con los niños, aunque a veces me preocupa que prefieran su compañía a la mía.

—Anoche Myron tuvo una pesadilla, pobrecito —me informa—. Pero ahora está durmiendo como un tronco en mi cama. Matilda anda paseándose con su disfraz de vaca; creo que quiere impresionar a su padre. Y a Molly y a Mason no los he visto aún.

—Vale, gracias. Voy a ver si los reúno a todos. Esta mañana necesito que pongan su mejor cara.

—¿Y eso?

—Hoy llega la nueva tutora —le explico sin sostenerle la mirada—. Y no creo que tarde. Voló anoche desde Boston y se alojó en el hotel del aeropuerto. Bill estará recogiéndola a estas horas.

—¿Una nueva tutora? —Lori enarca las cejas en gesto inquisitivo—. Creí que habías dicho que los educarías en casa tú misma cuando se marchó la última.

—Esa era mi intención —respondo con tono suave. Trato de bloquear el recuerdo de verme aguantando el llanto cuando eché de casa a la chica gritándole que no volviera a poner un pie en nuestra propiedad—. Pero Michael me convenció para volver a intentarlo.

—¿Michael?

Detecto el significado tácito que se esconde en su pregunta y frunzo los labios en gesto de desaprobación.

—Quiere asegurarse de que tengo tiempo suficiente para él —trato de no ponerme a la defensiva—. Porque todos sabemos que ese es el secreto de un buen matrimonio.

Lori me escudriña el rostro y yo me estremezco ligeramente al ver la compasión en su mirada.

—¿Estás segura de que este es el tipo de vida que deseas, Madison?

—Es una vida perfecta, Lori —le digo con una sonrisa—. Y me siento muy agradecida. Tú mejor que nadie deberías entenderlo.

Capítulo 2

Madison

@jemimapuddlef_ck97 ¿Te has confeccionado tú el vestido? ¡Por favor, dime que lo has comprado en Walmart, lol! ¡¡Necesito ese vestido!! #vestidocamisero #hechoamano #tradwife #bellezanatural #metasvitales

Me siento al borde de nuestra gigantesca cama de dos setenta por dos setenta, las sábanas todavía revueltas de la noche anterior, y escucho el ruido de la ducha de nuestro baño *en suite*. Pienso en todas las veces que seguí a Michael al baño quitándome el vestido y las bragas por el camino y en la sonrisa que se le dibujaba en la cara al darse cuenta de lo que se avecinaba. Me pregunto qué sucedería si intentara hacer eso ahora. ¿Me levantaría en volandas dejando que le rodeara el torso con las piernas para hacerme el amor contra los azulejos de piedra caliza? ¿O se desembarazaría de mí recordándome lo ocupado que está y me dejaría allí muerta de vergüenza?

El ruido de la ducha cesa poniendo fin a mi dilema, poco después entra Michael en el dormitorio. Lleva el denso cabello castaño húmedo, retirado de la cara, y una toalla blanca anudada alrededor de las caderas. Me dedica una de sus medias sonrisas lánguidas. Para él resulta tan fácil como respirar, pero a mí me sigue provocando un vuelco en la tripa, incluso después de más de una década de matrimonio.

—¿Qué tocaba esta mañana? —me pregunta—. ¿Bizcocho de plátano? ¿Tostadas francesas?

—Muesli.

Asiente con la cabeza y pregunta:

—¿Estás contenta con el resultado?

Michael es un tonel de hombre. Musculoso, fuerte, pero robusto más que tonificado. Más parecido a un boxeador de pesos pesados que a un velocista. Deja caer la toalla al suelo y se dirige desnudo al cajón donde guarda la ropa interior. Nunca ha sido remilgado en lo tocante a su propio físico, aunque no sucede lo mismo cuando se trata del cuerpo de las mujeres y de la biología asociada a los mismos.

Gracias a Dios.

—Creo que quedará bien —le digo—. La luz era perfecta.

—Suena genial. —Entonces se vuelve hacia mí y entorna los ojos—: Supongo que para mí habrá algo más contundente.

—Por supuesto —me apresuro a tranquilizarlo—. Lori te va a preparar un filete y unos huevos.

—Bien —conviene con gesto afirmativo—. La cría del ganado empieza hoy, así que necesito un desayuno en condiciones. Si todo va bien, al caer el sol habré fecundado a cien damas. —Deja escapar una risotada y después se acerca a mí.

Yo entro de buena gana en el círculo de sus brazos, enarco el cuerpo contra el suyo y le dedico mi sonrisa más seductora. Noto crecer su bulto contra mi vestido y me recorre un escalofrío de emoción aderezada con una sensación de poder. Puede que tenga treinta y tantos años y que haya sido madre cuatro veces; sin embargo, todavía puedo excitarlo. No soy como Rose y nunca lo seré.

Pero, entonces, la sensación de poder se desvanece porque Michael se aparta, me da un suave azote en el culo y desvía la atención hacia el cajón de la ropa interior.

—¿Lori me va a preparar también la comida para llevar? ¿Y podéis aseguraros de que la cena esté lista a las seis? A esa hora estaré muerto de hambre; ya sabes que no soporto tener que esperar para comer.

—Desde luego. Se lo diré a Lori.

—¿Y tú qué me cuentas? —me pregunta mientras se pone unos vaqueros—. ¿Tienes mucho lío hoy? —Adopta un tono tan desdeñoso que me invade la necesidad de provocarlo. De recordarle que soy yo la que ha construido una marca global. Pero la compulsión se evapora tal como ha llegado.

—Pues lo de siempre. Ayudar a Lori en la cocina. Pasar tiempo con los niños. Y, bueno… —Trago saliva.

Descubro que no quiero contarle lo de la nueva tutora pese a que fue él quien señaló que necesitábamos una sustituta, que nuestros hijos merecían a alguien más cualificada que yo para darles clase. Aunque no tardará en descubrirlo. Y al menos esta vez he tomado precauciones.

—¿Qué pasa, Madison? ¿Te ha comido la lengua el gato?

—La nueva tutora llega esta mañana —le digo—. Está lista para comenzar las clases la próxima semana.

Deja de abotonarse la camisa y dice:

—No sabía que hubieses contratado a alguien. —Su tono se vuelve frío—. ¿No se te ha ocurrido consultarme algo tan importante?

Se me encienden las mejillas al ser consciente de mi error. ¿Por qué habré permitido que el dolor que me produjo su desliz me hiciera pasar por alto algo tan evidente?

—Tienes razón. Debería haberlo hablado contigo. —Retuerzo las manos frustrada por mi propia estupidez con la esperanza de que parezca un gesto de humildad—. Pero tú has estado muy ocupado trabajando en el rancho. Quería aliviarte parte de la carga de la gestión de la casa.

—Mmm… —Sigue abrochándose la camisa.

Eso me brinda el impulso para seguir hablando:

—Además, he contratado una agencia especializada en encontrar tutoras que abrazan los valores familiares tradicionales. Gente como nosotros.

Esto último es mentira, pero no puedo decirle a Michael la verdad: que escogí una agencia de Boston precisamente porque es una zona liberal y progresista, llena de personas diferentes a nosotros. Mujeres jóvenes con las que Michael no querrá acostarse. Porque sabía que sería innegociable plantear que contratásemos a un hombre.

—¿La has entrevistado?

—Sí, por supuesto. Encajará bien, te lo prometo.

—Si no me da buena espina, se larga, ¿entendido? Me da igual el dinero que me cueste.

—Por supuesto, cielo. —Es la historia de siempre.

Nunca menciono los generosos cheques que cobro gracias a los contratos de mi marca ni los ingresos por publicidad; a cambio, Michael hace la vista gorda respecto a la cantidad de horas que invierto en desarrollar mi presencia en redes sociales. Mientras podamos fingir que se trata de un pasatiempo saludable —pese a que sabe de sobra lo que gano, porque esos dólares van directos a su cuenta bancaria—, nuestro matrimonio será sólido. Sin embargo, a veces me resulta más difícil mantener la farsa. La necesidad de sobornar al servicio a cambio de su discreción es una de las maneras en que esto afecta a nuestra vida familiar, pero hay obstáculos más complicados de sortear.

Como el de la seguridad. La verja que rodea la hacienda está diseñada para impedir que entren los animales, no las personas, y cada vez que recibo un mensaje particularmente siniestro, le pido que contratemos a una empresa de seguridad. Pero Michael siempre responde que su trabajo es defender a nuestra familia y que yo pongo en tela de juicio su masculinidad al sugerir tales alternativas. Cuando se pone así, prefiero no insistir —la masculinidad de Michael es más importante para él que el oxígeno—, aunque me gustaría recordarle la cantidad de tiempo que pasa en el rancho, lejos de la hacienda, y preguntarle quién nos defenderá entonces.

Me acerco a él y le recorro el amplio torso con la palma de la mano.

—Si quieres que se marche, no tienes más que decirlo. Siempre has tenido mejor ojo que yo para las personas. —Lo miro a la cara y le dedico mi sonrisa más seductora, pese a que por dentro rezo para que no decida deshacerse de la nueva tutora.

Necesito que esta vez salga bien. No puedo permitir que la sustituya por otra buena chica rubia de ojos grandes.

Capítulo 3

Cally

Miro a través de la ventanilla medio bajada del asiento del copiloto y abro bien los ojos. Pensaba que la costa que rodeaba Boston era bonita, pero este paisaje es de un nivel muy superior. Montañas de cumbres nevadas. Frondosos prados verdes. Un cielo de un azul de alta definición. Vastas franjas de pinos que hacen que todo huela a ambientador.

Tenía sentimientos encontrados acerca de este nuevo capítulo de mi vida cuando despegué del aeropuerto de Logan con tan solo una mochila muy cargada para pasar un año fuera de casa; no tener opciones nunca supone un buen punto de partida. Sin embargo, conforme pasaban las horas, sentada e inquieta en el asiento central del avión de American Airlines, empezó a emocionarme cada vez más esta nueva aventura. Ahora, mientras contemplo este increíble paisaje, incluso empiezo a mostrarme optimista respecto a las posibles consecuencias.

Estiro la columna y me recuesto en el asiento acolchado. Por fin he tenido suerte en algo. Desde luego, ya iba siendo hora. No conseguí entrar en ninguna universidad de la Ivy League como mi hermano Luke. Heredé el cerebro creativo de mi abuela en lugar del razonamiento científico de cualquiera de mis padres, lo que redujo a la mitad mis posibilidades de aprendizaje por esa irregularidad del ADN. Y luego cometo un único y estúpido error, y, de pronto, me veo exiliada de mi propia ciudad.

Pero nada de eso importa ya. Porque no solo he encontrado una manera de resolver mi propio problema, sino que además voy a adentrarme de lleno en el descabellado mundo de las *influencers* que promueven el movimiento *tradwife.*[*] Y no se trata de una *influencer* cualquiera, sino de Madison March, la reina indiscutible. No compro el estilo de vida que vende, eso de bendecir la mesa antes de cenar y plegarte a los deseos de tu marido. Sin embargo, la leche, menuda casa. Y qué hijos tan guapos. Y qué comida más rica prepara. Además de ser una de las mujeres más guapas del planeta.

Empecé a dar clases particulares a niños de entre once y trece años en mi barrio solo para ganar algo de dinero mientras decidía qué hacer con mi vida. Pero, algún comienzo fallido en el ámbito laboral —el *marketing* no era lo mío y, al parecer, tampoco servía para recursos humanos—, de pronto mis dos años dando clases se convirtieron en mi único currículum fiable. Hasta que un día, la agencia responsable de las clases me comunicó que deseaban ofrecerme una oportunidad interesante. Yo no tenía ninguna otra cosa en el horizonte, de manera que accedí a realizar una entrevista. Y para cuando llegó el momento de hacerla, habría aceptado casi cualquier trabajo que me permitiera salir del estado.

—He oído que eres la nueva tutora.

Me vuelvo y me quedo mirando a Bill, el conductor. A lo largo de mis veinticuatro años, he visto suficientes wésterns como para saber que, en esas películas, los vaqueros llevan sombreros Stetson y camisas de cuadros. Lo que no sabía era que también vestían así en la vida real.

—Eso es —respondo.

—Esos niños son un auténtico torbellino —me advierte con ese marcado acento de Montana que recuerda a una sonrisa perezosa—. Me da la impresión de que vas a tener mucho trabajo, Cally. A ver si consigues que se estén quietos durante más de cinco minutos.

Miro a Bill con renovado interés. La descripción que hace de los niños me resulta chocante; en los *reels* de Madison, siempre muestran unos modales excelentes —y pensaba que los niños y los animales son los

---

* Una *tradwife*, en castellano «esposa tradicional», es una mujer que cree en los matrimonios tradicionales y en los roles de género marcados, y escoge dedicarse únicamente a las tareas domésticas. (*Todas las notas son del traductor*).

únicos a los que no se puede dirigir ante la cámara—, aunque es probable que Bill los conozca lo suficiente como para hacer ese comentario.

—Parece que pasas mucho tiempo con los March, ¿no?

—Estoy allí casi todos los días, sí. Depende de la agenda de la señora March.

—Ah, vale. —Lógico, una mujer con cuatro hijos, diez millones de seguidores en Instagram y un marido que no ha cambiado un pañal en su vida tiene que tener una agenda. Madison debe de invertir horas en editar sus vídeos para que su vida parezca perfecta. Pero daba por hecho que se pasaría el resto del día criando a sus hijos y haciendo las tareas del hogar. Vuelvo a mirar a Bill—: ¿Y cómo es su agenda?

Bill tamborilea con los dedos sobre el volante. Guarda silencio unos instantes y frunce el ceño.

—Supongo que has firmado todos los documentos legales —me dice al fin.

—¿Qué documentos legales?

Ladea la cabeza y luego la sacude.

—Es imposible que los March hayan contratado a una nueva tutora sin hacerle firmar un acuerdo de confidencialidad.

Me viene a la mente la documentación que llegó por correo hace unas pocas semanas, un sobre grande lleno de papeles que hojeé en lugar de leer. Había hecho la entrevista con Madison a través de Zoom a mediados de julio. No resultó sencillo. Tuve que fingir que compartía sus opiniones sobre la crianza de los hijos y decidir si tenía alguna línea roja sobre el tema (tras haberme explicado la bonificación que me pagaría, resultó que no tenía ninguna). La conversación derivó a continuación hacia temas sobre los que me resultaba más fácil mentir. El único momento peliagudo se produjo cuando se me escapó que era vegetariana, pero claramente no supuso mucho problema, pues un par de horas más tarde me llamaron de la agencia para comunicarme que me habían dado el trabajo.

Una semana después de aquello, llegaron los papeles. Cuando vi mi sueldo escrito en el papel —cubrirían mis costes de manutención y vivienda, además de ofrecerme cincuenta dólares semanales más una bonificación de cincuenta mil dólares si completaba un año escolar completo—, me di cuenta de que alguien ahí arriba había acudido en mi ayuda; nada me impediría aceptar el trabajo. Así que firmé los documentos sin prestar mucha atención a los detalles.

—Supongo que lo firmé —admito, me encojo de hombros y trato de disimular lo idiota que me siento.

—Mira, todos lo firmamos. —Bill recupera de nuevo su tono cálido—. Va en nuestro beneficio, también en el de ellos, para que todos sepamos qué es cada cosa.

—¿Todos?

¿Así que Bill y yo no somos los únicos en nómina? En sus publicaciones en redes sociales, Madison nunca menciona que tenga servicio doméstico y siempre da la impresión de hacerlo todo ella sola. Inicialmente, pensé que educaba ella misma a sus hijos en casa, pero no soy una gran seguidora suya, así que no me sorprendió descubrir que me había equivocado. Sin embargo, ahora Bill habla como si tuviera un gran equipo de gente detrás.

Debe de notárseme la sorpresa en la cara, porque se parte de risa y sacude la cabeza.

—Creo que vas a descubrir muchas cosas interesantes sobre los March, Cally. —Después sube el volumen de la radio del coche y empieza a balancearse al ritmo de la música, una canción *country* que me resulta vagamente familiar.

Me quedo mirando a través del parabrisas y trato de disimular mi bochorno. Claro que Madison tiene un séquito. Mis padres solo tenían dos hijos y mi madre aún cuenta lo difícil que se lo poníamos cuando éramos pequeños; asegura que era un alivio marcharse a trabajar, y eso que es médica de urgencias. Madison tiene el doble de hijos y dinero suficiente para contratar todo el servicio que necesite.

Y si quiere fingir que lo hace todo sin ayuda ante sus ingenuas seguidoras, ¿quién soy yo para juzgarla? También yo he tomado a lo largo de mi vida algunas decisiones moralmente cuestionables.

De pronto, la camioneta frena en seco y salgo despedida hacia delante; el cinturón de seguridad se me clava en el hombro. Me rebota la cabeza y veo una enorme vaca negra que me mira a través del parabrisas, con las fosas nasales muy abiertas. Observo cómo Bill se estira hacia delante, después saca una pistola de debajo del salpicadero. ¡Guau, con qué facilidad maneja ese trasto! Entonces mi sorpresa se transforma en náusea al darme cuenta de que piensa disparar a la vaca. Abro los ojos como platos al verle sacar el arma por la ventanilla.

Pero, en su lugar, levanta el brazo y apunta hacia el cielo. Al apretar el gatillo, un profundo estampido me sacude los tímpanos. La vaca se inclina y huye.

Y Bill sigue conduciendo como si no hubiera pasado nada.

Capítulo 4

Cally

El sendero largo e irregular se abre por fin a un liso camino asfaltado que conduce a la casa. Bill aparca a la sombra de un pino gigantesco y me hace un gesto con la cabeza para que baje. Sigo temblorosa tras el incidente con la vaca, aunque descubrir el que será mi hogar durante el próximo año constituye un poderoso antídoto.

Me planto junto a una imponente fuente de piedra y me quedo mirando. La Hacienda March es como un rancho de película; hay hasta caballos pastando en la hierba. Las paredes se componen de troncos colocados en horizontal y tiene un enorme pozo para hacer fuego justo delante, además de una estatua de bronce de un ciervo a tamaño real. El hogar de los March es también más grande de lo que me imaginaba. También más estiloso. Tiene una monumental entrada a doble altura con cuidados macizos de flores a cada lado y rematada por una puerta de roble con intricados relieves.

Caigo en la cuenta de que Madison nunca publica fotografías del exterior de su casa. Existen para ello múltiples razones válidas: para empezar, proteger su intimidad; debe de haber cientos de locos por ahí sueltos que la acosarían si supieran dónde vive. O tal vez piense que no resulta apropiado alardear de su riqueza; hasta Madison debe de estar al corriente de la crisis de la vivienda. No obstante, me parece inevitable pensar que la *tradwife* por excelencia de las redes sociales esconde su fastuoso hogar porque desea que sus tropecientos mil seguidores crean que no es más que una sencilla ama de casa.

Pero me recuerdo a mí misma que Truly Madison puede ser todo lo falsa que le venga en gana. Me ofreció una vía de escape y yo la acepté. Lo que piensen de ella sus admiradores no es de mi incumbencia.

—He de hacer unos recados en el pueblo, así que tengo que marcharme —me grita Bill desde el interior del vehículo—. Dejaré tus maletas en tu habitación en cuanto regrese, Cally, si te parece bien. Pero están todos esperándote, así que puedes ir entrando.

Me concede el tiempo justo para asentir con la cabeza antes de dar la vuelta en el amplio camino de acceso y desaparecer por la pista, levantando a su paso una nube de polvo. Dirijo mis pasos hacia la casa, aunque al llegar a la puerta me detengo. Porque ya está abierta.

—Disculpa.

Me doy la vuelta. Detrás de mí hay una mujer vestida con vaqueros y cazadora azul marino, de melena rubia cortada por encima de los hombros, que mira con impaciencia hacia la puerta. Me parece que está fuera de lugar en este entorno, pues sus mocasines rosas resultan más aptos para las calles urbanas de la Costa Este que para transitar polvorientos caminos de campo.

—Tengo que entrar, si no te importa.

—Sí, claro, perdón —murmuro y me hago a un lado.

La veo entrar con decisión en el recibidor; sin embargo, se detiene, se vuelve y se coloca las gafas de sol en lo alto de la cabeza.

—¿Eres la nueva tutora?

—Así es.

—Vale, sígueme. —Reanuda la marcha y yo aprieto el paso para seguirla. No me da tiempo a fijarme con detalle, pero distingo más madera, una pared de reluciente piedra gris y una piel de vaca blanca y negra colgada del techo—. ¿Has visto ya a Nathan?

—¿A Nathan? No. He conocido a Bill —explico, pero salta a la vista que eso no resulta de utilidad, porque la veo poner los ojos en blanco.

—Espera aquí. Voy a buscar a Nathan. Soy Erica, por cierto. Pero hoy tengo un millón de cosas que hacer, así que no puedo quedarme a charlar.

—De acuerdo —tartamudeo—. Pero creo que tenía que reunirme con Madison. ¿Está en casa?

Erica suspira y responde:

—Sí que está, en alguna parte. —Deja caer imperceptiblemente los hombros y suaviza los rasgos—. Perdona, no te estoy dando un gran recibimiento que digamos. Cuando te hayas reunido con Nathan, todo cobrará sentido, te lo prometo. Ahora, si no te importa esperar aquí unos minutos, iré a buscarlo. —Señala una sala de estar ubicada al fondo de la propiedad, me dedica una sonrisa radiante y casi auténtica y se pierde por el pasillo.

Me dejo caer en el sofá de cuero castaño y me quedo mirando la impresionante vista que se divisa a través de la ventana. El cristal está impoluto, no se aprecian huellas de manos infantiles, y me pregunto si se deberá a que a los niños no se les permite acceder a esta estancia o a que Madison es una de esas obsesivas de la limpieza. O puede que sea Erica, claro. O Bill. O Nathan.

—Buenos días. —Un hombre corpulento con un espeso bigote y una nariz bulbosa entra pisando fuerte en la habitación—. Soy Nathan, el abogado de los March. Supongo que eres Cally. Encantado de conocerte.

Me imagino que va a darme uno de esos fortísimos apretones de manos; en su lugar ocupa el sofá de enfrente sin tenderme la mano, a continuación deja un maletín sobre la mesita baja situada entre ambos. Escucho el clic-clic del cierre y le veo sacar un documento.

—Nos alegra tenerte en la hacienda —prosigue—. Los niños tienen muchas ganas de conocerte. Michael y Madison también. Así que vamos a repasar brevemente las cuestiones legales, y todo listo.

Le dedico una sonrisa tensa. Bill ya ha mencionado antes las cuestiones legales, y ahora Nathan, aunque yo sigo sin saber realmente a qué se refieren.

Me devuelve la sonrisa. La suya recuerda a un gato y a un lobo a la vez.

—Soy consciente de que ya has firmado todos los documentos, de modo que esto no es más que un mero recordatorio de tus obligaciones. ¿Recuerdas haber firmado un acuerdo de confidencialidad de por vida el 15 de agosto de 2024?

—Pues…

—Por suerte, es muy fácil recordar lo que implica —continúa—. Porque abarca cualquier cosa que suceda durante el tiempo que pases aquí. Eso supone no publicar nada en redes sociales. Ni hablar con periodistas. Y nada de ir contándoles cotilleos a tus amigos. Ah, y es *ad infinitum*, que significa que dura para siempre. —Alarga la última palabra, provocándome un vuelco en el estómago—. Voy a ser muy claro contigo, Cally —añade inclinándose hacia delante—. Si incumples este contrato, si se te escapa algo de lo que veas aquí, por cualquier medio, te va a salir asombrosamente caro, ¿lo entiendes?

Trago saliva y pregunto:

—¿Y qué hay de mi familia?

—Ni una palabra. Ya sabes lo que se dice: «Por la boca muere el pez» —recita—. Así de simple. Mantén la boca cerrada y no habrá problemas.

Me digo a mí misma que Madison está en su derecho de proteger su imagen y su intimidad, además de su hogar. Tiene millones de seguidores y a saber cuántos de ellos serán unos bichos raros obsesionados con ella. Supongo que es algo totalmente normal. Y, en cualquier caso, tampoco tengo opción.

Desempolvo mi sonrisa más fresca y respondo:

—Entendido. No diré ni una palabra.

—Esa es mi chica —me dice satisfecho. A continuación se acerca y me da una palmada en la rodilla tan deprisa que no me da tiempo a apartarla, lo que me provoca un profundo asco—. Una vez aclarado el asunto, Madison se reunirá contigo enseguida. Nos vemos pronto, Cally.

Cuando se marcha, saco el móvil y me meto en Instagram. Madison ha publicado un nuevo *reel* y me entran ganas de verlo. Como si, después de todo lo que acabo de oír, necesitara volver a ver esa faceta suya. Sí, se trata de una fantasía, aunque eso no me impide arrellanarme en el sofá y dejarme envolver por su melosa voz.

Capítulo 5

Madison

@debbiecolts47 Lo siento, pero ese hombre necesita algo más que muesli para llenarse!!!
#maridomacizo #vidaderancho #elhombrenecesitacarne

Es más guapa de lo que me pareció por Zoom, pero no me preocupa. Sigue sin ser el tipo de Michael. Cabello oscuro, en lugar de rubio, cortado a capas por encima de los hombros, en lugar de largo y liso. Lleva los ojos marrones delineados de negro, aunque, sin contorno ni colorete, parece demasiado maquillada y, al mismo tiempo, no lo suficiente. Y el único brillo que tiene en la cara procede de un pequeño *piercing* que lleva en la nariz. Sé que Michael la verá y pensará «Generación Z, Costa Este, progresista», y al pensarlo sonrío para mis adentros. He elegido bien.

—Hola, Cally, me alegra mucho poder conocerte al fin en persona. ¿Qué tal el viaje?

—Oh —responde con timidez—. Ha estado bien, gracias.

Percibo en su voz cierta reticencia en la que no reparé durante nuestra entrevista por Zoom. Imagino que será cosa de Nathan, de su actitud severa y tajante para asegurar su discreción. Lo cierto es que no soporto a ese hombre, pero jamás podría decírselo a Michael. Nathan lleva décadas al servicio de la familia March y, por supuesto, no me corresponde a mí expresar una opinión respecto a esa clase de cosas.

—¿Y no estás demasiado cansada? —le pregunto—. ¿Te apetece tomar algo? Acabo de preparar limonada, aunque no puedo garantizarte que quede nada ahora que Matilda ha aprendido a subirse a la encimera. La verdad es que no sé si debería estar impresionada o preocupada por sus nuevas habilidades acrobáticas.

La desconfianza del rostro de Cally se desvanece y la sustituye una sonrisa. Me encanta poder hacer eso. Erica, la administradora de mis redes sociales, dice que mi capacidad para poner a la gente de mi lado es un talento único. Sin embargo, las redes sociales son solo números. Mi devoción cuantificada en visualizaciones, *likes*, *shares* y comentarios. Aun con diez millones de seguidores, poder ver el alcance de mi influencia en tiempo real me proporciona una sensación de calidez en el pecho.

—Estoy deseando conocerla —responde Cally—. A los demás también. A Molly y a Mason. Y a Myron.

—Y ellos están deseando conocerte a ti. ¿Te parece bien que vayamos a buscarlos?

Cally se levanta del sofá con gesto afirmativo; al incorporarse, me doy cuenta de lo menuda que es. Tres o cuatro centímetros más baja que yo incluso, quizá una talla XS. Me preparo para el momento de pánico que sé que me invadirá —a Michael le gustan menudas— y lo sobrellevo bien, pero la mezcla de curiosidad y seguridad en sí misma en el rostro de Cally me deprime. ¿Cuándo fue la última vez que adopté yo esa expresión, la última vez que me emocioné ante la perspectiva de descubrir algo nuevo? Sé perfectamente cuándo fue. Y por eso estoy resabiada.

—¡Fantástico! Acompáñame.

Deambulo por la casa, pero solo para causar efecto. En realidad, sé exactamente dónde están los niños, dónde le dije a Lori que los entretuviera hasta que yo llegara. No me gusta dejar las cosas al azar.

—¡Ajá! Os encontré —exclamo al abrir la puerta del cuarto de dibujo.

Me fijo en mis cuatro hijos y en Lori, que está construyendo una torre de bloques de madera con Myron.

Molly está frente al caballete, con una tiza azul en la mano, coloreando el cielo azul de Montana del dibujo que está haciendo. Aunque sé que está mal decir esto, muchas niñas han perdido su encanto al cumplir los diez años. Son demasiado mayores para resultar guapas; de pronto, les crecen desproporcionadamente los dientes y comienzan a mostrar los primeros indicios de la pubertad. En cambio Molly no.

Antes de que naciera, me preocupaba que no se pareciera a mí y que, como resultado, me costase quererla. Pero puede que a todos los padres les preocupe lo mismo con su primogénito, porque el día que nació, con Michael a mi lado, el amor me salió de forma natural.

—¡Hola, mamá! —grita Mason, que deja caer el palo que estaba tallando con una navaja que seguramente esté demasiado afilada para un niño de ocho años, regalo de su padre—. ¿Esta es nuestra nueva tutora? —Se queda mirando a Cally y, durante un instante de pánico, me pregunto si estará evaluándola como acabo de hacerlo yo. Decidiendo si esa mujer hará llorar a su madre como sucedió con la anterior. Pero me relajo cuando pregunta—: ¿Qué llevas en la nariz?

Cally se ríe y su risa me resulta agradable, alegre y contagiosa. Lori debe de opinar lo mismo, porque suaviza el gesto al escucharla.

—Es un pendiente —explica Cally—. A veces finjo que es un diamante de verdad, pero es de bisutería. ¿Sabes lo que es eso?*

—¡Yo lo sé! —grita Myron alzando la mano—. Papá disparó a uno en África.

—Eso es un rinoceronte, bobo —le espeta Mason.

—Mason, no llames bobo a tu hermano —le reprendo al tiempo que me pregunto si «bobo» será un término demasiado adorable como para resultar ofensivo. Y si tal vez debería grabar esta discusión entre mis hijos, dejando fuera a Lori y a Cally, por supuesto.

—¿Fingir no es lo mismo que mentir? —pregunta Matilda con desconfianza—. Porque mentir está mal.

—Ah. —Cally se sonroja—. No me refería a que…

—No, Matilda. —Molly mira a su hermana con gesto displicente—. Fingir está bien si lo haces por una buena razón. ¿A que sí, mamá?

Me pongo tensa, pero entonces recuerdo que Cally ha firmado un acuerdo de confidencialidad. Ahora es una de los nuestros.

—Siempre y cuando antepongamos a la familia, eso es lo más importante —digo con suavidad—. Bueno, creo que a Cally le gustaría que os presentarais. ¿Quién empieza?

---

* En el original, la palabra *rhinestone*, «diamante de imitación», recuerda también a la palabra *rhino*, «rinoceronte», de ahí la confusión que se produce a continuación.

Al ver a cada uno de mis hijos dar un paso al frente por orden de edad y anunciar su nombre, su edad y lo que más le gusta hacer en la hacienda —desde recoger huevos del gallinero por las mañanas hasta columpiarse en el neumático que instaló Michael para el verano—, me lleno de orgullo. Entre Michael, Lori y yo, los hemos educado de maravilla.

—Y esta es Lori —agrego cuando Myron ha terminado de hablar sobre mariposas—. Lori es nuestra empleada doméstica, así que, en realidad, es quien está al mando.

—¡Mamá, pensé que el que estaba al mando era papá! —dice Matilda con una risilla—. Eso es lo que dices siempre.

—Claro que sí, cielo —respondo algo aturullada al verme corregida por mi hija de seis años—. Me refiero a que Lori es quien le mostrará a Cally cómo funciona todo. —Me vuelvo hacia nuestra nueva tutora—: Puede que por mi contenido sepas que me encanta cocinar, trabajar en el huerto y, por supuesto, pasar tiempo con mis hijos. Pero, bueno, a veces es un poco agotador, así que Lori me ayuda cuando lo necesito.

—Hola, Cally —interviene Lori, que instintivamente sabe cuándo necesito algo de ayuda—. Bienvenida a la Hacienda March. Tu habitación ya está preparada y Bill ha dejado allí tus maletas, así que está todo listo. A lo mejor esta tarde puedo enseñarte la casa, pero ahora mismo tengo que ponerme a preparar… —Se detiene, gracias a Dios. Tengo que introducir a Cally poco a poco en nuestra pequeña farsa, no hace falta que sepa que apenas sé cocinar—. En fin, Madison, ¿te importa cuidar de Myron durante un rato? —prosigue por fin.

Miro a mi hijo de tres años. Su cabello rubio y rizado a la altura de los hombros me parece tan adorable que cuesta creer que sea el motivo de furiosas discusiones. A Erica le encanta esa estética de querubín, mientras que Michael despotrica de su feminidad. En el fondo, estoy de acuerdo con Erica —supongo que, indirectamente, le doy alas—, pero no me atrevo a contradecir los deseos de Michael. La mera idea de enfrentarme a él de manera directa me agota. Me llevo la mano al vientre sin darme cuenta.

—¿Cabría la posibilidad de que hoy te hicieras cargo de él, Lori? Ya sabes que los dos primeros meses siempre me dejan hecha un trapo.

Lori me dedica una de sus sonrisas comprensivas.

—Por supuesto, no había caído en eso. Vamos, Myron.

—Un momento, ¿estás embarazada? —me suelta Cally, y al instante se pone roja—. Perdona, no es asunto mío.

—Claro que es asunto tuyo —le digo con una sonrisa—. Ahora formas parte de la familia. Y sí, si todo va bien, habrá un nuevo March antes de marzo.

Capítulo 6

Madison

@tradlife.bestlife Hala, ¡qué niños tan monos! ¡Espero tener tantos bebés como tú!
#vidatradicional #tradwife #familianumerosa #vidaenfamilia #bendición

Un nuevo March antes de marzo.*

A Michael se le ocurrió ese juego de palabras cuando le comuniqué lo del bebé y Erica casi empezó a salivar con la idea de utilizar la frase para anunciar mi quinto embarazo. Pero todavía no me siento preparada para decírselo al mundo. Deseo guardar el secreto un poco más.

Porque creo que este será el último.

Me dejo caer sobre mi enorme colchón y me quedo mirando el imponente ventilador de palisandro que cuelga del techo. El sosegado zumbido del aparato resulta casi hipnótico, aunque no logra calmarme. No es que me sienta vieja —tengo poco más de treinta años—, pero me da la impresión de que se me están escapando las cosas. De que he llegado a mi cénit y ya solo puedo ir en una dirección: hacia abajo.

Saco el móvil, abro la cámara y pongo el modo autofoto. Me quedo mirando mi rostro. Sé que es una forma de tortura, que la cámara del iPhone es tremendamente cruel si no cuentas con la iluminación adecuada, pero me fijo en todas las nuevas manchitas y arrugas. Me pregunto qué aspecto tendré dentro de un año, después de que nazca el bebé. ¿Más mayor? ¿Demasiado mayor? Me viene a la mente una

---

* Juego de palabras con el mes de marzo, que en inglés coincide con el apellido de la familia: March.

imagen de esta misma mañana. El escaso interés de Michael, la suave palmada que me ha dado en el trasero. Como si yo fuera una de sus simpáticas vacas.

Entonces pienso en Rose, su exmujer. No la conozco personalmente —nunca hemos hablado—, pero la he visto a menudo por el pueblo y, con los años, ha ido ganándose cierta reputación. Vieja, feúcha, poco femenina. O enfadada, o taciturna. Trabaja en el supermercado por las mañanas, aunque se pasa casi todas las tardes bebiendo alcohol en el bar. Me era imposible entender cómo Michael había podido elegir a alguien así, de modo que un día le supliqué a Bill que me lo explicara.

Y después deseé no haberlo hecho. Bill me contó que cuando Rose y Michael estaban casados, ella era preciosa. Con una melena larga y rubia igual que la mía, ojos de un azul penetrante, sonrisa radiante. Muy alejada de la mujer que veo ahora con el pelo blanco y corto, con los ojos huidizos y apagados, además de unas marcadas patas de gallo. Pero cuando señalé su cambio de aspecto, Bill se limitó a encogerse de hombros y se quedó callado, como si las mujeres fuéramos un enigma que él no tuviera esperanza de resolver jamás.

Sé que parece una locura; sin embargo, nunca le he preguntado a Michael qué sucedió entre ellos. A lo largo de los años, he oído circular diferentes rumores: que Michael encontró las píldoras anticonceptivas que ella tenía escondidas, e incluso que ella lo acosó porque deseaba trabajar en el rancho. Pero durante estos más de once años de matrimonio no me he atrevido a preguntárselo directamente. Por miedo a que la verdad sea que se cansó de ella sin más.

Cierro la cámara, me recuesto sobre las almohadas y abro Instagram. Mi publicación de esta mañana va bien. Solo tiene doscientos mil *likes*, pero más de mil comentarios. Los repaso por encima y veo que, por cada mensaje desagradable, hay otros veinte buenos, lo cual me levanta el ánimo. Les encanta mi vestido, mi muesli, mi bote de utensilios, mi actitud positiva.

Suspiro y me pregunto si acaso será esa la mayor mentira de todas.

Pero no tiene sentido estar triste. Tengo todo lo que siempre he deseado, cosas que me costó mucho conseguir. Un marido exitoso que mantiene generosamente a su familia. Una prole de hijos que me adoran. Dinero para comprar todos los vestidos que quiera, cremas faciales carísimas, pequeños lujos que me recuerdan lo lejos que he llegado. Y millones y millones de admiradores.

Sin embargo, por algún motivo, me da la impresión de que todo se halla al borde del precipicio. Y de que un paso en falso podría dar al traste con todo.

Salgo de las notificaciones y empiezo a mirar las publicaciones recientes. Abrí mi cuenta de Instagram mientras esperaba pacientemente a que naciera Molly, hace más de diez años. En aquel momento, estaba construyendo mi nido, de manera que mis primeras publicaciones estaban protagonizadas por manoplas y calcetines tejidos a mano, o por las plantillas caseras que hizo Lori para decorar el cuarto del bebé. Entonces, no se me denominaba *tradwife*, solo era un ama de casa que iniciaba su andadura. Pero en una década pueden pasar muchas cosas.

Ahora doy charlas en convenciones. Me citan en artículos, me entrevistan en pódcast, me invitan como jurado a concursos de belleza. Las comentaristas feministas hablan de lo oprimida que estoy al tiempo que babean por mis contraventanas rústicas, y las jefazas californianas se saltan los plazos de entrega para saber cuánto tiempo dejo levar mi masa madre. Soy la primera dama de las *tradwives*. Yo las dirijo y todas me siguen.

Salvo que ya no lo hacen. Las nuevas audiencias —mujeres jóvenes que rechazan el desafortunado estilo de vida de madre trabajadora que escogieron sus propias progenitoras, mujeres desilusionadas que por fin priorizan el matrimonio y la familia por encima de sus fallidas carreras laborales— se suman al movimiento sin conocer su historia. Descubren a Sky Anderson o a Alice DeMille, o a cualquiera de esas rubias mormonas de #momtok y se creen que esas nuevas *tradwives* saben lo que les conviene. Que su aspecto a lo Marilyn Monroe, sus labios inyectados de bótox o sus voces hipnóticas significan que su contenido es mejor que el mío.

Y, por supuesto, los algoritmos priorizan sus publicaciones porque son todas más jóvenes, más desenfadadas y conocen la tecnología mejor que yo. Se suben al carro de cualquier tendencia viral. Yo pensaba que la situación mejoraría al contratar a un equipo experto en redes sociales —Erica y Noah—, pero es como si las plataformas supieran que hago trampas. Como si olieran mi desesperación. Respiro hondo para prepararme, abro otro de mis perfiles de Instagram —a fin de poder cotillear sin ser vista— y pincho en el último *reel* de Alice DeMille. Setecientos ochenta mil *likes*. ¿Y por qué? ¿Por fabricar su propia pasta de dientes? Vuelvo a entrar en @_TrulyMadison_.

Estoy a punto de lanzar el teléfono sobre la cama, desesperada, cuando advierto que un icono anuncia nuevos mensajes. Quizá sea lo que necesito. Algo que me recuerde que sigo siendo la principal inspiración para millones de mujeres. Como tengo el perfil abierto, sé que algunos mensajes serán desagradables, pero cada vez se me da mejor restarles importancia fingiendo que son robots.

Accedo y cuento un total de veintitrés mensajes. Cinco son de militares veteranos que quieren follarme, tres son de médicos africanos que desean casarse conmigo, hay además algún que otro mensaje promocional y una amenaza de muerte (que borro y bloqueo), pero el resto son de seguidoras auténticas. Me acurruco sobre la almohada y me dejo embriagar por sus palabras. Leo la gran alegría que les aporto. Lo buena madre y esposa que soy. Y funciona como un bálsamo. El sol se filtra ahora por la ventana, de manera que me estiro como un gato y siento su calidez sobre la piel.

Cuando llego al mensaje más reciente, el nombre de la cuenta me llama la atención. Deslizo la punta del dedo por la pantalla. El mensaje lo envía alguien que se hace llamar Brianna Wyoming. Lo abro con una mezcla de curiosidad y nerviosismo.

> Me encanta que se te puedan enviar mensajes privados.
> Eso dice mucho de ti.
> No quiero robarte mucho tiempo, porque sé que tienes cuatro hijos y un marido a los que cuidar.
> ¡Lo sé todo sobre ti!
> Pero solo quiero decirte que eres una inspiración para mí.

Después de ver cómo te ha tratado la vida, estoy haciendo algo un poco arriesgado y me encantaría contar con tu bendición.

Te quiere,
Brianna

Frunzo el ceño al leer el mensaje, tratando de descifrar algún significado oculto. Pero parece una admiradora auténtica que se pone en contacto conmigo para demostrarme su gratitud, como tantas otras que me escriben. Por lo general, los borro después de leerlos, para que no me saturen la cuenta, aunque me parece mal eliminar este último. Quizá se deba a ese optimismo sin dobleces que desprende. Sumida en mis pensamientos, me acaricio con la otra mano la tripa, de una cadera a la otra. Tumbada en esta postura, me parece vacía, hueca, de modo que me incorporo hasta quedar sentada y el vientre me llena entonces la palma de la mano.

A continuación, deslizo el dedo por encima del mensaje para borrarlo.

Ya no tengo tiempo para aprendices de *tradwife*.

Capítulo 7

Brianna

Me quedo mirando el pedazo de pan de masa madre y suspiro. Porque ahora mismo parece más bien una mierda de vaca que algo que podamos comernos. ¿Por qué no habrá levado? He seguido la receta. Esta vez incluso hice trampas y robé un paquete de activación de masa madre en la tienda cuando Jonah estaba entretenido en el pasillo de artículos de ferretería. Aun así, ha salido mal.

No quiero tirar el pan a la basura, por si acaso Jonah ve lo mal que me ha salido, así que me lo guardo en el bolsillo del vestido sin mangas y salgo de casa. Lo descubro a lo lejos, desenrollando la malla metálica para cubrir el nuevo gallinero que ha construido, y nada más verlo se me hincha el pecho. Se está esforzando mucho por esto, por nosotros. Dentro de poco, este lugar será un palacio, estoy convencida.

Mientras atravieso la hierba alta y una brisa suave alivia en mi piel el calor de los rayos del sol, me pregunto qué estarán haciendo ahora mis amigas; seguramente estén en el trabajo, deslomándose en una oficina sofocante y sin aire acondicionado para ganar dinero con el que aumentar sus ahorros para la universidad. Deseando poder ocupar mi lugar, aquí fuera, con estas vistas maravillosas, rodeada de nuestras hectáreas de terreno y sin ningún horario que seguir. Sin fastidiosos padres ni jefes tocones por los que deba preocuparme. Supongo que siempre cabe la posibilidad de que, en un día como este, se encuentren en el lago para hacer esquí acuático quizá, o pasar el rato al sol. Pero su placer solo será fugaz, mientras que el mío y el de Jonah es una forma de vida. Ahí radica la diferencia.

Cuando Jonah planteó la idea de tener una hacienda una noche, después de su entrenamiento de fútbol americano, no pensé que esa forma de vida fuera posible para dos chavales de dieciocho años con tan solo unos pocos cientos de dólares ahorrados entre los dos. Sin embargo, cuanto más hablábamos del tema, más me emocionaba. Pusimos rumbo al oeste desde Búfalo y encontramos unas viejas haciendas en lo profundo de los campos de cultivo que, a lo largo del último siglo, habían sido abandonadas gradualmente conforme la gente se trasladaba a la ciudad en busca de trabajo. Todas eran enormes, impresionantes, y lo más alucinante de todo era que el estado las vendía por un dólar porque querían resucitar esas propiedades, así como el terreno.

Por aquel entonces, Jonah y yo llevábamos saliendo casi dos años y a mí no me cabía ninguna duda de que era el hombre de mi vida. Igual que mi padre y mi madre cuando se conocieron siendo adolescentes, y a ellos les salió bastante bien. Veinte años casados, cinco hijos, una casa familiar en Prairie Drive. Jonah era el jugador estrella del equipo de fútbol americano del instituto en Búfalo; y yo, la capitana de nuestro equipo de animadoras. Estábamos hechos el uno para el otro, eso decía todo el mundo; de modo que, cuando encontramos esta casa con tanto potencial, supe que sería nuestro pequeño pedazo de paraíso. Me encargué del papeleo y, nada más terminar el instituto, nos vinimos aquí. Renunciamos al ajetreo, desafiamos las normas establecidas. Vivimos la buena vida con nuestras condiciones. Es un auténtico sueño hecho realidad.

Nuestra finca se extiende en todas direcciones. A este lado de las montañas Bighorn, el terreno es más llano y, si miras hacia el norte o el oeste, la vista alcanza muchos kilómetros. Al sureste se levanta un frondoso bosque que comienza a tan solo unos cientos de metros de la hacienda. Un lugar apropiado para esconder una hogaza de pan que ha salido mal. Sin embargo, cuando llego a la linde del bosque, oigo a alguien a mis espaldas. Jonah.

—¿Qué estás haciendo?

Me giro y me sonrojo al verme sorprendida.

—No irías a tirar comida ahí, ¿verdad? —prosigue con el ceño fruncido—. Jesús, Bri, ya puestos, ponemos un cartel que diga «Osos bienvenidos».

—Tienes razón, perdona, se me había olvidado.

En la ciudad, tiro la basura al cubo y esta desaparece. Punto. He de tener en cuenta que aquí las cosas son distintas.

—No pasa nada, tranquila. Estamos los dos acostumbrándonos. Pero recuerda que la comida hay que comerla, utilizarla para hacer compost o quemarla, ¿de acuerdo?

Agacho la cabeza y asiento.

—Mira, puedes decirme que has vuelto a liarla con la masa madre. —Jonah me dedica su típica sonrisa torcida, esa a la que soy incapaz de resistirme—. Supongo que eso es lo que ha ocurrido, ¿no?

—Sinceramente, Jonah, ¿no podemos comprar pan de marca Wonder y ahorrar en los costes de la cocina? Por no mencionar la ingente cantidad de ingredientes que he desperdiciado. Sé que hemos de tener cuidado, pero quizá podamos hacer algunos recortes.

Se me acerca. Va desnudo de cintura para arriba y distingo una pátina de sudor sobre su pecho. De cabello rubio y ojos azules, por lo general es muy blanco de piel, pero, tras pasarse seis semanas trabajando en la hacienda bajo el sol de verano, ahora la tiene curtida y bronceada. Percibo su olor natural y me estremezco. Aunque puede que al Señor (y a mis padres) no les haga mucha gracia, tal vez esto sea lo que más me gusta de vivir aquí: poder hacer el amor al aire libre con la certeza absoluta de que nadie nos verá. Sin tener que andar a escondidas, esperando a que nuestras familias no estén en casa.

Mis padres pusieron el grito en el cielo cuando les dije que iba a marcharme con Jonah. No porque fuéramos a escoger un estilo de vida rural en una hacienda, ni porque hubiera cambiado de opinión respecto a ir a la universidad, sino porque me marchaba sin una alianza en el dedo. ¿Qué iba a pensar la gente? ¿Qué dirían en la iglesia? Pero casarse habría supuesto quedarnos varios meses en Búfalo para preparar el gran día, y estábamos demasiado impacientes, demasiado emocionados con la idea de vivir esta aventura como para quedarnos allí esperando un trozo de papel.

—Eso suena un poco derrotista, ¿no crees, doña hacendada? —Jonah me baja un tirante del vestido, después el otro.

De pronto recuerdo que han pasado dos días desde que me di un baño caliente y me pregunto si oleré mal. Miro de reojo la bañera metálica que tenemos en el destartalado porche. Quizá pueda posponer el sexo para más tarde, para después de haberme aseado un poco.

—Pronto tendremos gallinas —continúa Jonah, que me acaricia el cuello con la nariz, aparentemente ajeno al olor que pueda desprender tras dos días sin bañarme—. Y vacas lecheras para hacer mantequilla. Y cerdos. Será maravilloso. Huevos revueltos con pan de masa madre y beicon. Todo ello hecho a mano por ti. La vida aquí contigo va a ser perfecta.

Siento el vestido resbalar por mis caderas, los pechos expuestos a la brisa.

—Y tú repararás la casa —murmuro.

—Va a ser un palacio. —Jonah empuja el vestido hasta el suelo—. Habrá seis dormitorios, para todos nuestros preciosos hijos, además de una cocina enorme como esas que salen en las revistas que te gustan y una sala de estar, para que puedas invitar a tus nuevas amigas a merendar.

—¿Y podemos tener también un piano? —pregunto con una sonrisa.

—Podrás tener lo que quieras, mi amor, te lo prometo. Y eso sin tener que trabajar un solo día de tu vida. ¿A que suena bien?

Dejo a un lado la frustración que me ha provocado la masa madre. Las horas que me lleva encender un fuego. Y también el verano que me estoy perdiendo en la ciudad, las fiestas de pijamas con mis amigas, darme atracones de series en Netflix, ir al salón de belleza con mi madre.

—Sí que suena bien —respondo.

Embargada por la expectativa, le veo desabotonarse los vaqueros cortos y, cuando nos tumbamos en la hierba, me olvido por completo del indigesto pan, de los baños que no me he dado y de los osos merodeadores.

Capítulo 8

Cally

Matilda desliza su mano sobre la mía.

—¡Vamos! ¡Tienes que conocer a Clarabelle!

—No, primero vamos a llevar a la señorita Cally a ver a las gallinas. ¡Seguro que no puede atrapar ni una!

—Cállate, Mason —dice Molly—. Claro que puede. Es adulta. Todos los adultos corren más que las gallinas.

Les dedico a los niños una sonrisa serena. A decir verdad, las gallinas me dan miedo. Las plumas. Esos movimientos espasmódicos. Los cacareos. Pero no me parece buena idea confesárselo a los hijos de los March. A no ser que quiera perder todo su respeto antes incluso de empezar a darles clase.

—¿Quién es Clarabelle?

—Es la vaca que tenemos de mascota —explica Mason.

—Qué bonito. —Me viene a la cabeza uno de los *reels* de Madison. Molly y Mason ordeñando una vaca y tratando luego de llevar el balde, aunque lo derramaban todo por el camino porque pesaba demasiado. Todo ello adornado con las alegres risas de Madison, fuera de plano—. ¿La ordeñáis?

Los cuatro me miran de manera inquisitiva durante unos instantes y, a continuación, se parten de risa.

—No, tonta. Clarabelle es como nuestra hermana —me dice Matilda.

—Tiene unas pestañas preciosas —agrega Molly sabiamente, como si eso lo explicara todo—. Vamos.

Aún sin soltarle la mano a Matilda, corremos juntos por entre la hierba alta y las flores silvestres.

Las últimas veinticuatro horas han sido las más rocambolescas de toda mi vida, con diferencia. He visto a los niños comportarse como las criaturas educadas y serviciales —rayando en la sumisión— que veo en los *reels* de Madison, pero solo cuando Michael está presente. El resto del tiempo son niños descarados, ruidosos e hiperactivos. Mason se enfurruña y Matilda hace justo lo contrario de lo que se le pide. Y me resulta sorprendente y extraordinario encontrarme entre bambalinas, como si me hubieran concedido un pase VIP para el espectáculo más cotizado de la ciudad.

Además, la hacienda es una auténtica preciosidad. Lori fue fiel a su palabra y ayer me la enseñó después de comer. La casa principal tiene diez dormitorios, doce cuartos de baño y algo así como una docena de salas y salones distribuidos entre sus tres plantas. Fuera, tienen tres enormes graneros. Uno de ellos ha sido acondicionado como establo para sus seis caballos. El segundo estaba vacío, aunque, a juzgar por los banderines rosas, me imagino que será la casa de Clarabelle. Y el tercer granero está lleno de aparatos de gimnasio, lo que no puedo fingir que me haga ilusión.

Durante la visita a los terrenos, vi colmenas, árboles frutales y un gigantesco huerto. También reparé en una curiosa estructura situada más allá de los graneros, una puerta verde oscuro excavada en la ladera. En general, Lori se mostró cercana y generosa en detalles acerca de lo que sabía sobre el lugar, pero cerró el pico cuando le pregunté por aquella puerta.

No obstante, pese a todas las cosas positivas, también se han dado algunos momentos menos agradables.

Ayer por la tarde, a medida que el reloj se acercaba a las seis en punto, percibí que aumentaba la tensión en el ambiente. Lori aceleró el ritmo en la cocina. Madison bajó las escaleras deslumbrante con un vestido blanco y un maquillaje impecable, aunque con cierta expresión nerviosa visible bajo aquel esplendor. Los niños se lavaron las manos y la cara sin que hubiera que pedírselo y Molly fulminaba con la mirada a los dos pequeños cada vez que se les escapaba una risita.

Entonces, se abrió de golpe la puerta y entró Michael. Y a mí me invadió una mezcla de asombro e incomodidad viendo como todos se plegaban a sus deseos. Incluida yo.

—¡Aquí está! —grita Matilda con orgullo cuando llegamos a un pequeño prado cercado.

—¡Clarabelle! —exclama Myron alegremente dando saltos de emoción.

Doy un paso cauteloso hacia delante y observo a la mascota de la familia March. Hocico rosa, cara blanca y manchas negras sobre cada ojo. Molly tiene razón: tiene unas pestañas extrañamente largas.

—Hola, chicos. ¿Qué hacéis?

Me giro de inmediato. Michael se acerca. Camina con zancadas decididas pero lentas, como si estuviera acostumbrado a que la gente lo espere.

—Ah, hola, papi —dice Molly. Percibo que da unos pasitos diminutos hacia mí.

—Estamos enseñándole la hacienda a la señorita Cally —explica Mason—. Mamá dice que las clases no empiezan hasta la semana que viene y que la señorita Cally necesita unos días para adaptarse.

—¿Habéis hecho vuestras tareas? —pregunta Michael—. El martes es día de colada, ¿verdad?

—Lori ha dicho que todavía no estaba preparada, que podíamos jugar un rato primero. —Pero Mason va perdiendo la convicción en la voz bajo la severa mirada de su padre.

—¿En serio? —Michael se frota la barbilla y en el aire se filtra un ruido que recuerda al que haría un papel de lija contra una piedra—. Ya sabéis lo que opino sobre eso.

—Podemos ir ya —sugiere Molly—. Seguramente ya estará preparada.

—Matilda, ¿qué opino sobre trabajar y jugar? —pregunta Michael ignorando a su hija mayor.

—Pues... ¿que hay que trabajar antes de jugar? —responde la niña con voz temblorosa.

—Eso es, cielo. —Esboza al fin una sonrisa y después abre más los ojos—. Entonces, si una niña de seis años es capaz de entenderlo, ¿por qué a vosotros dos no os entra en la cabeza? ¡Largo de aquí! —Bate las palmas generando un sonido tempestuoso y los cuatro niños echan a correr, Molly arrastrando a Myron por el irregular terreno.

Yo me quedo allí parada sin saber si la orden me incluye también a mí.

—Seguramente pienses que soy demasiado estricto con ellos —murmura Michael mientras ve alejarse a sus hijos.

Pienso en los *reels* de Instagram de Madison, en lo mucho que me gusta ver a Molly sacar del fuego una pesada cacerola o a Matilda perseguir a las gallinas para recoger huevos. ¿Cómo es posible que nunca se me haya ocurrido que quizá sean demasiado pequeñas para tales tareas?

—No, qué va —respondo porque sé que es lo que desea oír, y a continuación añado—: Madison y tú habéis criado a cuatro niños fabulosos. —Porque creo que es así.

—Gracias, Cally. —Su gratitud me resulta más auténtica de lo que esperaba—. Quiero a esos niños con todo mi corazón, así que tus palabras significan mucho para mí.

Me vuelvo para mirarlo. Si le pidiera a cualquiera de mis amigas que describieran al marido vaquero de Madison March, dirían que se trata del clásico misógino que obliga a su mujer a llevar una vida de servidumbre criando a sus hijos. Pero, en los dos años que he pasado impartiendo clases particulares, ningún padre ha insinuado nunca que mi opinión pudiera resultar valiosa. Y tampoco es que mis amigas lo conozcan.

—Bueno, les habéis brindado una vida idílica en este lugar. Tenéis una casa preciosa.

—Sí que es especial —conviene con gesto afirmativo—. Y Madison se esfuerza mucho en que así sea. Pero su verdadera belleza va más allá de los troncos y las piedras. Esta hacienda lleva cinco generaciones en la familia March, se construyó en 1870, ocho años después de aprobarse la Ley de Asentamientos Rurales, y es ese legado el que me impulsa a levantarme cada mañana, a trabajar duro por esta familia, ¿sabes?

Me sorprende la sensación de envidia que me invade. Porque la respuesta es no, no lo sé. En mis veinticuatro años, he vivido en cinco casas diferentes. En nuestro último hogar, mis padres redecoraron mi dormitorio cuando me fui a la universidad, y sigue sin gustarme mucho el mural de cerezos japoneses. Me pregunto si me asustaría menos mi futuro de haber tenido unas raíces más robustas a las que aferrarme, como los March.

—¿Te estás adaptando bien?

—Pues sí, gracias.

—Me alegro. —Guarda silencio unos segundos y yo me siento atraída por el sonido de su respiración. Y por su aroma, un especiado *aftershave* que normalmente no soporto, pero que huele de un modo distinto en el aire fresco de Montana—. ¿Madison te ha dado la lista?

La Lista, con mayúscula. Emplea un tono tan amistoso que cuesta asociarlo con la delgada carpeta que me entregó anoche Madison. Porque la Lista constituye una lectura incómoda. Recoge todos los temas que debo evitar sacar en mis clases y aquellos en los que debo hacer hincapié. Es como un plan de estudios de la década de 1950.

—Sí, me la ha dado.

Me sonríe de nuevo, entonces me siento un poco mejor por estar obligada a saltarme el mandato de Clinton.

—En fin, tengo que seguir trabajando —me dice—. Nos alegra tenerte aquí, Cally. Los niños ya parecen encantados contigo y estoy seguro de que encajarás a la perfección.

Mientras veo alejarse su corpulenta figura, me pregunto si será verdad. Y por qué, de pronto, la idea de encajar aquí se me antoja como un cumplido.

Capítulo 9

Madison

@barbiegirlee99 Qué tía, ¿cómo haces para estar así de buena con toda esa comida deliciosa que cocinas?
#tradwife #cocinacasera #inspiración #dietas

Miro la taza del retrete. Todavía quedan diminutas manchas de vómito. ¿No se supone que esta etapa del embarazo ya debería haber terminado? Me estremezco, suspiro, después tiro de la cadena y trato de borrar la imagen de mi mente. No puedo distraerme pensando en bebés, ni en náuseas matutinas, ni en la expresión reprobadora de Michael si hubiera visto el desastre antes que yo.

Sobre todo hoy, tras haber consultado esta mañana mis estadísticas de fidelización. Mi última publicación obtuvo menos de cincuenta mil *likes*; no alcanzo a recordar la última vez que eso sucedió. Juraría que es culpa de esa tal Alice DeMille, que me está robando las seguidoras. Siento que realmente ha llegado el momento de la verdad. Si no se me ocurren ideas nuevas, mi marca desaparecerá para siempre en la mediocridad. Y no puedo permitir que eso pase.

Tampoco ayuda que el tiempo haya refrescado. Aún estamos en septiembre, pero los cielos vibrantes y el cálido sol del verano ya han dado paso a franjas de nubes y a colores desvaídos, lo que hace que Erica murmure acerca de la luz poco favorecedora cada vez que pasa por delante de una ventana.

Me lavo las manos y dirijo mis pasos hacia la cocina. Como los niños están en clase con Cally, en esta amplia estancia se está tranquila. Me tomo unos instantes para mirar cómo trabaja Lori. También ella parece cansada, y me invade de pronto un torrente de afecto hacia ella. Lori siempre ha hecho de todo por mi familia, pero cada vez que le digo que afloje el ritmo, me promete que se encuentra bien, que disfruta estando ocupada. Me pregunto si será más que eso, si será su forma de hacer penitencia, pero no pienso sacar ese tema ahora.

—Buenos días, Lori —rompo el silencio.

—Ah, hola, Madison. —Deja de cortar cebollas y se vuelve hacia mí. Tiene los ojos enrojecidos, lo que asumo que se deberá a la labor que estaba haciendo—. ¿Cómo te encuentras?

—Bueno, ya sabes —respondo encogiéndome de hombros.

Lori ha desempeñado un papel crucial en todos mis embarazos, cuidando de mí, asegurándose de que tanto el bebé como yo estuviéramos sanos, de modo que no me hace falta decir gran cosa para que me entienda.

—¿Quieres un café? —me ofrece—. Ayer desenterré la raíz de achicoria y la he molido esta mañana.

—Suena delicioso, gracias. —Mientras la veo poner un filtro en la cafetera con forma de reloj de arena y agregar una cucharada de ese polvo color tostado, me paro a procesar sus palabras—. ¿Queda algo de raíz que desenterrar?

—No, la saqué toda —responde con orgullo—. Por si acaso las heladas empiezan antes de tiempo. Tenemos de sobra para todo el invierno. Luego pediré a los niños que me ayuden a sembrar más semillas en cuanto el suelo se deshiele en primavera.

Es muy inteligente por su parte pensar con antelación; aun así, una punzada de fastidio me tensa los hombros. Sé que es injusto. Lori ha hecho algo bueno. Pero me gustaría que se hubiera parado a pensar dos segundos. Toda mi marca se construye en torno a tareas saludables como desenterrar la maldita raíz de achicoria, y necesito desesperadamente un contenido de calidad.

—Tenía pensado recolectar hoy la raíz de achicoria —miento con cara de pena—. Erica y yo lo teníamos planeado. Los niños y yo desenterrándola, después tostándola y moliéndola para hacer café. Llevaba seis meses esperando esta oportunidad y ahora me la he perdido.

Lori abre mucho los ojos y dice:

—Ay, lo siento, no pensé que…

Parece desolada, aunque me doy cuenta de que todavía no estoy dispuesta a dejar que se vaya de rositas. Escucho el goteo del café.

—Has formado parte de esta familia desde el principio, desde antes incluso —le digo—. ¿No puedes ser un poco más consciente de lo que necesito? Mis seguidoras esperan actualizaciones constantes.

—Ya sabes que nunca he tenido mucha presencia en redes sociales —me recuerda Lori con un susurro—. Solo en Tumblr. Acordamos que sería más seguro que yo permaneciese desconectada, después de lo de… —Deja la frase a medias mientras me entrega una taza de cerámica llena de café.

Al contemplar la nube de vapor que se eleva hacia el techo, me pregunto si algún día llegará el momento de que Lori abandone la hacienda. No creo que pudiera sobrevivir sin ella, pero ahora tengo a Michael, y cuidar de los niños y de mí es trabajo suyo, no de ella. Resultaría bastante sencillo encontrar a otra empleada doméstica. Y puede que sea bueno que esta extraña y complicada relación que tengo con Lori llegue a su fin de una vez. Quizá debería haber terminado hace mucho tiempo. Doy un sorbo y noto que el líquido me quema la lengua.

—Lo siento mucho, Madison.

—Ahora tengo que pensar en alguna otra idea. —En el fondo, me repugna la petulancia que adopta mi voz.

—Podrías volver a hacer masa madre. Dijiste que a todo el mundo le encantó ver a Myron metiendo el dedo en las burbujas.

—Eso se ha hecho ya miles de veces, cosa que sabrías si mostrases un poco más de interés por mi trabajo. Y también el bizcocho de plátano, el queso y la maldita limonada casera. —¿Por qué me estaré comportando como una auténtica cabrona?

Una nube gris pasa frente a la ventana proyectando una sombra oscura sobre el rostro de Lori.

—Puede que a Erica se le ocurra algo —sugiere—. O a Noah. Se supone que estas cosas se les dan bien.

Suspiro con mucha teatralidad, pero enseguida noto cómo las lágrimas me escuecen en los ojos, de modo que concentro mi atención en soplar el café para enfriarlo. Si alguien debería ser capaz de idear nuevo contenido, esa soy yo. Yo soy la *influencer* que está al tanto de cómo funciona esto. En teoría. ¿Por qué entonces me he quedado en blanco?

—Creo que estoy perdiendo mi toque —admito en voz baja—. Hay otras *influencers* que lo hacen mejor que yo.

—No —me asegura Lori sacudiendo la cabeza—. Tú eres la original.

—Las cifras no mienten, Lori. Ya no tengo el grado de fidelización que tenía antes.

—Será algo pasajero. Eres tú a la que todos conocen, la más grande y la mejor. Es imposible que alguien ocupe tu lugar.

—Pero no puedo detener el tiempo. Tengo treinta y dos años y dentro de poco tendré mi quinto hijo. ¿Y si ya no estoy en la flor de la vida? ¿Y si Michael también lo cree y me echa de su vida como hizo con Rose? Me quedaría entonces sin la preciosa hacienda. Mis seguidoras me abandonarían, se me acabarían los contratos con las marcas y me quedaría sin nada.

—Michael te quiere. —Lori hace una breve pausa—. O, al menos, quiere tenerte como esposa.

—Supongo que también le gustaba tener a Rose ocupando ese papel en otra época.

Lori sacude la cabeza.

—Madison, no hay comparación. Rose es una borracha amargada que siempre va hecha un desastre. No es de extrañar que Michael deseara librarse de ella.

—Pero Bill dice que antes no era así. Me contó que antes era guapa, feliz y respetable. Que se parecía a mí.

Lori no comenta nada, como si se le hubieran acabado los comentarios tranquilizadores, y el silencio me provoca un vuelco en el estómago.

—He de encontrar una manera de volver a levantar mi perfil en redes sociales y de no perder a Michael —le digo—. Pero no sé cómo hacerlo. Siento que estoy en la cuerda floja, siendo la esposa perfecta para él y luego comportándome como la esposa perfecta para todas mis seguidoras.

Lori frunce el ceño mientras piensa. Escucho su respiración pausada y ansío que me ayude. Claro que Lori jamás podría marcharse de aquí, estamos demasiado entrelazadas, dependemos demasiado la una de la otra como para que eso fuera posible.

—Bueno, ya sabes que nunca he estado casada, así que no soy ninguna experta —me dice—, pero supongo que si a Michael se le ocurriera la idea que rescatara @_TrulyMadison_, matarías dos pájaros de un tiro.

Reconozco que las palabras de Lori encierran mucha sabiduría. A Michael le encanta llevar razón. Es una buena idea, pero, por desgracia, no funcionaría.

—Puede, pero Michael no entiende de redes sociales. Sería imposible que se le ocurriese una buena idea.

Lori me dedica entonces una de sus orgullosas sonrisas maternales y dice:

—Estoy segura de que la Madison que conozco sería capaz de hacerle creer que se le ha ocurrido a él sin que sospeche lo más mínimo.

Capítulo 10

Madison

@bethanywilliams_86 ¿Alguna vez piensas que tus hijas merecen algo más que esto?
#feminista #derechoadecidir #igualdad #tradwivesfuera

Pongo la cinta de correr a velocidad media y empiezo a mover los pies. Lori tiene razón cuando dice que soy capaz de tergiversar las cosas para que mis ideas parezcan ideas de Michael —ya lo he hecho antes—, pero eso es solo una parte. Aún me queda decidir cómo insuflar aire fresco a mi marca en declive.

Mi contenido debe ser más atractivo —eso por descontado—, lo que implica reducir las dosis de vida saludable y focalizarme en algo controvertido. Pero ¿qué? Somos *antiwoke*, antivacunas, antinmigración, antimpuestos. Y somos proarmas, propetróleo, profamilia y pro-Estados Unidos, que Dios los bendiga. Pero todos esos asuntos parecen más de Michael que míos. En nuestra familia, creemos en los roles tradicionales. Yo soy madre y esposa por encima de todo, cuidadora, no me dedico a comentar cuestiones sociales. No me corresponde a mí tener una opinión.

Sigo corriendo, aunque no logro pensar con claridad, el sonido de las suelas de mis deportivas contra la goma de la cinta me distrae demasiado. De modo que, transcurridos veinte minutos, admito mi derrota. Voy disminuyendo la velocidad hasta detenerme, cojo el móvil, me siento en una pelota de pilates y empiezo a bajar por la pantalla.

Es entonces cuando me doy cuenta de algo. Puede que parezca que Alice DeMille solo está haciendo pasta de dientes, pero también transmite mensajes. En uno de sus *reels*, menciona que han robado en casa de su vecino en la misma frase incendiaria en la que anuncia que acaba de mudarse una familia de inmigrantes. Después, en otro *reel*, se ríe alegremente mientras enseña su nueva cartuchera rosa. Sus opiniones políticas son sutiles, pero están ahí y van en sintonía con la identidad de su marca.

Me vuelvo al oír abrirse la puerta del gimnasio y veo entrar a Molly. Sé que no debo tener hijos favoritos, pero, en el fondo, Molly es mi preferida. Me encantan mis niños, pero sé que solo serán míos de forma temporal. Mason ya está convirtiéndose en su padre y si bien Myron sigue siendo monísimo, no tardará en seguir los pasos de su hermano. Supongo que aún tengo esperanza con Matilda. Tiene un espíritu fantástico. Sin embargo, es una machorra a la que le trae sin cuidado su apariencia, de manera que no somos precisamente almas afines.

Esta tarde, Molly no parece tan dulce como de costumbre.

—Hola, cielo, ¿va todo bien?

No dice nada, pero se acerca y me rodea con los brazos. Me veo obligada a hacer fuerza con el abdomen para no caernos las dos de la pelota, pero, cuando nos estabilizamos, le devuelvo el abrazo y espero a que me cuente qué le ocurre.

Al final se aparta y distingo las lágrimas que le asoman a los ojos.

—Papá me ha castigado —susurra.

Da la vuelta a la mano y veo la característica franja roja en su palma. Es la marca de la pala de azotar de Michael, la que se hizo tallar poco después de que naciera Molly. Puede que no sea tan dolorosa como el fino látigo que empleaba su padre con él, pero duele al fin y al cabo. Por suerte, Michael pasa tan poco tiempo en casa que no le da mucho uso.

—¿Qué has hecho? —le pregunto con calma. A veces, resulta difícil seguir siendo leal a mi marido, pero los votos son los votos.

—He hablado de la tía Madeline.

—Ah.

Michael es el mayor de cuatro hermanos, sin incluir a Mason —nuestro primogénito lleva su nombre—, que murió en un accidente de coche a los diecisiete años. Matthew, su otro hermano, dirige una molienda en Great Falls y Macie, su hermana pequeña, se trasladó a Colorado tras conocer a su marido, Jeff, en una convención de rancheros celebrada allí. A los dos los vemos de vez en cuando; a su otra hermana nunca. El primer delito que cometió Madeline fue ir a la universidad en otro estado, a Caltech, para estudiar Informática y Derecho. El segundo fue instalarse definitivamente en California tras graduarse y después quedarse embarazada sin haberse casado antes. Sin embargo, lo que acabó por cercenar el vínculo con su familia para siempre fue que se forjara una carrera laboral de éxito. Ahora forma parte de la junta directiva de una de las principales empresas tecnológicas de Estados Unidos y seguramente gane más que Michael y Matthew juntos.

—La señorita Cally nos ha dicho que su hermano trabaja para Cisco —explica Molly—. Y me he acordado de que la tía Madeline trabaja ahí. Así que le he dicho a papi que, a lo mejor, es la jefa del hermano de la señorita Cally. Pero se ha enfadado conmigo por decirle eso y ha empezado a decir que mis primos, los hijos de la tía Madeline, sufrieron abusos de pequeños. Así que me he puesto a llorar, luego me ha regañado por llorar por gente que se ha buscado su propia desgracia. —Hace una pausa para recuperar el aliento y entonces baja la mirada—. Y entonces me ha llevado a su estudio.

Le acaricio el pelo, le seco las lágrimas con los pulgares. Aunque, mientras hago lo posible por consolar a mi hija, se me dibuja una leve sonrisa en la cara. Porque es posible que Molly acabe de darme una idea.

Trato de concentrarme en escuchar a Michael, que está contando que un grupo de chicos de la zona ha intentado robarle una de sus vacas, pero tengo la cabeza en otra parte. Sé que esta noche será mi mejor oportunidad para convencerlo de que es él quien puede salvar Truly Madison. Me he preparado bien. Mi maquillaje luce impoluto y me he rizado el pelo, que normalmente llevo planchado. Llevo puesto su vestido favorito; no uno que me permita ponerme en público —tiene demasiado escote, es demasiado sexi—, pero sé que le excita mucho a puerta cerrada. En mis orejas resplandecen los pendientes de diamantes que me regaló por mi cumpleaños. Y Lori ha preparado una cena romántica para dos, con velas y una botella de vino; aunque yo no puedo beber. Noto que Michael va relajándose. Solo he de encontrar el momento justo.

—El caso es que Aaron les ha enseñado la lección, así que creo que tardarán en volver. —Michael concluye la historia y se arrellana en la silla—. Por cierto, el filete estaba riquísimo. Cuando me dijiste que erais un *pack* indivisible, reconozco que tuve mis reparos. Pero ha resultado ser la mejor decisión que he tomado en mi vida. Lori es una cocinera excelente.

Percibo que hay un cumplido escondido ahí y, cualquier otra noche, intentaría sacárselo, pero hoy tengo una misión.

—Es cierto, aunque creo que el filete estaba rico porque crías las mejores terneras del mundo.

Esboza entonces una amplia sonrisa perezosa.

—Cualquiera diría que busca usted algo, señora March. —Se inclina hacia delante y enarca una ceja—. ¿Te importa decirme de qué se trata?

Mi piel se estremece de placer. La velada no podría ir mejor.

—No, nada en absoluto. Es que creo que hay que reconocerle el mérito a quien lo tiene. Diriges un rancho de gran éxito, y eso se debe a que trabajas duramente.

—Sería incapaz de hacerlo sin ti. Crías a nuestros preciosos hijos y cuidas de mi hogar.

—Y tu gratitud es mi motivación más poderosa, pero… —suspiro— desearía que todo el mundo pudiera tener lo mismo que nosotros. Me dan mucha pena esos niños cuyas madres trabajan fuera de casa. Los pequeños sufren a causa del egoísmo de esas mujeres.

Asiente con la cabeza y se le agría el gesto al pensar en mujeres con traje y deportivas que dejan a sus bebés en las guarderías.

—Ambos sabemos que ese fue el momento en que la cosa empezó a torcerse, cuando les dijimos a las mujeres que debían salir de casa para ir a trabajar. Luego van y se inventan la chorrada de que en los hogares hacen falta dos sueldos.

—¿Y, hoy en día, es así? —pregunto sabiendo bien cómo provocarlo—. Es decir, últimamente ha habido inflación. Puede que a las mujeres sí que les haga falta trabajar ahora.

—¡No! —Michael estampa el puño contra la mesa; aunque me esperaba algo así, me estremezco—. No son más que mentiras que hacen circular las feministas manipuladoras. Cualquier hogar puede mantenerse con lo que gana el hombre. Lo que pasa es que esas mujeres son un hatajo de vagas. No quieren cocinar ni limpiar su casa, así que piden comida a domicilio y llenan los bolsillos de los inmigrantes, después dicen que están arruinadas. En mi opinión, constituye casi un delito, ¿y sabes por qué?

—¿Por qué? —Finjo ignorancia mientras aguardo la frase que sé que vendrá a continuación.

—Porque esos pobres niños son objeto de negligencias que rayan en el abuso.

Asiento sabiamente.

—Es alarmante cómo está el país. Cuando leo algunos de los comentarios de mis vídeos, me da la impresión de que esas mujeres no saben que les han lavado el cerebro.

—¡Pues deberías decírselo!

—¿Perdón? —Ladeo la cabeza—. ¿Decírselo a quién?

—¡A todas tus seguidoras! Tienes miles, así que diles lo que se están perdiendo. La gente es como el ganado, Madison. Necesita una mano firme que la guíe en la dirección correcta. Este país está lleno de gente que no tiene ni idea de cómo debe llevarse una familia, de cómo educar a patriotas estadounidenses trabajadores y temerosos de Dios. Pero nosotros sí lo sabemos. Y puedes enseñárselo.

Me abstengo de puntualizar que son millones, no miles.

—Quizá tengas razón.

—Pues claro que la tengo, maldita sea. El Señor espera que defendamos aquello en lo que creemos, y nosotros creemos en esto, ¿verdad, Madison?

Digo que sí con la cabeza.

—Muéstrales a esas madres trabajadoras tan egoístas el daño que están haciéndoles a sus hijos y a su país. Cuentas con mi aprobación. —Se inclina hacia delante, me acaricia el pelo y entonces tira de mi cabeza hacia la suya—. Y doy por hecho que yo cuento con la tuya —agrega con una carcajada ronca.

Pero no me da tiempo a responder antes de que plante los labios en los míos y deslice la mano por debajo de mi vestido.

Capítulo 11

Cally

—Chicos, esta mañana vamos a dar clase de geografía —anuncio mientras me apoyo en el escritorio—. Aprenderemos cosas sobre los diferentes estados de Estados Unidos, lo que también me dará la oportunidad de contaros un poco de dónde vengo.

Educar a los niños de la familia March en materia de Estados Unidos es algo que ocupa un puesto destacado en la Lista, así que sé que no será una clase arriesgada, pero el motivo por el que la he escogido es personal. Últimamente siento algo de nostalgia, y saber que todavía no puedo regresar, que debo permanecer exiliada de mi propia ciudad hasta el próximo julio, no hace sino empeorar la situación.

—Pensé que eras de Inglaterra —comenta Matilda mordisqueando un lápiz amarillo.

—De Nueva Inglaterra, tonta —la corrige Mason—. Que es propiedad de Estados Unidos.

Sonrío compasiva a mis tres alumnos, cuatro si tenemos en cuenta a Myron, que está echando carreras con sus cochecitos de madera por debajo del pupitre de Molly. Salta a la vista que la geografía no es su punto fuerte.

—Nueva Inglaterra es una zona de Estados Unidos —les explico—. Está constituida por seis estados en la costa noreste, incluido Massachusetts, de donde soy yo. Los primeros colonos vinieron de Inglaterra, un país de Europa, hace unos cuatrocientos años y le dieron el nombre a la región.

—No me parece un nombre muy divertido. —Molly arruga la nariz con gesto de desagrado.

—Si lo hubiera descubierto yo, lo habría llamado el País de Mason.

—Pues yo provengo de una ciudad llamada Boston, en Massachusetts, que me temo que también recibe su nombre de una ciudad inglesa.

—*Boss town.** —Mason muestra su aprobación con un gesto de la cabeza—. Me gusta.

Tuerzo el gesto y me pregunto por qué nunca se me había ocurrido.

—¿Quién sabe cuántos estados hay en total? —pregunto.

—¡Cincuenta! —grita Mason—. Todo el mundo lo sabe.

No debería permitir que las emociones condicionen mis clases, pero su expresión arrogante me resulta ligeramente provocadora.

—¿Te importaría recitárnoslos todos?

Entorna entonces los ojos como el villano de unos dibujos animados.

—Son demasiados. Solo me sé los que me hacen falta.

—¿Ah, sí?

—Montana, Idaho, Wyoming, Utah.

—Estás hablando de los estados del oeste —le digo imbuida de un extraño orgullo por saber eso.

—Qué va. Son los estados rojos. Los estados rojos de verdad, en los que siempre puedes confiar.

—¡El rojo es mi color favorito! —grita Myron desde debajo de la mesa mientras se estira la camiseta roja de manga corta que lleva puesta—. ¿Lo ves?

—Sí, esos estados suelen votar al Partido Republicano —explico—. Pero en esa zona también hay estados que se inclinan más hacia los demócratas…

En ese momento se abre la puerta y entra Madison.

—Qué tema tan interesante, Cally. ¿Qué estabas diciendo sobre los demócratas? —pregunta, y sus palabras me resultan más amistosas que su tono de voz.

Me sonrojo.

—Ah, nada. Estábamos dando clase de geografía. Sobre Estados Unidos —me apresuro a añadir—. En fin, ¿va todo bien?

—Entiendo. —Y se adentra en la habitación—. Pues he oído que, esta vez, casi todo el país va a votar a los republicanos. —Saca una

---

* *Boss town* podría traducirse como «ciudad jefa» o «ciudad de los jefes».

silla de detrás del escritorio y la sitúa frente a los niños. A continuación, se sienta, entrelaza los dedos y sonríe. A mí me invade la extraña sensación de estar adentrándome en las tinieblas pese a hallarme de pie junto a la ventana—. Y sí, todo va bien —prosigue—. He decidido que me gustaría implicarme un poco más en la educación de los niños, así que he pensado que podríamos compartir las clases.

—¡Mami nos va a dar clase! —Matilda da palmas.

—¿Y qué puedes enseñarnos tú? —pregunta Mason con desconfianza—. ¿Lo sabe papi?

—Claro que lo sabe. De hecho, ha sido idea suya. Cally seguirá siendo vuestra tutora, pero yo os enseñaré cosas como estudios sociales.

—¿Qué es eso de estudios sociales? —quiere saber Molly.

—Pues aprenderemos cosas sobre la sociedad y sobre cómo debe ser esta para que funcione.

—Papi dice que nosotros somos miembros respetables de nuestra sociedad —anuncia Mason con orgullo.

—Y eso se debe a que somos una buena familia —agrega Madison—. Tenemos un papá que realiza un trabajo muy importante, una mamá que se queda en casa y cuida de su familia y cuatro hermosos hijos, que pronto serán cinco, que están aprendiendo a vivir correctamente.

—¿Yo seré mamá algún día? —pregunta Matilda.

—Claro que sí. Molly y tú. Y criaréis unos hijos preciosos y bien educados porque os han inculcado los valores adecuados sobre la familia —explica Madison.

—¿Usted quiere casarse y tener bebés, señorita Cally?

Me giro hacia Molly y la preocupación que veo en su rostro me da ganas de llorar, como si ser madre fuese lo único importante en la vida. Ni siquiera sé si quiero tener hijos, pero sí sé que no debería tomar parte en esta conversación.

—Es posible —respondo lentamente, como si estuviese tanteando el terreno en busca de un explosivo—. Pero primero quiero que despegue mi carrera profesional. —Espero a que explote la bomba; en cambio, Madison me mira más satisfecha que ofendida.

—¿Y qué carrera es esa? —pregunta sin un ápice de desaprobación. Lo cual resulta extraño, habida cuenta de la Lista. Tengo la inquietante sensación de estar cayendo en una trampa—. Creo recordar que, durante nuestra entrevista, mencionaste el *marketing*. ¿O fue recursos humanos?

—Bueno, lo cierto es que he probado suerte en ambos campos. Pero no eran lo mío.

—Quizá lo suyo sea criar bebés después de todo, señorita Cally —sugiere Matilda—. Igual que mamá.

—Decidir a qué quieres dedicar tu vida puede ser muy difícil —señala Madison—. Por eso buscamos orientación en la Biblia. María dedicó su vida a Jesús, y a mí eso me basta.

—Pero eso fue hace dos mil años —observo como si estuviera pidiendo perdón, aun sin saber por qué—. Ahora hay otras opciones.

—¿Como cuáles? —pregunta Molly.

—Bueno, podrías ser enfermera, o quizá chef. —Quiero agregar política o periodista, pero sé que eso sería ir demasiado lejos.

—Podrías, sí. —Madison conserva su tono meloso—. Pero si escogieras ese camino, tendrías que hacer sacrificios. Como dejar a tus hijos al cuidado de otras personas. No podrías criarlos, y es posible que tus hijos quisieran a los cuidadores más que a ti.

—Yo no querría eso —susurra Molly.

—E ir a trabajar todos los días plantea sus desafíos, ¿no crees, Cally?

—Bueno, sí, pero también ofrece sus recompensas.

—¿Cómo era tu trayecto hasta la oficina cuando ocupabas esos puestos?

—Sí, la verdad es que era bastante complicado —admito—. Cogía el autobús, pero siempre había atascos y, a veces, me tocaba esperar un montón a que apareciera uno. Pero en mi oficina había café gratis.

—¿Quién paga por tomar café? —comenta Mason con displicencia.

—¿Y qué te parecían tus jefes? —pregunta Madison en tono compasivo.

—Bueno —respondo con un suspiro—, mi jefa en la agencia de *marketing* me tuvo atravesada desde el primer día, la verdad. Era una de esas mujeres solteras de mediana edad que necesitan ostentar el poder para justificar su existencia.

Me quedo callada y casi ahogo un grito al darme cuenta de las palabras que acabo de pronunciar.

—Mi jefa en la empresa de recursos humanos tenía tres hijos —suelto de pronto—. Y solo me odiaba porque envié por error un *e-mail* sobre despidos a toda la empresa y no únicamente al Departamento de Dirección —parloteo.

Pero, a juzgar por la cara triunfal de Madison y por la expresión compasiva de los niños, me doy perfecta cuenta de que he perdido este debate.

Sin apenas haberme dado cuenta de estar inmersa en él.

Capítulo 12

Brianna

Algo va mal.

Lo sé antes incluso de llegar al gallinero, cuya malla metálica ha sido arrancada de la estructura de madera, que tiene dos de sus tablones partidos.

Quizá sea el olor de la sangre que impregna el aire.

Las seis gallinas han muerto y el ruinoso gallinero recuerda a una escena de *La matanza de Texas*, con manchas de sangre por el suelo y las paredes; algunas plumas pegadas a ellas, otras suspendidas en el aire a causa del viento. Me estremezco al contemplar tan dantesca imagen, preguntándome qué hacer, con la esperanza de que Jonah aparezca a mi lado como por arte de magia y me diga que limpiar los restos de unas gallinas muertas es trabajo para un hombre. Me pregunto también si podré fingir no haberme dado cuenta de la masacre hasta que lo haga él.

Lo irónico: normalmente es Jonah el primero en levantarse, a veces varias horas antes que yo. Creo que mi ciclo natural del sueño siempre ha favorecido el dormir hasta tarde, pero, cuando vivía en Búfalo, nunca tenía ocasión de hacerlo. Ensayo de animadoras los sábados, iglesia los domingos y clases durante la semana. En cambio, aquí, sin ruidos que nos despierten y ningún sitio al que acudir, en ocasiones duermo hasta mediodía.

Sin embargo, hoy no ha sucedido eso. Me desperté temprano y tenía demasiado frío para volver a quedarme dormida. Así que bajé a encender el fuego y a prepararme algo caliente para desayunar. Ahora que he descubierto cómo hacer que leve el pan —resulta que se trata de tener fuerza y paciencia, como la mayoría de cosas aquí—, estaba planteándome hacer una tostada con huevos escalfados. Pero las gallinas han muerto y los huevos que pusieron antes de que se las llevaran están aplastados y mezclados con la sangre.

Se me compunge el rostro. Últimamente he llorado alguna que otra vez. A Jonah no le gusta, dice que le hace sentir culpable. Pero lo cierto es que a mí tampoco me gusta llorar. Ojalá fuera más fuerte, más estoica, como mi bisabuela cuando mi bisabuelo se fue a la guerra. Ella se hizo cargo de la granja familiar, eso fue lo que me contó mi padre, y al mismo tiempo crio a siete hijos. Mientras que lo único que tengo que hacer yo es limpiar un gallinero roto.

Oigo a mi espalda un ruido y me vuelvo bruscamente —invadida por el miedo irracional a que lo que sea que haya matado a nuestras gallinas, un mapache, un lince o un coyote, haya vuelto a por mí—, pero se trata de Jonah, claro, que baja las escaleras del porche bostezando. Aunque, conforme se acerca, aminora el paso, concediéndose tiempo para asimilar lo que ha ocurrido.

—Mierda —murmura—. ¿Están todas muertas?

Me recorre un súbito sentimiento de fastidio. Claro que están todas muertas. ¿Acaso esperaba que yo salvase a las gallinas aterrorizadas de las fauces de un animal salvaje?

—Ha debido de ocurrir mientras dormíamos —respondo llevada por mi instinto de contraatacar—. Supongo que el gallinero no era lo bastante seguro.

Noto que se pone tenso a mi lado.

—Es difícil encargarme de todas estas tareas yo solo. Estaría bien que me echaras una mano de vez en cuando.

Me ciño el abrigo alrededor del cuerpo. Dentro de un par de meses nevará y entonces sí que nos fijaremos en las grietas de los listones de madera, en la falta de aislante y de calefacción central. También en el aislamiento y la soledad. Las fotos de los artículos de las revistas, las publicaciones de hacendados en redes sociales, nunca te muestran esta parte de la experiencia. En sus fotos, siempre brilla el sol —incluso en invierno— y la estética derrocha abundancia por los cuatro costados. Comida, amplitud, tiempo, familia. Parece que tienen de todo a espuertas. ¿Por qué entonces tengo la impresión de que mi vida se encoge y se marchita?

—A veces me pregunto si estamos preparados para esto —comento con voz queda. El pensamiento que llevaba un tiempo cociéndose a fuego lento en mi cabeza borbotea ahora con renovada intensidad—. Podríamos hacer una pequeña pausa, volver a casa, divertirnos un poco con nuestros amigos. Y regresar quizá en primavera. A fin de cuentas, los sueños no tienen fecha de caducidad.

Jonah se aparta de mí y pregunta:

—¿Qué quieres decir con divertirnos, Bri?

—Pues ser adolescentes. Salir por ahí, ver la tele. Quedar con amigos, ir a fiestas.

—¿Te refieres a vaguear en casa de tus padres? ¿Quieres que te mantengan?

—No, claro que no.

—Entonces tendrías que buscarte un trabajo. ¿Y de verdad preferirías trabajar en una oficina agobiante a estar aquí, conmigo, trabajando juntos para hacer realidad nuestro sueño?

—No es eso, es que…

—Escucha, sabíamos que no iba a ser fácil. —Su voz se torna cálida, suave, y me recuerda a las mullidas y exclusivas toallas de baño que compró mi madre en las rebajas de primavera—. Las mejores cosas de la vida nunca son fáciles. Pero nos hicimos una promesa el uno al otro, ¿no? Nosotros contra el mundo. No permitas que unas cuantas gallinas muertas destruyan nuestro sueño.

Se acerca de nuevo a mí y yo apoyo la cabeza en su pecho y escucho el latido constante de su corazón.

—Ahora este es nuestro hogar, Bri —continúa—. No hay vuelta atrás. Le dije a mi madre que iba a labrarme un porvenir, como hizo mi hermano mayor al alistarse en el ejército y el mediano al aceptar aquel trabajo en una plataforma petrolífera de Texas. No pienso incumplir mi promesa. Y recuerda que tú no te marchaste de manera amistosa. Dudo que tus padres fueran a recibirte con los brazos abiertos.

Me muerdo el labio inferior agrietado. Es cierto que mi madre me rogó que no me fuera y que mi padre me dijo que, si escogía este camino y deshonraba a mi familia, renegaría de mí. Y nunca me llaman para saber cómo estoy. Pero ¿de verdad me darían la espalda si regresara? He sido la niña de papá durante dieciocho años. Mi madre me confeccionó el pijama que llevo puesto ahora. Seguro que no hablaban en serio.

—Escucha, este no es trabajo para una mujer —me dice Jonah apartándose de mí—. Deja que limpie yo este desastre, tú ve a encender el fuego y prepara café. Después construiré otro gallinero. Calculo que tenemos dinero suficiente para un par de gallinas más por lo menos.

—¿Estás seguro? —pregunto confiando en que se trate de una pregunta retórica.

—Por supuesto. —Y me da un beso en la cabeza—. Ahora ve a ver si entras en calor.

Me siento tan aliviada que casi he empezado a saltar cuando llego al porche. No tiene ningún sentido. La casa sigue helada, no hay nada suculento para comer y tengo una lista de tareas para hacer que me ocupará todo el día. Sin embargo, no tener que ocuparme de las gallinas muertas me ha provocado un profundo e inexplicable regocijo.

Quizá ese sea el atractivo de este estilo de vida. Lo malo es tan malo que hasta el más mínimo aspecto positivo te parece como el día de Acción de Gracias y de Navidad juntos. Pero no quiero sentirme agradecida por los pequeños placeres de la vida. Quiero perseguir los grandes placeres, la casa de revista y el piano en el salón.

Hago una pirámide de leña menuda en el hogar y le prendo fuego. Cuando está caliente, añado troncos de mayor tamaño, como me ha enseñado a hacer Jonah, y veo cómo se prende fuego la corteza. A continuación lleno de agua el hervidor de hierro y lo coloco en la parrilla situada sobre el fuego.

Mientras espero a que hierva, saco el teléfono del bolsillo del abrigo. Cuando estábamos planeando nuestra aventura, sentados en aquellas gradas vacías después del entrenamiento del viernes por la noche, Jonah sugirió que nos desconectáramos por completo, sin teléfonos ni internet. Pero le respondí que no podría vivir sin conexión con el mundo exterior, de modo que una de las primeras cosas que hizo cuando nos mudamos aquí fue comprar un generador diésel de segunda mano y hacer la instalación eléctrica básica. No es muy fiable, aunque basta para darnos luz por la noche y cargar mi móvil todos los días. Pensé que lo de la cobertura supondría un problema, pero resulta que las grandes llanuras de Wyoming captan muchas ondas de los satélites espaciales.

A Jonah no le van mucho las redes sociales, aunque no le importa que yo me conecte tras haber realizado mis tareas. Las miro todas, pero Instagram es mi preferida; toda esa gente guapa con tantas cosas bonitas… Me encanta buscar inspiración en las mujeres #hacendadas. Incluso he enviado mensajes a dos de mis cuentas favoritas, sin respuesta aún. Supongo que estarán ocupadas; ahora sé la cantidad de tiempo que exige este estilo de vida.

Y quizá Jonah tenga razón. Quizá merezca la pena luchar por nuestro sueño. Así algún día publicaré fotos y la gente acudirá a mí en busca de consejo.

Capítulo 13

Madison

@momofgirls1992 ¡Deja de ENVENENAR a tus hijos y ni te atrevas a envenenar a las mías!
#progresista #feminista #justiciasocial #tradwivesfuera

Paso los dedos por mis vestidos, me decanto por uno camisero con estampado de flores amarillo pálido y me pongo debajo una camiseta térmica, esencial para lo que tengo programado esta mañana. Siendo sincera, no tengo muchas esperanzas puestas en este contenido, pero no puedo decírselo a Lori después de todo lo que se ha esforzado. Al fin y al cabo, fui yo la que hizo un drama con el tema de la raíz de achicoria. Dispongo de unos minutos antes de que Bill pase a recogerme, así que me siento en la cama y cojo el móvil.

Mi giro hacia temas controvertidos ha generado un impacto impresionante. En las últimas tres semanas, he ganado cien mil seguidores, mis *reels* vuelven a obtener regularmente más de medio millón de *likes* y las solicitudes de los medios de comunicación se han duplicado; hasta Fox News se ha puesto en contacto conmigo para pedirme unas declaraciones. Mis seguidoras leales también me alaban por ello. Me dicen que estoy enfrentándome al poder con la verdad, defendiendo los auténticos valores estadounidenses, haciendo el trabajo de Dios al enfrentarme a esos peligrosos progresistas.

Este cambio también ha insuflado nueva vida a mi matrimonio. Al menos por el momento. A Michael le encantó mi publicación sobre las patéticas señoras de los gatos, incluso abrió una botella de champán cuando #felinidad empezó a ser tendencia. Ese entusiasmo empezó a apagarse después de un par de semanas en las que Erica no paraba de decirme que era un genio; entonces, grabé mi último *reel*, un vídeo mirando a cámara en el que hablo de la importancia de obedecer a tu

67

marido. Michael lo vio una noche tumbado en la cama, segundos después ya me había quitado las bragas y me vi obedeciendo de verdad, antes siquiera de que mi cerebro pudiera asimilar lo que estaba ocurriendo. Lo que, supongo, es señal de que nuestro matrimonio sigue fuerte.

Sin embargo, conforme avanzo veo la avalancha de quince mil mensajes, me pregunto si mi creciente popularidad tendrá también sus desventajas. Si bien mis publicaciones siempre han provocado algunos comentarios maliciosos o condescendientes en relación con el estilo de vida que he escogido, la gran mayoría han sido cumplidos. Pero eso está cambiando y mi último *reel* ha generado un montón de odio. La gente dice que soy perversa, inculta, que incito al abuso doméstico e incluso que soy una supremacista blanca; ¡qué exageración! ¿Digo que las mujeres venimos al mundo para procrear y educar a nuestros hijos y de pronto soy partidaria del Ku Klux Klan? Me gusta compartir esas verdades porque es claramente necesario, aunque algunos de los comentarios son tan violentos y desdeñosos que no puedo evitar preguntarme si me estaré poniendo en peligro.

Un desagradable escalofrío me recorre el cuerpo al pensar en lo que he hecho, en la caja de Pandora que he abierto con mis bonitos dientes blancos y mi sonrisa edulcorada. Pero no puedo pensar así. La gente vuelve a prestarme atención, vuelve a ver mis *reels* y habla de mí cuando se desconecta. Y eso significa que los algoritmos también se habrán percatado de mi renovada popularidad.

Al infierno con mis detractores. ¿Cómo es eso que decía Mae West? Prefiero que me miren a que me ignoren.

Me levanto, me aliso la falda del vestido, cojo una chaqueta de punto color crema y salgo para montarme en el Chevrolet Silverado de Bill.

Media hora más tarde, Bill me deja frente a la puerta de la hacienda de los Stuart y me promete que esperará; puede que esta visita haya sido a instancias mías, pero deseo pasar aquí el menor tiempo posible. La puerta se abre y me preparo.

—¡Madison! Cuánto me alegro de verte. Hacía ya mucho tiempo. —Jemma Stuart tiene las mejillas sonrosadas y sus ojos azules proyectan un brillo de saludable energía. Pero de su trenza lateral han escapado algunos mechones de pelo rojo y su vestido parece sacado de una tienda de beneficencia.

—Lo mismo digo, Jemma. Y muchas gracias por lo de hoy —le digo tratando de mostrarme tan efusiva como ella—. Te agradezco mucho tu generosidad… y tu discreción.

Me cuesta decir esas palabras porque no tengo ningunas ganas de estar en deuda con esta mujer. Sé que Lori pensaba que me estaba haciendo un favor al mover los hilos para que yo pudiera desenterrar la raíz de achicoria de los Stuart fingiendo que era la nuestra después de haberme arrebatado la oportunidad de hacerlo en casa. Pero esta cursi familia de hacendados me produce urticaria.

—Ay, por favor, si no es nada. Me encanta formar parte de tu pequeña conspiración —se ríe—. Vamos, pasa. Empieza a hacer frío, ¿a que sí? El invierno llama a la puerta. No es que me queje. A los niños les encanta la nieve y estamos bien aprovisionados para los meses fríos. Además, no hay nada como un chocolate caliente junto al fuego mientras haces un puzle, ¿verdad?

—Llevas toda la razón.

Entro en su casa con el trípode sujetos con fuerza entre mis dedos crispados. También noto la rigidez de los músculos faciales que me provoca el esfuerzo de tener que fingir una sonrisa, así que me invade un gran alivio cuando Jemma se da la vuelta y me conduce a través de la casa hasta salir por la puerta de atrás. Aunque mi gratitud se disipa rápidamente al ver a una manada de niños de diferentes tamaños que se me acercan corriendo en tropel.

—¡Eh, más despacio! —grita Jemma riéndose—. Cualquiera diría que nunca habíais visto a otro ser humano.

Cuento hasta ocho críos en total: cinco niñas y tres niños. ¿Cómo es posible que Jemma no tenga cara de cansada con semejante progenie?

—Hola, señora March —dice la niña de tamaño mediano. Rondará la edad de Molly, pero es más gorda—. Esta mañana he preparado magdalenas de salvado. ¿Quiere una?

—Es muy amable por tu parte. Tienen muy buena pinta, pero todavía sigo llena del desayuno.

Tuerce un poco el gesto, pero enseguida se recupera.

—Bueno, chicos, la señora March ha venido a grabar unas cosas para su blog de la hacienda, así que debemos dejarle un poco de espacio, ¿de acuerdo? Id a jugar mientras yo le echo una mano, luego iremos dentro a leer la Biblia.

—¡Yupi! —gritan al unísono dos de los más pequeños.

Después se alejan acelerados como una bandada de pájaros en vuelo sincronizado.

—¡Los niños te adoran, Madison! —Jemma irradia vida hasta un límite desconcertante—. Marty ha preparado todo lo que necesitas para desenterrar la achicoria. Te envía sus disculpas por no poder estar presente; esta mañana se ha ido a comprar otra cabra. ¡Su queso está triunfando en el supermercado y el pobre Gerty no da abasto! —Se detiene para tomar aliento y luego vuelve a la carga—: Y te alegrará saber que soy bastante buena detrás de la cámara; me han aceptado en un par de esas páginas web de imágenes y mis fotos de los paisajes de Montana se venden como churros. —Sacude la cabeza—. ¿Quién iba a decir que alguien como yo podría ganar dinero en internet?

En efecto, quién lo iba a decir.

—Es fantástico, Jemma —le digo con una sonrisa—. Me alegro mucho por ti. Si le das a grabar justo cuando yo te diga, sería perfecto.

Veinte minutos más tarde, tengo suficiente metraje para mi *reel*. Jemma me pide que me quede a comer y, por un instante fugaz, desearía poder hacerlo. Jemma y Marty son conocidos en el pueblo como los benefactores de la comunidad, razón por la que suelo mantener las distancias con ellos, ya que mi fuerte no es ayudar a los desconocidos. Pero hace unos años, cuando la conservería se volvió tendencia en Instagram, le pedí a Jemma si no le importaría enseñarnos a Lori y a mí a hacer conservas. Y no lo dudó un instante. Tras compartir con nosotras sus conocimientos, nos invitaron a quedarnos a cenar. No me trataron como a una *influencer* internacional, lo que en circunstancias normales podría fastidiarme, y recuerdo que aquella noche fue muy relajante.

Sin embargo, resulta que soy una *influencer* internacional, claro está. Así que le digo que mejor lo dejamos para otro día, agarro mi trípode y voy a reunirme con Bill en el coche.

Capítulo 14

Madison

@anonX7659 Iré a por ti cuando estés durmiendo y te rebanaré el cuello
#prometido #incel #blackpilled #tencuidado

—¿Volvemos a casa? —pregunta Bill, que pone el motor en marcha. Sacudo la cabeza.

—Tengo que estar en el salón de belleza de Shelley a mediodía, ¿podrías dejarme allí? Hace tiempo que no me arreglo el pelo y las uñas y, como se acercan los Premios Empresariales de Montana, me pareció un buen momento para reservar cita.

En lugar de sonreír, Bill frunce el ceño.

—¿Al pueblo?

—¿Supone un problema? —pregunto.

Bill se encoge de hombros y arranca.

—No, desde luego que no. —Conduce en silencio durante un rato, pero al final recupera la voz—: Es que Michael me dijo que habías estado diciendo algunas cosas en tu Instagram y que hay gente a la que no le ha hecho mucha gracia.

—Bueno, supongo que tienes razón. —Hago una pausa y me concentro para no permitir que la desagradable sensación de antes vuelva a colarse en mi cabeza—. ¿Michael está preocupado por mí?

—Bueno, no exactamente —responde Bill, avergonzado ahora. Siempre ha sido un hombre de pocas palabras—. Está orgulloso de ti, eso sí que lo dijo, por explicarle a la gente cómo son las cosas.

—Ah, me alegro.

—Pero hace que uno se pare a pensar, ¿no crees? Me refiero a ir sola al pueblo. Ya sé que todos esos guerreros del teclado amenazan sin

71

parar y probablemente sean demasiado cobardes para salir de detrás de su pantalla de ordenador, y mucho menos para hacer algo. Aunque, bueno, con que solo uno decida hacerlo...

Siento que la sangre me abandona el rostro. Porque Bill tiene razón. Como mínimo una docena de personas me han dicho esta mañana que merezco la muerte. ¿Y si una de ellas está lo suficientemente loca como para venir a por mí en la vida real? Me revuelvo en el asiento.

—Pero esa clase de personas no viven por aquí cerca, ¿verdad? Estamos en Montana, no en Nueva York.

Bill se vuelve hacia mí y, por fin, sonríe.

—Sí, tienes razón. Estoy siendo un zopenco. Si a Michael no le preocupa, a mí tampoco. Relájate y disfruta del trayecto.

Vuelvo a recostarme sobre el reposacabezas del asiento, pero las palabras de Bill me han puesto nerviosa.

Saco el teléfono y entro directa en Instagram. Tengo cinco mil *likes* más desde la última vez que lo consulté. Esbozo una sonrisa, hasta que veo otro mensaje de Brianna Wyoming. Ya he recibido unos cuantos. Todavía no la he bloqueado, que es lo que hago normalmente cuando el interés empieza a rayar en la obsesión. De hecho, eso es justo lo que haré en cuanto lea este último.

> Hola, soy Brianna otra vez.
> He visto tu *reel* y quería darte las gracias por recordármelo, porque tienes razón, una mujer debería obedecer a su hombre.
> Yo quiero mucho al mío, pero a veces me olvido de que él sabe lo que me conviene.
> ¿Alguna vez te has enfrentado a los deseos de Michael?
> ¿O le has ocultado algún secreto?
> Sé que ahora eres famosa, pero agradecería mucho que me respondieras.

Dejo escapar un suspiro. Es un mensaje estúpido de alguien a quien no conozco, aunque hay algo en él que me ha tocado la fibra sensible.

«Tienes razón, una mujer debería obedecer a su hombre». Pienso en el polvo que echamos Michael y yo la otra noche. Claro que lo deseaba —sé que la intimidad es la clave para un matrimonio de éxito—, pero no llegué a decírselo con palabras. No tuve oportunidad. Aunque eso se debe a que nuestro matrimonio es tan perfecto que podemos comunicarnos sin hablar. ¿No es así?

Miro de nuevo mi anillo de compromiso. El diamante de quilate y medio que me quito o escondo dándole la vuelta cada vez que publico algo en @_TrulyMadison_. Cuando Michael me metió en su camioneta junto con una botella de champán, me llevó hasta un campo de ganado y me sentó sobre su rodilla, pensé que la vida no podría irme mejor. Aquel hombre guapo y rico me quería como esposa. Y no me arrepiento.

Pero me pregunto si Rose llevó este mismo anillo antes que yo. ¿También a ella le arrancaba las bragas cada vez que le apetecía? ¿Y qué hacía ella para que él parase?

¿Se lo pedía?

Me guardo el móvil en el bolsillo y me quedo mirando por la ventanilla hasta que Bill se detiene frente al salón de belleza de Shelley, en la calle principal de Big Timber.

—Me parece que tengo que darte la enhorabuena —me dice Shelley un rato más tarde, lo que me saca bruscamente de mi ensimismamiento. Tengo el pelo recogido en láminas de papel de plata, el esmalte de las uñas apenas se ha secado y en teoría nadie debería saber lo del embarazo—. Me lo ha dicho Nancy —continúa—. La mujer de Nathan. Me dijo que sales de cuentas en febrero.

—Sí, eso es —tartamudeo y me aliso la falda del vestido como si fuera un tic nervioso.

Le pedí a Michael que no dijera nada por el momento, aunque por supuesto se lo ha contado a Nathan, y nuestro abogado, que carece por completo de escrúpulos, no ha dudado en contárselo a su mujer.

—Pues estás estupenda —me dice Shelley—. ¿Por qué número vas ya? ¿El cuarto? ¿El quinto? Dios, ojalá conociera tu secreto.

Sonrío. No soy estúpida —sé que está siendo amable con la esperanza de que saque su salón de belleza en mis publicaciones—, pero jamás he sabido resistirme a un cumplido.

—Es el quinto. Y gracias. Entre tú y yo, mi secreto es tener un gimnasio en casa.

—No sé de dónde sacas el tiempo. Cuidas de tu familia, cocinas esas comidas tan deliciosas. Y haces que todo parezca fácil. Eres una inspiración para millones de mujeres estadounidenses, Madison. Para mí, al menos, lo eres.

—Gracias, Shelley. —Ahora casi me dan ganas de etiquetar su negocio en mi próxima publicación, pero sé que Erica me convencerá de lo contrario—. ¿Y mi contenido más reciente? —pregunto con cautela—. ¿Lo has visto?

Nunca se me ha dado bien calcular la edad de la gente, pero Shelley debe de tener alrededor de veinticinco años. Y está aquí, trabajando, sin hijos, hasta donde yo sé. Sinceramente, espero que no tenga gato.

—Ay, sí, y no podría estar más de acuerdo. Yo sigo esperando a que aparezca el hombre ideal, pero, cuando llegue, no pienso pasarme aquí trabajando doce horas al día. Quiero a alguien que cuide de mí igual que el señor March cuida de ti.

Me recuesto sobre la funda de plástico del asiento y sonrío. Está claro que no hay nada de lo que preocuparse estando aquí, rodeada de mi gente.

Una hora más tarde, mi pelo vuelve a ser rubio natural hasta la raíz y mis uñas se ven lisas y brillantes. Le dejo a Shelley una propina generosa —es lo mínimo que puedo hacer— y salgo. Al mirar a un lado y a otro de la calle principal, distingo a dos hombres mayores que se dirigen hacia el bar y los veo desaparecer tras sus puertas. Consulto la hora en el teléfono. Quedan veinte minutos para que me recoja Bill. Me pregunto si ella estará allí ahora. Ya habrá terminado el turno en el supermercado, y todo el mundo está al corriente de su querencia al *bourbon*.

¿Podría entrar?

¿Debería entrar?

Sin concederme la oportunidad de cambiar de opinión, cruzo la carretera, después aflojo el paso y entro en el bar, sumergiéndome en la casi total oscuridad. Cuando Lori y yo llegamos a Big Timber, vinimos aquí algunas veces. Ahora solo acudo una vez al año, el Labor Day,* cuando celebran una fiesta para las familias trabajadoras de la zona. Pero, en los últimos doce años, el local no ha cambiado. Me adentro más en la penumbra, ignorando a todos, al camarero y a los pocos bebedores que lo frecuentan durante el día.

Entonces la veo. Está sentada en un taburete al final de la barra, con la cabeza agachada y un vaso vacío en la mano. Viste unos pantalones vaqueros y una vieja camiseta de fútbol de los Bobcats. Alza la vista lentamente. Nos miramos durante unos segundos, hasta que ya no puedo soportar la tensión.

—Hola, soy… —empiezo a decirle.

—Ya sé quién eres.

—Ah. Es que he ido al salón de belleza. Me ha entrado sed y…

Asiente y dice:

—Si invitas tú, pídeme un Dry Hills sin hielo.

No es propio de mí quedarme sin palabras, pero me limito a asentir, me giro hacia el camarero y le pido la copa de Rose y una limonada para mí.

—¿Así que cuida de ti? —me pregunta cuando le pongo delante la bebida.

La franqueza de su pregunta me genera un extraño deseo de contarle mis secretos. De hablarle de cuando me arranca las bragas. De las marcas en la mano de Molly. De las groserías de Mason. Sacudo mi melena recién peinada.

—Desde luego. Michael es un hombre maravilloso.

Deja escapar una carcajada casi silenciosa.

—Sí que lo es —murmura mientras hace girar el líquido anaranjado en el vaso—. Hasta que deja de serlo. Y espero que estés lista para eso, porque te aseguro que es un duro golpe.

---

* El Labor Day, o «Día del Trabajo» en castellano, se celebra en Estados Unidos el primer lunes de septiembre.

Me debato entre las ganas de echarme a llorar y el deseo de asestarle un puñetazo en la cara. Aunque ¿no es así como la gente describe el comportamiento errático de Rose? No debería haber venido.

—Tú y yo somos diferentes —le digo con más seguridad en mí misma de la que siento.

—No tanto —murmura—. Hubo un tiempo en que me parecía un poco a ti. Supongo que ahora es difícil de creer, pero te aseguro que es verdad.

—Ya lo había oído, pero no me refería a eso.

—¿No? —Rose se mueve ligeramente para mirarme.

—Soy más lista que tú, Rose. Sé cómo conservar un marido.

Ella me mira, con una inquietante mezcla de compasión y desdén, y después apura su copa.

—Ay, cielo —me dice con la voz áspera por la potencia del licor—. No tienes que ser más lista que yo, sino más lista que él. Cuídate, Madison. —Se baja del taburete, segundos más tarde se ha marchado y las puertas del bar se balancean a su espalda.

Me quedo mirando hacia la salida y, de pronto, me siento vulnerable en este lugar construido para hombres. Los dos señores mayores están enfrascados en su conversación, aunque percibo que hay otro que me mira desde el reservado del rincón.

Instintivamente, sé que no debo volverme hacia él; aun así, la intensidad de su mirada me provoca un furioso rubor en las mejillas. Tengo que marcharme. Siento que me sigue con los ojos conforme avanzo para salir. Pero, cuando empujo las puertas, respiro el aire fresco del día y veo a Bill saludándome desde el otro lado de la calle, mis nervios se atenúan.

Soy Madison March. Es lógico que los hombres se queden mirándome.

Capítulo 15

Cally

Miro el nombre en la pantalla —Luke— y noto que se me acelera el ritmo cardiaco. Aunque somos polos opuestos en muchos sentidos, siempre hemos estado unidos. En cambio, no he hablado con él desde aquella noche —la del Cuatro de Julio— en la que tomé la poco recomendable decisión de pasar de ser una idiota para convertirme en una delincuente. Él me salvó cuando se lo supliqué, pero eso no impidió que me diera la patada cuando la cosa se calmó. Desde entonces, no ha vuelto a dirigirme la palabra. Tampoco es que yo merezca mucho más.

Respiro hondo y acepto la llamada.

—Hola, Luke —digo alegremente—. ¿Qué tal la vida en San Francisco?

—Bien, supongo, cuando me permiten salir de Palo Alto. —Se queda callado y sé que tengo que decir algo. Pero ¿qué? ¿«Perdón»? ¿«Ahora soy una persona diferente, así que no tienes nada de qué preocuparte»?

—Me alegra saber de ti.

—Quería saber cómo estabas —contesta—. Ya sabes, para asegurarme de que todavía no has dimitido. Han pasado dos meses, y me parece que ese es tu límite habitual. —Se ríe, pero después su risa se apaga porque ambos sabemos que habla muy en serio.

—Supongo que esta vez el incentivo es mayor.

Al ver que no comenta nada, cierro los ojos y me acuerdo de aquella noche terrible. Luke respondiendo a mi llamada, descifrando mis gritos histéricos, cogiendo un Uber desde el bar en el que estaba y presentándose en la calle como mi caballero de reluciente armadura.

—Mira, te aseguro que voy a aguantar hasta el final —continúo—. Te lo prometo. Voy a ser la mejor tutora que hayan tenido nunca los niños de los March, me ganaré la generosa bonificación y volveré a casa antes del Cuatro de Julio para que todo vuelva a estar bien.

—¿Estás segura?

—Al cien por cien.

Suspira y por su sonido sé que lo he convencido a medias, lo cual es una victoria.

—¿Y qué tal es eso de vivir con una *influencer* famosa? —me pregunta, y le doy las gracias para mis adentros por haber cambiado de tema—. ¿La has convencido ya para protagonizar uno de sus *reels*?

—¿Qué dices, con un pendiente en la nariz?

Se ríe, y me gusta oírlo.

—¿Y qué pasa con su marido, el ranchero macizo? ¿Te ha obligado a comer filetes de vaca?

—No, aunque la salsa vegetariana de acompañamiento tiene un sospechoso sabor a ternera —admito—. Pero, en general, la cosa va bastante bien. Los niños están mejor educados que la mayoría de demonios arrogantes a los que daba clase en Boston. Y Madison es como cabría imaginar. Guapa, con ese atractivo de buena chica. Tan recatada y agradecida.

—Pues qué aburrimiento. ¿Y qué pasa con su matrimonio? Por favor, dime que su marido le pega o que al menos la encierra en un armario entre *reel* y *reel* de Instagram.

—Qué sádico.

—Sí, perdona —me dice avergonzado—. Se me olvida que no son personajes de Netflix. Entonces, ¿es un marido leal y ejemplar como lo pinta ella?

Me paro a pensar en la pregunta de Luke. Michael es encantador. Le gusta hacerles perrerías cariñosas a los niños si le pillan de buen humor, y le vi darle a uno de sus empleados del rancho un fajo de billetes cuando este anunció que su mujer iba a tener un bebé. Pero también espera que todos le rindan pleitesía absoluta. Y luego están las marcas que he visto de vez en cuando en las manos de Molly y de Mason.

Sea como sea, firmé el acuerdo de confidencialidad de Nathan.

—Más o menos —respondo vagamente—. Tradicional, ya sabes. Pero está bien, porque a Madison le encantan esas cosas. Y lo adora.

—El amor verdadero, vaya. Parece que voy a tener que trabajarme el cinismo.

Hablamos durante cinco minutos más sobre nada en particular, que es lo que más echaba de menos, y nos despedimos. Sin pensarlo demasiado, entro en Instagram y la primera publicación que veo es el último *reel* de Madison. Está sentada en clase, con los niños mirándola cautivados. Sé que Erica está por ahí, fuera de plano, sobornándolos con algo ilícito como M&M's, haciéndolos actuar como a monos de circo por unos cuantos *likes*.

Madison aparece hablándoles sobre la vida familiar, la cual, según ella, hay que proteger. De ahí pasa a un plano de Matilda y Molly horneando galletas con pegotes de masa en la cara. En otra época, habría sonreído al ver el vídeo, pero saber que la escena ha sido minuciosamente construida por Madison hace que pierda un poco la magia. El siguiente vídeo muestra a Mason al aire libre, cortando madera, mientras Myron apila los leños. Les imponen estereotipos antes incluso de que hayan aprendido a hacer divisiones con decimales.

Me recuesto contra el cabecero de la cama y alzo la cara hacia el techo. Siempre pensé que Madison March era inofensiva. Quizá no alguien a quien admirar, pero sí un entretenimiento relajado, un antídoto para la vida real. Su voz dulce y su prole de niños cariñosos e inocentes eran como una nana tras un día largo. Pero ¿acaso no consigue con eso adormilar algunas neuronas? En concreto, las neuronas que creen en la destrucción del patriarcado.

Y juro que va cada día a peor, como demuestra ese *reel* que subió hace un par de semanas hablando directamente a cámara, que no es su estilo habitual, pero con la misma voz melosa. «Obedecer no es perder —había dicho— es ganar. Porque el secreto de un buen matrimonio es que ambos sepáis cuál es vuestro lugar».

¿Lo dice en serio? ¿Esas opiniones no murieron con la llegada de los anticonceptivos y el LSD?

Sin embargo, no puedo ignorar la incómoda realidad de que soy la tutora de sus hijos y de que cada día me avengo a la Lista. ¿Me convierte eso en parte del problema? Madison ya ha utilizado mis fracasos profesionales como moneda para su causa. Pero hay cosas peores que la merma de opciones laborales (espero). Los derechos reproductivos de las mujeres, la manosfera de Andrew Tate, Harvey Weinstein. ¿Qué respondería si Molly me preguntara qué es el consentimiento?

Llaman a la puerta de mi dormitorio y me incorporo de golpe. Mi habitación se halla en la misma planta que las de la familia March, aunque en un extremo, de modo que nadie pasa nunca por delante.

—¿Sí? —La puerta se abre y vuelve a cerrarse, y a mí me invade el pánico—. ¿Va todo bien?

—Sí, todo bien —responde Michael, que se apoya contra la pesada puerta de madera.

Observo que está bloqueando mi única vía de escape, lo cual me resulta un poco exagerado; aun así, ahí está.

—¿Me necesita algo de los niños?

—Qué va, no es eso. Están todos durmiendo. Madison y Lori también. Pero yo estaba fuera, atendiendo a los caballos, y me he fijado en la noche tan despejada que tenemos. No hay ni una nube en el cielo.

—Ah, sí, seguro que es bonito —le digo con cautela.

—Bonito se queda corto, Cally. Muy corto. —Me dedica una sonrisa perezosa y me horroriza comprobar que me provoca un cosquilleo en el estómago—. Te prometo que no hay nada como un cielo nocturno despejado de Montana. Tienes que verlo.

—Pues es que… —Creo que no puedo salir ahí fuera, a la oscuridad, a solas con el marido de Madison. Aunque es más tentador que quedarme dormida viendo *reels* en redes sociales.

—Y he encendido una fogata, así que no hace frío. Venga, no pongas excusas.

Hice un curso de psicología sobre el control coercitivo, de modo que no me resulta difícil captar que Michael ha convertido una invitación en una orden. Lo que cuesta un poco más entender es por qué me levanto de la cama, me pongo mis botas UGG y lo sigo hacia el exterior.

No puedo apartar la mirada. No se parece a nada que haya visto antes. Por un lado están las estrellas, cientos de ellas, como un polvo blanco y puro que flota en la oscuridad entre perlas centelleantes. Y luego está el cielo en sí mismo, que es absolutamente hipnótico. Su impresionante tamaño. Me siento pequeña e insignificante, a la vez que especial por poder ser testigo de su grandeza.

—¿Ha merecido la pena salir? —me pregunta Michael, situado junto a mí.

—Es alucinante —susurro como si fuera una chica de diecisiete años anonadada—. Cuesta creer que estemos en la Tierra, y menos aún en Estados Unidos.

—Nunca he entendido por qué alguien querría irse a vivir a la ciudad; allí, algunas de las cosas más grandiosas de Estados Unidos quedan ocultas tras el hormigón y las luces artificiales. ¿Ves eso? —Michael se inclina hacia mí y siento su mano en la espalda, pero la sitúa entre los hombros, es un gesto más paternal que sensual, y me sorprende sentirme un poco decepcionada. Utiliza la otra mano para señalar el cielo—. Una estrella fugaz.

Veo lo que parece ser una gota de agua resplandeciente que desciende por el cielo y desaparece. Después otra.

—¡Guau! —murmuro; la palabra se la lleva el aire y yo me quedo con la boca abierta, demasiado epatada para cerrarla.

—¿Te apetece que vaya a por una copa de vino? —me propone Michael—. Podemos sentarnos junto al fuego y admirar la belleza.

—Sí, claro —respondo sin dejar de mirar hacia arriba.

Pero cuando la mano de Michael abandona mi espalda y su sombra desaparece, bajo la mirada y voy siendo consciente de dónde estoy. No es el cielo lo único que se extiende hacia el infinito. La hacienda se pierde en la oscuridad, y, a través del crepitar del fuego que arde a mi espalda, alcanzo a oír el siniestro aullido de los animales salvajes en la distancia. Me recorre un escalofrío y retrocedo hacia la calidez y la luz del fuego. Para cuando regresa Michael, estoy acurrucada en uno de los pequeños sofás de jardín que hay situados delante de la fogata. Me alarga una copa de vino y se sienta a mi lado.

—¿Sabes? Siempre hemos tenido tutoras procedentes de estados más cercanos a nosotros, Utah y Idaho. Al principio, tenía mis reservas respecto a ti, Cally, pero ahora me alegra que Madison te contratara.

—Pues gracias. —Doy un sorbo al vino. Nunca bebo vino tinto, pero este es potente y embriagador. Cuadra a la perfección con mi estado de ánimo.

—Enseñarle esta forma de vida a la gente de ciudad parece una tarea divina, y creo que contigo estoy haciendo un gran trabajo. —Se ríe, después choca su copa con la mía y da un largo sorbo.

Consigo enarcar las cejas y esbozar una sonrisa sarcástica en respuesta a sus palabras. Pero al volver a llevarme la copa a los labios, me pregunto si será orgullo lo que siento, por hacer creer a Michael que me ha conquistado, o si, en realidad, me preocupa estar dejándome embelesar por su encanto.

Capítulo 16

Brianna

Contemplo el pescado rancio que asoma por la bolsa de plástico, oigo a Jonah vomitando en el piso de arriba y me pregunto qué debo hacer.

Ayer por la tarde, estaba muy emocionado al volver del lago. Se había colocado cerca de donde desemboca el río y había utilizado como cebo los grillos que había capturado durante el verano. Tardó solo tres horas en pescar dos truchas degolladas. Y además eran de buen tamaño. Daban por lo menos para dos cenas.

Limpiar la primera fue asqueroso. Cortarle la cabeza. Después rajarla por la mitad para sacarle las tripas. Tratar de que no me entraran arcadas por el olor. Pero busqué en Google cómo hacerlo y seguí las indicaciones, así que no entiendo por qué Jonah se ha puesto tan malo.

¿Habré hecho algo mal? ¿O quizá es que el pescado ya estaba malo?

La experiencia de tener que preparar el pescado me quitó las ganas de comérmelo, así que Jonah se quedó con el mejor pedazo. Y la pequeña porción que me serví yo se quedó en el plato. Así que no es de extrañar que sea él y no yo quien está vomitando esta mañana, pero Jonah no lo ve de ese modo. Incluso me acusó de haberlo envenenado a propósito. Lo cual me parece bastante injusto después de lo mucho que me esforcé en prepararlo.

Y sé que el único motivo por el que me acusó fue nuestra pelea de ayer. Nuestra primera pelea en toda regla en dos años y medio de relación. ¿Y por qué? ¿Por un par de vestidos a mitad de precio?

Debería quemar la segunda trucha. Eso fue lo que me dijo Jonah que debíamos hacer con la comida pasada. No soy tan estúpida como para echarla al fuego del salón, así que cojo la bolsa con un brazo estirado —tratando de no pensar en su resbaladiza piel moteada ni en sus vidriosos ojos muertos— y salgo de la casa. El viento gélido me golpea al instante. Incluso ahora, después de semanas en las que ha ido refrescando gradualmente, la primera ráfaga del día sigue cortándome la respiración.

Me protejo la cara con el cuello del abrigo y sigo caminando. Jonah ha instalado un viejo bidón de gasolina a unos doscientos metros de la casa para quemar cosas, así que tiro dentro el pescado junto con unos trozos de madera astillada y ramas caídas. Por un momento, me pregunto si debería intentar ahumar el pescado. Quizá así se ponga bueno. Pero entonces sacudo la cabeza, vierto un poco de diésel en el bidón y le prendo fuego.

Mientras contemplo las llamas, se me nubla la vista. No puedo seguir negando la verdad. Nuestra nueva vida no se parece al sueño que teníamos, es una pesadilla, pero peor, porque de esto no puedo despertarme.

Sin embargo, es la vida que escogí, me recuerdo a mí misma con los ojos llorosos por el humo. Jonah está decidido a quedarse, a salir adelante, y es el hombre de mi vida. Puede que no nos hayamos casado, aunque hicimos esa promesa, para bien o para mal, cuando nos marchamos juntos. No puedo abandonarlo. Pero ¿cómo puedo quedarme aquí cuando el simple hecho de encargar un par de vestidos utilizando mis propios ahorros da pie a la Tercera Guerra Mundial?

Hundo las manos en el bolsillo de mi abrigo y siento el metal frío del teléfono. Es como si estuviera en trance mientras lo saco, accedo a Favoritos y escojo el primer contacto de la lista. Pero enseguida salgo de mi ensimismamiento al leer el nombre. Mamá. ¿Debería llamarla? ¿Se le habrá olvidado ya la pelea que tuvimos en julio? ¿Me habrá perdonado?

Supongo que solo hay una manera de averiguarlo.

Mientras escucho el familiar tono de la llamada, se me empieza a acelerar el corazón. ¿Qué voy a decirle? Podría admitir que no soy feliz, confesarle que no creo que esté hecha para ser una hacendada. Ella vendría a rescatarme, estoy convencida. Pero ¿puedo serle desleal a Jonah? Quizá, por el contrario, deba ceñirme al discurso de él, decir que esto me encanta y confiar en que me basten el sonido de la voz de mi madre y los retazos sobre lo que están haciendo por allí. Sin embargo, ¿qué sentido tendría hacer una llamada de emergencia y después fingir que va todo bien?

Salta el buzón de voz y, tras un segundo de indecisión, cuelgo el teléfono.

Una ráfaga de viento se me cuela por debajo del vestido y soporto con entereza el escalofrío que me recorre. Me encanta lucir un aspecto femenino para Jonah, como hace mi madre con mi padre, y sé que él también prefiere que lleve vestidos. Pero en invierno no resulta tan fácil, cuando tengo una lista diaria de tareas que desempeñar al aire libre. Con un suspiro, me vuelvo hacia la casa. Entro por la puerta de atrás y cojo el viejo hervidor con la esperanza de que haya agua suficiente para preparar un café. Aliviada, compruebo su peso y lo coloco en la rejilla situada encima del fuego.

Mientras espero a que se caliente el agua, abro la aplicación de Tumblr en el móvil. Me abrí una cuenta la semana pasada, pero ya he hecho cuatro publicaciones. No pensé que tuviera una historia que compartir —no como esas hermosas amas de casa de Instagram o los veraneantes que alardean en Facebook—, pero al empezar a escribir resultó que sí la tenía. Además, empleo un apellido diferente, así que puedo decir lo que me venga en gana sin miedo a que Jonah, o cualquiera que me conozca, sepa que se trata de mí. Abro una nueva publicación y empiezo a escribir.

Hola. ¿Sabéis qué? J se ha puesto malo. Comida en mal estado, creo, así que si alguien tiene algún consejo sobre cómo pescar y comer trucha degollada, me encantaría que me lo contara. Es una pena que sucediera anoche, porque ayer tuvimos una pelea. Incluso me dijo que es probable que lo haya envenenado a propósito; así que me acojo a la Quinta Enmienda. ¡Ja, ja! (Es broma, claro).

Pero ¿sabéis por qué discutimos? Porque me compré ropa por internet. Pensé que no habría problema porque lo pagué con dinero de mi cuenta, pero me dijo que era un derroche, que necesitábamos el dinero para las gallinas. Le dije que a él le gusta que vaya guapa y que también tengo que invertir en eso, pero entonces me dijo que debería haberme comprado una máquina de coser en su lugar, que así podría confeccionar mis propios vestidos. No soporto cuando lleva razón, sobre todo porque coser se me da fatal, lo cual es otro ejemplo más de que no sirvo para ser una buena hacendada.

No sé por qué este tipo de vida me resulta tan difícil. Veo las publicaciones de los demás y parece que todo va de maravilla. Las comidas tienen una pinta suculenta. Las esposas son todas preciosas. Nadie parece cansado, ni aterido de frío, ni hambriento, ni de mal humor. Esas mujeres han escogido la misma vida que yo, pero parece muy diferente. Y cuando les pido consejo o un poco de inspiración, aunque solo sea para recordar que no estoy sola, no me responden. ¿Por qué?

Y también me está afectando a la salud. Sí, tenemos aire puro, buena tierra y agua fresca de la montaña, pero hay días en los que sobrevivo a base de pan de masa madre y rábanos. Me está cambiando el cuerpo, tengo el pelo siempre revuelto a causa del viento. Y hace siglos que no me baja la regla.

Por favor, que alguien me diga que la cosa mejorará. Gracias.

Capítulo 17

Madison

@mamasanchez88 Me da igual lo que diga la gente, nadie podría fingir esa sonrisa
#feliz #bendición #matrimonio #tradwife

Me pongo de lado y contemplo mi cuerpo en el espejo. ¿Debería ponerme este vestido? Es elegante, confeccionado a mano con seda japonesa, pero se me ciñe bastante. ¿Será demasiado revelador? Todavía no he hecho público lo del embarazo, pero ya estoy de cinco meses. Dentro de poco tendré que decirlo. Esta noche hay un evento importante en Montana, los premios empresariales anuales, y por internet circularán muchas fotos de este deslumbrante acontecimiento. Cuando se sepa lo mío, sin duda examinarán cuidadosamente esas imágenes, analizarán mi tripa en busca de indicios y dirán que ya lo habían intuido. No me siento preparada para enfrentarme a eso. Me quito el vestido y escojo uno más amplio, de gasa rosa claro con mangas anchas y onduladas, y corte imperio.

—¿Crees que voy a volver a ganar? —me pregunta Michael oliéndose las axilas antes de ponerse una camisa limpia de su armario.

—¿Cómo no vas a ganar, cielo? La carne March es la mejor de Montana, lo sabe todo el mundo.

—Sí —dice riéndose—, tienes razón. Será una buena noche. Sobre todo teniéndote a mi lado con ese vestido. Pareces una princesa.

Me ruborizo con el cumplido. Me encantaría que siguiera de buen humor, pero sé que no puedo seguir ocultándole el resto de mis planes para la velada, no puedo arriesgarme a que se entere durante la ceremonia, delante de la flor y nata de Montana.

—Este año hay una nueva categoría en los premios —trato de aparentar indiferencia.

—¿De verdad?

—Para mujeres empresarias.

Se sienta sobre la cama para ponerse sus botas de vaquero, pero se queda parado con una a medio camino.

—No me parece muy bien que digamos. Es como si estuvieran animándolas a emprender.

—Lo sé, es preocupante —convengo—. La cuestión es que me han preseleccionado. Por @_TrulyMadison_.

Frunce el ceño y dice:

—Eso no tiene ningún sentido. No se trata de un negocio, es una cuenta de Instagram. Ya sé que tienes unas cuantas seguidoras, pero eso se debe únicamente a que quieren ver nuestro hogar, a nuestros hijos, lo comprometida que estás con criar a una familia estadounidense decente. No es que fabriques o vendas algo.

Pienso en el contrato de cien mil dólares que Erica ha negociado recientemente con una nueva marca de moda, pero destierro esa idea de mi mente.

—Por esa razón no voy a ganar —le digo—. De hecho, es probable que solo me hayan preseleccionado para asegurarse de que tú harías acto de presencia.

Esboza entonces una sonrisa y la tensión se evapora en un instante.

—Sí, tienes razón. ¿Cómo no se me ha ocurrido? Por cierto, esta noche conduzco yo. Bill tenía otro compromiso.

—¿En serio? Se tarda hora y media en llegar a Billings, y siempre nos lleva Bill.

—Sí, pero hoy ha ocurrido algo, así que lo he enviado a recabar información.

—Qué intrigante. ¿Qué es lo que ha ocurrido? —No sé si estará fuera de lugar preguntarle, pero parece encantado de explicármelo.

—Bill ha visto a un vagabundo merodeando alrededor de la verja perimetral. Y cuando le ha dicho que se fuera, el tipo se ha quedado ahí parado, murmurando no sé qué chorrada. Supongo que le faltaba un tornillo, apuesto a que se ha vacunado, pero el caso es que a Bill no le ha gustado que lo ignorase.

—¿Y qué ha hecho?

—Ha sacado su pistola.

—¿Le ha disparado? —Empiezo a darle vueltas a la cabeza, sopesando los pros y los contras. Con el discurso apropiado, podría plantearse como un potente ejemplo de lo que implica hacer lo que sea necesario para proteger a tu familia, pero supongo que también va contra la ley.

—Qué va, tontorrona. El tipo ha salido huyendo. Un vagabundo cualquiera no va a poner en riesgo su vida para enrollarse con Clarabelle o lo que sea.

—Sí, claro. No sé por qué lo he dicho. —Hago una breve pausa y pienso en todas las amenazas de muerte que he estado recibiendo por internet. Algunas proceden de *incels* feísimos (no es que muestren su cara, pero todo el mundo sabe por qué son *incels*), pero la mayoría provienen de progresistas ilusas que me acusan de ser un peligro para la sociedad. O sea, ¿ellas son las que me amenazan de muerte y resulta que el problema soy yo?—. ¿Y qué quería el vagabundo?

Michael hace una pausa, como si estuviera considerando su respuesta. Entonces suspira.

—¿Cómo cojones voy a saberlo? —me espeta, pero a continuación suaviza el tono—: Eso es lo que le he pedido a Bill que averigüe. Esta noche irá al bar a preguntar, para ver si alguien lo conoce. Al parecer, tenía un aspecto bastante característico. Seguro que no es nada, pero no me gustan las sorpresas, ni que haya desconocidos cerca de mi casa.

Me siento sobre la cama y pregunto:

—¿Le dijo algo a Bill acerca de por qué estaba aquí? ¿Me mencionó a mí?

—Por el amor de Dios, Madison, no todo gira en torno a ti —me dice con el gesto crispado.

Mierda. No puedo enfadarlo, esta noche no.

—Lo sé, lo siento. Es que los comentarios que recibo... Pero tienes razón, no tendrá que ver conmigo.

Michael suaviza la expresión y se deja caer junto a mí sobre la cama.

—Mira, seguro que no hay de qué preocuparse. Es probable que el tipo haya oído que tengo aquí un gran equipo de supervivencia y haya querido echar un vistazo. De un modo u otro, seguro que Bill llega hasta el fondo del asunto.

—Sí, supongo —respondo con una sonrisa débil.

—Sabes que siempre te protegeré, ¿verdad? —prosigue—. No pienso dejar que ningún hombre se acerque a mi mujer. Ya sea porque quieran acostarse contigo o asesinarte, tendrán que vérselas primero conmigo. —Me pasa un brazo por los hombros y me estrecha contra su pecho.

Es un gesto más tierno, más íntimo de lo que me esperaba y cuando me dejo envolver por su cuerpo firme, me entran ganas de llorar.

Pero debo recomponerme. He tardado una hora entera en maquillarme y no puedo arriesgarme a llorar; sobre todo porque Alice De-Mille también vive en Montana, de manera que es más que probable que acuda a la ceremonia de esta noche. Tengo que estar más guapa que ella.

—Te lo agradezco, cariño, de verdad. —Le doy un beso en la mejilla y me aparto—. Pero creo que deberíamos irnos. No quiero llegar tarde a tu premio.

—Oh, dudo que empiecen sin mí. —Se ríe.

Yo sonrío en respuesta. Pero los músculos de mis mejillas se me crispan por el esfuerzo.

Capítulo 18

Madison

@shelleyssalonBigT ¡¡Enhorabuena, Madison!! ¡¡Sabía que ganarías!! No puedo creerme que Michael perdiera :(
#MTBA2024 #Montanagirl #auténticaAmericana #influencer #inspiración

Cuando supe que el evento se celebraba en una estación de tren reconvertida, me imaginé bancos de madera y techos altos con corrientes de aire; en cambio, la sala resplandece. Las paredes están revestidas de cintas azul oscuro remachadas con diamantes de imitación y sobre mi cabeza titila una red de lucecitas. En cada mesa hay un espectacular centro floral, en tonos rojos oscuros y violetas, y más cubertería de la que casi ningún habitante de Montana se molestaría en tratar de identificar.

Un camarero que lleva una bandeja de bebidas se detiene junto a nosotros. Hago ademán de coger una copa de champán, pero entonces pienso en el bebé y me decanto en su lugar por un zumo de naranja. Veo con envidia cómo Michael elige una copa de champán para él y da un largo sorbo.

—¡Ah, Michael March! —Una rechoncha mano peluda golpea a mi marido en el hombro y a continuación se lo agarra—. Me alegro de verte, hacía mucho tiempo. ¿Qué tal va todo?

—Qué hay, Dick. —Michael se gira para zafarse de la mano del otro y se la estrecha. Dick Winters es veinte años mayor que Michael, pero dirige el segundo rancho ganadero más grande de Montana, de modo que imagino que los huesecillos de su mano estarán convirtiéndose en polvo blanco en esos instantes—. Nosotros estamos bien, hemos tenido un verano productivo.

—Tu querida mujercita te mantiene ocupado detrás de las cámaras, ¿verdad?

Trago saliva y veo que a Michael se le agría el gesto. Estoy convencida de que no perderá los nervios aquí, entre amigos y rivales, pero prefiero alejarme, por si acaso.

—Tengo que ir al cuarto de baño, caballeros, si me disculpan. —Sin esperar una respuesta, retrocedo.

Sonrío a otros invitados conforme me abro paso entre la multitud; a algunos los conozco, otros sin duda me conocen a mí, hasta que al fin alcanzo la puerta del baño.

Al entrar me encuentro en una emboscada de Instagram.

—Madison March, guau. —El reflejo de Alice DeMille me sonríe a través del espejo. Se guarda el pintalabios (Rouge Muse creo que es) en el bolso y se vuelve hacia mí—: Qué gran honor.

—¿Encantada de conocerte? —respondo con tono interrogativo y mirada inquisitiva; finjo que no consulto su cuenta como mínimo dos veces al día.

—Soy Alice DeMille —me dice—. Y es maravilloso conocerte por fin en la vida real. A lo largo de los años, has sido una gran inspiración para mí.

—Vaya, pues gracias.

—Recuerdo la primera vez que me encontré @_TrulyMadison_ en mi Instagram, hará siete años, ¿no? Por entonces solo tenías a Molly y a Mason, y Michael te llevaba a celebrar pícnics románticos en el rancho. Era todo precioso. Yo era una pánfila desmañada de catorce años a la que le daba vergüenza hasta hablar con los chicos, pero tú me diste ambición. Y ahora mírame.

Esbozo una sonrisa tensa. Alice DeMille tiene casi tantos seguidores como yo en Instagram, y más en TikTok, ¿Y solo tiene veintiún años? ¿Es once más joven que yo?

—¿Tú también eres *influencer*? —Sonrío y chasqueo los dedos—. ¿Sabes? Creo que te sigo. ¿Fabricas tu propia pasta de dientes o algo así? —¿A quién le importa un premio empresarial? Debería ganar un óscar por mi interpretación.

Amplía la sonrisa, dejando ver sus perfectos dientes blancos.

—Sinceramente, saber que Madison March me sigue me provoca escalofríos. ¡Mira, se me ha puesto la piel de gallina! Así de especial eres —añade con una risita.

—Anda. —Le miro los brazos, me fijo en el vello rubio que se le levanta. Relajo entonces la postura.

—Escucha, ¿podemos vernos luego? —prosigue—. ¿Y nos hacemos una foto juntas? Me la haría ahora, pero esta luz nos haría un flaco favor a ambas, y le he prometido a mi publicista que solo me ausentaría un minuto y ya llevo cinco. Me quiere presentar a mucha gente antes de sentarnos.

Dibujo una sonrisa forzada. ¿Alice DeMille tiene publicista? Me noto la palma de la mano sudada y me doy cuenta de que sigo con el zumo de naranja apretado. Lo deposito en una repisa junto a una flor de plástico. ¿Por qué no tengo yo publicista? ¿Qué sentido tiene invertir en gente que se encargue de que mi contenido quede bien si luego no tengo a nadie que se asegure de que lo vean?

Me invade un súbito torrente de furia. Ser *influencer* tradicional no se basa en conspirar descaradamente con el engranaje de los medios de comunicación. Se basa en ser una buena esposa, en anteponer a tu marido y a tus hijos a todo lo demás. Y si las marcas desean ayudarnos a difundir el mensaje, entonces aceptamos agradecidas. Pero no vamos detrás de ellas. No me extraña que esta mujer me haya adelantado; es una tramposa descarada. Con un maquillaje superior.

Bato las pestañas y digo:

—Claro que podemos, me encantaría, Ally.

—Es Alice, pero sería fantástico, gracias. Luego nos vemos. —Se echa hacia delante como si fuera a abrazarme, pero entonces cambia de opinión (quizá sea porque coloco ambas manos delante del pecho, como un escudo con garras) y sale del baño.

Me concedo unos instantes para comprobar que mi maquillaje sigue perfecto —y que la rabia que siento no se me nota en la cara— y a continuación sigo a Alice hacia el salón. Cuando veo con quién está hablando, se me ocurre una idea. Saco el teléfono del bolso y grabo un vídeo que sé que algún día me resultará de utilidad. Porque, al final, todas las tramposas obtienen su merecido.

Veo que Michael sigue donde lo dejé, hablando ahora con un hombre al que no conozco que va completamente vestido de vaquero: bigote francés, sombrero Stetson, corbata de cordón. Debería

93

reunirme con ellos, ser una esposa diligente, escuchar cómo el vaquero repite como un loco sus consignas trumpistas favoritas o se queja del lamentable precio del ganado, y después asentir cuando Michael comparta con él sus valiosos consejos. Pero pronto llegará el momento de sentarnos, entonces no me quedará otro remedio que escuchar a los hombres y dividir mi atención entre quienes los organizadores del evento hayan considerados dignos de sentarse a mi lado. Es algo que deseo posponer todo lo posible.

Reparo en una salida de incendios que está entreabierta; al salir, me encuentro en un andén de hormigón con barrotes de hierro que da a las viejas vías del tren. Hace un frío que pela y el cielo nocturno se ve cubierto de nubes, aunque debo de estar al abrigo del viento en este lado, porque el aire está quieto. Miro hacia las Crazy Mountains, cuyos picos nevados ofrecen un aspecto fantasmal bajo el brillo lejano de las farolas. No nací en Montana; es simplemente el sitio en el que acabé cuando el coche de Lori se quedó sin gasolina. Pero ahora me encanta.

De la nada, un copo de nieve me aterriza sobre la mano. Me quedo estudiándolo unos instantes, su intrincado dibujo, después miro hacia el cielo. Es la primera nevada de la temporada. Y es preciosa. De foto, en realidad.

Saco el teléfono y hago una serie de selfis, fotos del paisaje y primeros planos. Cuando reviso las imágenes, veo una tan bonita —con copos de nieve sobre mi cabello y una sonrisa dibujada en los labios— que la publico directamente en mi cuenta. Es entonces cuando veo que tengo otro mensaje de Brianna Wyoming.

¿Por qué no la bloqueé? He estado a punto de hacerlo en innumerables ocasiones, pero siempre hay algo que me detiene. Aunque sé que mantener abierta la vía de comunicación no hace sino animarla a seguir escribiéndome. Con dedos temblorosos a causa del frío, abro el mensaje.

¿Por qué nunca me respondes, Madison?
¿Te crees demasiado buena para mí? ¿Es eso?
¿O te da miedo que se te escape un secreto?
¿Tu vida perfecta es en realidad una mentira?

Capítulo 19

Cally

Estamos solo a 27 de octubre y ya hay nieve en el suelo.

Abro la ventana y aspiro el aire gélido. La niña que llevo dentro desea ponerse la ropa de invierno y salir a la calle. Hacer un muñeco de nieve o tumbarse en el suelo y dibujar ángeles de nieve. En cambio, a la adulta de veinticuatro años que soy le asusta que el clima sea tan frío cuando aún falta tiempo para que lleguen los verdaderos meses invernales. También piensa en lo aislado que se quedará este lugar. Con un suspiro, cierro la ventana y me pongo la ropa más gruesa que encuentro.

Antes de venir aquí, daba por hecho que los March acudían a la iglesia los domingos por la mañana. He visto *reels* de Madison vistiendo a los niños con su ropa de los domingos y montándolos después en la resplandeciente camioneta roja de Michael. No obstante, nadie ha mencionado la iglesia desde que llegué y, como católica expracticante convencida que soy, no he considerado que me corresponda a mí preguntar. Pero eso significa que Michael estará aquí el día entero.

La otra noche, bajo las estrellas, me descubrí atraída por ese carisma suyo de vaquero. Aunque, al salir el sol a la mañana siguiente, mi error de juicio me quedó clarísimo. Michael considera que las mujeres deben estar en casa y no tiene reparos en pegar a sus propios hijos. ¿Cómo pude dejarme encandilar por eso? Quiero creer que se debe a la soledad que empieza a impregnarme, que no me siento atraída por su masculinidad, ni por esa confianza inquebrantable que tiene en sí mismo (ni por ese torso en apariencia inquebrantable también). Aunque tampoco puedo confiar ciegamente en que eso sea cierto, razón por la cual he hecho un esfuerzo desmedido por evitarlo desde entonces, y no quiero que eso cambie ahora; de modo que, en lugar de ir a la cocina a desayunar, salgo directamente.

El cielo luce un tono azul veraniego, pero el suelo es un manto blanco y refulgente. No corre viento y, si bien el aire es frío, cuando alzo la cara hacia el cielo, noto la calidez del sol en las mejillas. Pienso en lo que dijo Michael aquella noche acerca de que la vida en la ciudad esconde lo que puede ofrecer Estados Unidos. Supongo que hasta los misóginos tienen razón en algunas cosas.

Doy un respingo cuando la quietud del paisaje se ve interrumpida por el tono de mi teléfono. Seguro que es mi padre, que siempre me llama los domingos, así que descuelgo sin mirar.

—¿Cally Brown?

Mierda. ¿Por qué no habré consultado la pantalla antes de apretar el botón? El corazón me da un vuelco.

—¿Hola? —prosigue la voz.

¿Es él?

—Sé que estás ahí, Cally. Háblame, joder.

Cuelgo el teléfono. Me tiembla todo el cuerpo. Espero a oír el inevitable pitido que anuncia la recepción de un mensaje de voz y, acto seguido, lo borro. Me invade un momento de incertidumbre, me pregunto si tal vez debería haberlo escuchado primero, quizá fueran buenas noticias, un indulto. Pero destierro de mi mente esa fantasía. Es imposible que la situación se resuelva hasta que me haga con esos cincuenta mil dólares. Porque por eso estoy aquí. No he venido a dar clases a unos niños, ni a contemplar las estrellas, ni a poner en duda la ética de los vaqueros misóginos. He venido a liberar a mi hermano.

Embargada por un desconocido sentimiento de determinación, me adentro más en la nieve y rodeo la casa hacia la parte de atrás.

Pensaba que los niños estarían aquí fuera, tirándose bolas de nieve o haciendo un muñeco. Pero entonces me acuerdo. «Trabajar antes de jugar». El hombre que ensalza las virtudes del salvaje oeste estadounidense es también el padre que no autoriza la diversión hasta que todas las tareas estén hechas, incluso después de la primera nevada de la temporada. Cuando paso frente al granero convertido en gimnasio, casi espero oír las pisadas de Madison sobre la cinta de correr —tiene una fe ciega en su entrenamiento diario—, pero ahí tampoco hay nadie. Estoy bastante segura de que yo no me entregaría de esa forma al ejercicio si me encontrara en su estado, pero, claro, dudo que nuestras rutinas de ejercicio se parezcan en algo.

Me detengo cuando un clic-clic metálico rompe el silencio. No veo nada, aunque mi instinto me dice que se trata de una pistola, de modo que me oculto detrás de uno de los graneros para que no me vean. Avanzo pegada a la pared trasera siguiendo la dirección del sonido y asomo la cabeza por la esquina. Michael está delante de ese extraño montículo con la puerta verde oscuro y tiene una escopeta. La lleva colgada del hombro, abierta y con la parte superior del cañón apoyada en la clavícula. Despreocupado, como si llevara un viejo jersey.

Lo veo bordear la casa y desaparecer por uno de sus costados. Las únicas personas que llevan armas en Boston son los malos, pero he de recordar que aquí las cosas son diferentes. Un arma es un derecho otorgado por Dios, una parte crucial del sueño americano. Lori me contó que estamos en temporada de caza, de manera que lo más probable es que Michael vaya a cazar. Matar, sí, pero de un modo más civilizado. Supuestamente.

Vuelvo a mirar hacia la extraña y pequeña colina. Siento curiosidad por ese lugar desde que llegué y, como Michael no anda cerca, me parece el momento perfecto para ir a investigar. Espero un par de minutos por si acaso regresa, después voy pisando sus propias huellas para que no se descubra mi indiscreción. Conforme me acerco, veo que la puerta verde está recortada sobre un grueso bloque de hormigón de color arena. Es de acero y está cerrada con un pesado candado.

De pronto, me doy cuenta de lo que es. Uno de esos búnkeres para el apocalipsis; una vez vi una serie de Netflix que iba de eso. Lo que significa que Michael debe de estar preparándose para el juicio final. Uno de esos hombres de los que nos reímos en Boston por ser raros o exagerados. ¿Michael es uno de ellos? ¿El hombre que dirige el mayor rancho de Montana, el que gobierna a su familia con mano de hierro, el que es capaz de distinguir estrellas fugaces en el manto nocturno cubierto de constelaciones mientras se bebe una copa de *shiraz*, es también un preparacionista chalado? No me lo puedo creer y, al mismo tiempo, tiene mucho sentido.

Estiro el brazo y acaricio con la mano el suave hormigón. Confío en que el fin del mundo no tenga lugar antes de julio. No quiero quedarme aquí atrapada con la familia March.

Cuando noto que me empieza a entrar hambre y frío, vuelvo a entrar en la casa por la puerta trasera que da a la cocina. Allí me encuentro un panorama totalmente opuesto al del exterior. Ruido, calor y caos. Lori como si fuera la directora de una orquesta inexperta, Madison desempeñando su papel de miembro del público que no se deja impresionar.

—¡Cally! —grita Matilda blandiendo un cuchillo—. ¡Estoy haciendo ajo!

—Estás pelando ajo —la corrige Lori—. Y ten cuidado con eso.

—Yo estoy poniendo la mesa. —Myron entrechoca dos cucharas.

—Y yo ablandando la carne —anuncia Mason antes de golpear un enorme trozo de carne roja con un mazo de madera que tiene la cabeza dentada.

Molly lo mira con envidia y después sigue dando la vuelta a las patatas asadas.

—Tiene todo muy buena pinta, en especial las patatas. —Y le guiño un ojo a Molly.

—Michael va a pasar el día fuera —me dice Lori—. Ha ido de caza con Bill. Nosotras estamos preparando la comida para el resto, ¿verdad, Madison?

—¿Qué? —Madison levanta la mirada de su revista—. Ah, sí. Hola, Cally. —Me sonríe, pero no le sale natural. Le falta su acostumbrado brillo.

—¿Cómo fue la ceremonia de premios? —pregunto.

—¡Ganó mamá! —exclama Molly con una sonrisa de orgullo—. Y papá quedó segundo en su categoría.

—Se lo robaron. —Mason aporrea la carne con más fuerza—. Ese cabrón de Dick Winters.

—¡Mason! —le regaña Lori.

—Menos mal que mami hoy no graba —dice Matilda con una risita.

Vuelvo a mirar a Madison y después observo la estancia. Estoy tan acostumbrada a ver trípodes montados en lugares estratégicos, generalmente con cámaras encima, que ya apenas reparo en ellos. Sin embargo, hoy no están. Me pregunto por qué. Con todos los niños participando en los preparativos de la comida y muchas verduras del huerto a la vista, sería una escena perfecta de bucólica convivencia familiar.

—¿Va todo bien? —pregunto dirigiendo mi pregunta a Madison.

—¿Cómo? Sí, todo bien —tartamudea—. Estoy cansada después de lo de anoche. ¿Qué tal si ayudo a Myron con la mesa? —Sin esperar una respuesta, se baja del taburete y se acerca hacia donde guardan los vasos.

Observo algo extraño en su manera de caminar, como si estuviera rígida.

—¿Has ido al gimnasio esta mañana? —le pregunto—. Me parece impresionante que entrenes siempre hasta el final de tus embarazos. —Lamerle el culo a Madison me produce náuseas, pero parece ser la única forma de conseguir sacarle una respuesta decente. Supongo que es el resultado de tener diez millones de seguidores.

—No, hoy no.

Frunzo el entrecejo. Por lo general, se le ilumina el rostro con un cumplido como ese.

—¿Los filetes están ya listos para la parrilla, Mason? —rompe el silencio Lori.

—Sí, señora —grita Mason, que se baja del taburete de un salto y blande el mazo por encima de la cabeza de Myron.

—Deja en paz a tu hermano pequeño. —Lori le arrebata el arma a Mason y la tira al fregadero al tiempo que levanta la bandeja de la carne.

Esta mujer tiene superpoderes, no cabe duda.

—¡Eh, Matilda, agarra esto! —Mason saca la otra mano de detrás de la espalda y le lanza un recorte de carne a su hermana a la cabeza.

Matilda chilla y corre hacia Madison, en busca de protegerse del trozo volador de grasa animal. Pero, con el impulso, se estrella directamente contra su vientre.

Madison ahoga un grito. Crispa el rostro en un gesto de dolor.

—¡Perdona, mami! —exclama Matilda y rompe a llorar.

—No pasa nada, cielo —responde Madison con un gesto a medio camino entre una sonrisa y una mueca de dolor—. Anoche sufrí una pequeña caída y me lastimé las costillas. No es nada. —Su cara resplandece de nuevo—. Pero la verdad es que no tengo mucha hambre, así que creo que no voy a comer. —A continuación, se da la vuelta y abandona la cocina.

Capítulo 20

Cally

Lori me pasa una fuente con agua caliente y yo seco la suave cerámica con un trapo de cocina.

La comida ha sido un momento incómodo. Los sollozos de Matilda no han tardado en sofocarse, pero han sido reemplazados por sonoros hipidos. Molly se ha pasado la comida convenciendo a Myron para que se comiera las judías verdes y Mason no ha parado de quejarse por estar en una habitación llena de chicas y bebés cuando debería estar de caza con los hombres.

Y, por mucho que he intentado captar su atención, Lori apenas ha abierto la boca. Se ha llenado su plato de comida y ha dado buena cuenta de ella, despacio, con deliberación, como si fuera un desafío que no pudiera permitirse perder. Cuando por fin ha terminado el calvario, Lori les ha dicho a los niños que salieran a jugar con la nieve. Molly ha sido la única que ha vacilado, mirando de soslayo hacia las escaleras por las que había desaparecido Madison, pero al final se ha dejado arrastrar por el entusiasmo de sus hermanos, dejándonos a Lori y a mí encargadas de la limpieza.

—Es una lástima que la noche de la victoria de Madison acabara con una caída —comento tratando de sacar a Lori de su ensimismamiento—. Parecía que le dolía un poco.

Lori deja de frotar la bandeja de la carne por un instante, después retoma la tarea con más ahínco.

—Los zapatos de tacón alto no combinan bien con la nieve, supongo.

—Michael debió de llevarse un buen susto —continúo— al ver caerse a su mujer embarazada.

—Seguro que sí.

Salta a la vista que Lori quiere poner fin a la conversación, lo cual no hace sino alimentar mis sospechas. A Michael no debió de hacerle ninguna gracia que su mujer ganara un premio después de haber perdido él, seguro que se quedó con el ego tan magullado como las costillas de Madison. Y tiene sentido que un hombre que pega a sus hijos descargue su frustración sobre su mujer de un modo similar.

—También es una lástima que Michael no ganara su premio —prosigo impertérrita—. Supongo que debió de resultarle un poco incómodo después del triunfo de Madison. Sobre todo al tratarse de un asunto empresarial.

Cuando Lori deposita la bandeja limpia en el escurridor, yo desvío la mirada hacia su cara, pero presenta un rictus impasible.

—A nadie le gusta perder —zanja ella.

Me vuelvo hacia la ventana. El manto blanco, salpicado ahora de pisadas, me recuerda a mi salida de antes, a la manera descuidada con la que Michael llevaba su escopeta, al búnker, que es un reflejo de su manera de pensar. Espera lo peor. Sálvese quien pueda.

—¿Crees que Michael podría haber pegado a Madison? —pregunto con voz queda sin saber cómo se lo tomará Lori, si la solidaridad femenina será más fuerte que la lealtad al jefe o la locura de Montana.

—¿Te puedo dar un consejo, Cally? —Y se vuelve hacia mí.

—Desde luego.

—Inmiscuirte en los matrimonios ajenos solo te traerá problemas. Créeme, lo sé.

—Pero la violencia doméstica constituye un delito —le recuerdo, no estoy dispuesta a ceder—. Además, ¿Madison y tú no os conocéis desde hace mucho tiempo? Aunque exista la más mínima probabilidad de que Michael le haya hecho daño, ¿no quieres averiguarlo?

Lori se da la vuelta, pero no sin antes dejarme ver el brillo furioso de su mirada.

—Madison no me lo agradecería.

—¿Por qué no? Sé que Michael es un hombre persuasivo, pero hacer luz de gas también es un delito.

—Cally, ¿alguna vez has hecho algo de lo que te hayas arrepentido? Me refiero a poner en marcha el motor de algo realmente terrible.

«Poner en marcha el motor». Abro los ojos como platos. Oigo el corazón desbocado en los oídos. ¿Se habrá enterado Murphy de dónde trabajo? Cuando le colgué antes, ¿llamó luego aquí?

—¿Cómo lo sabes? —susurro, y las palabras se me atascan en la garganta. Pero entonces empieza a sonarme el teléfono, y el tono me acelera tanto el pulso que creo que me está dando un infarto—. ¡Dios! —digo casi sin aire. Entonces me fijo en la pantalla—. Joder. —Busco el botón de apagado.

—¿Qué está pasando, Cally?

Bip-bip.

—La respuesta es sí —le suelto sin pensar—. He hecho algo realmente terrible. Y ahora el tipo me está llamando y no sé qué hacer. —Se me llenan los ojos de lágrimas y no logro impedir que me resbalen por las mejillas. Me las seco furiosamente.

Lori suaviza el gesto y me mira preocupada. Después me acaricia el brazo.

—Seguro que no es para tanto.

—¡Sí que lo es!

—¿Quieres hablar de ello?

—No puedes contárselo a Madison, necesito este trabajo.

—¿Ocurrió antes de que llegaras aquí? ¿Antes de que conocieras a Madison?

—Sí —susurro.

—Entonces, puedes confiarme tu secreto.

Su voz suena tan compasiva que noto cómo vuelven a escocerme los ojos. Me derrumbo en una silla y me llevo las manos a la cabeza. Me alivia profundamente poder al fin desahogarme.

—Si no reúno cincuenta mil dólares antes del próximo verano, someteré a mi hermano a una vida de… La verdad es que no lo sé. Se pasará la vida mirando por encima del hombro, a merced de un narcotraficante cabrón, quizá incluso corra peligro su integridad física. —Oigo a Lori coger aire a mi espalda—. Sí, eso es —continúo—. Bastante horrible.

—¿Qué hiciste? —me pregunta cuando se le calma la respiración. Cierro los ojos y vuelvo a pensar en aquella noche.

—Estaba en una fiesta, en una casa —comienzo—. Era una celebración por el Cuatro de Julio. Había un tipo de pelo oscuro y desgreñado, lucía un bronceado artificial y era un engreído. No paraba de hablar de actores y músicos famosos con los que, en teoría, se codeaba.

—Alguien de quien es mejor mantenerse alejada, desde luego.

—Sí —murmuro deseando haber tenido a Lori para aconsejarme aquella noche en lugar de a Lily, mi vieja amiga del instituto—. Conducía un Porsche 911 de colección y todos lo sabían porque no paraba de decirlo. Así que, cuando dejó sus llaves sobre la mesa, mi amiga me desafió a robarlo, solo para darnos una vuelta y hacerle una jugarreta. No sé por qué dije que sí.

—¿Y se enteró?

—El coche tenía cambio de marchas. Yo solo he conducido vehículos automáticos. Lo estrellé contra una boca de incendios a escasos cien metros de la casa.

—¡Ay, Cally!

—Fue el anfitrión de la fiesta el que me sacó del coche. Y al ver su cara, al ver lo asustado que estaba, me di cuenta de hasta qué punto la había fastidiado. Me dijo que saliera corriendo, pero el gilipollas del coche salió de la casa segundos más tarde.

—¿Y tu hermano también se vio implicado?

—Al principio no —respondo sacudiendo la cabeza—. Pero cuando el anfitrión me dijo quién era el tipo, por qué era amigo de todos esos famosos y cómo se ganaba la vida, me entró el pánico. Llamé a mi hermano, que se encontraba en un bar no muy lejos de allí, y vino en mi ayuda. No sé cómo, Luke le plantó cara a uno de los principales traficantes de cocaína de Boston y me consiguió más tiempo. Pero todo tiene un precio. Dispongo de un año para indemnizar a Murphy por los daños que le causé a su coche. Y si no lo hago, dice que le va a hacer la vida imposible a Luke. No sé a qué se refiere exactamente. Luke tiene un buen trabajo, así que podría pedirle que solicitara un préstamo para pagarle a Murphy, pero no quiero ni pensarlo. Es culpa mía. Es mi deuda. Soy yo quien debe resolver el problema. —Se me crispa de nuevo el rostro—. Ahora ese tío me está llamando y no sé por qué.

—Y por eso aceptaste este empleo, por el dinero.

—Sí. Y para salir de Boston. Luke había ido allí solo a pasar el puente, vive en California, así que no le resultó difícil mantenerse alejado del tipo. Pero, con la suerte que tengo, me preocupaba que pudiera encontrarme, y probablemente fuese puesto de coca y buscase pelea.

Lori se sienta a mi lado, me estrecha la mano y sonríe.

—Así que al final va a resultar que lo que dice Michael sobre la gente de ciudad es cierto, que sois todos un puñado de rufianes.

Puede que sea la caricia de Lori o la sorpresa que me provoca que haya escogido el humor, o quizá se deba al alivio de poder desahogarme por fin, pero me sube por el pecho una carcajada y la dejo escapar. Entonces Lori se suma y pronto acabamos las dos tronchadas de la risa, como dos colegialas traviesas. ¿Cómo lo ha hecho? Me invade de pronto un torrente de gratitud y de cariño.

—¿Me guardarás el secreto? —le pregunto cuando recupero el aliento.

—Por supuesto —responde—. A todos se nos permite cometer errores, siempre y cuando nos enfrentemos a ellos. Y como en tu caso eso implica tener que aguantar a los chalados de los hacendados, lo mínimo que puedo hacer es intentar que sea lo más placentero para ti.

—Eres una buena persona, Lori. No creo que tú hayas cometido nunca un error.

—Te sorprendería —responde—. Y si ese narcotraficante vuelve a llamarte, me pasas el teléfono a mí. Soy más dura de lo que parezco.

Capítulo 21

Madison

@justatexangal En esa foto pareces Blancanieves, ¡y Michael es el príncipe perfecto!
#princesa #parejadeguapos #vidatradicional #ojalánevaraenTexas

Me subo con cuidado la camiseta y examino la lesión. Ha empezado a dibujárseme un hematoma en las costillas. Supongo que en los próximos días se extenderá e irá cambiando de color hasta desaparecer por completo.

¿Cómo pude ser tan patosa? Supongo que estoy desentrenada, no contaba con tener que caminar con tacones por la nieve; aun así, no es propio de mí. En clase de gimnasia, cuando era pequeña, la barra era mi aparato favorito, y mis entrenamientos regulares en el gimnasio no han hecho sino mejorar la fuerza de mis abdominales.

Además, Michael trató de impedir que me cayera. Una mano en mi espalda, agarrada a la tela suelta de mi abrigo. Solo intentaba mantenerme erguida, ¿por qué entonces me pareció que me empujaba?

Recé con todas mis fuerzas para no ganar el premio de las mujeres empresarias. Para empezar, no beneficia a mi marca, pues voy por ahí declarando que las madres que trabajan fuera de casa son la lacra de nuestra sociedad. Pero además sabía que Michael se enfadaría, sobre todo después de haber perdido en su categoría por primera vez en cinco años. Sin embargo, mis oraciones no sirvieron de nada y tuve que subirme a ese escenario, con Michael mirándome desdeñoso desde la mesa. Por supuesto, Alice DeMille se mostró colmada de alabanzas y, no sé cómo, consiguió acaparar todos los focos mientras yo trataba de apaciguar a mi marido.

Luego abandonamos la fiesta, caminamos hacia el coche, de pronto tropecé y aterricé sobre una piedra cubierta de nieve.

Me paso la mano por el vientre. Se me ha hinchado la zona. Pienso en el bebé que voy a traer al mundo —que vamos a traer, es nuestro bebé, no el mío— y se me llenan los ojos de lágrimas.

Michael nunca me ha pegado. Pero eso no significa que yo nunca haya tenido miedo a su fortaleza física. Ya constituye una presencia intimidatoria cuando está de buen humor —es alto, fornido—, así que cuando se le agría el gesto o, peor aún, cuando se cierra en banda, puede resultar terrorífico. Alguna vez me he acobardado cuando él se ha acercado a mí, se me ha acelerado el pulso al ver sus puños apretados. Sé que tiene mucho temperamento. Le he visto pegarse con otros hombres, utilizar su adorada pala para pegar a los niños en las palmas de las manos. Y soy plenamente consciente de que, si la tomara conmigo, no tendría nada que hacer frente a él.

Llaman con suavidad a la puerta. Me bajo la camiseta, ahueco las almohadas y doy permiso para que la persona entre en la habitación.

—¿Cómo te encuentras? —pregunta Lori, que entra en el cuarto y cierra la puerta a su espalda.

Me planteo sonreír, pero se trata de Lori. No hay necesidad de fingir.

—Me duele mucho.

—Te he traído árnica. —Me alarga un tarro de cristal con una cucharada de crema verde y espesa en su interior—. La he hecho yo misma. Úntatela dos veces al día.

—Gracias. —Me vuelvo, pero Lori se queda ahí parada.

—Fue solo una caída —dice al fin—. Nada más, ¿verdad?

—Por supuesto.

—Me alegro. O sea, no es que me alegre, pero…

—Pero ¿qué?

Exhala antes de responder:

—Me preocupaba que Michael pudiera haberte hecho algo.

—¿Qué te hace pensar eso?

—Bueno, el premio, supongo, pero también… —Suspira—. Pensé que quizá fuera culpa mía. Fui yo la que te sugirió que lo manipularas para hacerle creer que él había salvado @_TrulyMadison_, y a lo mejor lo descubrió y se enfadó.

Noto un calor que me recorre todo el cuerpo. Inflamación, nuevos tejidos que se forman, miedo, todo eso mezclado.

—Lori, llevamos mucho tiempo manipulando a Michael sin que se dé cuenta.

—Pero la gente se vuelve más sabia conforme madura. Las experiencias de la vida les permiten ver las cosas con mayor claridad. ¿Y si Michael lo descubre todo algún día? ¿Sería algo más que una simple caída en la nieve entonces?

De pronto me acuerdo de Rose en el bar, de sus manos temblorosas mientras se bebía el *bourbon* de un solo trago. «No tienes que ser más lista que yo, sino más lista que él». Destierro esa imagen.

—No lo hará. Me cree —afirmo con la misma seguridad de siempre.

Sí, me preocupa que Michael pueda perder el interés en mí, que se canse y me sustituya por otra más joven. Pero se me da muy bien mentir. Nunca me ha preocupado que pudiera descubrir la verdad sobre mí.

—Si tú lo dices… —murmura Lori.

—De todos modos, ¿qué alternativa tenemos? Sin Michael, no soy nada. Y eso te convierte a ti en nada.

—No es cierto que no seamos nada. Podríamos empezar de nuevo. Tú y yo, con los niños.

—¿Y dejar atrás todo esto? ¿Después de todo lo que he sacrificado para llegar hasta aquí?

—Tal vez podamos volver a casa.

Chasqueo la lengua.

—He estado recibiendo unos mensajes —le digo para cambiar de tema y que Lori deje de decir sandeces.

—¿Cómo?

—De alguien en Instagram que se hace llamar Brianna Wyoming.

Lori palidece. Se acerca a mi cama y se sienta en el extremo.

—¿Qué dicen los mensajes?

—Empezó diciendo cosas normales. Que soy una inspiración para ella, que hago que todo parezca fácil… En fin, lo de siempre. Pero es insistente y anoche, básicamente, me acusó de mentir.

—¿Has visto alguna foto suya? —Lori lo pregunta con despreocupación, pero no soy idiota. Percibo el peso que esconde su pregunta.

—No. Su foto de perfil es un pino. Pero no puede ser la misma Brianna. Es imposible.

Lori asiente y veo que tensa los hombros y después los relaja.

—Tienes razón, qué tontería.

—¿Te has enterado de que Bill pilló a alguien merodeando frente a la hacienda el viernes?

—¿Cómo? No. —Lori se muerde el labio—. ¿Quién era?

Me encojo de hombros y respondo:

—Michael envió a Bill al pueblo a investigar. Cuando vuelva hoy de cazar, le preguntaré al respecto.

Lori asiente, pero sé que solo está ganando tiempo para pensar.

—Seguro que no hay de qué preocuparse —me dice—. Los hombres defienden su territorio, lo llevan en la sangre, ¿no es así?

Pese a todo, sonrío.

—Seguro que llevas razón.

—¿Te importa que vaya a echarme un rato? Hoy estoy agotada.

—Claro que no. Trabajas demasiado, Lori. Ojalá bajaras el ritmo.

Me dedica una sonrisa triste y se vuelve para marcharse. Me recuesto contra el cabecero de la cama y vuelvo a pasarme la mano por el vientre hinchado. Mañana haremos público el embarazo, pero Erica y yo grabamos el contenido la semana pasada, así que por lo menos no tengo que preocuparme de mi aspecto. Cojo el teléfono sin pensar y accedo a uno de mis perfiles falsos de Instagram. Alice DeMille está ahí otra vez, con un bonito *reel* del evento de anoche. Hay algunas imágenes mías agradeciendo el premio, pero es raro que no me haya etiquetado. Me incorporo un poco. Vuelvo a ver el *reel*. Entonces leo el texto que figura debajo.

Anoche lo pasé de maravilla en los #MTBA2024.

Jack quería ir a mostrar su apoyo a su jefe, que optaba a un premio, así que, claro, yo lo acompañé. Lo mejor de la velada fue conocer a #MadisonMarch #trulyMadison. Ganó un premio empresarial, lo que me parece una locura, sobre todo porque el pobre Michael @MarchranchMT perdió. Yo nunca eclipsaría a Jack de esa forma, pero todas emprendemos caminos diferentes, y no voy a criticar a la #tradwife original por las decisiones que toma.

#tequieroMadison #valorestradicionales #Montana #amadecasa #tumaridoesloprimero #nojuzgamos

Lanzo el teléfono hacia el otro extremo de la habitación. Grito. Noto las lágrimas ardientes en los ojos. Me palpita el vientre. Tengo que destruir a esa mujer, hacer que lamente el día en que se cruzó con Madison March.

Pero debo ser lista, no puedo enzarzarme en una riña insignificante como si fuéramos un par de raperos mal vestidos. Recojo el teléfono del suelo, accedo a mis fotos y encuentro el vídeo que grabé anoche. Hay una manera mucho más inteligente de proceder. Y si he logrado tener a mi marido engañado durante doce años, no creo que una descerebrada de veintiuno vaya a suponer ningún problema.

Capítulo 22

Brianna

—¡Voy a cortar leña! —grita Jonah desde el pie de la escalera—. ¡Hay que dar de comer a las gallinas, Bri, y el tanque del agua está vacío!

—Pues hazlo tú —murmuro de pie frente al espejo roto del dormitorio sabiendo que no me oirá.

Mi cabello ondulado parece más rebelde que nunca y me ha salido acné en la barbilla. Oigo silbar a Jonah antes de que la puerta de atrás se cierre de golpe y me invade un torrente de rabia irracional. ¿Es que no se da cuenta de lo duro que es este estilo de vida? ¿Por qué soy la única que echa de menos las hamburguesas de Wendy's y los cafés helados de Starbucks, o ir al cine un sábado por la noche? Ahora mi única diversión consiste en comerme chocolatinas robadas y consultar mi teléfono, mientras trato de hacer realidad la fantasía de que, algún día, mi vida también será digna de salir en redes sociales. Porque ya sé que se trata de una fantasía.

Parpadeo para contener las lágrimas y me giro para contemplar de perfil mi cuerpo desnudo de cintura para arriba. Ya no puedo seguir ocultándolo. Conforme mis extremidades han ido encogiéndose y mis pómulos volviéndose más afilados por la escasez de comida, mi tripa ha ido creciendo. Si ese fuera el único indicio, podría pensar que sufro malnutrición, como los niños que aparecen en los anuncios de UNICEF, que tienen brazos raquíticos y la tripa hinchada. Pero hay algo más. Una sensación que me bulle por dentro.

Un bebé.

En teoría, tener una prole de niños es la parte más alegre del sueño de un hacendado. Pero, en estos momentos, solo sirve para que la pesadilla dé más miedo.

Me pasé una semana preguntándome si debía compartir con mi madre mis sospechas acerca del embarazo cuando me devolviera la llamada; no le dejé un mensaje de voz, pero vería mi número en las llamadas perdidas. Resultó que al final no tuve que tomar la decisión, pero nunca me devolvió la llamada. No sé si se lo exigió mi padre o si fue ella misma la que resolvió cortar toda comunicación; aún le quedan otros cuatro hijos con los que hacerlo bien. Pero ahora ya me queda más que claro que estoy sola. Que hice una elección cuando me marché de casa para vivir en pecado.

Tampoco le he dicho aún a Jonah que estoy embarazada y, sorprendentemente, no me lo ha preguntado. Seguimos haciendo el amor con regularidad, así que ha tenido oportunidad de sobra para fijarse en mi creciente volumen. Pero ahora lo hacemos de noche, pues durante el día estamos ambos demasiado ocupados con nuestras tareas como para excitarnos. Eso implica que estamos a oscuras, él medio muerto de cansancio; últimamente ya no tengo claro si se fija mucho en mí.

Sin embargo, se merece saberlo, y, sobre todo, ya va siendo hora de que me trate con un poco más de mimo. Como a la futura madre que soy.

Bajo las escaleras y me pongo las botas. Jonah lleva razón con lo del agua, así que cojo el contenedor de plástico vacío y salgo de casa. De nuevo, me golpea una implacable ráfaga de viento gélido. El invierno en Búfalo es crudo, pero aquí parece mucho peor, y no logro discernir si se debe a que el terreno está más expuesto a los elementos o a que nunca había reparado en la protección que me brindaban las comodidades de mi hogar.

Jonah se encuentra en su rincón favorito, junto al bosque, donde ha levantado un cobertizo improvisado; bueno, más bien se trata de tres tablones de madera clavados y una mesa de trabajo. Está concentrado en su tarea —coloca en equilibrio pesados leños sobre un tocón de árbol para después partirlos con un hacha— y no repara en que lo estoy observando. Podría ir primero a llenar el depósito del agua y contarle después lo del embarazo. Pero resulta una tarea aburrida y agotadora, y siempre cabe la posibilidad de que Jonah se ofrezca a hacerlo por mí si comparto antes la noticia.

Dirijo mis pasos hacia él.

—Hola.

Alza la vista y sonríe. Pero cuando se fija en el recipiente de agua vacío, se le borra la sonrisa.

—¿Va todo bien? Estoy muerto de sed, este trabajo te deshidrata.

Asiento, su mensaje me queda claro.

—Sí, ya voy, pero antes quería contarte una cosa.

Se le tensa el gesto. Está esperando a que le ponga una excusa, y eso vuelve a encender mi rabia. Que le jodan. Trabajo cien veces más que la mayoría de chicas de mi edad y encima sigo esforzándome con mi apariencia. Jonah debería recordar que tiene suerte de que esté a su lado.

—Vamos a tener un bebé —le digo sin preocuparme ya de la manera en que doy la noticia.

No obstante, observo su cara con atención. Primero se mostrará sorprendido, pero ¿y después?

Abre mucho los ojos, después suaviza el gesto y dibuja una amplia sonrisa. Deja el hacha, se me acerca, me estrecha entre los brazos y me hace girar. Le devuelvo la sonrisa, me río, invadida por una tensión nerviosa. De pronto su optimismo me resulta agradable, no molesto, incluso contagioso.

—¿Te hace ilusión? —le pregunto.

—¿Cómo puedes preguntar eso? ¡Claro que me hace ilusión! Esto es lo que tanto queríamos, por lo que nos hemos esforzado, Bri. Tener nuestra propia familia. Y no es más que el comienzo. Ya verás, vamos a tener seis hijos, puede que diez. ¡Este sitio es enorme!

Me ruborizo. Porque tiene razón. Puede que la casa se caiga a pedazos, pero es enorme, cuenta con seis dormitorios y montones de espacios comunes, también tenemos terreno de sobra para todos los animales y cosechas que nos gustaría tener. ¿Habré sido excesivamente pesimista? ¿Me habré centrado demasiado en las penurias del día a día como para darme cuenta de todo lo que estamos construyendo para el futuro? ¿Será cierto eso de que al final todo saldrá bien?

—Espera, ya voy yo a por el agua. —Y me quita el recipiente—. En tu estado, no deberías cargar cosas pesadas.

—Pero ¿dónde dormirá el bebé? —pregunto sin lograr dejarme llevar plenamente por su entusiasmo.

—Le prepararé una habitación. Solo hacen falta algunas tejas en los dormitorios de atrás para que no entre el agua.

—¿Y qué pasa con el dinero? Los bebés no son baratos. Necesitaremos una cuna, un carrito y ropa de bebé. Eso no puedo hacerlo yo, lo sabes, ¿verdad?

—Conseguiré trabajo. Trabajaré día y noche si hace falta.

—Pero ¿cómo? —pregunto con un nudo en el estómago—. Te necesito aquí. No puedo cuidar de la hacienda yo sola.

—Solo serán unos meses, antes de que nazca el bebé. De todos modos, no hay mucho más que podamos hacer aquí hasta la primavera, así que ganaré lo suficiente para que podamos subsistir hasta que seamos autosuficientes.

—Pero ¿dónde vas a encontrar trabajo?

Frunce el ceño, pero entonces se le aclara la expresión.

—Hablaré con los tíos del bar del pueblo. Alguna de las granjas necesitará mantenimiento durante el invierno. Ahora entra en casa, que nuestro bebé tiene que descansar.

Asiento y sonrío agradecida antes de volver a entrar. Sin embargo, no puedo parar de dar vueltas a la cabeza. No entraba en nuestros planes que Jonah consiguiera trabajo. Lo positivo de eso es que el dinero nos permitirá vivir de verdad, en lugar de limitarnos a sobrevivir. Se acabaron las cenas a base de rábanos. Pero al no tener a Jonah en casa, todo el trabajo de la hacienda recaerá sobre mí.

Desenchufo el móvil del cargador y entro en Instagram. Reviso las cuentas que sigo. Cocinas resplandecientes, coloridas mantas de ganchillo, vacas ordeñadas, gallinas comiendo. Una de las mujeres a las que sigo está sufriendo un ataque en los comentarios; la llaman mentirosa, farsante, por guardar en secreto sus acuerdos con patrocinadores.

Así que no somos los únicos que necesitan dinero para mantener su estilo de vida. Pienso en las cosas que podríamos comprar si Jonah ganase dinero. Cosas para el bebé, por supuesto, además de materiales para reparar la casa. Pero imagino que nos quedará suficiente para comprar regalos de Navidad. Quizá una colcha nueva, un abrigo más calentito y elegante, incluso una cita en la peluquería. Sonrío. Finalmente, tal vez sea buena idea que Jonah busque trabajo.

Capítulo 23

Madison

@sallyann.sykes100 ¡Me alegro mucho por ti! Eres una madre increíble. ¡Esos niños son muy afortunados de tenerte! #embarazada #partonatural #tradwife #familiatradicional #DiosbendigaAmérica

Me tiro del jersey de cachemir, me arrellano en mi silla del despacho y dejo escapar un suspiro largo y cansado. Anoche no dormí bien. Michael se acostó tarde, apestaba a humo de leña, a *bourbon* y al inconfundible aroma metálico de la sangre animal. Y cuando le pregunté qué había descubierto Bill el viernes por la noche en relación con el bicho raro que merodeaba por la hacienda, se limitó a gruñir «Nada, ya se ha ido», antes de darse la vuelta. Apenas unos minutos después, roncaba a mi lado, mientras yo permanecía tumbada bocarriba —me duelen demasiado las costillas para dormir en cualquier otra postura—, con la mirada fija en el techo.

Así que la falta de sueño me tiene hoy de un humor de perros. Ni siquiera me ha alegrado ver cómo Alice DeMille recibía su merecido: utilicé otra de mis cuentas secretas de Instagram para subir un vídeo en el que se la ve haciéndole la pelota al dueño de la mayor mina de oro de Montana mientras su publicista engrasaba la maquinaria. Hasta mis empleados me sacan de quicio. Los brazos esqueléticos de Noah, que asoman por debajo de su camiseta vieja y raída de Slipknot, y la arrogancia de la Costa Este que transmite Erica con esa sudadera rosa chillón con el estampado de «New York, New York».

—¿Habéis publicado el *reel* del bebé esta mañana? —les pregunto girando sobre mi silla mientras vuelvo a airearme el jersey. Me lo puse nada más terminar el entrenamiento en el gimnasio, y ahora me doy cuenta de que el cachemir y el sudor no combinan bien.

—Sí, se publicó a las siete y media —responde Noah.

—Para que pueda verlo la gente en su trayecto al trabajo —agrega Erica.

Esa es una de las ironías de lo que hago, que gran parte de mi contenido en contra del trabajo lo consumen seguidoras de camino a esos trabajos que dicen que les conceden una libertad de la que yo carezco, pero que claramente no soportan.

—Y doy por hecho que va bien.

—Sí, no va mal —murmura Noah.

—Va muy bien —le corrige Erica, pero desvía la mirada—. Los comentarios son fantásticos; están todos muy contentos por ti.

—Me alegra oírlo. —Sonrío y me pregunto por qué ninguno de los dos me mira a los ojos—. ¿Y las estadísticas? —pregunto—. ¿También son fantásticas?

Noah palidece.

—Desde luego —responde Erica—. Miles de *likes*, y lo están compartiendo mucho.

Se me tensan los hombros y la piel se me humedece aún más.

—¿Miles? ¿Cuántos miles?

—Pues ahora mismo no tengo los datos concretos, pero muchos.

Qué transparente es. El *reel* está siendo un fracaso. ¿Cómo es posible? En el pasado, los anuncios de embarazo siempre han funcionado a las mil maravillas. La publicación en la que anunciaba que estaba embarazada de Mason recibió más *likes* que los nuevos lápices de labios de Kylie Jenner. ¿Cómo es posible que otro March antes de marzo despierte un interés tan reducido?

Pienso en Rose, pudriéndose en el bar. La sonrisa de labios pintados de Alice DeMille a través del espejo. Dios, qué calor hace aquí.

—Usad una de las otras cuentas para comentar —les digo levantándome de la silla y empezando a caminar de un lado a otro—. Algo sobre el derecho a decidir, a ver si así generamos debate.

—Sí, buena idea —conviene Erica.

—Y etiquetad a algún provida de los más radicales para que la cosa se ponga calentita. —He adoptado de nuevo mi actitud de jefa.

Noah se acerca el portátil y dice:

—Me pongo con ello.

—En serio, no sé por qué soy yo la que siempre encuentra soluciones.

—Lo siento, lo arreglaremos…

—Voy a por café. Y luego quiero que me grabéis con los niños. Algo que capte la atención de la gente, como que vamos a destinar diez mil dólares a formar al profesorado en el manejo de armas.

—Claro, Madison —tartamudea Noah—. Voy a…

Cierro dando un portazo. En realidad no me apetece café, pero quiero ver a Lori, que me recuerde que puedo hacer esto, seguir siendo relevante, ir un paso por delante de mis rivales. Y sé que la encontraré en la cocina.

En cambio, cuando abro la puerta me quedo de piedra. Lori está allí, sí, pero no se está sola. Y no me gusta nada la cara de culpa que se les queda a las dos, como si las hubiera pillado con las manos en la masa.

—Cally, ¿por qué no estás dando clase a mis hijos? —La fulmino con una mirada de jefa despiadada.

—Es la hora del descanso. —Parece nerviosa, lo cual no la beneficia—. Están jugando en el cuarto de dibujo. Yo he venido a tomarme un café rápido con Lori, pero regreso dentro de un minuto.

Todavía molesta, me dejo caer en la silla situada en un extremo de la mesa, la reservada para Michael cuando está en casa.

—¿Y de qué estabais hablando? —pregunto.

Lori dice:

—De la Navidad.

Mientras que Cally responde:

—De la nieve.

Entorno los ojos y noto el calor que me sube nuevamente por el pecho. Muevo los hombros, pero la lana se me pega a la piel.

—¿En qué quedamos? ¿O estáis mintiendo ambas?

—Estábamos hablando de que vamos a tener una blanca Navidad —explica Lori con voz paciente—. ¿Y tú cómo te encuentras? ¿Te está sirviendo la árnica?

—He publicado el *reel* del embarazo y a nadie le importa.

—Ya lo he visto —interviene Cally—. A mí me ha parecido fantástico.

—¿Te ha gustado? —pregunto—. ¿Lo has compartido?

—Mmm… —Sus mejillas adoptan de inmediato un tono carmesí mientras busca alguna excusa—. Pensaba que no podía subir nada a redes sociales.

Dios, ¿no se le podía haber ocurrido algo un poco mejor? Chasqueo la lengua y digo:

—Venga ya, Cally. ¿Has recibido una prestigiosa formación universitaria en la Costa Este y todavía no sabes qué clase de contenido nos gusta que compartas?

—Pues es que…

—La verdad es que el contenido no te ha importado lo suficiente como para compartirlo, y si a la propia tutora de mis hijos le da igual, ¿qué puedo esperar del resto? —Me levanto de la silla empujándola hacia atrás. Me arde la garganta y me palpita el pecho.

—Sí que me importa —se queja Cally—. Es que no se me ha ocurrido. Puedo compartirlo ahora.

La escucho teclear frenéticamente en su teléfono.

—Olvídalo. Es demasiado tarde. —Me tiro del jersey y me lo quito por la cabeza. Siento un alivio inmediato. Cierro los ojos y disfruto del aire sobre mi piel desnuda.

—Madison.

Abro los ojos y veo a Lori mirándome intensamente. ¿Por qué me mira de esa forma? Es como si se hubiera enfadado conmigo por hablarle a Cally de ese modo, pero ¿en qué momento la palurda de la tutora se ha vuelto tan importante para Lori?

—Será mejor que vaya a buscar a los niños —murmura Cally. Se levanta como un rayo de la silla y corre hacia la puerta.

—¿Qué narices le pasa? —pregunto al cerrarse la puerta a su espalda—. Va a tener que curtirse un poco si pretende durar aquí todo un año.

—No creo que le haya ofendido tu reprimenda.

—¿Y entonces qué ha sido?

—Tu camiseta de licra, Madison —responde Lori muy calmada—. Y los abdominales bien marcados que se aprecian debajo.

Capítulo 24

Cally

Estoy demasiado perpleja para hablar, pero reparto las hojas de operaciones matemáticas que he encontrado en internet y, por suerte, los niños empiezan a rellenarlas sin requerir ninguna instrucción verbal. Entonces me apoyo contra el escritorio y agradezco que esté ahí.

No sé gran cosa sobre bebés ni sobre embarazos, pero estoy bastante segura de que las mujeres que están de cinco meses no tienen ese aspecto. ¿Cómo iba a caber en un vientre tan plano un bebé a medio desarrollar? Aquí hay algo de lo más extraño.

¿Habrá perdido al bebé? No puede ser, lo ha publicado esta misma mañana.

Pienso en el *reel* que vi mientras desayunaba. Madison acurrucada en un sofá de estampado floral, vestida con un amplio vestido a cuadros, rodeándose el vientre con las manos, feliz y agradecida por recibir la bendición de otro hijo más. Empleó la misma frase que usó el día que yo llegué aquí: un March antes de marzo. Entonces me resultó graciosa, pero esta mañana me ha parecido más bien una estrategia de *marketing* bien planificada.

Me vuelve a la mente su vientre plano y me entran náuseas. ¿Su embarazo será solo eso? ¿Una mentira para mantener a la gente entretenida durante el invierno? Me parece una locura, pero ¿qué otra explicación puede haber?

—¡Ya he terminado! —grita Matilda agitando su lápiz a modo de celebración.

Vuelvo a centrarme en los niños y digo:

—Vaya, ¡qué rápido! Déjame ver. —Me acerco al pupitre de Matilda y reviso su hoja de ejercicios para comprobar las respuestas que ha escrito.

Mi mirada repara en una de las sumas. Cuatro más uno es igual a cinco.

Alzo la vista. Molly y Mason han terminado también sus ejercicios, me fijo en su expresión confiada e inocente. Estos niños esperan un nuevo hermano o hermana en febrero. Puede que a Madison no le importe inventarse historias para sus seguidores, pero no sería capaz de mentir a sus propios hijos.

Se me empieza a ocurrir entonces una idea, la posibilidad de descubrir qué narices está pasando.

—¿Quién quiere aprender probabilidad? —pregunto.

Mason entorna los ojos y dice:

—¿Qué es proba… eso?

—Te prometo que no es nada complicado. La probabilidad consiste en medir la posibilidad de que suceda algo concreto. Si no es posible, entonces la probabilidad es cero. Y si va a suceder sí o sí, es cien. Todo lo demás se encuentra entre medias.

—¿Como la posibilidad de acertar a dar en el blanco durante una práctica de tiro? —pregunta Molly.

—Exacto, Molly.

—En tu caso, sería cero —murmura Mason con una sonrisa de suficiencia.

—Entonces quizá debas prestarle a Molly tu pistola para que practique —sugiero. No sé por qué estoy animándoles a disparar, pero, cuanto más tiempo paso con esta familia, más convencida estoy de que Molly necesita una aliada que crea en la igualdad de derechos—. Podrías darle algún consejo.

Mason parece desconfiar al principio, pero, cuando le sonrío, me devuelve la sonrisa y asiente. Aún no se ha convertido en su padre.

—¿Y qué me decís de vuestro nuevo hermanito? —prosigo, y noto una punzada de vergüenza entre las costillas—. ¿Sabéis si va a ser niño o niña?

—Yo quiero que sea niña —responde Matilda—. Pero mami dice que tendremos que esperar a ver. —Hace un puchero con el labio inferior y frunce el ceño como la protagonista de una película hollywoodiense sobre niños malcriados.

—Bueno, pues eso me ayuda con vuestra clase de matemáticas, porque ahora podemos hablar de la probabilidad de que vuestra madre tenga una niña. ¿Cuál creéis que es?

Molly ladea la cabeza mientras piensa.

—Es la mitad, así que... ¿cincuenta?

—¡Exacto, Molly! —Les sonrío a todos, pero entonces me da miedo parecer una maniaca y suavizo la sonrisa—. ¿Qué nos indica eso, Mason?

Me mira con desconfianza y, por un instante, temo que se haya dado cuenta de que estoy buscando algo. Pero entonces se encoge de hombros.

—No nos indica nada. Si hay la misma probabilidad de que sea niño o niña, no lo sabremos hasta que nazca.

—Muy bien. —Le dedico mi sonrisa de profesora orgullosa—. ¿Y cuándo tiene que nacer el bebé?

—En febrero —dice Molly—. Y me hace mucha ilusión. A mí me da igual que sea un hermano o una hermana.

Asiento con la cabeza y sonrío. Aunque siento que tengo el cerebro fundido. Estos niños esperan un hermanito dentro de unos meses, y salta a la vista que Madison no está embarazada. ¿Qué está pasando?

—¿Y mamá os deja escuchar las pataditas del bebé dentro de su tripa? —Sé que estoy cayendo muy bajo al recurrir a esta pregunta, pero no puedo evitarlo. Tengo que llegar al fondo del asunto.

Me da la impresión de que he dado en el clavo, porque los niños se miran unos a otros como si estuvieran manteniendo una conversación sin palabras.

—El bebé de mami no vive dentro de mami —explica Molly al fin.

—¿Cómo dices? —pregunto perpleja.

Molly suspira y prosigue:

—Mami tenía muchas ganas de llevarnos a todos dentro; nos lo dice mucho. Pero no es posible, así que, en vez de eso, le pide a Lori que cuide de sus bebés dentro de su tripa hasta que estén listos para nacer. Lori es la que nos ha llevado a todos dentro para hacerle el favor a mami.

Me quedo paralizada, salvo por el corazón, que noto que me late mucho más rápido de lo que sería aconsejable. Me vienen a la cabeza imágenes de Lori. Su cara pálida y cansada. Su ropa holgada. La veo preparando la comida del domingo como si fuera una tarea y no un placer.

—¿Lori es gestante subrogada? —susurro.

Me encuentro con tres miradas perdidas. Me surgen una docena de preguntas más. ¿A Lori le implantan los óvulos de Madison? ¿O será la madre biológica de los niños? ¿Le harán alguna intervención médica? ¿O acaso Lori es la amante de Michael? Pero eso no puedo preguntárselo a los niños.

—¿Podemos irnos ya, señorita Cally? —pregunta Mason—. ¿Ahora que ya sabemos qué es eso de la probabilidad?

—Sí, desde luego —respondo, agradecida—. Deberíais iros.

Oigo cómo arrastran las sillas cuando se levantan, los veo darse empujones unos a otros mientras corren hacia la puerta, sonrientes, olvidada ya nuestra conversación acerca del embarazo de Madison. ¿Cómo puede parecerles bien algo así? Aunque, claro, estos niños viven aquí aislados, su mundo lo constituyen únicamente los pocos adultos que interactúan con ellos. Madison y Michael, además del resto de nosotros: Lori, Bill, Erica, Noah, yo. Pero ¿qué influencia ejercemos realmente el resto? Un día tras otro me ciño a los temas de la Lista. Todos prometemos confidencialidad absoluta. Michael utiliza su encanto de vaquero y su presencia física para controlarnos y Madison hace lo mismo con su sonrisa melosa y su crueldad disimulada.

Cuanto más tiempo paso aquí, más cuenta me doy de lo tóxico que es.

Sobre todo ahora. Con esto.

Es Lori quien está embarazada, no Madison. Y esta no es la primera vez. Molly ha dicho que Lori los ha llevado dentro a todos. ¿Qué debe de suponer eso para ella? Tener que renunciar al niño que ha gestado, cuatro veces, cinco dentro de poco, y luego mantenerse al margen, viendo cómo los cría otra persona. Alguien como Michael, que considera que está bien pegar a un niño. No tengo nada en contra de la gestación subrogada, pero hasta yo sé que es un asunto complicado.

Requiere de reglas, análisis y expertos imparciales, no de mentiras, engaños y desequilibrios de poder.

Es más que evidente que a Lori están explotándola, pero ¿quién? Se supone que Madison y ella son amigas, aunque salta a la vista que no se trata de una amistad igualitaria. Y, de todas maneras, es Michael quien toma todas las decisiones importantes. ¿Significa eso que están juntos en esto? ¿O acaso Michael impone su voluntad también a Madison? Pero, de ser así, ¿por qué presume tanto de su vida perfecta en internet, por qué la airea a los cuatro vientos cuando no es más que una gran mentira?

Y aquí estoy yo, atrapada en medio de todo esto. Me siento sucia. Cómplice de un secreto vergonzoso. Pero no puedo marcharme; necesito el dinero. En lugar de borrar al instante el segundo mensaje de voz de Murphy, reuní el valor para escucharlo. No quería cobrarse la deuda antes de tiempo, gracias a Dios, pero sí me dejaba claro que no se había olvidado del asunto. Que seguía enfadado. Y que mi hermano pagaría el precio si no le daba los cincuenta mil dólares que le había prometido llegado el Cuatro de Julio de 2025. Tengo que lograr que ese sea el Día de la Independencia de Luke.

Lo que implica quedarme con los March hasta el amargo final.

Capítulo 25

Madison

@mommazilla90 ¿Cómo puedes gestar a todos esos bebés y seguir teniendo un cuerpo de escándalo? ¡¿Cuál es tu secreto?! #6hijos #estrías #mamágrande #sinarrepentimientos

Me quedo mirando el calendario de la pared. Sábado, 30 de noviembre. ¿Cómo es posible que aún no estemos en diciembre? Me parece que llevo una eternidad encerrada en este lugar, pero solo ha pasado un mes desde que anuncié mi embarazo. Dejarme ver en público supone tener que ponerme una tripa falsa muy incómoda que me hace aparentar que voy a dar a luz a gemelos, lo juro, así que trato de evitarlo. Pero eso significa que todavía tengo por delante varias semanas de hibernación.

Me inclino hacia delante y paso las páginas. Es un calendario, hecho a mano —por supuesto—, y voy pasando las fotografías: una Navidad en familia, luego otra de Mason pescando, antes de llegar a febrero, donde figura, rodeada en amarillo brillante, la fecha en que salgo de cuentas, como si pudiera persuadir a la primavera con un rotulador de colores. Clarabelle me devuelve la mirada desde la foto y yo le sonrío.

Porque gracias a Bluebell, la predecesora de Clarabelle, pude venderle la idea a Michael en un principio. Nuestra querida mascota, que nunca sería fecundada.

Antiguamente, criar ganado era un asunto complicado. Según Michael, su padre tenía que viajar de un extremo a otro del estado en busca del toro adecuado. Después, durante la época de cría, regresaba a casa todas las noches sucio y sudoroso, maldiciendo al animal en cuestión por no estar a la altura de su reputación, por no rentabilizar el alto precio que había pagado. De modo que, cuando la industria introdujo la práctica de la inseminación artificial del rebaño —un método más limpio, rápido y sencillo de criar ganado—, poco después de morir el señor March padre y de que Michael se hiciera cargo del rancho, este no dudó en adoptarlo.

Y si funciona con las vacas, ¿por qué no con los humanos?

Al principio, a Michael no le convenció la idea. Le gusta que todo sea tradicional, lo que para él significa practicar mucho sexo hasta que un día tu mujer anuncia que tienes que ir con más cuidado. Pero, al final, no tardé demasiado en convencerlo, pues la persuasión es uno de mis mayores talentos.

Hablé de manera misteriosa sobre el efecto que tenían sobre el cuerpo de la mujer el embarazo y el parto, cosa que sabía que no me pediría que le aclarase; después señalé que mi cuerpo permanecería intacto si era Lori la que gestaba a los bebés, que nuestra vida sexual seguiría siendo maravillosa, y cedió como una madre trabajadora en una tienda de juguetes. Eso fue hace doce años, y desde entonces hemos tenido tres vacas como mascota y cuatro hijos. Ahora Michael se comporta como si no existiera otra forma de ser padre. Una habitación privada, una pila de revistas porno y que las mujeres hagan el resto.

Pero no siempre podré depender de Lori. Sí, está muy en deuda conmigo, pero ¿cuál es el coste de llevar a un bebé en tu vientre durante nueve meses y después renunciar a él como si no hubieras desempeñado ningún papel? Claro está, ella tiene mucho contacto con los niños y ellos la quieren de verdad, pero como a una tía, no como a una madre. Estoy segura de que eso es un triste premio de consolación. ¿Llegará a su límite después de cinco bebés? Además, dentro de poco cumplirá cuarenta años, y en algún momento se acabarán sus reservas ováricas. ¿Qué pasa si Michael exige un sexto hijo y ella no puede, o no quiere, dárselo?

La puerta que da al vestíbulo se abre dando un golpe contra la pared. Al girarme, veo entrar en la cocina a Michael, soplándose los dedos para calentárselos.

—La sensación térmica debe de rondar los cero grados ahí fuera —murmura.

Lo veo coger dos leños de la cesta y añadirlos a las ascuas medio apagadas. La madera crepita y silba unos instantes, después prende.

—¿Qué has estado haciendo? —pregunto con la mayor levedad posible.

Michael no soporta sentir que lo estoy controlando, pero ha estado varias horas ausente. Que yo sepa, podría haberse pasado el día en el bar, bebiendo *bourbon* y hablando con su exmujer. O a lo mejor ha ido a casa de los Stuart a atiborrarse de queso de cabra y magdalenas de salvado. Chasqueo la lengua con frustración. Por supuesto que no ha estado haciendo ninguna de esas cosas. Me estoy volviendo loca por pasarme el día aquí encerrada, me dejo llevar por la imaginación.

Pero Michael debe de pensar que mi gesto de desaprobación va dirigido a él, porque se le agría la expresión.

—¿Por qué? —pregunta.

Le dedico una sonrisa arrepentida.

—Pareces estar helado. No quiero que caigas enfermo.

—A mí no me asustan los inviernos de Montana.

—Perdona, tienes razón. —Suspiro—. Quizá este nuevo bebé me esté volviendo demasiado protectora, quizá se me haya despertado el instinto de anidación.

—Sí, debe de ser eso.

Me abstengo de poner los ojos en blanco. No estoy embarazada, de modo que no tengo hormonas descontroladas circulando por mi cuerpo, ningún bebé al que proteger con mi vida. Mi único sacrificio consiste en cuatro meses de arresto domiciliario. Para ser un hombre tan inteligente, la ignorancia de Michael acerca de la salud de las mujeres siempre ha sido una cosa fuera de lo normal.

—Para tu información —añade—, he ido a buscar provisiones. Toda esta nieve me recuerda lo importante que es estar preparados para cuando llegue el momento.

El día del juicio. A eso se refiere Michael. Al fin del mundo. Lleva años prediciéndolo, pero una campaña electoral siempre le sirve de acicate, aun si el ganador es tan rojo como Papá Noel.

—¿Y qué tal va todo por ahí fuera? —pregunto—. ¿Estás haciendo avances?

—Hay muchas cosas en que pensar. —Siempre se pone así cuando hablamos de su búnker, nuestro búnker, supongo, aunque nunca lo plantea en esos términos. Adopta una actitud defensiva, suspicaz. Como si yo fuera a contar su secreto por el pueblo y fuera a verse obligado a salvar a todos esos perdedores que no se habían parado a pensar en el inevitable apocalipsis—. Sobre todo con un bebé en camino —prosigue.

—Creo que lo mejor será rezar para que el bebé ya haya aprendido a caminar e ir al baño solo cuando se acabe el mundo. —Me salen las palabras sin poder evitarlo. Es por verme atrapada en la hacienda, por el clima desapacible y frío; eso es lo que me lleva a perder el autocontrol. Me tenso, me preparo para su mirada severa al tiempo que le dedico la sonrisa más amorosa que logro esbozar—. Perdona, creo que eso ha sonado muy desagradecido. Pero ya sabes lo agradecida que me siento, ¿verdad? Estás encarando el frío para asegurarte de que estemos a salvo cuando llegue el final.

—El trabajo más importante de un hombre es proteger a su familia. Y el mundo está en apuros, Madison. Puede que necesitemos ese lugar antes de lo que imaginas.

Pese a todo, un escalofrío me sube por la espalda. Me horroriza la idea de vivir en ese búnker lúgubre con Michael y los niños, comiendo su ternera enlatada, vestida con la ropa práctica que seguramente haya escogido para mí. He pasado por demasiadas cosas como para acabar así.

Sin embargo, debo recordar que, en realidad, eso no va a ocurrir. Mi padre siempre decía que, mientras haya un republicano al mando, las cosas saldrán bien. Y aunque hace casi quince años que no lo veo, quizá siga siendo el hombre más listo que he conocido en mi vida. Pero le he seguido la corriente a Michael con sus fantasías apocalípticas durante una década y no hay razón para parar ahora.

—Seguro que te está quedando muy bien, con lo mucho que te estás esforzando.

Se le ilumina el rostro.

—Pues sí, Madison. Me he esforzado mucho, por los niños y por ti.

Me invade entonces un torrente cálido. Pese a las ofensas, las salidas de tono y la infidelidad, aún es capaz de hacer eso. De recordarme que lo quiero, a mi manera.

—Oye, ¿y si vamos ahora?

—¿Cómo dices? —pregunto tensando los hombros.

—Me encantaría que vieras todos los avances que he hecho.

Capítulo 26

Madison

@jennasimpsonMT He hecho una cosa. ¡¡Deséame suerte, Madison!! #dejareltrabajo #tradwife #lafamiliaesloprimero #tumaridoesloprimero

Me he puesto la capucha del abrigo para combatir el viento, pero se han formado pequeños cristales de hielo sobre el forro de piel y noto cómo me arañan las mejillas. Maldigo a Michael para mis adentros por obligarme a salir para ver la cárcel que él denomina un lugar seguro. Rezo para no tener que pasar nunca más de unos pocos minutos allí dentro.

—¿Estás preparada? —Señala con la cabeza la pesada puerta de acero que ha pintado de verde bosque.

Para camuflarla, me dijo, como si se le hubiera olvidado que, durante tres o cuatro meses al año, la nieve pinta el paisaje de blanco. Le dedico una media sonrisa de aliento y él se vuelve y se encorva sobre el picaporte para ocultar el candado. Escucho los clics metálicos mientras introduce el código que nunca ha querido compartir conmigo. Como si yo fuera a venir aquí por voluntad propia. Segundos más tarde, la puerta se abre con un chirrido agudo y sigo a Michael al interior.

Es tal y como lo recordaba. Oscuro, claustrofóbico, agobiante. Cuenta con una zona común que tiene un sofá, una mesa de madera y sillas; también hay una zona de cocina y tres dormitorios situados a un lado, así como un cuarto de baño con un complicado sistema de tuberías que saca el agua directamente del pozo. Las paredes son de hormigón y hay luces colgadas de clavos brillantes con largos cables que serpentean por la pared. La electricidad se obtiene, bien a través de los paneles solares que ha instalado Michael, bien mediante un generador diésel. En el extremo opuesto de la zona común, hay apiladas muchas cajas de almacenamiento, todas ellas etiquetadas con términos importantes como «Suministros médicos», «Alimentos secos», «Productos de limpieza», «Munición».

En la pared hay armas. Cuento dos rifles, una escopeta, una pistola pequeña y un revólver antiguo. Y por si no fuera suficiente, también hay una ballesta. Son tantas formas de matar que no logro apartar la mirada. Pienso en mi caída la noche de los premios empresariales de Montana, en la mano de Michael en mi espalda. Si me viera obligada a vivir aquí con él, ¿se enfadaría alguna vez lo suficiente como para apuntarme con una de esas armas?

—¿Impresionada? —me pregunta.

Me vuelvo para mirarlo, observo su expresión orgullosa.

—Parece que has pensado en todo —miento. No hay suaves almohadas de plumón ni colchas calentitas. No hay alisadores de pelo, ni cremas antiarrugas, ni ambientador de bergamota. Por no haber, no hay ni espejo.

—No es tan difícil. Desde joven, mi padre me enseñó que tengo que ser autosuficiente. Cuando este país se vaya al garete, y créeme que lo hará, estaremos preparados.

Me paso la mano por la tripa. Aunque no hay allí dentro ningún bebé, siento su peso.

—Pero no cabremos todos —observo con cautela—. Solo hay tres dormitorios.

—Bill se las apañará; ya tiene el suyo planeado. Y no pienso acoger a esos frikis tecnológicos tuyos de la Costa Este.

Podría puntualizar que Noah es de Wisconsin, pero no lo hago. Tampoco menciono a Cally porque lo último que deseo es tenerla cerca. No soporto cómo me mira ahora, como si yo estuviera explotando a Lori, su nueva mejor amiga según parece, cuando en realidad no tiene ni idea de cómo terminamos aquí. Tampoco soporto cómo la mira Michael. Como si prefiriese verla desnuda. Todas las molestias que me tomé para reclutar a una tutora con valores que le repelieran parecen haber sido en vano, porque lo único que cuenta es que tenga las tetas firmes y respire.

—¿Y qué pasa con Lori? —pregunto, pues ella es la única que realmente importa.

—Si ocurre antes de que nazca el bebé, encontraremos la forma de hacerle hueco.

Las gruesas paredes de hormigón parecen absorber el oxígeno del aire cuando soy consciente del significado de sus palabras.

—¿Y si ocurre después?

—Lori no forma parte de esta familia —responde encogiéndose de hombros—. No puedo salvar a todo el mundo.

«No puedo salvar a todo el mundo». Sus palabras me catapultan de golpe trece años atrás, hasta el comienzo de mi larga, complicada y, a veces, desagradable amistad con Lori. ¿Permitiría que Michael la desterrara? Me la imagino caminando con dificultad por nuestro sendero nevado, con la cabeza agachada para protegerse del viento, sola, destinada a perecer.

—¿Has visto que me he encargado del asunto de la tecnología?

La voz de Michael me devuelve al presente y entonces escudriño la estancia. Fue durante uno de sus largos monólogos sobre el inevitable colapso de la ley y el orden cuando saqué el tema de la conectividad. Al principio no quiso saber nada; aseguró que las redes sociales quedarían obsoletas en tales circunstancias y me recordó que tenía su radio de aficionado para casos de emergencia.

Pero entonces cambié de estrategia y mencioné su potencial como *influencer* experto en el apocalipsis. Le dije que tal vez a la gente le diese igual saber hacer masa madre si la civilización se acababa, pero sin duda desearían aprender a cazar, a encender un fuego y a defenderse de los ladrones. Señalé que tal vez incluso fuese su deber como siervo de Dios ayudar a toda esa gente si internet sobrevivía al fin del mundo, y todo preparacionista que se precie sabe que los fundamentos de su papel implican estar preparado para cualquier eventualidad.

Y parece que mi estrategia funcionó, porque en el rincón distingo un trípode con un *smartphone* encima, además de un cable eléctrico conectado a un ladrón. Me acerco, toco la pantalla del teléfono y veo que se ilumina. Los logos reconocibles de las *apps* me calman un poco y accedo a Instagram. Aparece el perfil de mi cuenta y me siento agradecida y molesta al comprobar que tiene acceso a lo que, en teoría, deberían ser mis asuntos privados, si bien los comparto con diez millones de seguidores. Advierto que hay miles de notificaciones y cientos de mensajes nuevos —he conseguido reavivar mis cifras de fidelización respaldando de manera sutil un par de teorías de la conspiración— y me devoran las ganas de leerlos, pero sé que Michael no lo permitirá, de modo que me vuelvo hacia él.

—Gracias, cariño. Eso me tranquiliza —le digo. Me recorre un escalofrío y caigo entonces en la cuenta de que aquí abajo no hay calefacción—. Pero creo que deberíamos volver a casa para entrar en calor.

Advierto que tiene la mirada vidriosa. Es una mirada que reconozco, así que bajo la vista hacia sus pantalones. Mierda.

—Se me ocurre una manera de hacerte entrar en calor —me dice con voz profunda y cavernosa.

Camina hacia mí y enreda una pierna por detrás de las mías. Podría ser un gesto romántico, nuestras extremidades entrelazadas, aunque también significa que estoy atrapada. Si doy un paso atrás, me caeré.

—¿Y si volvemos a casa, al dormitorio? —sugiero con tono seductor. Deseo tener relaciones sexuales con mi marido, pero no aquí, en esta sala oscura y punitiva llena de armas. Y seguramente de roedores.

—No lo dices en serio —responde acariciándome el cuello con la nariz mientras me pasa un brazo por la espalda y empuja las ingles contra las mías—. No me lo negarías, ¿verdad?

Me acerca a la mesa de madera y me levanta el vestido.

Y descubro que, en efecto, no se lo negaría. No podría. No puedo.

Capítulo 27

Brianna

Le entrego a Jonah su almuerzo. No es nada elaborado, nuestros alimentos básicos de siempre, aunque he horneado un pastel de cerezas para la ocasión y estoy orgullosa del resultado. Sin embargo, acepta la fiambrera sin decir nada, sin darme las gracias, lo cual no es propio de él.

—¿Cómo te encuentras? —pregunto.

—Bien.

—¿No estás nervioso ni nada?

—Voy a reparar verjas, Bri, no a realizar una cirugía ocular.

—Sí, ya lo sé, pero aun así es algo nuevo. Trabajar un día entero, tener un jefe.

—No es mi sueño, desde luego. Pero merece la pena el sacrificio, por el bebé y por ti.

Asiento con la cabeza y me muerdo el labio, avergonzada.

—¿Y volverás a la seis?

Suspira, pero suaviza la tensión de los hombros.

—Sí, sobre esa hora. —Da unos pasos hacia mí y me acaricia la suave curva del vientre—. Y te prometo que vosotros dos estaréis bien. —Se inclina y me besa; es un beso largo, de modo que le rodeo con los brazos y le correspondo.

Jonah ha conseguido trabajo en una granja al oeste del pueblo, reparando cercados rotos antes de que vuelvan a sacar el ganado en primavera. Le pagan doscientos dólares al día, en efectivo, lo cual no está mal, nos da para comer, para el bebé, para comprar una vaca lechera y para reformar la casa. Con suerte, para darnos algún capricho. Tengo que concentrarme en eso y dejar de pensar que estoy atrapada en la hacienda con una barriga como única compañía.

Lo veo alejarse con la camioneta y regreso con reticencia al salón. Jonah me ha dejado una lista de tareas antes de marcharse —ha cumplido su promesa de ir a por agua todos los días, pero, por lo demás, parece no importarle que yo siga siendo obrera, cocinera, limpiadora y costurera—, pero va a estar varias horas fuera, de forma que no tengo prisa por hacerlas. Y todavía queda un Twinkie del paquete que robé en mi última visita al supermercado.

Lo saco de su escondite, al fondo del armario de la cocina, y regreso al salón. Echo un par de leños más al fuego —el suelo lleva unas semanas cubierto de nieve y las bajas temperaturas se filtran por todas las grietas y agujeros que tiene la casa— y veo el crepitar de las llamas embargada por una sensación de orgullo. Hay cosas que se me dan cada vez mejor.

Me dejo caer en el sofá, retiro el envoltorio y clavo los dientes en el suave bizcocho del Twinkie. Dios, qué rico está. Saboreo su dulzura artificial en la boca hasta que el estómago no puede aguantar tanta tortura y me lo trago. Dos bocados más y ya me lo he terminado. De pronto me entran unas ganas tremendas de llorar, pero no puedo llorar por un paquete de Twinkies vacío, así que hago un gurruño con el envoltorio y lo tiro al fuego.

Sé que tengo que dejar de robar en el supermercado, sobre todo ahora que Jonah va a empezar a ganar un sueldo, pero es que tengo tan buena mano que ya ni siquiera se me acelera el pulso cuando cojo una chocolatina de la balda y me la meto en la manga del abrigo. Es divertido. Cuando vivía con mis padres, tenía un armario lleno de dulces y cosas de picar y siempre escogía comer ensaladas y fruta. Ahora, en cambio, arriesgaría mi libertad a cambio de un subidón de azúcar.

Al inclinarme hacia delante para coger otro leño, reparo en mi labor. Se supone que estoy tejiendo una manta para la cuna del bebé, y no lo difícil que puede ser tejer un par de docenas de cuadrados, pero se me escapan más puntos de los que consigo dar, y no sé si al final la manta resultará muy confortable. La estoy confeccionando con lana barata que pica. Le he rogado a Jonah que, en su lugar, le compre ropa de cama al bebé, pero insiste en que no es lo mismo. En que nuestro bebé se merece algo hecho a mano, por su madre, y, de todos modos, ¿qué otra cosa voy a hacer con mi tiempo?

Tal vez deba avanzar un poco con eso, para que Jonah se sienta orgulloso. Aunque entonces me fijo en mi teléfono, que descansa sobre el sofá, siempre cerca de mí. Se me ocurre dedicarle diez minutos, luego me pondré a tejer.

—¿Brianna?

Abro los ojos. Mierda. Ha oscurecido. ¿Cuánto tiempo llevo durmiendo?

—¿La cena está lista? Me muero de hambre. ¿Y por qué has dejado que se apague el fuego? Aquí hace un frío que pela. Habría estado bien encontrar un poco de calor después de pasarme el día trabajando bajo la nieve.

—Jonah. —Me incorporo, me froto los ojos con una mano y con la otra toco sutilmente mi teléfono. Pero debe de haberse quedado sin batería, porque no se ilumina. No tengo ni idea de qué hora es—. Iré a preparar algo —tartamudeo—. Oye, ¿qué tal tu día?

Pero mi intento por apaciguar su rabia no funciona. Entorna la mirada y pregunta:

—¿Quieres decir que no has preparado nada?

Capto en su aliento un olor inusual. Inusual para Jonah, claro, pero es un olor que reconozco de las tardes de domingo en compañía de mi padre.

—¿Has estado bebiendo?

—¿Perdona?

—Te lo noto en el aliento.

—¿Qué demonios dices? ¿Me tomo una cerveza con los chicos después del trabajo y pretendes que te dé explicaciones cuando tú te has pasado el día holgazaneando? Seguro que has estado con el puto teléfono.

—No es verdad —respondo, cosa que, por una vez, es cierta. Me he pasado casi todo el día durmiendo.

—Dios, Bri, ¡ahí fuera hay todo un mundo de verdad! —me grita dirigiendo el brazo hacia la ventana—. Por si no te habías dado cuenta. Y hay gente de verdad como yo y como el bebé que necesitan que te pongas las pilas.

—¿Ponerme las pilas? ¡¿En serio?! —Ya me he despertado del todo—. Estoy embarazada, ¿te acuerdas? Por eso estoy cansada. Embarazada de tu bebé. ¿De verdad vas a criticarme por tomarme un día de descanso?

—¿Un día? No fastidies. ¿Qué es lo que haces aquí realmente, Bri? Sí, cocinas casi siempre. Pero la casa está que da asco. El gallinero huele que apesta. Y no has remendado ninguna de mis camisas rotas. Y la manta del bebé sigue siendo un ovillo de lana. Mira, ¿sabes qué? Voy a cenar en el pueblo. Ahora tengo dinero, me lo he ganado, así que voy a gastármelo en una comida en condiciones, y con gente que no se pase el día quejándose de que está cansada.

—¿Esta noche? —Me tiembla la voz y el miedo sustituye a la rabia—. Pero si has estado fuera todo el día. Acabas de llegar. —Noto que el bebé se mueve en mi interior y apoyo una mano sobre la tripa. Este bebé es mi mayor miedo y, al mismo tiempo, mi mejor amigo.

Jonah se encoge de hombros y dice:

—A ver si aprendes la lección. Esto te servirá de incentivo para tener la cena preparada mañana cuando vuelva a casa después del trabajo. Recuerda que lo hago por ti. Lo mínimo que puedes hacer es tener la comida sobre la mesa.

—Jonah, por favor —susurro—. No me dejes sola esta noche.

Vacila un instante y me pregunto si cambiará de opinión, si recordará que su deber es protegerme, que este es el sueño de ambos. Pero entonces endurece el gesto.

—Lo siento, Bri, pero tú te lo has buscado. Y en mi coche hace más calor que en esta nevera, así que puede que duerma allí y mañana me vaya directo a trabajar.

Me brotan lágrimas de los ojos y me da un vuelco el estómago al verlo marcharse por segunda vez hoy. Normal que el Twinkie y la calidez del fuego me produjesen somnolencia esta mañana; luego, viendo todas esas fotos de *influencers* con bonitos vestidos y casas de ensueño, me he dejado arrastrar a su mundo de fantasía.

Pero ¿por qué sigo cayendo en la trampa cuando sé que es una patraña? ¿Y por qué se dedican a esparcir mentiras por la red?

¿Acaso les da igual arruinarme la vida?

136

Capítulo 28

Madison

@briannawyoming ¿Por qué esparces mentiras, Madison? ¿Qué crees que pensaría la gente si supiera la verdad? No puedo creerme que me tragara tu patraña. Espero que te mueras.
#tradwivesfuera #Madisonfalsa #antestequería

Me quedo mirando el comentario. No es que sea lo peor que alguien ha escrito sobre mí, pero proviene de ella. De Brianna Wyoming. La chica cuyos mensajes antes destilaban admiración. «Espero que te mueras».

¿Qué he hecho? Vale, no le respondí, pero tengo millones de seguidores; no esperaría un trato de favor hacia ella. Eso me lleva a pensar en otra Brianna de hace mucho tiempo, otra que también llegó a odiarme.

—Tienes que bloquearla —me dice Lori con un tono suplicante a la vez que tranquilizador—. Y después olvidarte del asunto. Por el bien de ambas.

Estamos sentadas una frente a la otra a la mesa de la cocina y Myron duerme en el regazo de Lori, con sus extremidades cada vez más largas aferradas a la curva de su vientre. No sabemos si el próximo será niño o niña; a Michael no le entusiasman las ecografías prenatales, dice que está en manos de Dios, aunque dudo que le sentara bien que el bebé no fuera perfecto, pero yo espero que sea niña. Las madres necesitan hijas.

—¿Crees que debería haber respondido a sus mensajes? —pregunto.

Lori sacude la cabeza y dice:

—No le debes nada. Y no hace falta que nadie nos recuerde lo que sucedió. —Señala mi teléfono, que descansa sobre la mesa entre nosotras—. Bloquéala sin más y el problema desaparecerá.

Lleva razón. Por supuesto que la lleva. Cojo el teléfono y hago lo que hay que hacer. Brianna Wyoming no podrá volver a ponerse en contacto conmigo. ¿Por qué entonces me siento tan incómoda?

—Si me quiere ver muerta, puede que intente hacerme daño —doy por fin voz a mis miedos—. Le pasó a esa actriz, ¿no? Su acosador esperó a que saliera del rodaje y le tiró ácido a la cara. —Me estremezco—. Hay gente muy mala por ahí.

Quiero que Lori me rebata, que me recuerde que los guerreros del teclado no suelen abandonar la seguridad de su pantalla de ordenador, que jamás cruzan las líneas estatales. Pero, en su lugar, suspira y responde:

—Ojalá Michael no fuera tan testarudo respecto a no tener seguridad. No porque crea que vaya a aparecer esa tal Brianna —agrega—. Seguramente su marido no le permita salir de casa. Y nadie de tu antigua vida sería capaz de encontrarte después de lo mucho que te has esforzado. Pero hay otras amenazas por ahí.

Pienso en el vagabundo al que se enfrentó Bill el mes pasado y en que no he vuelto a preguntar por él desde que Michael me contestó de mala manera tras su día de caza.

—¿Recuerdas que te hablé de un tipo raro que merodeaba por la hacienda el día de los premios empresariales?

—Claro que lo recuerdo. ¿Bill descubrió quién era?

—Creo que no, pero últimamente no he preguntado.

—¿Y por qué no se lo preguntas ahora? Está fuera lavando la camioneta de Michael. Puedo decirle que pase.

—Supongo que no hay nada de malo en ello —murmuro preguntándome si, en efecto, no lo habrá.

Lori levanta en brazos a Myron y lo deja en mi regazo sin despertarlo, después dirige sus pasos hacia la puerta de atrás. Miro a mi angelito durmiente; me encantan cuando duermen, en especial cuando se les sonrosan los mofletes, como le ocurre a Myron ahora. Mientras le acaricio la piel suave y caliente, me pregunto si mis hijos me quieren y me da por pensar si me elegirían a mí o a Lori en caso de tener que escoger.

—Hola, Madison, ¿cómo estás? —El relajado acento de Montana de Bill invade la cocina—. Hace tiempo que no nos veíamos.

Michael dijo que te caíste hace unas semanas y que te estabas tomando las cosas con calma.

Sonrío. Bill es un auténtico caballero. Ojalá no estuviera tan cegado por mi marido.

—Sí, así es, pero ya me encuentro bien.

—Estábamos hablando de aquel desconocido que viste hace unas semanas —explica Lori—. Al que tuviste que apuntar con tu pistola. Madison se preguntaba si llegaste a averiguar quién era.

A Bill se le nubla el gesto. Escoge el banco de los niños para sentarse a horcajadas, como si fuera un caballo.

—Me temo que no hubo suerte. Ya desde la tarde en que apareció, algo en él me resultó familiar, pero no supe por qué hasta que Michael me pidió que preguntara en el bar. Había un tío allí al que había visto un par de veces antes de aquel día. No sabría decirte qué cara tenía, pero llevaba un sombrero que llamaba la atención, uno de esos típicos sombreros de trampero, de esos con orejeras, pero se lo había calado hasta los ojos, y además lo llevaba puesto dentro. Y me di cuenta de que el tipo que intentó colarse en la hacienda llevaba ese mismo sombrero.

—Entonces, ¿intentó colarse? —pregunto inclinándome hacia delante—. Es que Michael solo dijo que lo habías visto merodeando.

—Sí, perdón —responde Bill aparentemente avergonzado—. Estaba merodeando, miraba hacia la casa. Pero di por hecho que se habría acercado más si no se lo hubiera impedido.

—Es una casa impresionante —reflexiona Lori—. Puede que solo estuviera admirándola.

—Si fuera así, ¿qué hacía hablando sobre la señora March?

Recibo las palabras de Bill como una descarga eléctrica.

—¿A qué te refieres? ¿Qué dijo?

De pronto, Myron es como una estufa que me quema en el pecho. Se lo devuelvo a Lori, pero el movimiento lo despierta y suelta un berrido de indignación. Lori se apresura a darle un trozo de bizcocho de plátano y el niño se queda tranquilo, gracias al cielo.

—Nada que tuviera mucho sentido, para ser sincero. No paraba de repetir tu nombre, Madison March, Madison March, y lo salpicaba con algunas lindezas que no puedo repetir delante de vosotras. También se mostraba exaltado, como si estuviera furioso por algo. Aunque no le habría permitido pasarme por encima. Lo sabes, ¿verdad?

—Por supuesto, Bill —logro responder, aunque me cuesta, porque no me llega el aire a los pulmones.

Michael no me había contado nada de esto, como si el hecho de que mi seguridad estuviese en riesgo no fuese tan importante como proteger su ego.

—Eres un buen hombre, Bill —dice Lori por mí.

—Como en el bar no llegué a ninguna conclusión, le sugerí a Michael que quizá fuese buena idea alertar al *sheriff* —prosigue Bill—, pero no lo estimó necesario. Pensó que el tipo estaba loco y que no suponía un peligro, y que con mi pistola conseguiría espantarlo.

A Lori se le oscurece el semblante, pero se muerde la lengua. Ella también ha formado parte de este mundo toda su vida; y sabe que no se debe cuestionar jamás a los hombres, por muy cuestionables que sean sus decisiones.

—¿Y crees que lo hizo? —pregunto—. Espantarlo, quiero decir.

Bill se encoge de hombros y responde:

—En su momento, lo dudé, para ser franco. El tipo tenía algo raro, como si mi pistola no le impresionara. Esos son siempre los más peligrosos. Como los animales, supongo, demasiado estúpidos o desesperados para preocuparse por su supervivencia.

—Me estás asustando —admito en un susurro.

—Vaya, lo siento, Madison, no era mi intención. Lo cierto es que parece que me equivocaba. Se conoce que sí debí de espantarlo, porque no se le ha vuelto a ver desde entonces.

—¿Estás seguro?

Bill asiente y dice:

—Le pedí a Drew, el encargado del bar, que me avisara si volvía a aparecer y no me ha dicho nada. Han pasado ya seis semanas, así que no creo que regrese.

—¿De manera que Drew sabía de quién estabas hablando? —comenta Lori—. ¿Y en cambio no lo conocía?

Bill menea la cabeza antes de responder:

—Se acordaba del tipo por el mismo motivo que yo, el sombrero, pero me dijo que no era un hombre muy hablador. Pedía una cerveza, esperaba a que se la sirvieran y se escabullía. Lo único que sí me dijo Drew fue que lo había visto hablando con Rose alguna vez. Pero ella y yo no es que nos llevemos bien precisamente, así que no podía preguntarle al respecto.

—Rose —mascullo. Una mujer a la que no logro expulsar de mi vida.

—Pero ¿no ha vuelto desde que le apuntaste con tu pistola? —insiste Lori—. ¿Desde hace seis semanas?

—No.

—Entonces, parece que no hay nada de lo que preocuparnos, ¿no crees, Madison?

Vuelvo a recostarme contra la dura silla de madera. Con todo lo que está pasando, resulta muy difícil aparentar serenidad; sin embargo, soy una profesional.

—Eso parece —respondo. E incluso acompaño mis palabras con una sonrisa.

Capítulo 29

Cally

—Hoy vamos a hablar de cinco de las mujeres más importantes de la historia.

Me apoyo contra la pared del fondo, con los brazos cruzados, y observo a Madison dar su clase en la parte delantera del aula. Su esbelta figura —visible a través del vestido camisero de algodón que lleva puesto— me enfurece de nuevo. Me vienen a la cabeza varios nombres —Marie Curie, Rosa Parks, Eleanor Roosevelt—, aunque dudo que alguna de esas mujeres figure en la lista de Madison. Ya sé quién es su modelo a seguir.

—¿La cámara está grabando, Noah? No veo la luz roja parpadeando.

—Estamos listos —responde él emergiendo junto a mí desde detrás de su trípode—. Tú empieza y yo haré que quede increíble.

—Mami, tengo que ir a hacer pis.

—Ahora no, Matilda —responde Madison—. Asegúrate de quitar eso, Noah.

Yo sonrío a pesar de todo. A pesar de que a Lori la estén explotando y de que a estos niños los estén adoctrinando con mentiras. A pesar de que Madison esté engañando al pueblo estadounidense y a mí no me quede más remedio que aplaudir desde fuera.

—¿Quién creéis que es la mujer más importante de la historia? —pregunta Madison recuperando su tono meloso.

Los niños guardan silencio, temerosos de dar la respuesta equivocada.

—¿Y si os doy una pista? —continúa ella—. Su nombre empieza con la misma letra que los nuestros.

—Mmm… ¿Michelle Obama? —sugiere Molly.

Mierda. Se me encienden las mejillas. Vuelvo la cabeza hacia la ventana para que Madison no me mire a los ojos, pero siento que me clava la mirada de igual modo. Ha sido mi único acto de rebeldía desde que descubrí lo del falso embarazo, y solo me arriesgo con Molly, dejando caer pequeñas indirectas sobre temas prohibidos. Pero se ve que le ha dejado impronta, lo que significa que debo ir con más cuidado.

—No, Molly. Me refiero a María, claro está. La madre de Jesús.

—¿Y por qué es importante? —Mason arruga la nariz—. No hacía milagros, ni tenía discípulos, ni plantó cara a los romanos. Ni siquiera salvó a Jesús de Herodes, ese fue José, y ni siquiera estaban emparentados.

—Vas a eliminar todo esto, ¿verdad, Noah?

—Tú mandas, Madison. Tienes el control editorial absoluto.

Madison asiente. Sonríe.

—María es importante justo por esas cosas, Mason —responde—. Su propósito era únicamente la devoción hacia su marido y su hijo, un propósito que llevó a cabo con la fortaleza que le concedió Dios. Si hubiera centrado su atención en otras cosas, no habría desempeñado el trabajo que le fue encomendado por Dios. —Toma aliento antes de continuar—: Voy a hacerlo de nuevo, y esta vez no digas nada, Mason.

Cuando repite la pregunta y Molly y Matilda responden acertada y obedientemente, chasqueo la lengua con discreción en señal de protesta. Aunque quizá no haya sido todo lo discreta que esperaba, porque los cinco se vuelven y me miran.

—¿Tienes algo que decir, Cally?

—¿Qué? No.

—¿No crees que María, madre del hijo en la Tierra de nuestro Santo Padre, sea un buen modelo a seguir para mis hijos?

Contemplo tres caras expectantes y una visiblemente hostil. Noah ha vuelto a desaparecer detrás de la cámara. ¿Cómo responder a eso? ¿Pienso en Luke y digo que sí, que me he equivocado? ¿O le echo valor y encuentro una forma de transmitirles a Molly y a Matilda que hay opciones más allá de los pañales y la cocina?

—Sí, desde luego que lo es.

—Bien. Veamos, ¿quién quiere saber quiénes son las otras cuatro mujeres más importantes de la historia?

Desconecto mientras Madison sigue dando nombres de mujeres de las que jamás he oído hablar. Aunque tal vez de eso se trate. La gente se vuelve famosa por hacer cosas dignas de mención, pero, en opinión de Madison, hacer cosas dignas de mención supone que las mujeres eludan su verdadero deber. Sin embargo, veo cómo los niños lo absorben todo, con los ojos muy abiertos, como tres esponjas que se impregnan del veneno de Madison.

Michael volvió a acudir anoche a mi habitación, dijo que hacía otra noche espléndida, que debería tomarme una copa de vino con él y que no aceptaría un no por respuesta. Desde que descubrí los tejemanejes gestacionales que se traen entre manos, apenas he sido capaz de mirarlo a la cara, pero desoyó todas las excusas que se me ocurrieron y, al final, acabé acompañándolo fuera.

Nos sentamos en torno al fuego con nuestras copas de vino tinto. Miré al cielo —que, en efecto, estaba precioso— mientras él parecía más interesado en mirarme a mí. Bebió deprisa; yo, en cambio, hacía girar el oscuro líquido dentro de mi copa. Me habló de su vida familiar y me confesó que haría cualquier cosa por sus hijos. Yo me esforzaba por no sacar el tema de Lori y por no preguntarle si está orgulloso de arruinarle la vida a esa mujer. Incluso tuve que apartarme de él en un par de ocasiones, cuando sus manos errantes dejaron de transmitirme una energía paternal. Pero sobreviví, y por fin me dejó irme a la cama.

—¿Os ha parecido una buena clase, niños? —pregunta Madison—. ¿Os divierte que os enseñe mami?

—Ha sido genial, gracias —responde Molly.

—Sigo teniendo que ir a hacer pis, mami.

Madison levanta las manos en señal de rendición. Después desvía la mirada hacia el fondo de la habitación.

—¿Tienes suficiente para un *reel*, Noah?

—Bastante. Todo listo. —Noah desengancha la cámara del trípode. Me dedica una mira fugaz, después la aparta y mira al suelo.

Quizá yo no sea la única que se pelea con sus principios.

—Excelente. Bueno, podéis iros. Pero acordaos de hacer vuestras tareas antes de salir a jugar; de lo contrario, papi se enfadará mucho.

Las sillas se arrastran bajo los pupitres y los niños van saliendo. No puede negarse que se comportan mejor cuando Madison les da clase, pero se muestran más entusiastas conmigo, y yo prefiero eso.

—No sueles quedarte a ver mis clases —me dice Madison manteniéndole la puerta abierta a Noah sin prestarle atención antes de cerrársela prácticamente en los talones.

—Es que deseaba preguntarte una cosa y he pensado que podríamos hablar al terminar la clase.

—¿Sí?

—Sé que mi contrato dura hasta el uno de julio, sin vacaciones.

—Correcto.

—Pero me preguntaba si podría tomarme algunos días libres en Navidad. Pocos. Supongo que los niños no tendrán clase y me encantaría pasar algo de tiempo con mi familia.

Es mentira. Aún no puedo arriesgarme a regresar a Boston, pero estoy desesperada por salir de aquí, por irme a cualquier lugar, como un retiro de desintoxicación pero con menos cardo mariano y más alcohol. Madison prioriza la familia por encima de cualquier otra cosa, de modo que pensé que no sería capaz de negármelo.

—Ay, lo siento, Cally, pero me temo que no va a ser posible. Lori no podrá hacer todo lo que hace habitualmente, lo cual es comprensible, por supuesto, pero eso significa que necesitaremos tu ayuda para cuidar de los niños, cocinar, etcétera.

«Podrías ayudar tú —me dan ganas de gritarle—. Michael y tú podríais cuidaros solos para variar». En su lugar, respondo:

—Podría dejar algunas comidas preparadas antes de irme. Y además habría una boca menos que alimentar.

—Es muy amable por tu parte, de verdad, pero Michael prefiere comer comidas recién hechas. Lo siento, pero la conversación ha terminado. De acuerdo con tu contrato, tu generoso contrato, recuerda, no saldrás de la hacienda hasta que termine junio.

—Desde luego —susurro.

Las paredes del aula parecen encogerse comprimiendo el aire hasta formar una masa sólida. Este lugar es un palacio. Todas las estancias son cálidas, acogedoras y elegantes. Todas las necesidades están cubiertas.

Sin embargo, es también una cárcel. Con reclusos abatidos, como Lori, también otros a los que han lavado el cerebro, como Bill. Y alcaides que fingen ser dulces como la miel mientras te destruyen alegremente si rehúsas seguir sus normas.

Veo a Madison salir del aula y, derrotada, me dejo caer en una silla.

Capítulo 30

Madison

@bibledisciple254 Qué *reel* tan bonito, Madison. María también es mi heroína. Aun así, es una pena que no hayas venido hoy a la iglesia. #Diosteama #compromiso #Nochebuena

Todo luce perfecto, ¿por qué entonces me noto inquieta? Bill nos buscó un árbol de dos metros y medio con ramas simétricas y el *reel* de los niños decorándolo quedó precioso. Ha recibido más de medio millón de *likes* por parte de mis seguidores, que me desean unas felices fiestas. No he vuelto a saber nada de Brianna Wyoming desde que la bloqueé, claro, y tampoco ha habido rastro de ese hombre. Incluso conseguí echarme un poco de *bourbon* en el ponche de huevo cuando Michael se llevó a los niños a la iglesia; excusó mi ausencia con el agotamiento propio del embarazo, el truco gestacional más antiguo del mundo.

Pero no consigo relajarme.

Quizá sea por Cally. Me vanaglorié tanto de haber encontrado una tutora que a Michael le resultara repugnante que no me paré a pensar en qué opinaría yo de ella. Y ni siquiera es que mi plan haya llegado a funcionar. Me hervía la sangre mientras, desde la ventana del dormitorio de Myron, lo veía beber vino con ella, sin duda empleando su manida frase sobre el precioso cielo nocturno de Montana. ¿Para qué demonios me pongo vestidos virginales, luzco un maquillaje natural y estoy pendiente de todos sus deseos cuando lo único que él hace es mirar con lujuria a una demócrata que lleva *piercings* en la cara y las cejas descuidadas?

Y no es a Michael al único al que le ha clavado las garras. Molly está siempre pendiente de ella, incluso Lori parece haber caído presa de sus encantos. Cuando le digo a Lori que no me gusta que estén tan unidas, me responde que son imaginaciones mías y que no debería preocuparme. Pero luego, cuando entro en la cocina, mira tú por dónde, allí están otra vez tomando café.

Sí, Cally tiene que irse. Pero no quiero darle a Michael más carne fresca con la que salivar, así que debo esperar al momento justo. Después de mí, Lori es la mujer más lista que conozco, así que ella podría ser la tutora de los niños cuando nazca el bebé. Ya encontraré la manera de convencer a Michael. Así ya no habrá tentaciones por parte de nadie.

—Te he echado de menos en la iglesia —me dice Michael antes de dar un largo trago a su jarra de metal.

En realidad, se refiere a que ha echado de menos tener a alguien que controlara a los niños, pero sonrío de igual forma. Después me inclino, cojo de la mesa baja mi vaso de ponche de huevo adulterado y doy un sorbo lento. Bill se ha llevado a los niños al granero de Clarabelle después de la iglesia, les ha ayudado a montar la escena de la natividad y después hemos aplaudido todos mientras recreaban la historia del nacimiento de Jesús. Ha sido un momento precioso, más especial aún por lo exhaustos que se han quedado después, por consiguiente, lo rápido que se han dormido.

Ahora estamos Michael y yo solos, celebrando juntos la Nochebuena. Lo mejor de esta estancia es el ventanal que va del suelo al techo y ofrece unas impresionantes vistas, pero esta noche el cielo está encapotado y no alcanzo a ver nada más que oscuridad.

—¿La iglesia estaba llena? —pregunto—. ¿Estaban todos?

—Ya sabes cómo funciona esto. En Nochebuena, sale gente hasta de debajo de las piedras. Nathan te envía saludos, por cierto.

—No me sorprende que estuviera allí —murmuro—. Supongo que tiene mucho de lo que arrepentirse.

—Creo que deberías cuidar un poco tus modales.

Doy otro sorbo. Michael es muy difícil de impresionar y muy fácil de ofender.

—¿Y tu exmujer? ¿También estaba?

Me mira inquisitivamente y pregunta:

—¿Por qué la mencionas? Creí que estas fiestas estaban cargadas de paz y buena voluntad.

Sonrío. Sé que debería controlarme un poco, pero no me apetece. Quizá el espíritu navideño me esté sirviendo de acicate. O tal vez sea el *bourbon*.

—Ha pasado mucho tiempo desde que os separasteis, ya es agua pasada, así que pensaba que a lo mejor habíais forjado algún tipo de amistad.

Se inclina hacia delante y apoya los antebrazos sobre sus anchas rodillas.

—¿Me estás poniendo a prueba? Porque si crees que todavía albergo sentimientos hacia esa vieja bruja...

—¿Por qué os separasteis?

—Ya has visto lo poco atractiva que es.

—Bill me dijo que antes era guapa, que hubo un tiempo en que se parecía a mí.

—¿Bill te dijo eso? —Sacude la cabeza—. Para tu información, es estéril. —Se mira las manos, pero no sé si es por rabia o por vergüenza—. Omitió ese dato hasta después de haberle puesto un anillo en el dedo. Debía de saber que no me casaría con ella si me lo hubiera contado antes. Sin embargo, me obligó a hacer pasar a mi padre por todo el drama del divorcio, y, con los problemas cardiacos que tenía, estoy seguro de que fue eso lo que lo mató. No podía permitir que se saliera con la suya.

Pienso en esa mujer rota, en sus manos temblorosas y en sus palabras de advertencia. Trago saliva, me muerdo el labio y me termino el ponche de huevo.

—¿Sabes? La primera vez que me planteaste tu idea —continúa—, pensé que se estaba repitiendo otra vez la misma historia, que a ti tampoco te funcionaba bien lo de ahí abajo.

Sonrío y enarco las cejas como si no pudiera creerme que hubiera llegado a esa conclusión.

—Lo hice por nosotros —respondo—. Para que esto siguiera siendo excitante.

—Sí, lo sé. Cuando me lo explicaste, me di cuenta de que era una idea inteligente.

Siento que me sonrojo con el cumplido, aunque hay demasiado en juego como para relajarme. Si alguna vez descubriera la verdad…

—Pero estaba pensando —prosigue— que Lori ya va teniendo una edad. Y tampoco es que nosotros estemos todo el día como conejos. Creo que la próxima vez deberíamos intentarlo por la vía tradicional. Nunca se sabe, a lo mejor me gustas incluso estando gorda.

Las lucecitas del árbol titilan y a mí me gustaría que se apagaran, cualquier cosa con tal de desviar el tema de conversación. Pero se empeñan, testarudas, en seguir encendidas.

—O podríamos dar gracias a Dios por concedernos cinco hijos sanos —sugiero—. Demostrarle lo agradecidos que estamos no pidiéndole más.

Michael frunce los labios.

—¿Cinco? Estás de broma, ¿verdad? Hasta Matthew tiene seis y es cuatro años más joven que yo. Aún eres joven, Madison. Podemos tener diez hijos. Piensa en lo orgulloso que estaría de nosotros el Señor.

De mis labios escapa un quejido, pero, antes de poder disimularlo, o justificarlo, la habitación se ve inundada por una intensa luz brillante. Parpadeo y mis ojos tardan unos instantes en acostumbrarse. Cuando recupero la vista, me doy cuenta de que la luz viene de fuera y de que Michael se ha plantado delante del ventanal y mira hacia el exterior.

—Es la luz de seguridad —anuncia—. Debe de haber alguien ahí fuera.

—¿Crees que es el mismo hombre de la otra vez? —Elevo la voz unas octavas—. ¿Habrá vuelto a por mí?

Michael me fulmina con la mirada y dice:

—No siempre se trata de ti, Madison.

Sale de la habitación antes de que pueda defenderme, decirle que he hablado con Bill, que sé que el tipo vino aquí por mí. Una vez más, necesito el consuelo de Lori, su tripa redonda y sus brazos suaves, de modo que me escabullo por el pasillo hasta la cocina.

Sin embargo, la encuentro vacía. Me quedo allí parada, sin saber adónde ir. Los niños están durmiendo, Bill se ha ido a casa, Erica y Noah también, y Cally jamás podría ser para mí un consuelo. Pero tampoco quiero estar sola. La solución es evidente. Saco el teléfono del bolsillo y entro en Instagram. No reviso mis comentarios ni mensajes, por si acaso, sino que miro historias de otra gente, trato de perderme en las luces titilantes, en los niños de ojos azules con espumillón en sus rubias cabelleras y en el dulce sonido de los coros de villancicos que van casa por casa.

Alguien ha subido una publicación sobre un desfile navideño en Búfalo, Wyoming, y eso me hace pensar en Brianna y en la clase de Navidad que estará viviendo. Sus primeros mensajes estaban llenos de esperanza. Me pregunto si de verdad habrá sido tan estúpida como para creer que es posible vivir en una hacienda sin tener dinero.

De pronto se abre de golpe la puerta de la entrada. Oigo las inconfundibles pisadas de Michael en el pasillo y el repiqueteo agudo de algo metálico contra el suelo. Cierro Instagram. Lo veo entrar en la cocina hecho una furia. Lori va con él, caminando detrás sin decir nada, con la cabeza agachada.

—¿Estás bien? —Me fijo en sus puños apretados.

—Tenías razón. Era el mismo cabrón estúpido de la última vez. Lo he pillado apoyado contra la verja, como si estuviera aguardando el momento en que nos fuéramos todos a dormir. —Michael respira trabajosamente—. Y llevaba encima un cuchillo.

—¡Dios mío! —Me entran náuseas. Miro a Lori, necesito su sonrisa familiar. Pero sigue con la mirada clavada en el suelo.

—No te preocupes. Lo he espantado.

—¿Qué ha ocurrido? —susurro.

—Le he clavado el cañón de mi pistola en el pecho y le he dicho que no tenía reparos en disparar a un hombre a quemarropa. —Michael se carcajea—. Tendrías que haberle visto la cara. Se ha puesto blanco como la leche.

—¿Y se ha marchado?

—Sí. Le he dicho que era un cobarde y que sería mejor que no volviera a acercarse por aquí, porque no dudaría en dispararle directamente.

—¿Y el cuchillo?

Michael parece de pronto aturullado, pero después endurece el gesto.

—No soy un ladrón, Madison.

Grito para mis adentros y pregunto:

—¿Qué crees que estaba haciendo aquí?

—¿A quién le importa, Madison? —responde con un suspiro—. Le he enseñado quién manda aquí y te he protegido, y ni siquiera me has dado las gracias.

—Gracias —respondo obediente.

Sin embargo, estoy demasiado aturdida para sentir gratitud. Solo puedo pensar en quién es ese hombre, en qué quiere de mí y en por qué narices Michael no le habrá arrebatado el arma.

Capítulo 31

Brianna

Vuelvo a mirar mi teléfono, consulto la fecha por enésima vez. Pero no cambia.

¿Cómo es posible que sea el día de Navidad?

La casa está en silencio, Jonah sigue fuera de combate, durmiendo la mona de lo que sea que le hizo subir dando tumbos por las escaleras a primera hora de esta mañana. Encima, hace un frío terrible porque anoche se me olvidó meter leña y está completamente húmeda, y los troncos que he echado al fuego humean más que arder.

Nuestro árbol de Navidad medirá alrededor de metro veinte y lo cortó Jonah en el bosque, desde donde lo trajo arrastrándolo. Intenté decorarlo, haciendo nieve con harina y agua para las puntas de las ramas y confeccionando cadenas de papel; sin embargo, sin luces, parece como si hubiera contraído algún tipo de hongo. Me noto las lágrimas en los ojos al darle la espalda y mirar hacia la ventana. Pero tampoco ahí hay mucho que ver. Solo nubes blancas neblinosas y campos nevados hasta donde me alcanza la vista.

Me ciño la manta en torno a los hombros. Mi manta hasta que nazca el bebé. Después del primer día de trabajo de Jonah, cuando me encontró dormida en el sofá, decidí esforzarme más. Aprender a tejer y hacer algo bien para variar. Conseguí tejer un cuadrado y, a lo largo de las dos semanas siguientes, encontré la paciencia para repetir el proceso veintitrés veces. Después cosí los cuadrados unos con otros en un solo día, emocionada de pronto al ver lo que había hecho. Llevaba razón al pensar que la lana picaba; aun así, me encanta, porque demuestra que puedo hacer algo precioso. Ahora me la echo por encima a todas horas, a modo de capa, como si algún día fuese a concederme un superpoder.

Vuelvo a mirar el teléfono. No para consultar la fecha esta vez, sino para ver si tengo algún mensaje. Pero el resultado es el mismo. Decepción.

Hemos recibido un total de dos tarjetas navideñas de felicitación, entregadas de mano de un cartero que yo no sabía ni que existía hasta que apareció en casa hace una semana —un hombre simpático que se mostró dispuesto a llevarse una tarjeta hecha deprisa y corriendo y sin sello—, pero ninguna de las dos iba dirigida a mí. La tarjeta de la madre de Jonah tenía en la portada una escena de la natividad y en el interior un largo párrafo sobre lo orgullosa que estaba de él, con algunas referencias sueltas a las adversidades de María en Belén. La otra era de Mary, la única hermana de Jonah. Esa contenía menos palabras, pero su mensaje me dio qué pensar. «Si necesitáis ayuda, decídmelo». Mary se había ido de casa cuando Jonah y yo empezamos a salir, así que no la conozco, y Jonah nunca habla de su hermana. Aun así, ella saca el tiempo para ponerse a escribir.

Al contrario que mi familia. De ellos no he tenido noticia.

Me pregunto qué estarán haciendo ahora. El día de Navidad en casa de los Nelson. Seguramente vayan de camino a la iglesia. Cora, mi hermana pequeña, se habrá puesto un vestido nuevo para la ocasión y unas nuevas bailarinas de charol; me pregunto si mi madre le habrá permitido ya pintarse las uñas. Mi madre estará también guapísima, pese a haber estado metida en la cocina desde antes del alba, tachando de la lista con devota diligencia sus tareas de antes de ir a la iglesia. Mi padre permitirá que mis tres hermanos se peleen más de lo habitual, relajado gracias a su *whisky* matutino y al orgullo que siente por la familia que formó con sus rectos principios y los dólares que tanto le costó ganar.

¿Estarán pensando en mí? ¿Les entristecerá ver mi asiento vacío en nuestro Grand Cherokee? ¿O habrán aceptado mi desaparición y decidido que una familia de seis miembros es legado suficiente?

Vuelvo a mirar el teléfono. Ningún mensaje.

Aunque al menos oigo un ruido, algo que me distraiga. Las sonoras pisadas de Jonah en las escaleras.

—Joder, qué frío hace aquí. Otra vez.

—Feliz Navidad —respondo con una frase a medio camino entre la rama de olivo y la acusación.

—¿Qué? Ah, sí, lo mismo digo. —Se detiene un instante y después carga contra mí—: Razón de más para regalarnos un poco de calor, ¿no te parece?

—No había leña seca.

—Tiene que haber, corté un montón. Sabes que hay que meter nuevos leños en casa cada noche y dejar que se sequen junto al fuego para que estén listos al día siguiente.

—Se me olvidó. —Deseo decir algo más, preguntarle por qué siempre me toca a mí acordarme, pero no quiero discutir. Hoy no—. Perdón —añado, y trato de sonar auténtica.

Se frota la frente con el pulpejo de la mano. Vuelve a tener los ojos inyectados en sangre. Tomarse una cerveza rápida después del trabajo con sus compañeros se ha transformado en pasarse la noche entera bebiendo, aunque sigue esperando su plato de comida en la mesa cuando llega a casa.

—Pero si te pasas la noche entera sentada frente al fuego —continúa—. ¿Cómo se te puede olvidar?

Desvío la mirada de nuevo hacia la ventana. Ha empezado a nevar y veo un copo que desciende y desaparece.

—¿Sabes? Creo que es por el teléfono —prosigue—. Seguro que te pasaste la noche entera mirando la pantalla, con la cabeza perdida en ese mundo irreal de fantasía. Joder, tengo la boca que parece el desierto de Nevada, me duele todo el cuerpo. Lo último que deseaba encontrarme el día de Navidad era este panorama.

—No es irreal. Es la vida de la gente.

—Pues tu vida consiste en recoger leña, así que sería de agradecer que empezaras a vivirla.

—¡Pero es una vida de mierda, Jonah! ¿No te das cuenta? ¡El sueño que teníamos no se está cumpliendo! Podríamos estar en casa con nuestras familias, abriendo regalos, comiendo pavo al horno, jamón asado, puré de patatas y pastel de calabaza. —Solo con decir eso se me hace la boca agua—. ¿No quieres eso?

—¡Jesús, Bri! ¡Claro que lo quiero! Pero ¿acaso no te das cuenta de por qué no se cumple? ¡El problema eres tú, no yo! Quieres ese sueño, pero no estás dispuesta a trabajar por ello, como lo hago yo.

—¡¿Cómo demonios lo sabes si nunca estás aquí?! —le espeto—. ¿Y de qué sirve que tengas trabajo si te gastas la mitad de tu sueldo en el Ranch Inn? ¡Dejando sola a tu novia embarazada!

Da uno, dos, tres pasos hacia mí. Aprieta los puños. Nuestros cuerpos no se tocan, aunque percibo el calor que desprende, su aliento rancio se me mete por la nariz. Jonah era *fullback* en el equipo de fútbol americano del instituto. Puede que sea de complexión delgada, pero mide un metro ochenta y cinco y pesa ochenta y dos kilos. Que yo sepa, nunca se ha metido en peleas; sin embargo, eso no significa nada. ¿Estará a punto de pegarme? Y si lo hace, ¿quién lo detendrá?

Retrocedo un paso.

—Lo siento, no debería haber dicho eso. —Dios mío, ¿me da miedo Jonah?

—Claro que no deberías. Si tenemos algo que llevarnos a la boca en Navidad es precisamente porque me paso el día trabajando.

—Es verdad, no sé en qué estaba pensando.

—Es por el teléfono.

—¿Qué?

Asiente y dice:

—Te mete ideas en la cabeza.

—No es cierto. ¿Qué ideas?

—Los derechos de las mujeres; la igualdad; es mi cuerpo y yo decido. Toda esa mierda.

—¡No me interesan esas causas! —exclamo horrorizada porque pueda pensar que sí. No me educaron para despreciar los valores familiares—. Sigo a otras mujeres como yo, hacendadas, esposas y madres que quieren hacer las cosas a la manera tradicional. Son mi inspiración.

—No te creo.

—¿Cómo? ¿Por qué no?

—Porque esas mujeres no te dirían que me faltaras al respeto, ni que te pasaras el día de brazos cruzados esperando a que otro haga el trabajo duro.

—¡Dios, Jonah, estoy embarazada! Por eso necesito que tú hagas más cosas.

—Dame tu teléfono. —Estira el brazo y me estremezco, su cercanía es ahora una fuente de miedo, pero se limita a dejar la mano suspendida frente a mí moviendo los dedos.

Yo sujeto el teléfono con más fuerza. A él se le crispa el gesto. El corazón se me acelera.

«Es mi teléfono y yo decido», respondo, pero solo mentalmente, y a continuación se lo entrego.

Suaviza el tono de inmediato:

—Escucha, Bri, ya sé que parece un castigo, pero sinceramente creo que te estoy haciendo un favor. Sin el teléfono, podrás concentrarte en el bebé, en nuestro hogar, en nosotros.

Digo que sí con la cabeza. El bebé da una patada, quizá a modo de protesta al sentir lo mucho que anhelo ese trozo de cristal y metal.

—Quizá tengas razón —susurro.

Se le ilumina la cara con esa sonrisa torcida que antes tanto me gustaba.

—Genial, Bri. Es genial.

Salvo que a mí me parece de todo menos genial.

Capítulo 32

Madison

@adelemeadows1996 Feliz Navidad para ti y tu hermosa familia. ¿Ese pijama lo has hecho tú o se puede comprar en alguna parte? #tradwife #Navidadenfamilia #pijama #hijosguapos

—¿Madison? ¿Estás bien?

Alzo la vista. Erica está mirándome con gesto preocupado. ¿Cuánto tiempo llevaré ausente? ¿Habré dicho algo? Anoche apenas dormí. Cada vez que cerraba los ojos, veía a un hombre sin rostro que llevaba un sombrero de trampero y un cuchillo en la mano. Y acababa de quedarme traspuesta cuando Matilda empezó a correr de un lado a otro del rellano gritando que había venido Papá Noel. Michael le gritó que volviera a meterse en la cama, pero eso despertó a Myron, y pocos minutos después la familia al completo había decidido que las cinco de la mañana eran una buena hora para levantarse.

—Perdona, estaba tomándome unos instantes para reflexionar —respondo—. Sobre lo afortunada que soy por tener una familia tan maravillosa.

—Sí, claro —dice Erica, aunque su expresión es una mezcla de confusión y desconfianza.

Joder, ¿por qué finjo delante de Erica? Ella me conoce. Tengo que espabilar.

—Mami, ¿puedo comerme esto?

Me giro hacia Matilda, cuyos dedos sobrevuelan una fuente de huevos rellenos.

—¡No! —grita Erica—. Perdona, dame solo un minuto, aún no lo he grabado. ¿Dónde está Noah?

—Está arreglando el árbol de Navidad —explica Lori desde el otro extremo de la cocina—. Mason lo tiró al suelo y se apagaron las luces.

—¿Ha montado los trípodes? —pregunto, y noto que se me acelera un poco el corazón. ¿Por qué no habré estado más pendiente esta mañana? Tendría que haberme asegurado de que estuviese todo en orden antes de sentarnos a comer. Solo Michael, Lori y yo sabemos lo que sucedió anoche y los tres acordamos ponerle punto y final, así que no puedo dejar que me afecte ahora—. Michael bajará enseguida y no podemos retrasar la comida de Navidad por preparar las cámaras.

—No te preocupes —dice Erica—. Está todo listo. Y el *reel* de esta mañana es precioso; sé que los pijamas a juego no son ninguna novedad, pero emplear el mismo material con distintos estilos ha sido una idea maravillosa por tu parte, Madison, sobre todo el camisoncito ese monísimo de Molly. Gracias por confeccionarlos, Lori, por cierto.

—No hay de qué.

—Y está todo preparado para el *reel* de la comida de Navidad —prosigue Erica—. Tengo algunas imágenes de los niños que he grabado antes y Michael incluso me ha permitido grabarle cuando ponía el pavo en la barbacoa. Tenemos dos cámaras montadas para la comida: una con la lente para retratos, para sacarte primeros planos, y la otra cogiendo un plano general de la parte central de la mesa. A los demás puedes ponernos donde prefieras. Podríamos ser invitados a la comida, fingir que somos familia o no salir en el plano. Obviamente, haremos que Lori no salga.

Finjo reflexionarlo unos instantes, cuando, en realidad, es imposible que Erica, Noah y Cally encajen con la estética de @_TrulyMadison_.

—¿Sabes qué? Creo que lo mejor es que sea una Navidad familiar. Y sienta a Bill en el extremo, junto a Mason, para tener margen de error.

—Claro, Madison, lo que tú digas.

—Porfa, mami, ¡me muero de hambre!

Veo a Erica sacar unos cuantos planos de la fuente y después guiñarle un ojo a Matilda, que coge dos mitades de huevo y se las mete en la boca, engullendo la segunda cuando todavía está masticando la primera. Aparece Lori con un trapo húmedo y le limpia la barbilla de yema de huevo.

—Qué haría sin ti —le digo.

Lori parece distante hoy y eso no me gusta. Quizá esté cansada por el embarazo, o asustada por lo que sucedió anoche, pero me preocupa que sea cosa de Cally. Que esté abriendo una brecha entre nosotras. Si va por ahí susurrándole al oído cosas sobre el síndrome de Estocolmo o sobre la explotación, juro que la colgaré del árbol de Navidad por el puñetero aro que lleva en la nariz.

—No estoy segura —responde quedamente, sin mirarme.

¿Qué le pasa?

—¿Necesitas ayuda con algo? —continúo—. Podría poner la mesa.

—Ya está puesta. La ha puesto Molly.

—Ah, claro. ¿Y hay patatas que pelar o zanahorias que cortar?

—Está todo hecho, Madison. Cuando Noah haya arreglado el árbol, grabará a Michael trayendo el pavo. Y el resto de la comida solo hay que llevarla del fuego a la mesa. Supongo que puedes llevar un plato o dos mientras la cámara te sigue.

¿Es una indirecta? La miro a la cara en busca de indicios. Pero simplemente parece cansada.

—Claro que puedo —respondo.

Nos quedamos calladas en silencio durante unos segundos, yo tratando de atraer su mirada y ella desviándola hacia cualquier otra parte.

—¿Tengo buen aspecto? —pregunto al fin haciendo un giro con mi nuevo vestido de flores, un regalo llegado directamente desde Liberty, en Londres.

Lori suspira y responde:

—Estás preciosa, Madison. Como siempre. ¿Voy a buscar a los niños?

—Claro —le digo, pero entonces me detengo, sigo sin estar satisfecha—. Oye, ¿te encuentras bien?

Al fin me mira y suaviza el gesto.

—Sí, perdona, estoy bien. Será por el embarazo y la Navidad. Imagino que me siento muy lejos de casa. ¿Te pasa a ti alguna vez?

—No. —Meneo la cabeza—. No.

—Perdona, claro que no. Qué pregunta tan estúpida. —Lori agacha la cabeza una vez más y desaparece por el pasillo.

Una hora y media más tarde, Noah apaga la cámara por última vez y todos suspiramos aliviados. Creo que el *reel* de la comida de Navidad quedará bien. Molly está preciosa con el vestido de bailarina verde salvia que le compré, con una falda de gasa y corpiño con tirantes. Me alegra haber experimentado además con el maquillaje, porque el rímel realza sus ojos azules. Mason va vestido como una versión de Michael en miniatura, lo cual siempre da buen resultado, y no se ha peleado demasiado con sus hermanas, probablemente debido a la amenaza de quedarse sin pastel de manzana. Matilda está encantadora sirviendo las bolitas de verduras de distintos tamaños, algo deliberado, y la alegría de Myron mientras degustaba el enorme muslo de pavo ha sido el plano del día.

—¿Tienes que irte, Noah? —Empleo mi voz melosa para no ofender—. ¿Ya es hora de editar el *reel*?

—¿Cómo? —Noah levanta la vista de la copa de vino tinto que Michael le ha servido sin preguntarle si quería—. Ah, sí, claro. Voy a ello.

Por el rabillo del ojo, veo a mi marido menear la cabeza con gesto de desdén —un hombre aceptando órdenes de una mujer—, y a continuación dar un largo trago a su vino. Me da igual lo que piense Michael de Noah, pero sé cómo funciona su cabeza y no quiero que me culpe a mí de su mal humor.

—Pensándolo bien, también es Navidad para ti, así que ¿por qué no echo yo un vistazo al metraje, veo qué partes me interesan y luego bajas tú cuando te hayas terminado el vino?

—¿En serio? —Noah me mira con suspicacia y después gira la cara hacia Erica, que sacude levemente la cabeza—. ¿Por qué no vamos los dos? —sugiere—. Así me dices qué partes te gustan y yo las monto. Dos cabezas piensan mejor que una.

161

Miro a Michael que parece más contento al ver que acepto la sugerencia de Noah.

—Una gran idea —respondo.

Me pongo en pie y dedico a la mesa mi característica sonrisa, reservando mi gesto más radiante para Bill, quien, como era de esperar, está sirviéndose otra loncha de lomo de cerdo asado. Después sigo a Noah hacia mi despacho convertido en sala de montaje.

Él carga los vídeos en su Mac y yo selecciono las partes que quiero; me aseguro de que no se vea mi vientre plano; hoy no soportaba la idea de ponerme la tripa de silicona. Debatimos sobre la exposición, la saturación y la música de fondo hasta que ambos quedamos satisfechos con el montaje de vídeo y fotos, que alcanza los noventa segundos. Después me pregunta qué texto quiero escribir al pie.

—Se me ocurre «Navidad en la Hacienda March. Algo especial y a la vez sencillo» —sugiero—. Y luego añade los *hashtags* #tradwife, #amadecasa, #mamáencasa y #nosoloenNavidad. ¿Te parece que queda bien?

—Queda perfecto —dice riéndose—. Eres una auténtica maestra.

—Gracias, Noah —respondo, y noto que me ruborizo.

—Ah, por cierto, ¿recibiste la tarjeta?

Frunzo el ceño y pregunto:

—¿Qué tarjeta?

—La encontré en el buzón esta mañana. Se había colado por el lateral, así que no sé cuánto tiempo llevaba allí. No tenía sello postal, pero sí matasellos, como si hubiera pasado por correos. Y con una caligrafía bastante ilegible.

—Noah, no sé de qué me estás hablando.

—Bueno, se la di a Lori y me dijo que te la entregaría. Pero supongo que hemos estado todos muy ocupados.

Capítulo 33

Cally

—Siéntate, Lori, yo me encargo. —Le dirijo a Lori mi mejor mirada de profesora.

Parece que surte efecto, porque levanta las manos en gesto de derrota y se sienta en una de las sillas de la cocina. Me vuelvo hacia el fregadero y sigo fregando las cacerolas. En casa, Luke y yo jugamos a piedra, papel o tijera para decidir quién lava los cacharros después de la comida de Navidad. Siempre pierdo, así que soy una experta.

—¿Qué tal tu día? —me pregunta Lori, y su voz me llega flotando por encima del hombro—. ¿Qué te ha parecido tener que pasar la Navidad con los locos de los March en lugar de con tu familia?

Sin previo aviso, se me llenan los ojos de lágrimas. Parpadeo y me quedo mirando el infinito paisaje blanco a través de la ventana hasta que me calmo.

—No ha estado mal. O sea, bien —añado al acordarme de que ella es una March honorífica—. Tampoco es que pueda irme a mi casa teniendo a Murphy encima.

—¿Sigue llamándote?

—No. La última vez le escribí y le respondí que todo seguía según lo planeado y que recibiría su dinero a tiempo, parece que ha funcionado, al menos por el momento.

—Pues a mí me alegra que estés aquí en Navidad —dice Lori con voz queda—. Por tu ayuda y por tu compañía. Cada embarazo me parece peor que el anterior.

Ataco con el estropajo la bandeja de acero inoxidable y rasco las testarudas bolas de grasa solidificada que han dejado las costillas.

—Pero sigues haciéndolo —murmuro—. Lo de la gestación subrogada, o como lo quieras llamar.

—Así es, sí.

Mientras enjuago la bandeja y la coloco en el escurridor, me doy cuenta de que me están temblando las manos.

—¿Puedo preguntarte por qué?

—Creo que es demasiado complicado para explicarlo correctamente.

—Podrías intentarlo y ver qué tal.

Lori deja escapar una suave carcajada:

—Bueno, para empezar, nunca he tenido mucho instinto maternal, y Madison es una gran amiga, así que no me parece mal echarle una mano.

Me doy la vuelta, me apoyo contra el frío fregadero de cerámica y la miro.

—¿En serio? Pero si tienes muy buena mano con los niños.

—Puede que ahora sí, pero nunca fui de esas niñas que sueñan con conocer al hombre perfecto y tener con él un montón de hijos. Cosa inusual en mi lugar de origen.

—¿Y cuál era tu sueño?

Lori se pasa las manos por el vientre y después entrelaza los dedos por debajo, como si estuviera acunándolo.

—¿Sabes guardar un secreto? —pregunta.

Me seco las manos con el trapo de cocina y me siento en la silla frente a ella.

—Bueno, tú conoces los míos, así que me parece justo que yo sepa los tuyos.

—Quería ser vaquera.

—¿Vaquera? —Me río—. ¿Como Michael?

—Supongo que sí. —Se inclina hacia delante y baja la voz—: Pero más amable que él.

No sé si es debido al efecto de la soledad, pero de pronto me hace mucha ilusión que Lori —una mujer quince años mayor que yo y con la que no he compartido ninguna experiencia vital— se haya convertido en mi amiga. Imito su movimiento antes de responder:

—No creo que eso resultara muy difícil —le digo en un susurro.

Lori coloca la mano sobre la mía, me la aprieta y después vuelve a arrellanarse en la silla.

—¿Te está dando problemas?

—Ya sabes —respondo encogiéndome de hombros.

—¿Te hace sentir incómoda sin hacer nada que puedas echarle en cara?

—Lo conoces desde hace mucho tiempo.

—Más de doce años.

—Pero sigues dispuesta a gestar a sus bebés.

A Lori se le nubla el gesto y temo haber ido demasiado lejos, haber metido el dedo en la llaga cuando lo único que ha hecho ella ha sido tenderme una mano amiga. Pero entonces suspira y dice:

—Los bebés de Madison. Por eso accedo a gestarlos.

—Eres una persona muy especial. Estoy segura de que yo no haría esa clase de sacrificio por mi mejor amiga.

—Ayudar a los demás es fuente de alegría, en especial a aquellos a quienes quieres.

—¿Y tú quieres a Madison? —No añado el resto. No digo que la Madison que conozco solo parece quererse a sí misma. Y que Lori vale mil veces más que ella.

—Se merece ser feliz —responde—. Tener esta clase de vida.

—Los niños dicen que lo haces por eso, por amor, pero me da por pensar que debe de haber también un motivo médico.

Lori aparta la mirada.

—Madison no soportaba la idea de perder a Michael —dice finalmente—. Sé que parece una mujer segura de sí misma, pero él es su oxígeno. Sin él, nada funciona.

—¿Estás diciéndome que Michael es quien os obliga a hacerlo? —pregunto echándome de nuevo hacia delante—. ¿Quiere tener una gran familia y hará cualquier cosa con tal de lograrlo, y a la mierda a quien pueda joder para conseguirlo?

—Lo siento, Cally. —Lori parece incómoda—. Creo que ya he hablado de más…

—Si eso es cierto, me parece la hostia de egoísta.

—Cally, por favor…

—Perdón por maldecir, pero ¿acaso no te dan ganas de hacerlo a ti también? Michael está aprovechándose de tu amistad con Madison sin tener en consideración lo emocionalmente doloroso que resulta para todos los implicados.

Se le pone la cara roja como si la hubiera abofeteado.

—Michael no es ningún santo, ni mucho menos, pero no se trata de una manipulación, no en el sentido que tú piensas.

—¡No me vengas con adivinanzas! —Resoplo exasperada—. ¿Por qué no me lo dices? Ya sé que Madison miente a sus seguidores. Que finge ser un ama de casa maravillosa cuando en realidad tiene empleados que se lo hacen todo, incluida tú. Miles de mujeres están decidiendo dejar sus trabajos, mostrarse sumisas y obedientes en sus relaciones porque ella les ha hecho creer que su estilo de vida solo consiste en hacer pan casero y en cuidar colmenas de abejas. ¿Qué podría haber peor que eso?

—Te sorprendería —murmura Lori y aparta la mirada.

Abro la boca para responderle, pero me muerdo la lengua. Me doy cuenta de que parece asustada. ¿Será acaso una patraña todo lo que me está contando acerca del amor y el altruismo?

Pienso en Michael. En su tamaño. En el arma que lleva como si tal cosa. En que su encanto se convierte en coacción cuando no obtiene lo que desea. Entonces pienso en el búnker del día del juicio y en por qué tiene un candado gigante en la puerta.

—¿Por qué ha construido Michael un búnker?

Lori alza la mirada y responde:

—Cree que se acerca el apocalipsis, o al menos está lo suficientemente convencido como para gastarse miles de dólares en construirlo.

—¿Y para qué necesita un candado? ¿No le basta con una cerradura por dentro?

—Michael es un hombre desconfiado. No habla de su búnker porque cree que todos los vecinos del pueblo vendrán a llamar a su puerta cuando Rusia nos lance una bomba nuclear, o las grandes farmacéuticas nos conviertan en zombis, o lo que sea. Supongo que el candado es para mantener alejada a la gente de quien no se fía, que es la mayoría.

—Una vez lo vi delante de la puerta con una escopeta colgada del hombro.

—Se cree que es el próximo Rick Grimes. Supongo que tiene bastantes armas guardadas en ese búnker.

—¿Y no te preocupa?

—Has vivido demasiado tiempo en Boston, Cally.

—Eso no responde a mi pregunta.

Lori vuelve a agachar la mirada y se acaricia de nuevo el vientre.

—Hay peligros por todas partes, Cally. Y los que deben preocuparte no suelen ser lo más evidentes.

Capítulo 34

Brianna

Presiono los dedos contra mi zona lumbar y me masajeo los músculos agarrotados con movimientos circulares. Hoy he trabajado sin descanso; he limpiado la casa, he preparado un estofado con las sobras del pavo, incluso he ido a por agua. También he remendado las camisas de Jonah. Mientras yo me encargaba de todas esas tareas, él ha estado sentado en el sofá con un libro que le ha prestado uno de sus colegas de borrachera —algo llamado *Mandate for Leadership*, que parece mucho más aburrido que sus habituales novelas de Lee Child— y con una botella de *whisky*.

Cuando le he preguntado si pensaba colaborar en algún momento, me ha echado una bronca monumental. Me ha dicho que le han concedido unos días libres en el trabajo por Navidad y que no tengo derecho a cuestionar en qué los ocupa. Y que brindar por el hombre que le ha regalado una botella de Jack Daniels era una muestra de respeto, así que debía dejar de fulminarlo con la mirada. No he querido insistir porque necesito que esté de buen humor, incluso puede que me beneficie que esté un poco aturdido a causa del alcohol.

Quizá así recupere mi teléfono. No puedo sobrevivir otro día más sin él.

Las horas de duro trabajo al menos me han brindado la oportunidad de elaborar mi argumento, y es bastante bueno. Jonah pasa muchas horas lejos de la hacienda, de modo que tener una forma de comunicarme me parece una medida básica de seguridad. Además, para aprender a conservar el pescado, remendar ropa o desatascar nuestros viejos desagües, siempre utilizo Google. ¿Cómo podré hacer todo eso sin acceso a internet? Y, lo más importante, teníamos un trato. Cuando dedicábamos aquellas tardes a planificar nuestra nueva vida en común, dejé claro que para mí era fundamental tener un teléfono móvil, y si se rompe esa confianza, ¿qué nos queda?

Todo suma. Solo tengo que encontrar el momento justo para pedírselo.

—El estafado huele bien —murmura cuando me dejo caer junto a él—. ¿Ya está listo? Me muero de hambre.

—Cinco minutos —respondo—. Estoy preparando unas verduras de acompañamiento.

Asiente, da un largo trago de *whisky* y después se echa hacia delante y coloca el vaso sobre la caja de madera que empleamos como mesita.

—Escucha, sobre lo de ayer —empieza a decirme—, he estado pensando que tal vez lleves razón.

Me da un vuelco el estómago. Esta es mi oportunidad para decir algo.

—¿Sobre mi teléfono? —le suelto inclinándome también hacia delante—. ¿Me lo vas a devolver?

—¿Qué? Ni hablar. —Chasquea la lengua—. Hay cosas más importantes de las que hablar que tu estúpido teléfono.

—Ya, claro. —Aparto la mirada. Personalmente, no se me ocurre nada más importante—. ¿Como qué?

—¿Como nuestra hacienda? Por el amor de Dios, Bri. —Su voz suena cortante y clara, todavía no ha empezado a arrastrar las palabras a causa del *whisky*; aun así, habla de un modo extraño, con una frialdad que recuerda al suelo congelado que se extiende al otro lado de la ventana.

—¿Qué pasa con la hacienda? —susurro.

—Creo que es hora de que deje de trabajar en la granja de Jacob y me dedique a nuestro hogar antes de que nazca el bebé. Al fin y al cabo, tú vas a seguir engordando y cada vez serás menos capaz.

Tiene razón, es lo que he estado esperando, ¿por qué entonces sus palabras me fastidian?

—Supongo —le digo.

—Cuando vaya el lunes a trabajar, se lo comunicaré a Jacob, le daré una semana para que no me guarde rencor. Y puedo seguir en contacto con los chicos, salir a tomar algo con ellos de vez en cuando, por si acaso necesito un empleo en el futuro. —Se arrastra hasta el borde del sofá, se sirve otro generoso chupito de *whisky*, lo hace girar en el vaso durante unos segundos y después se lo echa al gaznate.

—De acuerdo —susurro.

Pero la cabeza me da vueltas. No me convencía mucho la idea de que tuviera un trabajo, aunque ahora no sé qué pensar sobre que lo deje. Sí, me vendrá bien tenerlo en casa para que se encargue de las tareas, pero ¿podemos permitírnoslo? Y, más importante aún, ¿cómo podré recuperar mi teléfono si él está aquí, vigilándome las veinticuatro horas del día?

Consulta su reloj y pregunta:

—¿Crees que estará ya lista la cena?

—¿Cómo? Ah, sí.

Mierda, se me había olvidado. Las verduras se habrán quedado blandas y acuosas. Me levanto apresuradamente, pero entonces sucede algo. Un pinchazo. Me explota en la espalda un latigazo de dolor, como si fuera una descarga eléctrica. Ahogo un grito y me pongo a gatas.

—¿Qué narices te pasa?

—La espalda —tartamudeo casi sin aliento—. Me ha pasado algo en la espalda.

—Bri, levántate. —Ahora sí que ha empezado a arrastrar las palabras. O puede que el dolor también me haya afectado al oído—. Deja de comportarte como una princesa.

—No, en serio, no puedo moverme. ¿Me ayudas a sentarme en el sofá?

Desde mi posición, no alcanzo a verlo, pero percibo que frunce el ceño.

—¿Y qué pasa con la cena? —me responde—. Creí que ya estaba lista para servir.

Me tenso por el enfado, pero eso me provoca otro espasmo doloroso y grito de nuevo, con más fuerza esta vez.

—Jesús, Bri, tu talento como actriz es pésimo. Al menos intenta que parezca de verdad.

—¡Es de verdad! —Se me nubla la vista con las lágrimas.

Renuncio a toda esperanza de que Jonah acuda en mi ayuda y me giro con cuidado hasta que mi costado toca el suelo. El suelo frío y duro de tablones de madera comidos por las termitas.

—¿En serio vas a quedarte ahí tirada? —Sus ojos azules despiden un brillo de indignación.

—No puedo moverme, Jonah.

Me quedo mirando sus calcetines, los bajos deshilachados de los vaqueros. Lo veo golpear repetidamente el suelo con la punta del pie, el tic que denota que está pensando, y rezo para que halle en su interior algo de compasión. Pero, transcurridos unos instantes, planta el pie con firmeza en el suelo —ha tomado una decisión— y se va a la cocina. A través de la puerta abierta, me llegan deliciosos aromas que provocan un rugido en mi estómago mientras mi espalda aúlla de dolor. Y lo único que puedo hacer es cruzar los dedos con la esperanza de que Jonah regrese con un plato de comida para mí.

Capítulo 35

Madison

@ashleycoltrane92 ¿No solo en Navidad? ¿En serio? A ver si te bajas de la parra esa a la que te tiene subida el millonario de tu marido y compruebas cómo es la vida real aquí abajo. #madretrabajadora #quieroamishijos #familiacondossueldos #tradwivesfuera

Me asomo por la puerta de la cocina y frunzo el ceño. ¿Dónde está Lori? Dejo escapar un suspiro de fastidio y me giro sobre mis talones. Reviso el resto de la planta baja, pero la única señal de vida procede del cuarto de dibujo. Parece que los niños se lo están pasando bien, pero no estoy preparada para hablar con ellos hasta que haya descubierto por qué Lori sigue comportándose de un modo tan extraño, de manera que, en lugar de entrar, subo las escaleras, ambos tramos.

No recuerdo la última vez que estuve en el cuarto de Lori. Tenemos a un par de chicas jóvenes del pueblo que se encargan de la limpieza y de la colada que no hacen los niños (y les pagamos mucho dinero para que no digan nada sobre sus trabajos), y Lori se pasa tanto tiempo en la cocina que nunca hay razón para subir a visitarla. Pero algo le está pasando y a mí se me está acabando la paciencia. Llamo a su puerta y, a continuación, la abro.

—Madison —me dice con los ojos como platos—. ¿Va todo bien?

Lori está totalmente vestida, con el pelo bien trenzado.

Las cortinas están abiertas y la cama hecha. Sin embargo, ella está sentada sobre la colcha con la espalda pegada a la pared y el aire huele a humedad. Entonces reparo en que Lori tiene una de las manos oculta bajo la almohada, lo que me hace pensar en mi conversación de ayer con Noah. ¿Acaba de esconder algo allí debajo? ¿Una tarjeta dirigida a mí tal vez?

—Pensé que estarías en la cocina —le digo.

Ella se ríe y después parece sorprenderse con su reacción.

—Perdona, iba a bajar ya.

—¿Estás enferma?

Retira la mano —vacía— de debajo de la almohada y se frota la mandíbula con la palma.

—Enferma no, pero me duele los dientes —responde—. Me los he frotado con aceite de clavo, así que con suerte se me pasará enseguida.

Asiento identificando entonces el olor y acto seguido vuelvo a desviar la mirada hacia la almohada.

—Anoche no tuve ocasión de preguntarte, pero Noah me dijo que te entregó una tarjeta que llegó para mí.

—¿Qué tipo de tarjeta?

Resoplo con impaciencia ante su evasiva.

—No lo sé, una tarjeta del tipo tarjeta supongo. Me dijo que la caligrafía era mala. Que no llevaba sello.

—Ah. Puede ser. —Lori se encoge de hombros—. Michael y tú recibís tantas tarjetas de felicitación navideñas que no presto atención a los sobres.

—¿De verdad no sabes a qué tarjeta me estoy refiriendo? Era el único correo que había en el buzón el día de Navidad. Noah pensó que quizá llevaba allí más tiempo porque había resbalado por el lateral.

—No, lo siento —Se encoge de hombros con gesto arrepentido—. Quizá sea por el dolor de dientes, que me altera la memoria. En fin, supongo que los niños empezarán a tener hambre enseguida, así que será mejor que me ponga en marcha. —Se levanta de la cama y me mira expectante, como si quisiera que me fuera yo primero.

Me planteo recordarle a quién pertenece esta casa, pero me parece una locura, puedo mirar debajo de su almohada cuando me apetezca. Así que salgo de su habitación con una sonrisa amable y bajo las escaleras seguida muy de cerca por Lori.

—Verás, Madison, quizá tenga que ir al dentista por lo de los dientes —me dice cuando ocupamos nuestros lugares habituales en la cocina: yo sentada y ella preparando la comida.

—Pero no puedes salir de la hacienda hasta que nazca el bebé —señalo—. Y siempre has dicho que el aceite de clavo hace milagros.

—Y así es, a veces… Pero me preocupa que se me infecte el diente si no me lo ve alguien.

—Lo siento, Lori, pero estás a seis semanas de dar a luz. A estas alturas, te sería imposible disimular el embarazo. ¿Y si te ve la gente del pueblo? ¿Y si atan cabos?

—Me pondré uno de esos abrigos anchos de Michael y lo mantendré abrochado en todo momento. La gente pensará que soy una mujer de mediana edad que ha comido demasiado tronco dulce de Navidad. Y ya sabes que soy una persona que pasa desapercibida. La gente apenas se fijará en mí.

—No sé. Me parece arriesgado.

—¡Por favor, Madison!

El ruego de Lori me sobresalta. Parece desesperada. ¿Le dolerá tanto el diente? Tamborileo con los dedos sobre el brazo de madera de la silla. Dejar que vaya al pueblo me parece un error, aunque si el dolor empeora, podría acabar en el hospital, y eso sería peor. Ha logrado dar a luz a todos nuestros hijos en casa con la única ayuda de Kate, una comadrona privada, una mujer cuyo silencio es fácil de comprar debido a su gran adicción a las compras. No quiero fastidiar el inmaculado historial de Lori a causa de un maldito diente.

—Vale, de acuerdo. Pero no mantengas conversaciones con nadie. Limítate a hablar estrictamente del diente.

—Al cien por cien, te lo prometo. Gracias, Madison.

Advierto tal alivio en su rostro que es como si mi mera concesión le hubiese calmado el dolor. Pero eso es imposible, por supuesto. Se trata del aceite de clavo.

—Creo que me iré a ver a los niños —digo sintiéndome inquieta de pronto.

Aunque, cuando digo niños, en realidad me refiero a las niñas. Tanto a Molly como a Matilda les encanta que les pinten las uñas. A Myron también le encanta, pero la única vez que se lo permití, a Michael estuvo a punto de darle un ataque cuando vio sus uñas doradas, de modo que eso ha quedado descartado. Como Lori me conoce mejor que nadie, espero a que se ofrezca a hacerse cargo de los niños.

—Genial. Pásalo bien. —Lori se acerca al frigorífico y saca las sobras del pavo—. Yo voy a preparar la comida.

—Ya, claro. —Vacilo un instante. No estoy acostumbrada a tener que esforzarme con estas cosas—. Puede que Myron quiera estar aquí contigo —digo al fin—. Y a Mason puedo enviarlo fuera a cortar leña o algo así.

—¿Perdona? —Lori parece desconcertada—. Ah. Sí, claro, no sé en qué estaba pensando. Envíamelos y yo los entretendré.

—¿Te pasa algo, Lori?

—¿Cómo? No, qué va. Estoy bien.

—Salvo por el dolor del diente.

—Exacto.

Me quedo allí unos segundos más, tratando de encontrarle sentido a aquel cambio en su actitud. Después me rindo y dirijo mis pasos hacia el cuarto de dibujo. Aunque primero debo dar un rodeo.

Subo lentamente el primer tramo de escaleras y después el segundo, muy rápido. Abro la puerta del dormitorio de Lori, me acerco a la cama y meto la mano debajo de la almohada. Mis dedos rozan el papel casi de inmediato. Tenía razón. Me permito una sonrisa triunfal al tiempo que saco el sobre, pero el gesto se transforma en un ceño fruncido al darme cuenta de que dentro no hay nada. El sobre es tal y como lo describió Noah: caligrafía ilegible, sin sello pero con matasellos, aunque supongo que el sobre podría haber sido utilizado previamente. Y solo han escrito una dirección parcial: «Madison March, Hacienda March, Montana».

Me dejo caer sobre la cama sin importarme que la colcha se arrugue, pues una parte de mí desea que Lori sepa que he estado aquí. ¿Por qué habrá robado un correo que iba dirigido a mí? ¿Qué habrá hecho con la tarjeta que había dentro?

¿Y quién me la ha enviado?

Capítulo 36

Madison

@angel_mckenzie97 ¡Hola! Somos madres gemelas. ¡Yo también salgo de cuentas en febrero! Pero, ostras, ¿cómo es que sigues teniendo la mandíbula tan definida? ¡Yo tengo unos mofletes que parezco un hámster!
#vidademadre #reciénnacido #3hijosysubiendo #familiaesvida

Mi cabeza está llena de ruido que me recuerda lo mala idea que es esto, pero me centro en la carretera y sigo conduciendo. No puedo creerme que Lori me esté obligando a correr estos riesgos. Pero ¿cómo voy a dejar que vaya sola con mi bebé dentro después de las mentiras que ha contado y de su extraño comportamiento?

Pensé que habría una manera más sencilla. Que Bill podría llevarla al pueblo y después contarme qué es lo que se propone hacer. Puede que Bill reserve casi toda su lealtad para Michael, pero sé que guarda un poco para mí. Si le pidiera que me hiciera un informe detallado acerca de adónde iba Lori y con quién hablaba, lo haría sin preguntar el motivo. Sin embargo, hoy ha ido a visitar a su madre, que está en una residencia cerca de Yellowstone, así que no puede ayudarme. Y no se lo puedo pedir a nadie más.

Así que aquí estoy, tratando de no perder de vista el coche de Lori sin que sospeche nada al tiempo que intento adivinar para qué funcionan los diferentes botones de la camioneta de Michael. El vehículo es la niña de los ojos de mi marido y a mí no se me permite conducirlo bajo ninguna circunstancia. Me pregunto qué haría si se enterase.

Pero no se enterará, me recuerdo a mí misma. Michael se ha ido de caza y estará un par de noches fuera. Su hermano Matthew ha venido desde Great Falls a primera hora de la mañana y han salido hacia el bosque de Gallatin en su Chevy. No regresarán hasta última hora del domingo, de modo que, aunque Michael decida que no hay suficientes alces o se impaciente con las inútiles normas del parque y quiera acortar el viaje, no volverá pronto. Solo he de asegurarme de devolver la camioneta a la hacienda sin ningún rasguño.

Las ruedas delanteras patinan en una placa de hielo negro y sujeto el volante con fuerza para estabilizarlo, con el corazón tan desbocado que apenas logro respirar. Aprendí a conducir con dieciséis años, pero, debido a los derroteros que ha tomado mi vida, no he tenido muchas oportunidades de practicar. A Michael ni siquiera le gusta que conduzca por el rancho por si me lesiono. Al menos eso es lo que dice. Sospecho que tiene más que ver con el hecho de que no se fía de mi capacidad para esquivar a sus preciadas vacas.

La camioneta se endereza y yo suspiro aliviada. Lori conduce un Buick Encore de un color muy vivo, un coche diminuto en comparación con los que suelen verse por estas carreteras, de modo que resulta fácil de reconocer. La veo poner el intermitente a la derecha, en dirección al pueblo, y cuando desaparece al doblar una curva, la sigo.

Lori aparca frente a la clínica dental y, pese a que este es el lugar al que me dijo que iría, me siento decepcionada. Me he arriesgado a desatar la furia de Michael por esto, y puede que Lori estuviera diciendo la verdad desde el principio y solo quisiera hacer una consulta sobre una infección dental. Pero aquí estoy, y me parece que Lori es lo bastante inteligente como para borrar sus huellas en caso de tener algún plan secreto. De modo que paso de largo y cuando la veo entrar en la clínica, doy la vuelta y aparco en un lugar desde donde alcanzo a ver la puerta.

Veinte minutos más tarde, Lori sale de la clínica. Sigue llevando abotonada la vieja parka de Michael, tal como prometió, al verla me relajo un poco. Pero, en lugar de volver a subirse al coche, enfila la calle principal. Frunzo el ceño. Hay una docena de razones por las que Lori podría querer dar un rodeo —viene al pueblo con menor frecuencia incluso que yo—, aunque sabe lo mucho que me incomoda que se arriesgue a revelar lo de su embarazo. ¿Qué podría ser tan importante como para que incumpla mis deseos?

Me bajo del coche, me pongo la capucha y la sigo.

He hecho todo lo posible por pasar desapercibida y que no me reconozcan. Sí, llevo puesta la incómoda barriga de silicona, pero es demasiado grande para mi cuerpo y, de todos modos, no quiero que Michael descubra que he salido de la hacienda. De manera que me he recogido el cabello en una coleta y llevo puestas mis gafas de sol menos favorecedoras. Voy vestida con una falda larga de color gris sobre unas botas negras, un jersey de cuello vuelto de un gris más oscuro y un abrigo de lana de hace tres temporadas. De hecho, tengo un aspecto horrible; razón de más para proteger mi anonimato.

Hay algunas personas por la calle —sin duda, desesperadas por pasar tiempo a solas después de tirarse dos días encerrados con sus familias—, pero nadie parece estar de humor para detenerse a charlar, gracias a Dios, así que tengo libertad absoluta para vigilar a Lori. Pasa de largo el salón de belleza de Shelley, cruza la carretera y entra en el bar.

Pienso de inmediato en Rose. Me la imagino sentada en la barra, con un Dry Hills sin hielo en las manos. ¿Habrá ido Lori a verla? Es absurdo. Lori ni siquiera conoce a Rose. Y dos días después de Navidad habrá docenas de personas ahí dentro. Lori podría haber acudido a reunirse con cualquiera de ellas.

Pero ¿a quién conoce Lori? Pasa todo su tiempo en la hacienda, ha dedicado su vida a cuidar de mí y de los niños. Ha perdido el contacto con su familia y no ha tenido tiempo para hacer amigos, o para tener amantes, o cualquier tipo de vida más allá de los March. Me recorre una sacudida de culpabilidad, aunque la ignoro. Si Lori siente que está en deuda conmigo, es decisión suya.

Sin embargo, hoy parece diferente.

Me quedo mirando las puertas idénticas del bar, que oscilan suavemente con el viento que se ha levantado. Tengo muchas ganas de entrar, de descubrir con quién está hablando Lori. Aunque eso supondría desenmascararme. Me da igual que Lori sepa que he estado siguiéndola, pero ¿con qué me encontraría?

Debe de tener algo que ver con la tarjeta de felicitación navideña que robó, porque, si no, sería demasiada casualidad. Pero ¿qué? No sé quién me la envió, ni si llegó por correo ordinario o fue entregada en mano.

¿Sería Rose la remitente? ¿Para amenazarme o advertirme?

Quizá Lori haya interceptado la misiva para protegerme. Podría estar ahí ahora diciéndole a Rose que no se meta en mi matrimonio. Se me llenan los ojos de lágrimas al imaginarme esa conversación, Lori siempre cuidando de mí.

Después sacudo la cabeza con frustración. Lo cierto es que no sé qué hace ahí ni con quién está.

—¿Madison?

Me quedo petrificada al oír esa voz familiar. Vuelvo lentamente la cabeza.

—Ah. Hola, Jemma, Marty. —Me quedo mirando a la pareja, los dos cogidos de la mano, con esas sonrisas simplonas dibujadas en la cara—. ¿Hoy venís sin hijos?

—Los tenemos trabajando —responde Jemma con un guiño—. Estamos repartiendo cajas de comida entre los más necesitados, es una iniciativa de la iglesia, y hemos dividido a los niños en dos equipos. Hemos puesto al cargo a Lettie y Rory, los mayores. —Ladea la cabeza y le tiembla la sonrisa—. ¿Te encuentras bien, Madison? Estás… distinta.

—No me encuentro bien —susurro con la voz rasgada, pensando con rapidez, como siempre—. Será mejor que no os acerquéis mucho. —Pero he subestimado a Jemma Stuart.

—No digas tonterías. —Da un paso hacia delante y me toca el brazo—. ¿Qué puedo hacer por ti?

Dios, va a abrazarme, se dará cuenta de que mi bebé es una barriga de silicona.

—Nada. Gracias. —Retrocedo—. Me está esperando Michael, así que debería irme.

—Ah. —Jemma abre mucho los ojos, sobresaltada por mi desaire—. ¿Y el bebé está bien?

—Sí, está bien. Adiós, Jemma. —Me doy la vuelta y regreso a la camioneta simulando lo mejor que puedo el caminar de un pato.

Lori sigue en el bar, hablando a saber con quién. Pero no puedo quedarme esperando para averiguarlo. Siento que el viaje y los riesgos que he corrido han sido en vano. Aunque eso no es del todo cierto.

He descubierto que Lori está mintiendo. Que la cita con el dentista no era más que una tapadera. Cuando llegue a casa, pienso sacarle la verdad.

Capítulo 37

Madison

@ringofroses16 Tu vida es perfecta. ¿Alguna vez te preocupa que pueda desmoronarse?
#bendición #preciosa #familianumerosa
#vivecadadíacomosifueraelúltimo

—¿Qué tal en el dentista?

Lori levanta la vista desde la mecedora. Está sentada junto al fuego del cuarto de estar tejiendo algo calentito, quizá un jersey para Myron. Pienso en lo bonita que quedaría la imagen en mi perfil, la lana de color naranja tostado con los leños y las llamas de fondo, pero entonces recuerdo por qué estoy aquí y la miro con los ojos entornados.

—Ah, todo bien, gracias. Era una falsa alarma, no hay infección, pero me alegra que me lo hayan mirado.

—Seguro que sí. —Le lanzo una de mis sonrisas falsas.

Lori responde como me esperaba, con el labio inferior tembloroso y los ojos como platos, porque mis expresiones son como su lengua materna y ella es la única capaz de distinguir una mentira.

—¿Y tú has pasado un buen día? —me pregunta tratando de cambiar de tema, de retrasar lo inevitable. Reanuda su labor, salvo que ahora también le tiemblan las manos.

Escucho el clic clac irregular durante unos segundos y me alegra pensar en la cantidad de puntos que estarán escapándosele.

—Diría que mi día ha sido esclarecedor.

—Qué bien. Ay, maldita sea.

Señalo la punta de la aguja, ahora vacía, y una lazada de lana naranja suspendida en el aire.

—Tejer no es mi fuerte, pero imagino que eso no es buena señal.

Lori hace un gurruño con la labor y la deja caer en la mesita con un profundo suspiro.

—Ya lo arreglaré luego. De todos modos, es hora de ponerme con la cena. —Hace ademán de levantarse de la mecedora, pero yo doy un par de pasos hacia ella y apoyo la mano en la suya. Se pone rígida.

—Hoy he ido al pueblo, Lori.

La mitad de su rostro está sonrojada por el fuego, pero la otra mitad palidece.

—Creí que Bill había ido a visitar a su madre —me dice en un susurro.

Tardo un instante en entender lo que está diciendo. Lori debió de meterle a Bill la idea en la cabeza, una visita navideña para ver a su anciana madre en la residencia. Al quitarse a Bill de en medio, podría ir al pueblo ella sola y se aseguraría de que yo tuviera que quedarme en la hacienda. Una estrategia casi impresionante.

—He ido con la camioneta de Michael —le explico—. Te he seguido. Quería comprobar que llegabas bien al dentista.

—He llegado bien, gracias —responde.

—Y luego te has ido al bar.

Cruza los brazos en torno a su tripa y a mí me invade el deseo de apartárselos, de decirle que ha perdido el derecho de abrazar a mi hijo.

—No tenías que enterarte de eso —dice al fin en voz baja.

—¡Claro que no! ¡Porque si me enteraba, también descubriría que estabas dispuesta a poner en peligro mi vida entera, mi marca! Pero ¿por qué? Eso es lo que quiero saber.

—No me he quitado el abrigo. Nadie se ha dado cuenta de que estaba embarazada. No ha supuesto ningún riesgo para ti.

—En ese caso, ¿por qué mentir al respecto? ¿Por qué decirme que ibas al dentista?

—Sí que he ido al dentista…

—¿Estaba allí Rose? —le suelto de golpe—. En el bar. ¿Has ido a verla?

Lori me mira y la culpabilidad que veo en sus ojos es tan evidente que sé que he dado en el clavo.

—¿De qué demonios tenéis que hablar Rose y tú? —le grito.

—Madison, no quiero hablar de ello. Tengo que preparar la cena.

—No pienso dejar que te vayas de rositas. ¿Por qué te has visto con ella? ¿Qué quería de ti?

Lori se pasa las manos por los muslos, como si estuviera calmando a un niño que está desesperado por huir.

—Es mejor que te mantengas al margen, por tu propio bien. He hablado con Rose, pero no tienes que preocuparte por ella.

—¿Cómo lo sabes? ¿Qué has hecho para convencerla?

—Es complicado.

—¡Pues cuéntamelo! —Empiezo a caminar de un lado a otro de la estancia—. ¿La tarjeta que te entregó Noah era de ella? Sé que la robaste. ¿Dónde está? —Me detengo y la señalo con el dedo—. ¡Te exijo que me la des!

—Lo siento —responde mirando el fuego—, no puedo.

Sigo el curso de su mirada y pregunto:

—¿La has quemado?

—No quieras saber lo que ponía. Es mejor así.

—Ay, Dios. —Me dejo caer en el sofá, agotada de pronto.

Una parte de mí está furiosa con ella, desesperada por saber qué habrá estado haciendo a mis espaldas, con Rose. Pero otra parte se siente agradecida, aliviada de que se encargue de resolver mis problemas, como siempre.

Lori se levanta de la mecedora y se sienta junto a mí. Me estrecha la mano y, casi sin darme cuenta, le apoyo la cabeza en el hombro.

—La vida es compleja, Madison —me dice con voz queda—. Crees que puedes controlarla, y Dios sabe que has hecho un trabajo excelente a lo largo de los últimos trece años. Sin embargo, nadie puede controlar todo siempre. A veces suceden cosas que no podemos predecir ni planear.

—Me estás asustando.

—¿Confías en mí? —me pregunta mientras me acaricia la mano.

Pienso en todo lo que hemos vivido juntas. En los que murieron aquella noche terrible, inocentes y culpables; pero nosotras no. Fuimos las dos únicas supervivientes, y Lori la única que salió indemne.

Me hizo entonces una promesa: que pagaría por sus errores, que me ayudaría a tener la vida que merecía. Y en todo este tiempo no he tenido motivos para dudar de su compromiso.

—Sí, confío.

—Bueno, pues confía en que me estoy encargando del asunto. No tienes nada que temer de Rose, ni de nadie.

Levanto la cabeza del hombro de Lori y vuelvo a posarla sobre el cojín del sofá. Me quedo mirando el techo, el ventilador de madera de estilo colonial, parado durante el invierno. Podría seguir insistiendo hasta que Lori me lo contara todo, estoy segura de que tengo ese poder sobre ella. Pero Lori lleva más de una década viviendo las partes más difíciles e incómodas de mi vida. ¿Por qué querría yo cambiar eso ahora? Si dice que se está encargando del asunto, ¿de qué serviría exponerme a dicho asunto?

Me incorporo y me giro para mirarla.

—Una cosa más antes de dejar que vayas a hacer la cena.

Lori me mira con ojos ansiosos y pregunta:

—¿Sí?

—¿Podrías arreglar tu labor para que pueda sacarle una foto junto al fuego? Esos tonos naranjas combinan de maravilla.

Capítulo 38

Brianna

—¡Jonah! ¡Son casi las ocho!

Miro hacia lo alto de las escaleras vacías rezando para que Jonah me responda, pero el silencio se prolonga. Frustrada, me froto la zona lumbar; han pasado cinco días, el dolor persiste y Jonah no ha mostrado ni un ápice de compasión. ¿Dónde está? Antes era él quien solía levantarse primero, quien encendía el fuego y se aseguraba de que hubiese agua caliente para mi café de la mañana. Ahora, en cambio, es como arrastrar una morsa por el barro. Dice que son las horas de trabajo físico las que le tienen cansado, pero yo creo que son las horas que dedica a la bebida.

—¡Vas a llegar tarde a trabajar!

De pronto, oigo un golpetazo seguido de murmullos y por fin veo aparecer a Jonah tambaleándose en lo alto de la escalera.

—Deja de chillar, mujer. Ya sé qué hora es.

—Es que pensaba que…

—¿Qué? ¿Que me van a despedir? He avisado a Jacob con antelación, ¿recuerdas? Me iré cuando termine la semana, así que ¿qué me va a hacer?

Suspiro. Todavía no he decidido si tener a Jonah en casa a tiempo completo es una bendición o una maldición.

—¿Te apetece un café? —mascullo—. ¿Algo de desayunar?

—¿Qué has preparado?

—Pues aún nada —admito—. Pero podría preparar tostadas francesas.

Chasquea la lengua y dice:

—Olvídalo, Bri. No tengo tiempo. Tendré que irme con el estómago vacío, otra vez.

Me arde la cara. Pero no entiendo por qué es culpa mía que llegue tarde.

—¿Vas a venir a casa directo después del trabajo? —le pregunto escogiendo cambiar de tema.

—Tal vez. —Y se encoge de hombros.

—Es Nochevieja —le recuerdo—. Había pensado que podíamos entrar en el Año Nuevo como una familia; tú, yo y mi barriga. Hablar de lo que podemos hacer antes de que nazca el bebé, ahora que vas a dejar de trabajar.

Se detiene y lo veo relajar los hombros.

—Sí, vale. Suena bien.

Sonrío aliviada. Entonces me acerco con cautela, le rodeó con los brazos y los deslizo arriba y abajo sobre su espalda.

—Te quiero, Jonah.

—Yo también te quiero, Bri.

Lo sigo hasta fuera y me despido con la mano hasta que su coche desaparece por el camino. Por una vez, el viento ha amainado un poco hasta convertirse en una brisa suave, aunque la nieve del suelo ha duplicado su grosor y la temperatura es extrema. Mientras escudriño el paisaje con la mirada en busca de algo de color, reparo en el oxidado buzón situado al final de nuestro largo camino de acceso. Pienso en el cartero, cuya existencia yo desconocía, entregando las dos tarjetas de felicitación para Jonah, y en esa otra que redacté de manera acelerada y le entregué a cambio. Me acerco al buzón. No espero nada, así que no entiendo por qué brotan lágrimas de mis ojos al encontrarlo vacío. Regreso a la casa y a la irrisoria calidez de su interior.

Debo concentrarme si quiero encontrar mi teléfono. Jonah por fin regresó a trabajar ayer, después de las vacaciones de Navidad, y yo estaba convencida de que las doce horas que pasaría fuera de casa me concederían tiempo suficiente para recuperarlo. En cambio, registré la casa y no hallé nada. Sé que no está en su coche; me levanté en mitad de la noche, arriesgándome a toparme con algún depredador, para comprobarlo. Y ahora sé que tampoco lo lleva en los bolsillos; mi largo abrazo de despedida me ha servido también de cacheo. Eso significa que debe de estar fuera. Ayer hubo ventisca, habría sido imposible encontrar nada, pero hoy el clima está mucho más tranquilo.

Me pongo el abrigo y los guantes y dirijo mis pasos hacia la zona de trabajo de Jonah. Hay mucha chatarra detrás de los tablones de contrachapado. Herramientas oxidadas, materiales de pesca, periódicos rotos, una vieja caja de caudales con algunas monedas dentro. Me arrodillo sobre el terreno congelado y arrastro hacia mí una caja de madera. Tiene encima un bloque de pesada piedra, pero empleo todas mis fuerzas y consigo deslizarla hasta que cae al suelo con un golpe seco.

La caja está hasta arriba de cosas y me resulta difícil coger nada con los gruesos guantes, de modo que me los quito. Al instante, empiezan a quemarme los dedos por el frío, ignoro el dolor y sigo buscando. Toco algo metálico, frío y curvo y se me ralentizan los latidos del corazón. Con cuidado, extraigo una pistola y la sostengo en la mano. Mi padre tiene pistolas, hasta mi abuela disparó en una ocasión a una serpiente de cascabel. Sin embargo, yo nunca había tenido una en la mano. Descubro que me gusta, disfruto con la sensación de poder que me brinda. Apunto a un árbol lejano y aprieto el gatillo. Hace clic. No está cargada, por supuesto.

Pero no es la única arma que hay allí. Tiro de un mango rígido y liso. Un cuchillo de caza. Está guardado en una funda de cuero negro, así que lo saco. Medirá unos treinta centímetros de largo, la hoja está dentada por uno de sus lados y es lisa y afilada por el otro. Resplandece, mortífero. Sujeto la empuñadura con más fuerza, describo una cruz en el aire y después apuñalo la nada. Si viniese un intruso mientras Jonah no está, ¿podría usar el cuchillo para espantarlo?

Destierro esos lúgubres pensamientos de mi cabeza y vuelvo a guardar el cuchillo en la funda. Al meterlo de nuevo en la caja, sigo rebuscando, convencida de que mi teléfono está aquí. Salta a la vista que este es el sitio donde Jonah guarda sus objetos más valiosos.

Y por fin lo encuentro. Suspiro aliviada; más que eso, siento alegría, deseo, sustento. Ya anticipaba que se habría quedado sin batería, de modo que la pantalla negra no me frustra en exceso, aunque sí me provoca una sensación de urgencia. Vuelvo a dejar la caja de madera donde la he encontrado, coloco encima el bloque de piedra y corro hacia la casa y hacia mi cargador, que lleva cinco días colgando solitario del enchufe.

Diez minutos más tarde, el móvil por fin tiene batería suficiente para encenderse. Primero miro mis mensajes y asimilo la decepción que me produce. No tengo felicitaciones navideñas de mi familia ni de nadie. Contengo las lágrimas y consulto mis redes sociales. Es una tortura, lo sé; aun así, las devoro todas. Árboles refulgentes. Regalos envueltos en vistosos papeles. Familias numerosas sentadas en torno a mesas alargadas, fuentes llenas de comida con una pinta deliciosa. Ponche de huevo en vasos helados. Risas. Leo las publicaciones, los *hashtags*, los comentarios de otras cuentas. Y lamento en silencio lo que me estoy perdiendo, lo que merezco después de tanto trabajo duro.

Accedo a mis mensajes de Instagram, aunque lo que veo constituye también una imagen deprimente. Una breve lista de personas a las que no conozco en la vida real, y solo mensajes unidireccionales. Enviados por mí. Algunos ignorados por completo, otros con la clásica respuesta habitual sin alma: «No acepto mensajes en estos momentos». Me río yo de #bendición y #agradecida y #todosloshijosdeDios. A esas zorras egocéntricas no les importa nadie que no sean ellas mismas.

Espoleada por una sacudida de rabia, entro en mi cuenta de Tumblr y me cambia el humor de inmediato. Mi última publicación, que escribí a última hora del día de Nochebuena, ha recibido siete comentarios. Jonah no había regresado, lo cual no era raro, pero esa noche supuso un duro golpe, pues sabía cómo estaría celebrándolo mi familia en Búfalo. Echo un vistazo a mi publicación, siento la soledad que me envuelve de nuevo y leo a continuación los comentarios.

Ninguno de ellos se muestra tolerante con Jonah, o J, como lo llamo en mi blog. Esas siete mujeres —porque me doy cuenta de que son mujeres— están enfadadas en mi nombre. Creen que, o bien es un alcohólico asqueroso, o bien un auténtico gilipollas, pero, en cualquier caso, opinan que debería dejarlo, regresar a casa, pedir perdón a mi familia, suplicarles si es necesario, pero pasar página. Me dicen que a todo el mundo se le permite cometer errores y, si bien un bebé complica un poco las cosas para una madre soltera, no tiene por qué ser algo decisivo si soy lo suficientemente humilde.

Sin embargo, el problema es que no quiero suplicar. No quiero sentirme agradecida por la piedad de nadie. Soy Brianna Nelson. Estudiante de diez. Capitana del equipo de animadoras. La chica más guapa de segundo de bachillerato.

Tiene que haber una manera mejor.

Capítulo 39

Cally

Bajo por la pantalla de mi teléfono. No sé cómo, pero hay demasiados mensajes y, al mismo tiempo, no los suficientes. Mis padres, mi abuela, mi amiga de la universidad Cassie, hasta Luke, todos haciéndome sentir nostalgia con sus GIF de «Feliz Año Nuevo», sus planes para esta noche, sus preguntas sobre mi vida. Y luego está el mensaje de Murphy, que me recuerda cuál debe ser mi único propósito para el Año Nuevo.

Luego está la gente que no se ha puesto en contacto conmigo. Lo de Lily me da igual; nuestra amistad terminó cuando se fue de la fiesta tras retarme a hacer aquella estupidez. Sin embargo, Tasha, Flo, Nix, Conor… Son personas con las que antes salía casi todos los fines de semana, pero hace meses que no sé nada de ellos.

Aunque no puedo decir que me extrañe, fui yo quien dejó de responder cuando ellos no paraban de preguntarme cómo era vivir con la famosa Madison March. No sabía ni cómo empezar a explicárselo, de modo que opté por coger el camino fácil y evité contestar. Si todo va bien, volveré a Boston en verano. Pero ¿podremos retomar nuestra amistad donde la dejamos? ¿O ahora seré una persona demasiado distinta?

Me vibra el móvil y lo cojo, desesperada de pronto por tener más contacto con mi antigua vida. Pero es un mensaje de Madison. La cena estará lista enseguida y Michael acaba de abrir una botella de champán, así que tengo que bajar cuanto antes al salón. Concluye el mensaje diciendo «No olvides que estoy embarazada», lo cual me resulta raro, dadas las circunstancias, aunque tomo nota y obedezco.

Me deprimo aún más al oír la atronadora voz de Nathan por debajo de la puerta. Entro en la habitación sin mirarlo a los ojos a él ni a la mujer sentada a su lado, quien imagino que será su esposa, a juzgar por la decepción que transmiten sus hombros encorvados. Erica está sentada en el brazo del sofá, observando con atención a Noah mientras este reparte bebidas; supongo que es agradable ver un intercambio de roles en este sitio, para variar, aunque sea por parte de las dos personas que nacieron en otro estado.

—¿Quieres champán, Cally?

Cojo una copa de la bandeja de Noah. Salvo por aquellas dos copas de vino que me tomé con Michael, apenas he bebido desde que vivo aquí. En parte porque ninguna de las mujeres parece hacerlo —aunque a veces Erica tarda en quitarse las gafas de sol cuando trabaja los fines de semana—, pero también porque siento que tengo que estar en guardia, por si acaso. Sin embargo, es Nochevieja. Todos mis amigos estarán emborrachándose, y quizá sea la única forma de soportar una velada con Nathan. Doy varios sorbos generosos y después le devuelvo la copa a Noah para que me la rellene.

—Hola, Cally.

Me vuelvo con una sonrisa.

—Hola, Bill. ¿Cómo estás?

Él fue el primer hombre al que conocí en Montana, y hasta ahora ha resultado ser el único que me ha merecido la pena conocer.

—Si te soy sincero, el panorama no es muy prometedor —me dice.

—¿Y eso? Lo lamento.

Jamás había oído a Bill quejarse de nada. Debe de notárseme la preocupación en la cara, porque sacude la cabeza y me dedica una sonrisa de arrepentimiento.

—Hay que ver, deprimiendo a mi yanqui favorita en Nochevieja. Se trata de mi madre. Fui a verla el otro día a la residencia y no creo que le quede mucho. Pero tiene ochenta y cuatro años y jamás ha faltado a misa un domingo, así que, cuando le llegue la hora, irá a un lugar mejor.

—Aun así, debe de ser duro para ti —le digo, porque no pienso aceptar el cliché de que «los hombres no lloran»—. Madre no hay más que una.

—Sí, cierto. Pero el sol seguirá saliendo por la mañana y las estrellas saldrán por la noche. La vida continúa.

—¿Qué decís de las estrellas? —pregunta Madison interponiéndose entre ambos. Está previsiblemente radiante con un vestido dorado, pero no es eso lo que llama mi atención.

Me desconcierta más su enorme barriga de embarazada. Me dedica una sonrisa fulminante para que no diga nada y lanza a Bill una mirada inquisitiva. Si el chófer ha reparado en su nuevo apéndice, desde luego no lo menciona.

—Estaba hablando del cielo nocturno de Montana —explica.

—Ah, el mejor del mundo —ronronea Madison. Luego desvía la mirada hacia mí y no me cabe duda de que me vio con Michael junto al fuego.

Me explota la vergüenza en las mejillas, aunque al instante empiezo a enfadarme. ¿Por qué voy a sentirme avergonzada cuando fue su marido quien me arrastró hasta allí?

—Pero supongo que también habrá otros cielos nocturnos asombrosos —comento en un afán por rebelarme, pese a que sea de un modo sutil y patético—. En los desiertos africanos, o en los Andes. O en esos países de Europa donde se ven las auroras boreales.

—No hace falta ir a Europa para ver eso —dice Bill.

—¿Eso es lo de las luces verdes y rosas? —Madison ladea la cabeza—. ¿Tenemos de eso en Montana?

—Claro que sí. —Bill sonríe—. Alguna vez, cuando se da la presión atmosférica adecuada. De hecho, esta mañana estaban hablando de eso por la radio. Al parecer, sucederá dentro de poco.

—¿En serio? —pregunto—. ¿Cuándo? —Eso es algo que puede llegar a emocionarme. Siempre y cuando no estemos Michael y yo solos contemplando el cielo de colores mientras él desliza el brazo por lugares donde no debería.

Bill arruga la nariz mientras piensa.

—Creo que han dicho el 7. Sí, dentro de una semana, eso es. Deberías llevar a los niños a verlo, Madison. Se van a volver locos.

—¿Cómo? Sí, buena idea. —Pero queda claro que Madison ha perdido el interés por nuestra conversación porque está demasiado ocupada escribiendo en su teléfono.

—Bueno, venga, acabaos la copa —grita Michael—. Tenemos

carne de venado para cenar; lo he cazado yo mismo, por cierto. Y no me cabe duda de que Lori habrá elaborado algo espectacular como acompañamiento. ¿Nos sentamos entonces?

—Lori y yo —interrumpe Madison posando la mano en la falsa tripa de silicona—. Pero sobre todo yo.

—¿Dónde está Lori? —pregunta la mujer que imagino que es la esposa de Nathan.

De pronto me doy cuenta de que ese debe de ser el motivo por el que Madison finge estar embarazada. Esta mujer no sabe nada de la gestación subrogada. Y por eso Lori no está aquí. La tendrán escondida, como a una leprosa y no como a una futura madre. Estoy segura de que es ella quien ha preparado toda la cena —desde que llegué a esta casa, no he visto a Madison cocinar algo que no fueran tostadas— y ahora la han relegado a su habitación para recibir sola el Año Nuevo. No puedo creerme que deba pasar por alto semejante explotación, en especial con alguien tan adorable como Lori. Y todo porque no sé conducir un maldito coche con cambio de marchas.

—Está con los niños —explica Madison—. A Lori no le entusiasman las grandes cenas y no quería obligarla.

—Claro, normal. —La mujer mira a Madison con gesto complaciente.

—¿Pasamos al comedor? —sugiere Michael de nuevo y, en esta ocasión, detecto un claro tono cortante en su voz, de modo que abandonamos todos el salón con premura y diligencia.

Capítulo 40

Cally

Suspiro al ver que hay etiquetas con los nombres sobre los platos y a continuación suspiro con más fuerza al ver la mía. Me toca sentarme en un extremo, junto a Michael y enfrente de Nathan. Pensé que mi Nochevieja iba a ser aburrida, ahora sé que será un infierno.

—No estés tan nerviosa, Cally —atruena Nathan—. Que no muerdo.

Michael se inclina hacia mí, nuestros hombros se tocan, y me susurra:

—Puede que yo sí.

Ambos prorrumpen entonces en carcajadas y a mí no me queda otra que clavar los pies al suelo para no salir corriendo. Doy un generoso sorbo al vino y rezo para que la embriaguez me lo haga tolerable.

La velada parece durar una eternidad. La esposa de Nathan —que he descubierto que se llama Nancy— al parecer quiere ser *influencer*. No ha parado de hablar de adornos navideños hechos a mano y ha monopolizado el tiempo de Erica y Noah. Bill y Madison están sentados al otro extremo de la mesa; ella no es el centro de atención, como yo esperaba, tal vez esté fingiendo cansancio debido al embarazo. Y yo llevo toda la noche escuchando a dos enormes egos hablarse el uno al otro.

—Chicos y chicas, ya es casi medianoche —exclama Nancy solapando unas palabras con otras—. Michael, ¿tienes algún champán especial para recibir al 2025?

—Nancy, no seas maleducada —la reprende Nathan. Su voz proyecta un trasfondo frío.

Nancy palidece en respuesta, como si recuperase la sobriedad en un abrir y cerrar de ojos. Dios, qué lugar. ¿Por qué no puede un invitado a la cena solicitar educadamente otra copa en Nochevieja solo por el hecho de ser mujer?

—Bueno, pues a mí también me encantaría tomar una copa de champán. —Me arrepiento de mi comentario casi al instante, por las consecuencias que puede traer. ¿Y por qué defiendo a una mujer que puede pasarse la noche entera hablando de coronas de Navidad?

Sin embargo, Michael parece más complacido que molesto.

—¡Bueno, en ese caso, vamos!

—¿Adónde? —pregunto con el ceño fruncido.

—A buscar un champán muy especial puramente estadounidense. Imagino que no te darás tanta importancia como para no ayudarme a traerlo de la bodega. ¿O acaso los de la Costa Este esperáis que os sirvan? —Me guiña un ojo, aunque si el gesto tiene como objetivo tranquilizarme, no surte efecto.

—No, es que…

—Vamos entonces. O nos perderemos la cuenta atrás.

Michael me sujeta del codo y se levanta, alzándome a mí con él. Le envío a Erica una señal de socorro —ella es mi mejor baza sin estar Lori—, pero aparta la mirada. No me atrevo a volverme hacia Madison en busca de ayuda, y Nancy está demasiado ocupada tratando de salir de su propio hoyo como para reparar en mi actual crisis. Noto la mano de Michael en la espalda, extendiendo los dedos, así que no me queda otro remedio que permitir que me guíe hacia la salida del comedor.

En el pasillo hay menos luz, tan solo una lamparita de mesa, y siento el brazo de Michael alrededor de mi cintura.

—¿Sabes una cosa? Me alegra mucho tenerte aquí —murmura acariciándome el cuello con su aliento cálido—. Por lo general no presto mucha atención a las mujeres que se sabotean la cara de esa forma, pero no has tardado mucho en hacerme cambiar de opinión, Cally. Eres muy sexi, pero eso ya lo sabes, ¿verdad?

Disimulo mi creciente terror tras una sonrisa algo forzada. Después me retuerzo, tratando de zafarme, pero me sujeta con fuerza.

—¿Vamos entonces a por el champán? —pregunto con la voz temblorosa, cualquier cosa con tal de distraerlo—. Así podemos volver a la cocina con tiempo de sobra para servirlo antes de las doce.

Retira el brazo y yo casi lloro de alivio, entonces veo que se le iluminan los ojos.

—Sí, vamos. —Da una palmada y sigue avanzando hacia la puerta de la bodega. Va tambaleándose, más borracho de lo que pensaba.

Lo sigo porque ¿qué otra opción tengo?

Abre la puerta a un tramo de escaleras y me indica que pase yo primero. Me tiemblan tanto las piernas que tengo que agarrarme a la barandilla para no perder el equilibrio. Rezo a un dios que confío en que sea real para que todas estas señales descaradas sean solo falsas alarmas.

Sin embargo, en cuanto mis pies tocan el suelo sólido del piso de abajo, allí está él también, con las manos en mis brazos. Me gira hasta situarme de cara a él y me empuja suavemente hacia atrás, en dirección a la fría pared de piedra.

—Michael, deberíamos volver.

—Vamos, no finjas que no lo deseas también. Después de esos momentos tan románticos mirando las estrellas.

—No, no quiero… Por favor, Michael. —Pero no alcanzo a decir nada más porque me besa en la boca y me separa los labios con la lengua. Noto además sus manos por todas partes. El pánico hace que me dé vueltas la cabeza. No puedo detenerlo.

—¡Michael!

Se aparta. Yo doy una bocanada de aire tratando de controlar la respiración. Madison está en lo alto de las escaleras, con los brazos en jarras y una expresión de auténtica furia.

—¿Qué está pasando?

—Nada de lo que debas preocuparte —responde Michael agitando una mano en el aire mientras se toca la entrepierna con la otra. La imagen me da ganas de vomitar—. Cally y yo estábamos celebrando una fiesta privada.

—Cally, vete a tu habitación.

En otras circunstancias, me quejaría de que me traten como a una niña pequeña, pero me siento tan agradecida que subo los peldaños con la cabeza gacha y no paro de correr hasta estar en mi cama, con una silla apoyada contra el picaporte de la puerta. Me quedo mirando el techo con los ojos llenos de lágrimas hasta que, de tanto llorar, me quedo dormida.

Capítulo 41

Madison

@Madonnafangirl456 Ojalá fuera tan guapa como tú, así tal vez el #cabrón de mi marido dejaría de echar canas al aire #fe #matrimonio #compromiso #díadeljuicio

Hago acopio de toda mi energía para mantener la cabeza alta y las lágrimas a raya. He hecho de todo por evitar esto. Encontré a una tutora que, en teoría, estaba muy alejada del tipo de mujer que le gusta a Michael y me aseguré, además, de estar siempre disponible para él.

En cambio, aquí estamos.

—¿Por qué me miras de esa forma? —me pregunta Michael con actitud defensiva—. Estamos celebrando el Año Nuevo, por el amor de Dios. No puedo creerme que le hayas hablado así a Cally delante de mí, como si fueras tú la que manda aquí. Te estás tomando muchas libertades, Madison, tienes que ir con más cuidado. —Chasquea la lengua y, a continuación, empieza a subir los peldaños con pesadas zancadas.

Una disculpa me burbujea en los labios, mi instinto de supervivencia, de hacerle feliz. Pero estoy cansada. Cansada de que me trate como si fuera de su propiedad, como a una mujer florero y a una madre modelo, alguien demasiado insignificante como para tener opiniones o sentimientos. Soy yo la que tiene diez millones de seguidores, no él. Soy ya la que puso en el mapa la Hacienda March, no él.

Conforme se acerca, me preparo para una pelea; sin embargo, se limita a apartarme de un empujón. Pierdo el equilibrio, me tambaleo, pero él no afloja el paso, ni para asegurarse de que estoy bien ni para burlarse de mi torpeza. Pasa de largo como si no hubiera reparado siquiera en mi presencia. Siento su ausencia y me quedo destrozada y, al tiempo, enfurecida.

Respiro, trato de recuperar las fuerzas. Utilizo cada bocanada de aire para recordarme a mí misma que tengo que dejarlo correr. Apenas ha ocurrido nada entre Michael y Cally, he llegado a tiempo de impedirlo. A fin de cuentas, esas mujeres disolutas que pasan por su vida no significan nada. Soy yo la que lleva la alianza en el dedo, la que tiene acceso a su riqueza, a su apellido, al estilo de vida que brinda su dinero. Soy yo la que sale ganando aquí.

Pero, transcurrida más de una década, esta lógica está ya tan gastada, tan marchita, que perece casi al instante.

Oigo un ruido procedente del pasillo. Michael abriendo uno de los cajones que hay junto a la puerta de entrada. A continuación, el tintineo de un juego de llaves. Mierda. Ese sonido me pone en marcha y corro a detenerlo.

—¿Qué estás haciendo? —le pregunto con la voz más firme que puedo encontrar—. ¿Por qué has cogido las llaves de la camioneta?

—No pienso quedarme aquí contigo y con esos bichos raros de la tecnología. Voy a tomar una copa con los chicos del rancho. Hombres que saben cómo respetar a su jefe.

El único lugar cercano al que ir a tomar una copa es el bar del pueblo, que esta noche pasará muchas horas abierto. Aunque allí no estarán solo los vaqueros de Michael. Pienso en Lori, en la tarjeta, en su promesa de que está solucionando el asunto de Rose. Pero ¿y si Rose está tan borracha como él? Todo el mundo sabe que es impredecible, salvaje. ¿Le contará lo que sea que haya hablado con Lori?

—Es tarde, Michael. —Trato de parecer conciliadora e insinuante a la vez—. Y ya has bebido bastante.

—¡No te atrevas a decirme cuánto puedo beber!

Alzo las manos, en parte a modo de disculpa, en parte por supervivencia.

—Lo siento, tienes razón, no debería haber dicho eso. Pero solo quedan diez minutos para medianoche —le recuerdo entonces—. Y el pueblo está como mínimo a media hora de camino con este tiempo. No querrás recibir el Año Nuevo tú solo en la camioneta. ¿Por qué no te quedas y vuelves a la mesa? —Estiro la mano y le acaricio el brazo, después trato de agarrarlo.

Pero se zafa, coge el picaporte de la puerta y la abre.

—No puedes decirme lo que tengo que hacer, Madison. Ya lo sabes.

Miro más allá de él a través de la puerta abierta. Nuestras luces de Navidad titilan contra el cielo azul marino, mientras enormes copos de nieve van posándose suavemente en el suelo. Es una estampa preciosa, aunque también mortal. La camioneta de Michael está diseñada para este tipo de clima, pero no cuando el conductor va borracho y cualquier atisbo de luz natural ha quedado bloqueado por los densos nubarrones.

Mientras lo veo salir de casa, me pregunto si debería dejarlo marchar sin más. Irme arriba y arrodillarme junto a mi cama. Rezar a Dios para que se lo lleve antes de tiempo, para que conduzca demasiado deprisa y patine sobre una plancha de hielo negro, para que se empotre contra un viejo árbol centenario o contra un sólido e imponente muro de nieve.

Sin embargo, destierro esas imágenes. Michael es mi marido, mi amor verdadero.

¿Y qué haría yo si le dejase todo su patrimonio a Mason?

Voy tras él, cuidándome de no tocarlo y volver a enfadarlo.

—Por favor, Michael. Las carreteras serán peligrosas con tanta nieve y eres demasiado importante para mí como para arriesgar tu vida de esa forma, te quiero demasiado.

—Llevo treinta años recorriendo estas carreteras —me gruñe—. A veces con nieve hasta la cintura. ¿Crees que no puedo hacer frente a unos pocos copos?

—No, me refiero a que...

—Escucha, Madison —me corta—. ¿Puedo darte un consejo?

—Claro —susurro.

—Si quieres que te perdone por desautorizarme delante de Cally, hazte a un lado. Y reza para que me lo pase bien esta noche, porque, cuanto mejor me lo pase, más probabilidades habrá de que te perdone cuando regrese. ¿Entiende tu bonita cabecita lo que le estoy diciendo?

No digo nada —no hablo por miedo a verbalizar lo que de verdad se me está pasando por mi bonita cabecita—, me limito a asentir y doy un paso atrás. Lo veo montarse en la camioneta y poner en marcha el motor. Mientras las ruedas escupen grava y los faros traseros se convierten en puntitos lejanos de luz, pienso en mi propio trayecto en esa camioneta, hace tan solo cuatro días. En lo orgullosa que me sentí por ser más lista que Lori. Y en el alivio que me invadió después al saber que ella estaba encargándose de gestionar los peligros que me acechan ahí fuera. Ahora me siento impotente. Pese a mi fama, pese a mi enorme valor de marca, siento que mi supervivencia descansa en manos de otros: Michael, Lori, Rose.

Oigo un ruido entre los pinos que flanquean el camino de acceso a nuestra vivienda y me giro hacia ellos. Está demasiado oscuro para ver nada, pero mientras contemplo la negrura salpicada de nieve, pienso en el hombre al que Michael se enfrentó en Nochebuena. ¿Quién era? Bill dijo que no paraba de repetir mi nombre cuando se topó con él, pero yo nunca he llegado a verlo. Aunque si solo ha venido aquí dos veces en dos meses, no creo que sea un acosador obsesivo. Michael dijo que llevaba un cuchillo de caza, pero casi todos los hombres de por aquí llevan algún tipo de arma. ¿Tendría planeado usarlo contra mí? ¿Estaría muerta si no se hubiera activado la luz de seguridad?

Esa idea me impulsa a volver a entrar en casa. Sin embargo, me dirijo hacia las escaleras y no hacia mis invitados. Sé que no pegaré ojo, pero no puedo enfrentarme a ellos en estos momentos, después de todo lo que ha ocurrido. Bill se encargará de despedirlos por mí.

Capítulo 42

Brianna

Jonah me prometió que volvería directo después del trabajo, pero son casi las diez y aún no hay rastro de él. No es que no haya pasado ya algunas noches fuera de la hacienda, a veces ha dormido en su coche en lugar de realizar el trayecto de vuelta a casa. Sin embargo, esto es diferente. Es Nochevieja, por el amor de Dios.

Por eso he preparado una enorme fuente de macarrones con queso para la cena y, de postre, un pastel de manzana con natillas. Hasta encontré ayer una vela en el cajón cuando estaba buscando mi teléfono y la he clavado en una botella de cerveza vacía.

Se suponía que iba a ser una velada especial, pero la pasta se ha quedado fría y a medio comer —hace mucho tiempo que la ausencia de Jonah me quitó el apetito— y de la vela no queda más que un cabo, cuya cera derretida ha dibujado patrones bulbosos sobre el cristal de la botella.

Además, el clima ha empeorado. Ha regresado la ventisca, apelmazando los copos de nieve hasta formar bolas demasiado grandes para resultar bonitas. El coche de Jonah fue un regalo que le hizo su madre cuando cumplió diecisiete años, un Ford de tracción sencilla más apropiado para el asfalto agrietado de Búfalo que para los helados caminos rurales.

¿Se habrá quedado atascado en alguna parte? A lo mejor se ha quedado sin gasolina. ¿Estaría tan cansado de reparar verjas que ha perdido el control del vehículo y se ha estrellado?

Miro mi teléfono —no me he separado de él en todo el día, pienso esconderlo en el último minuto—, aunque de nada me sirve ahora, pues Jonah vendió el suyo a los pocos días de trasladarnos aquí. Dijo que fue algo liberador; después de aquello, llevé mi móvil escondido en el sujetador durante cuarenta y ocho horas. Pero existe una manera de comunicarme con él —en teoría—, porque lleva una radio de aficionado en el coche y también tenemos una en casa, en la habitación que denominamos el estudio de Jonah.

Al entrar en la estancia enmohecida situada en el rincón delantero de la propiedad, recuerdo que, al llegar, dimos a todas las habitaciones de la casa nombres grandilocuentes como salón, biblioteca, estudio de Jonah. Ahora me entran ganas de llorar. Ya que lo único que veo son seis celdas ruinosas. Me ciño la manta sobre los hombros y me acerco al improvisado escritorio. La radio de aficionado funciona con pilas y suspiro aliviada al encenderla y ver que parpadea una luz. Jonah me ha explicado cómo usarla docenas de veces, así que debería saberlo, salvo que no se me dan muy bien los aparatos, ni las instrucciones, y lo único que oía mientras me lo explicaba era ruido blanco.

Recuerdo que tengo que situarla en una frecuencia determinada, así que giro el dial con la esperanza de que me vengan a la cabeza más detalles. En cambio, mientras escucho las interferencias, no me viene nada. Voces desconocidas van y vienen, así que debe de estar funcionando, pero nadie permanece el tiempo suficiente para pedir ayuda y la frecuencia sigue siendo un batiburrillo de números y letras en mi cabeza. Frustrada, golpeo el frío aparato metálico con la palma de la mano. ¿Y si él está intentando localizarme, medio muerto de frío porque no presté atención a sus instrucciones?

Pero eso no es justo. No puedo ser yo la mala cuando es Jonah quien se pasa horas, a veces noches enteras, fuera de casa. En el fondo, sé que no está atascado en ninguna carretera. Estará en el Ranch Inn, como siempre. Celebrando la Nochevieja emborrachándose con sus colegas.

Apago la radio, regreso al salón y me planto delante del fuego. Estoy cansada. Podría acurrucarme aquí, quedarme dormida, enfrentarme mañana a la realidad. Aunque las cosas habrán empeorado para entonces. El fuego se habrá apagado, así que estaré rígida, con los huesos congelados. Y a mi bebé le quedará un día menos para nacer y encontrarse con esta pesadilla.

Me fijo en las dos tarjetas navideñas de Jonah, colocadas sobre la repisa de la chimenea, un recordatorio constante de que su familia lo quiere más que a mí la mía; sin embargo, él está demostrando ser menos cariñoso cada día que pasa. Cojo ambas tarjetas y vuelvo a leerlas. Trato de asimilar el evidente orgullo de su madre hacia un hijo que permite que su novia embarazada se quede tirada en el suelo frío mientras él disfruta de la cena. Y la ayuda que nos ha ofrecido su hermana, como si necesitáramos que nos pinten una habitación o nos confeccionen unas cortinas. No tienen ni idea.

Al contrario que esas mujeres de las redes sociales, que saben perfectamente cómo es este estilo de vida, pero aun así no dudan en inventar una fantasía. Como si fueran sociópatas extendiendo una mentira, convirtiendo mi vida en un infierno por la única razón de que pueden hacerlo.

Aunque quizá eso sea injusto. No todas las redes sociales son iguales. El amor y la lealtad que me profesa mi pequeño grupo de seguidores en Tumblr me parecen más auténticos que cualquiera de los gestos de Jonah hacia mí. Puede que sean personas anónimas, pero en ocasiones siento que son las únicas en las que puedo confiar.

Cojo el teléfono, accedo a la aplicación y abro una nueva entrada en el blog con el título: «Necesito vuestra ayuda, ahora más que nunca».

Capítulo 43

Madison

@loufromlouisiana ¡Feliz Año Nuevo para ti también, Madison! Este año, mi propósito de año nuevo es parecerme más a ti #hola2025 #metasvitales #familiapreciosa #inspiración

@momofgirls1992 Mi propósito de año nuevo es destapar la verdad sobre ti y las que son como tú. El fin se acerca… #esparciendoveneno #últimobaile #tradwivesfuera

Veo mi *reel* de Nochevieja por décima vez. Elvis Presley canturrea de fondo *The wonder of you* y mi rostro sonriente resplandece con mi nuevo maquillaje brillante de Chanel.

Pero ¿cómo puedo lucir ese aspecto? Feliz. Relajada. Sí, esas fotos se tomaron antes de que Michael se fuera a la bodega con nuestra tutora, antes de que se alejara bajo la nieve para ir a beber a saber con quién. Pero la conversación que había mantenido con Lori después de su incursión al pueblo seguía retumbándome en la cabeza, al igual que el recuerdo de un bicho raro con un cuchillo de caza merodeando por la finca en Nochebuena. Estaba distraída, no feliz. Tensa, no relajada.

¿Se deberá al talento de Erica para la edición de vídeo o a mi talento para el engaño?

Salgo de Instagram y me deslizo para bajarme de la cinta de correr; tenía planeado hacer ejercicio, una manera de liberar el estrés, aunque solo he llegado a subirme sobre la suave goma de la cinta de correr y me he puesto a mirar el teléfono. Creo que anoche no dormí nada en absoluto y me noto el cuerpo cinco veces más pesado de lo que realmente es.

Me incorporo y admito la derrota. Cambio las deportivas por las botas de nieve y me pongo mi nuevo impermeable de Woolrich; un regalo de Navidad de Michael que Erica compró en el enlace que yo le envié. Ha dejado de nevar, pero durante la noche han caído por lo menos quince centímetros de nieve. Hay una gruesa capa en el suelo cuando cierro tras de mí la puerta del granero que utilizo como gimnasio. Me pregunto adónde ir a continuación.

Los niños están haciendo un muñeco de nieve cerca del porche elevado, ríen y gritan, ajenos a la ausencia de su padre. Lori los está vigilando, envuelta en una manta de lana. Desde aquí, da la impresión de que está llorando, aunque el viento sopla con fuerza, así que tal vez le lloren los ojos sin más. Podría acercarme, elogiar la habilidad escultórica de los niños, ayudarlos a buscar piedras para los ojos del muñeco de nieve. Sin embargo, me noto demasiado cansada para enfrentarme hoy a su energía inagotable, de modo que me alejo de la casa y, en su lugar, dirijo mis pasos hacia los graneros de los animales.

Le he dejado a Michael dos mensajes de voz y le he enviado tres escritos. Deseo hacer algo más; seguir usando la marcación rápida hasta que me responda. Pero sé que Michael no soporta el acoso de una esposa pesada, por ello, de momento, me veo obligada a mantener la disciplina. No voy a llamar a la policía —ni de lejos deseo esa clase de escrutinio—, aunque sí podría alertar a Bill, quizá a Nathan. Pedirles que lo localicen. No obstante, eso enfadaría a Michael y, si bien conseguiría que regresara a casa, quizá el precio a pagar fuese demasiado elevado.

Tenemos seis caballos en la hacienda, pero nunca me han gustado mucho —son demasiado sucios y nerviosos—, así que paso de largo los establos y entro en el granero de menor tamaño que hay al lado. La casa de invierno de Clarabelle. Contemplo la escena con una sonrisa de aprobación. Ella está tumbada en su redil, con un bello gesto de embeleso. Hay más cama allí de la que se le concedería a un polluelo recién nacido, y los banderines enroscados en las vigas del techo confieren al lugar una tonalidad rosada. Me siento en el sofá rosa situado frente al redil y hago lo que hago siempre que tengo un dilema: saco mi teléfono y consulto mis redes sociales.

Veo en Instagram un nuevo mensaje que me llama la atención. Esta vez no es de Brianna Wyoming —sigue bloqueada—, sino de otra cuenta que hace que se me acelere el corazón. @AliceDeMille. Vacilo antes de abrir el mensaje. No hemos tenido ningún contacto desde que publiqué el contenido de la entrega de premios desde mi cuenta secreta. La revelación la obligó a suplicar perdón a sus seguidores, a prometerles que aprendería y se convertiría en una persona mejor. El contenido, sin duda, mermó también su potencial de ingresos. Y si bien la amplia mayoría de Instagram desconoce quién es @gossipgirlieee, me apostaría lo que fuera a que Alice DeMille tiene una idea bastante clara.

Pero ¿qué daño puede hacer un mensaje privado? Lo abro y, a continuación, frunzo el ceño. Solo son un par de frases acompañadas de un vídeo.

Me lo ha enviado una amiga.
Pensé que deberías saberlo.

Cojo aliento y doy al *play*. Es una escena de bar. Un montón de gente borracha tratando de bailar en línea, encima, debajo y alrededor de las mesas de madera. Cuerpos que se chocan. Sillas que retumban. Tardo un par de segundos en reconocer el bar del pueblo y un par más en distinguir a Michael. El vídeo es una prueba de que no murió de camino allí, lo cual ya es algo, supongo, pero no creo que ese sea el motivo por el que me lo ha enviado Alice. Michael tiene los brazos alrededor de la cintura de una joven —de veintipocos años, quizá no llegue ni a los veinte—, y lo veo atraerla hacia él y hacerla girar entre sus brazos, sin soltarla en ningún momento.

La cara de ella es todo un espectáculo. Mirada vidriosa, sonrisa desencajada. Su cuerpo se quiebra y se resbala entre los brazos de Michael como si fuera un espagueti pasado de cocción. Alguien podría ver estas imágenes e interpretarlas como una celebración inocente. Otros podrían ver a Michael aprovechándose de una joven vulnerable que es casi una niña. Maldigo a Alice DeMille y aparto la mirada de esa escena tan desagradable.

Sin embargo, eso no me ayuda. Entre la multitud distingo también otro rostro conocido. Rose. Está sentada en su taburete habitual, sola en la barra. Parece estar observando a Michael, aunque, con la baja calidad del vídeo, su expresión es indescifrable. Entonces, es otra persona la que llama mi atención. Un hombre sentado detrás del alborotador grupo de bailarines, en uno de los reservados, tocado con un abultado sombrero, pese a que el local debe de ser un horno. Bill mencionó que el vagabundo que vino aquí no llegó a quitarse el sombrero. ¿Será él? A juzgar por sus gestos, parece estar hablando con alguien, pero no distingo de quién se trata, está fuera del plano.

Cierro el vídeo. Primero, tengo un asunto mucho más apremiante del que ocuparme: impedir que Alice DeMille lance su misil. Por suerte, también yo cuento con mi propia munición, pues sé que Alice DeMille jamás renunciaría a la oportunidad de aparecer en la televisión estatal. Le escribo: «Muchas gracias por tu amabilidad, Alice. Dentro de unas semanas, saldré en un reportaje de KULR-TV sobre vida familiar, y me estaba preguntando si deberíamos hacerlo juntas». Hago una mueca de desdén al añadir el emoticono de un corazón. A continuación, envío el mensaje y reabro el vídeo.

Deslizo los dedos para ampliar la cara del hombre y ver si lo reconozco, pero la imagen distorsiona sus rasgos. Me recuesto sobre el cojín del sofá, miro a Clarabelle. Su expresión transmite siempre tal falta de preocupación que me invade de pronto un desagradable sentimiento de envidia; no puedo estar celosa de una vaca. ¿Será ese el hombre que vino a la hacienda, a quien Michael apuntó con su pistola? Y si es él, ¿qué podría llegar a hacer si descubriera a Michael borracho y despistado a pocos metros de distancia?

Consulto mi reloj. Es casi mediodía. Doce horas desde que se fue Michael. Siete desde que dejó de nevar. Ya habrán despejado las carreteras lo suficiente para poder conducir y es tiempo más que de sobra para que Michael haya dormido la mona en la cabina de su camioneta. ¿No ha vuelto a casa porque anda por ahí con esa joven?

¿O porque un desconocido tocado con un sombrero horrible vio la oportunidad de vengarse y la aprovechó?

Capítulo 44

Brianna

—¿Dónde diablos has estado? —siseo y noto ya el bullir de las lágrimas mientras miro a Jonah de arriba abajo.

Dentro de pocos días cumple diecinueve años, pero de pie en el umbral de la puerta parece un anciano y, al mismo tiempo, un adolescente. Tiene los ojos inyectados en sangre y su piel ha adquirido una palidez grisácea. Luce una barba de varios días desigual, como un adolescente que todavía no tiene claro si empezar a afeitarse o no.

—Eh, tranquilita. —Y levanta las manos conforme entra en casa, como si quisiera defenderse de mí—. Me va a explotar la cabeza. No soporto que me chilles según entro por la puerta. —Deja caer las llaves del coche sobre la mesa y se frota las manos—. ¿Hay algo de comer? ¿Café? Me muero de hambre.

—¿Llegas casi un día tarde a nuestra cena de Nochevieja y esperas que te dé la bienvenida a casa sin mediar palabra? ¿Que me olvide de que ayer te pasaste la noche fuera, después de prometerme que volverías y te cocine algo de comer solo porque tienes hambre?

—La verdad es que sí, algo así. Ayer trabajé mientras tú estabas aquí sentada de brazos cruzados como una princesa, y no voy a permitir que me eches la bronca por cambiar de planes. Entiendo que estás embarazada, pero, si no es el bebé, es la espalda y, si no, te quejas de que me tomo una cerveza con los chicos. Lo único que tienes que hacer es cocinar y limpiar, por el amor de Dios. ¿Tan difícil es?

Se me nubla la vista. Noto que pierdo el equilibrio y estiro el brazo hacia la pared para estabilizarme. Pienso en la publicación que subí anoche, en los comentarios que recibí.

—¿Y hoy? —le pregunto. No puedo volver a dejar que se vaya de rositas cuando sigue tratándome como si no fuera nada—. ¿Por qué no estás trabajando hoy?

—Eso no es asunto tuyo. —Me fulmina con la mirada.

Me recuerda a una mina terrestre, un pequeño paquete explosivo escondido bajo la superficie.

—¿Tienes demasiada resaca? ¿Necesitas desesperadamente otro trago de *whisky*?

El puñetazo me lanza por los aires. Jamás había sentido un dolor semejante. Me rebota la cabeza al caer y aterrizo sobre los duros tablones de madera con un golpe seco. Me arde la cara, me palpita el cráneo. Cierro los ojos. Todas esas veces en las que he temido que pudiera pegarme, todas esas falsas alarmas por las que me he juzgado a mí misma y no a él. Y ahora va y sucede sin previo aviso. Lo escucho subir enfurecido las escaleras y cerrar la puerta de nuestro dormitorio con tal fuerza que, aun con los párpados cerrados, veo astillarse las tablas de madera.

Escucho mi propia respiración, rápida y entrecortada. ¿Cómo he acabado aquí, tirada en un suelo frío, soltera, embarazada, conviviendo con un hombre violento? En otro tiempo sabía cuál era mi camino: un marido guapo, niños monos, iglesia los domingos. Organizar todos los años el desfile del Día del Veterano, sentir el agradecimiento de valientes hombres uniformados.

Pensé que nuestro sueño nos brindaría a Jonah y a mí todo eso y mucho más. Creía a esas mujeres que me decían que ser ama de casa era el camino más rápido hacia la felicidad. Sin embargo, lo único que consigue eso es destruir a la gente. Destruir el amor.

A Jonah y a mí nos vendieron esa mentira y ya no hay vuelta atrás.

Finalmente reúno la fuerza para abrir los ojos. Todo está en silencio. Es probable que Jonah se haya quedado dormido como un tronco, exhausto después de pasarse la noche de juerga y la mañana pegando a su novia.

Centímetro a centímetro, avanzo deslizando el cuerpo sobre el suelo hasta alcanzar el sofá y entonces utilizo su sólida estructura para incorporarme hasta quedar sentada. Siento como si tuviera la cabeza ardiendo. Las náuseas me revuelven el estómago, pero por suerte no me suben por la garganta. Tengo que llegar a la cocina, encontrar el paracetamol y confiar en que aún quede alguna pastilla en la caja.

Pero antes debo hacer algo. Ha llegado el momento.

Meto la mano por debajo del sofá. Mis dedos acarician el frío metal del teléfono, y lo cojo. Me lo estrecho un instante contra el pecho, después enciendo la cámara y la pongo en modo autofoto. Me miro la cara. La tengo tan hinchada que apenas me reconozco. No puedo imaginar que alguna vez vuelva a ser guapa, pero no debo pensar en eso ahora.

Me saco fotos. El ojo hinchado. Los hematomas que ya han comenzado a salirme en la mejilla. El corte en la ceja, donde me ha alcanzado el anillo de Jonah.

Cuando termino, aspiro varias veces y, a continuación, me pongo en pie. Me noto la cabeza demasiado pesada sobre los hombros, aunque me quedo quieta durante unos segundos, poco a poco mi cuerpo acepta la carga. Camino tambaleándome hasta la cocina, encuentro la caja de paracetamol y casi suelto un grito de alivio al ver que todavía quedan cuatro pastillas. Resisto el impulso de tomármelas todas —tengo que pensar en el bebé— y me trago dos con un poco de agua. Luego me dejo caer en una de las sillas de la cocina y me llevo las manos a la cabeza.

Cuando el efecto de las pastillas me permite volver a pensar con claridad, saco de nuevo el teléfono y contacto con las únicas personas que me quedan en quienes puedo confiar.

Capítulo 45

Cally

Me asomo por encima del pasamanos y suspiro aliviada. El panorama está despejado.

Ayer por la mañana me levanté temprano, era el día de Año Nuevo, y me invadió de inmediato el pánico provocado por las imágenes de la noche anterior. El cuerpo firme de Michael pegado al mío. Lo indefensa que me sentí. Y después la llegada de Madison, que me salvó de un destino terrible, sí, aunque también me hizo sentir avergonzada, cómplice.

Luego me pasé horas en mi dormitorio, ignorando las llamadas de mi madre y borrando el torrente de mensajes etílicos que me envió mi amiga Cassie en torno a las cuatro de la madrugada. Fue el hambre lo que por fin me hizo salir de la habitación a primera hora de la tarde. Por suerte, logré encontrar algo de comida sin toparme con nadie y aproveché la privacidad para guardarme un pequeño cuchillo de cocina en el bolsillo de los vaqueros. Haré todo lo posible por evitar a Michael, pero jamás volverá a hacerme sentir tan impotente.

Mi segunda incursión fuera del dormitorio fue más ajetreada. Matilda llamó a mi puerta en torno a las cinco y me suplicó que jugara con ella al juego de la escalera. Traté de convencerla para que trajese el tablero a mi cuarto, pero insistió en que jugáramos en el suyo, así que al final capitulé y me dejé arrastrar por el largo descansillo. La puerta de la *suite* de Madison y Michael estaba cerrada, gracias a Dios, aunque la del cuarto de Molly estaba abierta y, al pasar por delante, vi allí a Madison con su hija mayor.

Nuestras miradas se cruzaron y nos quedamos paralizadas unos segundos, como actrices en una película de sobremesa, o quizá como un meme de TikTok: «POV: tu hombre se está acostando con la niñera». La pausa me concedió el tiempo suficiente para ver qué estaban haciendo y la imagen me produjo náuseas. Molly estaba sentada frente a su tocador y tenía la cara cubierta de maquillaje. Sí, estaba muy guapa. Aunque también parecía tener dieciocho años, no diez. Una mujer, no una niña.

Cuando por fin aparté la mirada y me fui hacia la habitación de Matilda, oí la dulce y susurrante voz de Madison diciéndole a Molly que se lo merecía todo, pero que la única forma de asegurarse de que lo conseguiría era ser más guapa que la competencia. ¿Cómo puede una madre decirle esas cosas a su hija? En especial después de lo sucedido la noche anterior. Me enfadó tanto aquello que me pasé la siguiente hora hablándole a Matilda de Greta Thunberg y de su activismo medioambiental, algo de lo que quizá llegue a arrepentirme.

Al ver que hoy tampoco hay nadie a la vista, bajo deprisa las escaleras y cruzo el recibidor en dirección a la cocina. La puerta está cerrada, de modo que no tengo manera de saber quién hay al otro lado, pero sé de buena tinta que la *tradwife* favorita del país evita en la medida de lo posible frecuentar los espacios domésticos, así que por lo menos la ironía juega de mi parte. Rezo para que Madison no esté allí dentro y abro la puerta.

Mi plegaria obtiene respuesta, porque la única persona que hay allí es Lori. Si bien eso no constituye un motivo de sorpresa, la escena sí que resulta inusual. Para empezar, está sentada —lo cual es impropio de ella, pues aun embarazada le gusta mantenerse ocupada—, y además en la silla destinada a Michael, esté o no esté él en casa. Sin embargo, lo más llamativo es que está mirando su teléfono. Para la inmensa mayoría de la población, eso no es nada del otro mundo. Pero jamás he visto a Lori usar el móvil para pasar el rato, ni tampoco para mucho más, ahora que lo pienso.

Está de espaldas a mí y no parece haberse percatado de mi llegada. Me doy cuenta del motivo cuando advierto los auriculares que asoman a cada lado de su coleta. ¿Lori tiene auriculares?

No sé cómo anunciar mi presencia sin asustarla. Lo último que necesito es que se ponga de parto a causa de la sorpresa. Sigo sopesando mis opciones cuando Lori cambia de postura y, de pronto, alcanzo a ver la pantalla de su teléfono.

Se me ponen los ojos como platos. Aparto la vista, pero después vuelvo a mirar. Me debato entre respetar su privacidad y ceder a mi curiosidad morbosa. Lori está viendo imágenes de una joven con la cara llena de golpes. Tiene el pelo rubio apagado y encrespado, los ojos de un azul grisáceo y el rostro desencajado, toda magullada e hinchada. Parece muy joven, quizá todavía una adolescente. No suelo entristecerme por los problemas de una desconocida, pero se me llenan los ojos de lágrimas al sentir un torrente de compasión hacia quien quiera que sea esa muchacha. No sé qué es lo que me hace pensar que es pobre —el jersey raído quizá, o la ausencia de maquillaje y el acné de la barbilla—, pero mi instinto me dice que no tiene nada. Ni a nadie que luche por ella.

Me distrae un ruido. Lori arrastra la silla sobre el suelo de madera.

—¡Cally! —exclama dejando el teléfono bocabajo sobre la mesa de la cocina antes de quitarse los auriculares—. No te he oído entrar. ¿Cuánto tiempo llevas ahí?

—Acabo de entrar —le digo alegremente, y hago todo lo posible por convencerla de que no me he pasado el último minuto viendo cómo miraba imágenes de una víctima de maltrato—. ¿Te importa que me prepare algo para desayunar?

—Por supuesto, adelante. Estaba…

—Tomándote un descanso bien merecido —termino la frase por ella.

Miro el muesli durante una fracción de segundo (los cereales solían ser mi desayuno favorito, aunque eso era antes de probarlos con leche sin pasteurizar), después saco la media hogaza de pan de masa madre del cajón del pan y corto dos gruesas rebanadas. Enciendo la plancha (según parece, los tostadores no encajan con la estética de la Hacienda March) y espero a que el pan se tueste.

—¿Cómo te encuentras? —pregunto tratando aún de desterrar de mi mente las imágenes de esa joven—. Supongo que ya no falta mucho.

—No, no mucho —susurra.

Percibo un trasfondo de miedo en su voz y me vuelvo para mirarla. Para mí, la idea de expulsar un ser humano plenamente formado es algo terrorífico, aunque Lori lo ha hecho ya cuatro veces.

—Pareces asustada. ¿Te preocupa este?

—¿Cómo? ¿Te refieres a este bebé? —Se pasa las manos por la tripa y eso parece relajarla—. Qué va. No estoy preocupada. Perdona, tengo la cabeza en otra parte. ¿Cómo te encuentras tú? Supongo que te has enterado de que Michael está desaparecido.

Me vuelvo hacia mi pan tostado. Anoche, Matilda mencionó que Michael no se encontraba en casa, pero no pensé que fuera un problema. Me pregunto si su ausencia estará ligada a lo que sucedió en Nochevieja, si es posible que Madison lo haya echado de casa. Cuando ocurrió, Lori dormía profundamente, así que puede que no sepa nada.

—Me enteré de que ayer no estaba en casa —respondo—. Pero no sé nada más.

—Supongo que no es asunto nuestro —dice Lori—. Imagino que lo arreglarán. Como siempre.

—¿Tanto lo quiere?

—¿Tanto? —Lori ladea la cabeza al hacer la pregunta.

—Michael no es un marido respetuoso —susurro.

Lori suspira y dice:

—Por desgracia, dudo que en su educación fuese prioritario aprender a respetar a las mujeres. Como les pasa a muchos de los hombres de por aquí.

—La otra noche trató de forzarme —admito con voz queda—. En Nochevieja.

Lori cierra los ojos, pero no dice nada.

—En la bodega —continúo—. Cuando fuimos a buscar el champán. Si Madison no hubiera entrado…

—Sí que lo quiere tanto —me interrumpe Lori—. O al menos está tan desesperada por que él la quiera que no le importa pasar por alto sus defectos. Y no es por todo lo que tiene Michael. —Hace un gesto con el brazo que abarca la habitación—. Al menos, no es solo por eso. Sé que, a veces, Madison parece una malcriada, una egoísta incluso, pero tiene otra faceta. Detrás del hogar ostentoso y de los vestidos bonitos, hay una joven que solo desea que alguien cuide de ella.

—Parece que la conoces desde hace mucho tiempo.

—El suficiente. Desde que conocí a Madison, creo que supe que estaba destinada a tener una vida llena de cosas maravillosas. Lo que no sabía entonces era lo mucho que le iba a costar conseguirlas.

—¿Crees que Michael la ha abandonado? —pregunto.

Lori me dedica una sonrisa triste y, a continuación, menea la cabeza:

—Esta era la casa de Michael mucho antes de que los demás nos trasladáramos aquí. Si no regresa, será porque está muerto.

Capítulo 46

Cally

—¿Muerto? —repito, en gran medida horrorizada, en menor medida esperanzada—. ¿Por qué iba a estar muerto? —Pienso en la indiferencia con la que Michael lleva una pistola, en cómo Bill apuntó a una vaca con su arma el día de mi llegada. ¿Será así como ajusta cuentas la gente de Montana?—. ¿Tiene piques con algún otro ranchero?

—¿Piques? —Lori sonríe y sacude la cabeza—: A veces cuesta creer que hablemos el mismo idioma; vosotros, los yanquis, y nosotros, los vaqueros.

Pese a todo, me río.

—Tendrías que venir a Boston algún día para ver cómo vivimos los de la Costa Este. Puede que te guste. —Hago una breve pausa—. Y creo que tal vez Boston podría aprender también un par de cosas de ti.

A Lori le brillan los ojos, con orgullo quizá, o tal vez sean lágrimas, pero, antes de darle tiempo a responder, un fuerte ruido capta nuestra atención. Es el ruido de la puerta de entrada al cerrarse de golpe. Miro las migas que han quedado sobre la tabla del pan, las tiro con rapidez al fregadero y abro el grifo para que se vayan por el sumidero. Luego me dejo caer en la silla situada junto a Lori, lejos de la puerta, con las piernas demasiado débiles para ponerme en pie.

—No está muerto —susurra Lori. Luego me estrecha la mano y me aprieta los dedos—. No te preocupes, yo me encargo.

Un segundo más tarde, se abre la puerta de la cocina y entra Michael. Su barba de dos días ha empezado a convertirse en una barba en toda regla y lleva los ojos ligeramente inyectados en sangre. Por lo demás, es el mismo Michael al que le pareció bien meterme la lengua

216

en la boca en Nochevieja. Se me revuelve en el estómago con una mezcla de adrenalina y náuseas y no sé hacia dónde mirar, pero Michael dirige su atención a Lori.

—¿Dónde está Madison? —pregunta.

—En la cama, creo. No se encontraba muy bien.

Michael asiente levemente, aunque no se mueve ni habla, como si le costase procesar la respuesta de Lori.

—¿Y tú? —agrega al fin Lori llenando el silencio—. ¿Has tenido un buen… viaje?

—¿Viaje? —repite Michael con el atisbo de un ceño fruncido—. ¿A qué te refieres?

—A nada —se apresura a responder Lori—. Es que has estado fuera un par de días. Madison no tenía claro dónde habías ido.

—Y supongo que habrás estado llenándole la cabeza de mentiras. Diciéndole que soy un marido terrible. —Michael da unos pocos pasos hacia ella.

Yo me aparto, es una reacción involuntaria, pero ella se mantiene en su posición.

—Madison estaba preocupada por ti. Seguro que le encantaría saber que has vuelto sano y salvo.

—Perdona, Lori, vamos a ver si lo he entendido. Acabo de entrar en mi propia casa, en mi propia cocina, ¿y tú me estás diciendo lo que debo hacer? —La amenaza en su voz es más que palpable.

No puedo creerme que esté tratando a Lori de esa forma. La mujer que cocina para él, que engendra a sus hijos, que nunca se queja de nada. Llevo la mano al bolsillo delantero de mis pantalones. Tengo ahí el cuchillo que escondí. Cierro los dedos en torno al mango y aprieto. Dios, cómo me gustaría clavarle la hoja en ese cuello hinchado que tiene. Pero no soporto ver sangre.

—Lo siento, he sido una desconsiderada —se disculpa Lori con voz tranquila, aunque un tanto robótica—. ¿Quieres que te prepare primero algo de comer? ¿O un café?

Michael expulsa el aire por la nariz como un caballo, pero se ha apaciguado. Lori es una maldita santa.

—Tampoco me hace gracia que te sientes en mi silla —agrega

Michael, quien al parecer necesita tener la última palabra—. Pero sí, me apetecería un café.

Lori se pone en pie y él ocupa su lugar. Ahora está demasiado cerca de mí; sin embargo, me da miedo moverme, alertarlo de mi presencia. Mantengo la mano temblorosa sobre el cuchillo escondido y la mirada clavada en la mesa. Un minuto más tarde, Lori le entrega una taza de café humeante y el azucarero tradicional con boquilla que tanto le gusta. Lo veo servirse por lo menos el equivalente a tres cucharillas de azúcar, luego da un sonoro sorbo. Hace sonar los labios, da unos sorbos más, inclina la cabeza hacia atrás y se lo termina.

—Gracias, Lori. Un buen café. —A continuación se pone en pie y desliza la silla por debajo de la mesa—. Ahora creo que iré a ver cómo está Madison.

Lo escucho salir ruidosamente de la cocina, entonces me vuelvo hacia Lori cuando estoy segura de que ya no puede oírme.

—No sé cómo lo haces —le digo—, mostrarte tan sumisa cuando te habla de esa forma.

—Piensas que ser sumisa es automáticamente algo malo.

—Sí, porque lo es. El instinto de sumisión de las mujeres es el motivo por el que vamos por detrás en todo. En salarios, en puestos de responsabilidad, en representación dentro de la política, en la repartición de las tareas domésticas. —Me abstengo de añadir que mis propios fracasos probablemente tengan más que ver con mi holgazanería innata que con mi género.

Me parece correcto defender la sororidad en un lugar como este, así que abrazo ese sentimiento.

Lori se deja caer sobre la silla que Michael acaba de abandonar.

—En mi lugar de origen, hay lobos —me dice.

—¿Vas a contarme una historia sobre animales sumisos? Porque sé que los lobos van en manada y se rigen por una estricta jerarquía. Puede que yo proceda de la ciudad, pero fui a la escuela.

Lori sonríe y dice:

—¿Sabías que el lobo dominante a veces escoge ser sumiso?

—¿Eso no es un oxímoron?

—Los lobos son lo bastante listos para saber que hay diferentes formas de conseguir lo que uno desea. Saben que ser dominante no constituye siempre la mejor estrategia.

Me inclino hacia delante y trato de infundir a mi voz toda la compasión que puedo:

—Pero esto no puede ser lo que tú deseas. Múltiples embarazos, cuidar de todos los habitantes de esta casa, no tener vida propia.

Asoman lágrimas a sus ojos. No debería sorprenderme —se merece estar triste por lo que le ha tocado vivir—, pero Lori suele ser una mujer muy controlada.

—Puedo verlos —susurra, su voz apenas audible—. Jugar con ellos. Criarlos.

—¿Son tuyos? —pregunto con suavidad; doy voz por fin a la pregunta que lleva semanas rondándome la cabeza—. Me refiero a si eres su madre biológica.

Lori desvía la mirada hacia la puerta, pero asiente.

—¿Cómo puedes quedarte al margen? —pregunto—. Ver cómo Mason se convierte en una versión de Michael en miniatura. Ver a los cuatro con miedo a que Michael encuentre un motivo para llevárselos a su estudio y castigarlos.

—También son suyos —murmura—. En la clínica, es su esperma el que utilizamos.

—Y también son tuyos —le recuerdo—. ¿Sabes lo que vi a Madison haciendo ayer? —Lori me mira—. Estaba enseñando a Molly a maquillarse. Y no me refiero a ponerse un poco de pintalabios o de colorete. Pintó a su hija de diez años, perdón, a tu hija de diez años como si fuera una mujer. Está enseñándole que su único valor reside en su aspecto físico. ¿De verdad ese es el futuro que quieres para ella?

—No puedo... Son los hijos de Madison, hice una promesa. —Las lágrimas han empezado a resbalarle por el rostro.

—¿Por qué eres tan leal a ella? ¿Qué poder tiene sobre ti?

Lori se lleva las manos a la frente. Me preocupa no ser capaz de oírla —ha bajado mucho la voz—, pero entonces alza la vista y veo una renovada resiliencia en su expresión.

—Hice una cosa terrible. Madison sufrió por ello, aunque no fue la única, de modo que he dedicado mi vida a ayudar a los demás. Y te prometo que me siento realizada haciéndolo. Viviendo en esta preciosa casa, estando con mis niños, sin tener que preocuparme nunca por el dinero. Quizá a ti te horrorice, pero es mucho más de lo que pueden esperar millones de mujeres.

Curiosamente, descubro que estoy conteniendo la respiración. Las opiniones de Lori son erróneas, lo cual no es de extrañar, habida cuenta de que los March han estado lavándole el cerebro los últimos trece años. ¿Por qué entonces siento una punzada de celos? ¿Por qué el estilo de vida conservador de Lori de pronto me parece más atractivo que el mío? Sin embargo, no puedo pensar de esa forma. Michael es un monstruo. Y, a lo largo de la historia, las mujeres han sacrificado demasiadas cosas como para que ahora yo dilapide mis derechos a cambio de una cocina de revista.

—Ya te he oído otras veces hablar de cometer errores —le digo—. Pero seguro que tuviste tus razones para hacer esa cosa tan terrible.

—Creía que sí las tenía. Pero, transcurridos trece años, empiezo a dudarlo.

—Trece años son mucho tiempo.

—Lo son, llevas razón.

—¿Tiempo suficiente para perdonarte a ti misma quizá? ¿Para priorizarte de una vez?

Capítulo 47

Madison

@justatexangal21 Hola, cielo, ¿estás bien? Hace tiempo que no sé nada de ti…
#almahermosa #inspiración #amadecasa #tradwifedesaparecida

El golpetazo de la puerta de entrada reverbera por toda la casa. Solo hay una persona que causa esa clase de escándalo. Me quedo mirando el techo de mi dormitorio y me pregunto qué opino sobre que Michael esté de vuelta en casa.

La última vez que lo vi en persona estaba besando a nuestra tutora. La última vez que lo vi en general fue en el vídeo que me envió Alice DeMille, donde aparecía manoseando a una chica aún más joven. A lo largo de las últimas veinticuatro horas, he oscilado entre la idea de que estuviera encamado con ella y el miedo a que pudiera estar muerto en algún callejón a manos del hombre al que apuntó con su pistola en Nochebuena.

Ahora sé que una de esas dos hipótesis no ha llegado a suceder.

Frustrada, empujo el edredón lejos. Debería odiarlo. Y lo odio. Pero es mi marido, el hombre que me ha regalado esta cama de diez mil dólares, este edredón de plumas de ganso, un pijama de Olivia von Halle, esta vida perfecta que yo vendo a diario a millones de mujeres. No puedo enfadarme con él, porque soy yo la que terminará sufriendo por ello.

Tomo aire y exhalo, repito la operación. No soy muy aficionada al yoga, todas esas mujeres fibrosas que beben *smoothies* sin lácteos, aunque últimamente he empezado a adoptar algunas de sus prácticas de respiración. A utilizar aire frío para extinguir el fuego que me arde en la tripa.

Michael no sube inmediatamente a verme, lo cual juega a su favor, porque, cuando al fin entra en el dormitorio, me encuentro mucho más cerca del estado zen.

—Hola, cariño. —Le dedico una sonrisa radiante y disfruto viendo cómo su expresión transita entre la confusión y la desconfianza—. Pareces agotado —prosigo—. ¿Por qué no te das una ducha? Luego quizá podamos acurrucarnos frente al fuego. Si quieres, claro.

Él tose, señal de que se siente incómodo, y yo experimento otra oleada de satisfacción.

—Así que ya no estás enfadada —dice al fin, a medio camino entre una afirmación y una pregunta.

—Me cuesta seguir enfadada contigo, cariño. Ya lo sabes.

Asiente y adoptamos nuestra dinámica habitual, mi ventaja solo ha sido algo pasajero.

—La otra noche te pasaste de la raya —me recuerda.

—Lo siento —respondo, y hasta consigo parecer sincera—. Un matrimonio requiere que cada uno sepa cuál es su papel, y en Nochevieja se me olvidó el mío, ahora me doy cuenta. No volverá a ocurrir.

Michael se deja caer sobre el borde de la cama, después se gira para mirarme:

—Llevamos casados más de una década y has sido una buena esposa hasta ahora, debo reconocerlo. Pero no debemos dar estas cosas por sentadas.

Se me seca la boca.

—Yo nunca te daría por sentado. Ya sabes lo increíblemente agradecida que me siento por todas las oportunidades que me has dado.

—¿Y tienes claro quién pone las normas en esta casa?

—Por supuesto que sí.

—Me alegro. Porque he estado pensando y, por el bien de nuestro matrimonio, quiero que dejes lo de las redes sociales.

Parpadeo. No me llega el aire a los pulmones. No puedo pensar. Mi estado zen se ha ido al garete.

Sin embargo, no puedo guardar silencio ante esto. Todas las mujeres de por aquí saben que no decir nada equivale a decir que sí.

—Pero, cielo, ¿no es así como difundimos nuestro mensaje? —pregunto—. Así es como demostramos al mundo lo maravilloso que es nuestro estilo de vida. Les enseñamos lo que se están perdiendo.

—Ha sido así, sí —confirma con gesto afirmativo—. Y hemos hecho un trabajo asombroso. Pero tú misma dijiste que ahora hay muchas otras familias que hacen lo mismo. Es hora de que te hagas a un lado y te concentres en nuestra familia, en nuestro matrimonio.

—Pero ¿por qué? —pregunto sin apenas poder mantener la compostura—. Siempre te he priorizado, y eso no va a cambiar. Ya sabes que lo de las redes sociales es algo que hago para entretenerme mientras tú estás ocupado en el rancho.

—Ya lo sé, y por eso te he permitido hacerlo todos estos años. Pero ahora lo está invadiendo todo. No me gusta.

—¿Es por lo del hombre de Nochebuena? —le pregunto, y noto que empieza a entrarme el pánico—. ¿Crees que mi fama está poniendo en riesgo a nuestra familia? ¿Te encontró en el bar, te amenazó?

Michael frunce el ceño.

—¿De qué estás hablando? No tiene nada que ver con ese perdedor. Además, no eres famosa, Madison. Publicas vídeos tuyos en internet, como hacen miles de millones de personas. Nos está invadiendo a nosotros. Lo cierto es que en estos últimos dos días me he dado cuenta de que me siento infravalorado en nuestro matrimonio. Y no es culpa mía.

Son las palabras que llevo mucho tiempo temiendo, pero, ahora que las ha pronunciado, no me parecen reales. ¿Cómo puede sentirse infravalorado? He dedicado mi vida a él, al menos las partes de mi vida que le interesan: mi cuerpo, mi voluntad. ¿Cómo puede anunciar que le estoy fallando y que eso se convierta de inmediato en una verdad incuestionable?

Pero entonces pienso en Rose y me doy cuenta de que esta es la dinámica natural entre los maridos poderosos y sus esposas. Y si me resisto, acabaré como ella.

—¿Qué puedo hacer —susurro— para demostrarte lo mucho que te valoro?

—Para empezar, puedes dejar de utilizar cada comida familiar como una oportunidad para hacer una foto. —Suspira y se levanta de la cama. Se mete las manos en los bolsillos de atrás y empieza a dar vueltas de un lado al otro del dormitorio—. Tienes que dejar de publicar cosas en redes sociales. Tienes que recordar que el jefe de Cally soy yo, no tú. Y tienes que prestarme un poco más de atención. Entonces, ya veremos.

—¿Ya veremos? —repito tratando de controlar el timbre de mi voz.

—Bueno, no puedo garantizarte que vaya a funcionar. Solo nos cabe conservar la esperanza.

Noto las lágrimas que amenazan con caer. El pánico va en aumento. Michael quiere que renuncie a mi papel como *influencer*, lo único que demuestra que soy una persona de verdad y no solo la marioneta de alguien, y hacerlo ni siquiera garantiza que sea suficiente. ¿Podría acabar sin nada? ¿Cómo impedir que eso suceda?

—Dentro de pocas semanas tendremos un recién nacido —utilizo lo único que tengo para negociar—. Y Lori está convencida de que va a ser niño. —Eso no es cierto, Lori dice que su embarazo está siendo idéntico al de Matilda, pero para mí la verdad siempre ha sido menos importante que la supervivencia—. Pensaba que podríamos llamarlo Michael júnior.

—¿Ah, sí? —pregunta dejando de caminar.

—Un niño que lleve tu nombre, como tú llevas el de tu padre y Mason lleva el de tu hermano.

Poco a poco, Michael va esbozando una sonrisa.

—Sí, me gustaría, y también a mi padre, que Dios lo tenga en su gloria.

Veo la oportunidad, me pongo en pie y deslizo la mano por su brazo.

—Este bebé enmendará nuestro matrimonio, tengo esa intuición.

—Puede que sí. —Ha bajado la voz, su tono se ha vuelto más ronco, y yo me acerco y restriego los pechos contra el brazo—. Y luego podemos empezar a engendrar nuestros propios bebés —concluye.

Cuando se inclina para besarme, tengo que hacer acopio de toda mi autodisciplina para no reírme en su cara.

Capítulo 48

Brianna

Oigo el rugido de un motor y me incorporo. No es Jonah; por una vez, está en casa, mascullando y maldiciendo mientras trata de construir una cuna. Todavía hace un frío atroz aquí fuera, aunque al menos hoy brilla el sol. Me pregunto si el vehículo que se aproxima traerá también buenas noticias.

Tiro el resto del pienso para pollos en el gallinero y camino hacia la casa. Entro por la cocina y me dirijo a la puerta de entrada. Antes de abrirla, me detengo para mirarme en el espejo del recibidor. Han pasado cinco días desde que Jonah me pegó y los hematomas por fin han disminuido lo suficiente para que el antiojeras que me compró —el más agridulce de los regalos de reconciliación— me pueda servir de algo. Sigue pidiéndome perdón varias veces al día, pero cada disculpa parece salpicada por el residuo de la culpa. Y, sinceramente, yo prefiero la calidad a la cantidad.

Tiro del picaporte y me encuentro con una mujer en nuestro porche.

—Ah —exhalo dando un paso atrás. Miro tras ella y veo un coche amarillo canario aparcado. Me resulta extraño en este paraje apagado en blanco y negro—. No eres el cartero.

—No —responde amablemente—. Soy Mary. La hermana de Jonah. —Entonces ladea la cabeza y su expresión cambia—. ¿Me he equivocado de casa? No me ha resultado fácil de encontrar.

«Si necesitáis ayuda, decídmelo».

—Ah, sí. —Ahora me noto azorada, sin saber cómo reaccionar—. Jonah está en la parte de atrás. —Poso las manos sobre mi vientre, un gesto instintivo, pero llama su atención.

—Y tú debes de ser Brianna. Me alegra conocerte por fin. No puedo creerme que no te conociera en Búfalo, pero estuve un tiempo fuera, estudiando, y no pasaba mucho por casa.

Le dedico una sonrisa incómoda. No quiero decirle que casi me había olvidado de su existencia hasta que llegó su felicitación navideña, que Jonah ha hablado muchas veces de sus dos hermanos a lo largo de los años que llevamos juntos, pero que rara vez menciona a su hermana. Tampoco sé qué opinará ella de que su hermano viva en pecado, con una novia embarazada de seis meses. Sin embargo, no parece desconcertada, y le sonrío agradecida.

—¿Así que fuiste a la universidad?

—Más o menos —responde avergonzada—. Fui a la escuela de cocina. Mi madre pensaba que eso me ayudaría a encontrar marido.

Mary tiene una mirada inteligente, pero un rostro simplón. Le miro la mano izquierda.

—¿Y qué tal te fue? —pregunto.

—Lo dejé después de un mes —me confiesa con un suspiro—. Me gusta cocinar, aunque no seguir las recetas al pie de la letra. Cuando descubrí que me importaba un pimiento si el suflé subía o no, consideré que era lo correcto.

Empiezo a reírme, lo que hace que me dé cuenta de que llevaba meses sin hacerlo. Ya no me río. Nunca. No puede ser normal en una chica de dieciocho años.

—Perdona, qué maleducada soy. ¿Quieres pasar?

—Sí, gracias. —Me hago a un lado y dejo entrar a Mary. Llega al salón y se detiene—. ¿Y vivís aquí desde verano? —pregunta.

Sigo el curso de su mirada y veo lo que ella. El fuego se ha apagado, así que nuestro aliento despide pequeñas nubes en el aire gélido. Hay enormes montones de ceniza en la rejilla de la chimenea —nunca me decido a limpiarla— y docenas de marcas de quemaduras en el hogar. El sofá es nuestra única pieza de mobiliario, comprado de segunda mano a un hombre del pueblo, además de las mesas improvisadas construidas con cajas. Confío en que no se haya fijado en la mancha de sangre que hay sobre el suelo de madera.

Cojo la manta del brazo del sofá y me la echo sobre los hombros.

—La he hecho yo —murmuro—. Nunca antes había tejido. En realidad es para el bebé. —Es un intento patético por impresionarla, pero se percata de igual modo.

—Es preciosa. Deberías estar orgullosa.

Asiento, aunque no puedo hablar, una densa bola de arrepentimiento me ha cerrado la garganta.

—¿Has dicho que Jonah está fuera? —me pregunta.

Asiento de nuevo y, a continuación, sigo a Mary por la puerta de atrás. La veo caminar hacia su hermano. Él no se da cuenta de su presencia hasta que ella le da una palmada en el hombro. Jonah se vuelve y pone los ojos como platos. Es lógico que le sorprenda verla, pero ¿habrá algo más? Parece inquieto. Su madre nunca ejerció mucha influencia sobre él, siempre estaba demasiado triste, llorando la muerte de su marido a causa de un fatal accidente laboral cuando Jonah era pequeño. Mary es bastante mayor que su hermano, me pregunto si se veía obligada a ejercer de madre sustituta y a educar a tres chavales revoltosos.

Su conversación comienza de forma amistosa, aunque pronto advierto que la tensión va creciendo entre ellos. Pese a que Mary está situada de espaldas a mí, noto que los rasgos de Jonah se endurecen, que su discurso se acelera. Y los movimientos que describe Mary con la mano se vuelven más amplios; son gestos de apaciguamiento, también de insistencia. Al fin dirigen sus pasos hacia mí.

—Deduzco que ya conoces a mi hermana —dice Jonah.

Asiento y respondo:

—Es un detalle por parte de Mary venir a visitarnos.

—Estaba diciéndole a Jonah que puedo quedarme unos días, ayudaros a adecentar la casa para cuando nazca el bebé.

—Y yo le he dicho que agradecemos el ofrecimiento, pero que aún no estamos listos para recibir invitados.

—A lo cual le he respondido que yo no soy una invitada —continúa Mary alegre—. Soy familia, que no es lo mismo. ¿Sabes? Podría decirse que fui yo quien crio a Jonah, así que está acostumbrado a mis intromisiones. —Se ríe de nuevo.

Familia. Noto las lágrimas en los ojos. ¿Echo de menos a mi propia familia? ¿O los odio por abandonarme? Me paso las manos por la tripa. Solo conozco a Mary desde hace cinco minutos, pero ya quiero dejarme abrazar por ella, aprovechar su ofrecimiento de ayuda. Sin embargo, si quiero que se quede, primero tengo que convencer a Jonah.

—No creo que seas consciente de la cantidad de cosas que has hecho, Jonah. Puede que aún no sea un palacio, pero has reparado la ventana del dormitorio del fondo, ¿a que sí? Y compraste ese colchón inflable de segunda mano a muy buen precio. Seguro que Mary se quedaría impresionada si se lo enseñaras.

Jonah me mira con fastidio —debe de saber lo que estoy tratando de hacer—, aunque luego suaviza la mirada y yo dejo escapar el aire.

—De acuerdo, pero te garantizo que no querrás quedarte mucho tiempo.

Mary sonríe encantada.

—No lo tengo tan claro —responde—. Este estilo de vida en la hacienda es la aventura con la que siempre soñé, pero que nunca me atreví a probar.

A Jonah se le ilumina un poco el gesto al oír eso —quizá Mary sepa mejor que yo cómo manejar a su hermano—, y la guía hacia la cocina casi con una media sonrisa.

Capítulo 49

Madison

@debbiecolts47 ¿Os habéis ido Michael y tú de vacaciones a algún lugar romántico? ¡Fotos, por favor!
#tristezadeenero #soldeinvierno #maridoflorero

Paso los dedos por los vestidos de mi armario. Tienen todos un estilo similar y me encantan. Me llegan por la mitad de la pantorrilla o más abajo, están confeccionados con fibras naturales, sobre todo algodón, pero también lino y seda. La mayoría son de colores claros, y los hay lisos, de rayas y con estampados florales. Es una lástima que vaya a tener menos oportunidades de ponérmelos ahora que Michael ha emitido su decreto, pero alguna sí tendré, me he asegurado de ello. Selecciono uno tipo campesino blanco y liso con cuello caja y meto los brazos por las abultadas mangas. Después me vuelvo hacia el largo espejo y me miro.

Tengo un aspecto angelical. Y sexi. El sujetador *push-up* con relleno ofrece la doble ventaja de sustentar mi historia del embarazo y conferirme un parecido a Marilyn Monroe. La nueva crema antiedad que estoy probando ha tenido un efecto rejuvenecedor en mi rostro (por desgracia, no ha sido un regalo, pero de ninguna manera pensaba despertar ese algoritmo), y los treinta minutos que he invertido esta mañana en maquillarme han dado sus frutos. Doy una última vuelta delante del espejo, después bajo las escaleras.

Tengo que lucir mi mejor aspecto porque esta es mi primera oportunidad de crear contenido desde Nochevieja. Cuando Michael soltó la bomba y me dijo que abandonara las redes sociales, pensé que mi vida se había acabado. Tuve que prescindir de Erica y de Noah; y si bien opté por darles una baja prolongada en lugar de despedirlos (nunca digas nunca), me pareció que no había vuelta atrás. Sin embargo, su ausencia resultó ser más liberadora que restrictiva. Siempre he tenido la sospecha de que no me aceptaban, lo cual tiene delito viniendo de una mujer de casi treinta y cinco años sin marido y de un hombre inmaduro que les tiene miedo a las vacas. Así que verme de nuevo al mando me ha brindado un inesperado subidón de seguridad en mí misma.

Sobre todo ahora que he descubierto la manera de conservar mi estatus como una de las *influencers* más populares del mundo sin que Michael lo sepa.

Siempre he sabido los datos de acceso al Instagram de Michael porque fui yo la que abrió su cuenta de @MarchranchMT poco después de empezar a publicar mi contenido como ama de casa, cuando esperaba a que Lori diese a luz a Molly. De modo que me resultó sencillo acceder a su cuenta y dejar de seguir a @_TrulyMadison_ sin que él lo supiera, lo que significa que dejará de ver mis publicaciones y dará por hecho que se debe a que he dejado de hacerlas. Me encanta cuando la genialidad es sencilla. Nunca me arriesgaría a grabar o a publicar nada si Michael anda cerca, pero se pasa la mayor parte del tiempo en el rancho, por lo que he pensado que seguiría teniendo muchas oportunidades.

Algo con lo que no contaba era con Mason, ni con la diligencia con la que accedería a espiarme a instancias de su padre. Por suerte, Molly me advirtió —parece ser que Mason es un espía más entusiasta que discreto, porque se lo contó a su hermana—, de modo que no me han pillado con las manos en la masa. Aunque sí que ha reducido un poco mis posibilidades. Esta mañana, Cally se lleva a los niños de excursión por la naturaleza —al parecer fue idea de Lori, supongo que para mi beneficio—, así que he aquí mi oportunidad. Hoy es la Epifanía, así que voy a grabarme quitando todos nuestros adornos navideños. Con suerte, habrá algunos ángulos interesantes desde los que no se me vea la tripa; no quiero echar a perder mi atuendo metiéndome una pelota de silicona por debajo del vestido. También tengo un plan para el contenido de mañana que me hace mucha ilusión.

La cocina está vacía, lo cual es decepcionante, confiaba en que estuviera aquí Lori (la única persona a quien se lo he contado) para echarme una mano con la grabación. Me detengo unos instantes, tamborileo con los dedos sobre la encimera. Pienso en su pequeña incursión al pueblo la semana pasada, en su cambiante estado anímico. Creo que me sentiré mejor sabiendo dónde está antes de empezar.

Reviso la primera planta y, al no encontrarla, subo las escaleras hasta la planta de arriba. Al quedarle solo cinco semanas para salir de cuentas, siempre cabe la posibilidad de que se haya puesto de parto; al pensarlo, se me forma un nudo de pánico en el estómago. Llamo primero a la puerta de su dormitorio, pero, al no obtener respuesta, la abro. Me invade de inmediato una sensación de vacío. Lori no está aquí, pero se trata de algo más. Entorno los ojos y escudriño el cuarto.

Veo un sobre. Está apoyado contra su lamparita de noche. Por un momento, creo que es la misteriosa felicitación navideña —que Lori me mintió al decir que la había quemado—, aunque al levantarlo veo que solo hay una palabra escrita en el sobre con la letra de Lori: «Madison».

¿Por qué me ha escrito una nota?

Me tiemblan un poco las manos mientras lo abro, como si ya supiera que son malas noticias. En su interior, hay una sencilla tarjeta blanca. La saco y me dejo caer sobre la cama de Lori al empezar a leer.

Mi queridísima Madison:
Siento tener que dejarte, pero es algo que debo hacer.
La otra noche dijiste que confiabas en mí. Confía en mí ahora.
Y, por encima de todo, no intentes encontrarme.
Tu amiga por siempre,
Lori

Suelto un grito. Nadie me oye —estoy sola en esta inmensa mazmorra de casa—, pero grito de igual modo pidiendo ayuda. ¿Cómo puede dejarme? ¿Cómo puede llevarse a mi bebé? ¡Al bebé de Michael! Bajo corriendo las escaleras, tan angustiada que apenas me doy cuenta de que me he roto una uña con el pasamanos. Doy saltos de un lado a otro como un flamenco ebrio tratando de ponerme las botas de nieve, después abro de golpe la puerta de atrás y corro todo lo rápido que puedo con ese incómodo calzado hasta el garaje. Pero ¿qué esperaba encontrar? Lógico, el coche de Lori no está. Nos ha abandonado, su nota lo deja claro. Mi Lori, que ha sido para mí como una madre y una hermana, me ha dejado. ¿Durante un tiempo? ¿O para siempre?

Hace diez días me enfadé con ella por ir al bar sin decírmelo. Y ahora se ha ido y no tengo ni idea de si regresará algún día. ¿Tendrá algo que ver con Rose? ¿La habrá persuadido para que se marche? Lori conoce todos mis secretos. Me pide que confíe en ella, pero ¿cómo voy a hacerlo cuando ella no confía en mí lo suficiente para contarme adónde ha ido? Quizá haya visto en Rose una causa nueva, otra mujer vulnerable por la que luchar. Con la que unir fuerzas. ¿Serán amigas ahora? ¿Estarán pensando en revelar la verdad sobre mí?

Destierro el pánico de mi mente. No sé nada con certeza y tengo que mantener la calma. Porque, aun cuando la desaparición de Lori no tenga nada que ver con Rose, ¿cómo reaccionará Michael al perder a su quinto hijo, el bebé que cree que llevará su nombre?

«Y, por encima de todo, no intentes encontrarme».

Lori debe de haberse vuelto loca. ¡Claro que pienso encontrarla! Solo necesito unos minutos para pensar con claridad, para averiguar adónde —y cuándo— se habrá marchado.

Michael lleva en el rancho desde el amanecer, pero Cally se ha llevado a los niños de excursión hace menos de una hora. Pensé que Lori quería concederme la oportunidad de grabar contenido para Instagram sin que me molestara nadie; en realidad, debió de hacerlo para tener ella la oportunidad de huir. Al menos eso significa que no puede haber ido muy lejos.

Vuelvo a entrar corriendo en casa, lanzo las botas por los aires y corro hacia la cocina, donde he dejado mi teléfono. Marco el número de Michael. «Responde, responde, responde».

—¿Diga?

—¡Michael, te necesito!

—¿Cómo? ¿Por qué?

La parsimonia con la que me habla me pone de los nervios, pero he de mantener la calma. Hacerle entender lo importante que es esto. Respiro hondo.

—Se trata de Lori —le digo—. Se ha marchado.

—¿Cómo que se ha marchado? ¿Adónde?

—Esa es la cuestión, que no lo sé. —El inconveniente de que disminuya la adrenalina es que te vuelves vulnerable a la emoción. Las lágrimas me arrastran por las mejillas el rímel marrón de Dior—. Ha dejado una nota —susurro—. Dice que no deberíamos buscarla.

—¿Qué demonios dices? —El cerebro lento de Michael por fin empieza a entender la gravedad de la situación—. ¿Se ha largado con mi bebé dentro? ¡¿Con Michael júnior?!

—Tenemos que encontrarla, traerla de vuelta a casa —le suplico.

—Por supuesto que tenemos que encontrarla, joder —gruñe Michael.

Me cuelga. Agotada de pronto, dejo caer el móvil sobre la mesa de la cocina y apoyo la cabeza al lado. Las lágrimas me resbalan por la cara.

Pero ¿estoy llorando por mi bebé? ¿Por Lori? ¿O por el hecho de que mi vida entera parece estar desmoronándose?

Capítulo 50

Cally

Miro a Molly. Tiene los hombros encogidos hasta las orejas y el cuerpo no para de temblarle. No me extraña que esté congelada con estas temperaturas; puede que lleve un abrigo puesto, pero por debajo solo lleva un fino vestido y unos calcetines tobilleros con volantes, de modo que lleva las piernas al aire. Tengo otro momento de compasión hacia ella, y de rabia hacia Madison por obligarla a ponerse esa ropa tan poco práctica porque, supuestamente, así es más femenina.

—Creo que ya basta de naturaleza por hoy —anuncio—. Vamos a volver a casa.

Siendo sincera, no lo hago solo por Molly.

Fue idea de Lori que me llevara a los niños de excursión por el bosque más allá del pasto de Clarabelle. No me sorprendió su sugerencia —a Lori le encanta el aire libre, y cuanto más frío haga, mejor—, pero me desconcertó un poco que sugiriera que me llevara también a Myron. Por lo general, se muestra encantada de quedarse con él cuando Madison no está. Y tratar de que caminen en fila está resultando ser una tarea muy por encima de mis capacidades.

—¡Pero, mire, señorita Cally! —grita Matilda, que señala un sendero nevado a través de los árboles que está salpicado de agujeros—. Tenemos que seguir esas huellas. ¡Creo que son de un oso!

—¡¿Un oso?! —chilla Myron—. ¡Voy a darle un puñetazo en el hocico!

—No es un oso, idiotas —zanja Mason—. Pero tienes razón, deberíamos seguir las huellas. Podría ser un coyote.

—Estoy segura de que es una liebre de las nieves —dice Matilda con un suspiro—. Recuerdo que papá me enseñó unas huellas iguales a esas el invierno pasado, y además ya estará lejos.

—Mentirosa —le espeta Mason—. Papá no te llevaría a ver animales sin mí.

—Pues lo hizo —confirma Matilda encogiéndose de hombros—, así que supéralo.

Supongo —acertadamente— que Mason va a abalanzarse sobre su hermana, así que me pongo en su camino de un salto para impedírselo, aunque me choco con Myron y este se pone a berrear cuando su cabeza impacta con mis costillas. Tomo aire para soportar el dolor y entonces siento los dedos gélidos de Matilda cerrarse en torno a los míos y veo cómo le cambia la cara.

—¡Eh, Cally!

Me vuelvo al oír la voz de Michael. Camina hacia nosotros con cara de malas pulgas. Molly se esconde detrás de mí. Mason vacila un instante y, a continuación, se reúne con su hermana. Myron me coge la otra mano.

—¿Va todo bien? —trato de disimular mi respiración acelerada.

—¿Dónde está Lori?

—Pues no lo sé. En la cocina, supongo.

—¡No me vengas con gilipolleces! Vuelvo ahora del rancho, Madison está de los nervios. ¡Así que deja de proteger a esa mujer!

Con el corazón acelerado, insisto:

—Lori estaba en la cocina cuando hemos salido, ¿a que sí, chicos?

—Mierda. No puedo creerme que esté metiendo a los niños en esto. Qué bajo he caído.

—Sí —susurra Molly acordándose de que es la mayor, de que tiene que ser la más valiente pese a que Madison la trate como a una muñeca a la que ponerle vestiditos.

—Pues ahora ya no está allí. Esa zorra egoísta ha huido.

—¿Huido? —repito, aunque el estupor hace que me salga la voz entrecortada.

—¡No te hagas la sorprendida! Últimamente sois uña y carne. ¿Te contó sus planes, te dijo adónde iba? —Se acerca dos pasos más, me lanza una mirada desdeñosa—. Si es así, será mejor que me lo digas. Recuerda quién te paga el puto sueldo.

Hace unas noches, tuve miedo de Michael porque sus ojos

estaban llenos de una lascivia etílica. Ahora están llenos de rabia, y no sé si me da más miedo o menos. Sin embargo, noto que me sudan las palmas de las manos contra la piel suave de los niños al recordar el consejo que le di a Lori el otro día. «Priorízate de una vez». ¿Habrá reflexionado sobre ello? ¿Habrá decidido huir con su quinto bebé porque yo la animé a hacerlo?

—Sinceramente, no lo sé, te lo prometo —insisto—. Me sugirió que trajese aquí a los niños esta mañana, y es lo que he hecho. Nada más.

—Bueno, volved a casa, todos somos responsables de traerla de vuelta. —Me da un empujón en el hombro.

Me tambaleo, resbalo en la nieve, pero recupero el equilibrio. Nos movemos todos como un solo ser, las manos de Matilda y Myron enganchadas a mis dedos, los dos mayores aferrados a la parte trasera de mi abrigo. Las pesadas botas de Michael hacen crujir la nieve a nuestras espaldas. Conforme nos acercamos a la casa, Michael nos adelanta dándonos un empujón, abre la puerta trasera y entra.

Lo seguimos, pero ya ha desaparecido cuando entramos. Nos detenemos en el vestíbulo de la cocina para quitarnos los abrigos y las botas. Después vacilo. ¿Adónde vamos? Normalmente, nos quedamos en la cocina después de estar jugando fuera, pero eso es porque Lori siempre está allí con un chocolate caliente y unas magdalenas recién hechas para ayudarnos a entrar en calor. En Instagram siempre parece que la cocina es el alma de esta casa, pero no lo es. El alma es Lori. Y sin ella ya empieza a dar la sensación de que la Hacienda March va quedándose sin oxígeno. De pronto desearía no haber sido tan explícita al decirle que merecía más que esto. También yo necesito a Lori aquí; no podré sobrevivir los próximos meses sin ella.

—Tengo hambre —anuncia al fin Matilda.

—Yo también. Y sed —agrega Mason.

Parpadeo. No quiero toparme con Michael ni ver a Madison, pero estos niños son mi prioridad. Y no puedo evitar a sus padres hasta julio.

—Vale, vamos a buscar algo.

Abro la puerta de la cocina. Madison está sentada a la mesa, completamente inerte. Michael camina con decisión de un lado a otro.

—¿Y no tienes ni idea de adónde ha podido ir? —grita.

Madison mantiene la cabeza agachada y niega.

—¡Mami! —Matilda corre hacia ella, pero cuando Madison alza la vista, la niña se detiene, y me doy cuenta del motivo.

Madison tiene los ojos rojos de llorar y el maquillaje corrido. Nunca antes la había visto tan auténtica.

—¿Dónde está Lori? —pregunta Matilda con los ojos también vidriosos al percibir la tensión que se palpa en el ambiente.

Madison le da un abrazo, luego se queda aferrada a ella.

—No lloréis —gruñe Michael—. Lori regresará pronto, así que no hay por qué andarse con sensiblerías. Voy a buscarla ahora mismo. Cally, cuida de Madison, asegúrate de que no cometa ninguna estupidez.

—¿Estupidez? —El corazón me da un vuelco. ¿Qué cree Michael que podría hacer Madison?

—Como publicar algo en Instagram. No quiero que el mundo se entere de nuestros asuntos, de nada en absoluto.

—No voy a publicar que Lori nos ha dejado —le espeta Madison—. No soy idiota.

—¿Y tú? —Michael me mira—. ¿Puedo confiar en ti?

—¿En mí? Yo no he publicado nada desde que llegué —tartamudeo—. Está estipulado en mi contrato y no lo he incumplido.

—No me refería a eso. ¿Vas a mandarle un mensaje a Lori y decirle que voy a buscarla?

Me arden las mejillas. Porque la idea se me había pasado por la cabeza —para asegurarme de que se encuentra a salvo— y noto que la culpa me brilla en la cara.

—Dame tu teléfono —me exige.

—¿Cómo?

—¡Deja de hacerte la tonta! —grita Michael caminando hacia mí. Me tiende la mano—. Tu teléfono, Cally.

Me muerdo el labio. No soporto la idea de renunciar a mi única vía de contacto con el mundo exterior, pero ¿qué alternativa tengo? Michael es un abusón imponente y Madison nunca me defendería. Y ni siquiera yo soy tan amoral como para esperar que los niños lo hagan.

Saco el móvil del bolsillo de los vaqueros y lo dejo caer sobre su mano abierta.

Capítulo 51

Madison

@tradlife.bestlife Echo de menos tus *reels*, Madison. Espero que todo vaya bien.
#Madisonteextraño #tradwifedesaparecida

Desvío la mirada hacia el reloj de la pared, aunque solo han transcurrido cinco minutos desde que lo consulté por última vez, de modo que regreso a la ventana y al paisaje monocromático. Hasta los árboles parecen negros a través del filtro deprimente del plomizo manto de nubes.

Es curioso. Por lo general, estoy deseando salir de esta estancia. Cuando tengo suficiente contenido para el *reel* que esté grabando, encuentro lugares mucho más agradables en los que pasar el rato hasta que Michael regresa del rancho. En cambio hoy no consigo salir de aquí. Michael se marchó hace unas cinco horas hecho una furia incontrolable, Cally se llevó a los niños a la clase después de darles de comer y de beber, y yo he permanecido aquí sentada, sola, desde entonces. Bebiendo café de raíz de achicoria mal hecho.

Aparto la taza. ¿Por qué no la habrá encontrado aún? ¿Por qué no me ha llamado para mantenerme informada? ¿Por qué nunca me atrevo a llamarlo?

¿Y cómo sobreviviré si no encuentra a Lori? A decir verdad, no me importa tanto el bebé que lleva dentro —ya tengo cuatro hijos y son más que suficientes para mí—, pero Lori cuida de mí en muchísimos otros aspectos. Me hace parecer la mejor cocinera del mundo, la madre más considerada, el ama de casa más organizada. La esposa perfecta. Sin ella, no seré capaz de ocultar la verdad. Michael me echará de casa, como ya amenaza con hacer, y mis seguidoras me abandonarán. Me quedaré sin nada.

Ni siquiera tendré a Lori.

¿Dónde se habrá metido? Cuando leí su nota, lo primero que pensé de manera instintiva fue que había sido culpa de Rose, de su influencia tóxica. Aunque podría ser mucho más simple que eso. Lori ha hecho todo lo que le he pedido durante los últimos trece años. Quizá se haya hartado y haya decidido que quiere quedarse con uno de sus bebés.

Recuerdo la vez que vino a mi cuarto el día después de la entrega de premios, cuando yo estaba tendida en la cama recuperándome de la caída y preguntándome si mi marido era un héroe torpón o un maltratador taimado. Ya entonces me sugirió que huyéramos juntas. ¿Lo habrá estado planeando desde entonces?

¿Debería haberle dicho que sí?

Lori es mucho más resuelta que yo. E, irónicamente, también más rica. No le pagamos una fortuna, pero gana un salario bastante digno, que es más de lo que gano yo. Todos los acuerdos que negocio con las marcas, mis tarifas por acudir a eventos, todo eso va directo a la cuenta bancaria de Michael. Siempre me he sentido agradecida por que me permita tener tarjeta de crédito —una oportunidad de gastar una porción minúscula del dinero que gano—, pero necesito su aprobación para compras de mayor cuantía, y, lo más importante, no tengo control sobre el dinero. Bastaría un clic de su ratón para cerrarme el grifo. Entonces se esfumaría mi oportunidad de ser independiente.

Salvo que no deseo ser independiente. Quiero un marido que cuide de mí —es lo que he soñado desde que era pequeña— y ya lo tengo. No me hace falta averiguar la manera de cambiar mi vida para evitar su destrucción, me hace falta averiguar la manera de proteger lo que ya tengo. Y puede que no sea resuelta en el sentido tradicional, pero soy astuta; no hay más que ver lo que he conseguido hasta ahora.

Ser incapaz de quedarme embarazada podría parecer una sentencia de muerte en un lugar donde todas las decisiones de la vida se miden en función de los valores familiares tradicionales, sin embargo, jamás he permitido que mis limitaciones biológicas me condicionaran. Hallé una manera diferente, una manera mejor, estoy casada con el hombre que en una ocasión fue apodado el soltero de oro de Montana y, además, soy la madre de sus hijos sin necesidad de padecer secuelas desmoralizadoras como estrías o pérdida del control de la vejiga. También ha sido mi ingenio el que me ha permitido compaginar durante años mi vida como esposa tradicional y mi faceta de *influencer* de fama internacional.

Tengo talento. Puedo encontrarle una solución a esto. He de hacerlo.

Me levanto de la silla y camino hacia la ventana. Me inclino sobre la encimera de la cocina y miro hacia fuera. Se ha abierto un pequeño claro entre las nubes, una línea azul de esperanza en el cielo.

Michael encontrará a Lori, estoy segura. Para empezar, es el dueño de gran parte de este condado y conoce a todos los que viven aquí. El coche de Lori es llamativo y si bien no hay mucho tráfico, las carreteras tampoco están vacías. Alguien la habrá visto. Además, Michael es cazador, sabe cómo seguir el rastro a los animales, y siempre me dice que las personas son iguales. Solo he de tener paciencia.

Debería preparar un pastel. Distraerme. Me planteo buscar una receta en mi teléfono, pero no. Voy a hacerlo de memoria. Saco la mantequilla del frigorífico; la harina y el azúcar de la despensa; y un cuenco del armario. No lo grabo por si acaso entra Mason —no es momento para correr esa clase de riesgos—, pero sobre todo porque no siento la necesidad de compartir con nadie este momento.

Lo cual es extraño.

Hace más de una década que no preparo un pastel sin seguir las indicaciones de Lori, pese a ello, enseguida mis manos empiezan a moverse sin pensar demasiado. Cortar y pesar, tamizar y engrasar. Estirar la masa. Una hora más tarde, vierto una densa mezcla de cerezas sobre la masa del pastel y la introduzco en el horno. A través del cristal, veo burbujear el líquido rojo y la imagen me recuerda a Michael, a su rostro espumeante de rabia. ¿Qué hará con Lori cuando la encuentre? ¿Estará fuera de peligro gracias a su embarazo, al bebé de él?

Me lo imagino empujándola. Nada demasiado violento, solo para recordarle quién manda aquí, una lección para que cumpla sus normas. Pero Lori no es ajena a la violencia y dudo que el descafeinado intento de dominación de Michael la impresione en exceso.

Programo cuarenta y cinco minutos en el temporizador del horno y vuelvo a sentarme en la silla. El cielo se ha oscurecido; pronto se hará de noche. Un momento más propicio para esconderse.

Miro el móvil —por si acaso lo he puesto en silencio sin darme cuenta—, pero no tengo llamadas perdidas ni mensajes de Michael. Maldito sea. ¿Cómo puede dejarme tanto tiempo sin información?

Cojo el dispositivo, aunque me abstengo de marcar su número, no quiero avivar su rabia; en lugar de eso, accedo a Instagram. Mientras contemplo las preciosas publicaciones, convenientemente editadas, me invade un enfado incontenible; el *reel* de la Epifanía que había planeado pero que no he grabado, mi maquillaje perfecto echado a perder por el llanto, mi precioso vestido blanco manchado ahora con zumo de cereza. Pero destierro esos pensamientos. Aún me queda la idea para el contenido de mañana, que sin duda aventajará a mis competidoras; y Lori ya habrá vuelto para entonces. Tengo que creer en ello.

No miro las notificaciones —porque la escasez es deprimente—, pero empiezo a ver las historias. Mucha gente guapa, hogares alucinantes, familias felices, parejas con clase. Alice DeMille en una playa de Florida. Sky Anderson esquiando con sus hijos en Colorado. Cuando ya no soporto más ese purgatorio, entro a ver los mensajes. Tengo docenas, aunque todo el mundo quiere sacarme algo. Dinero, etiquetados o partes de mí que no estoy dispuesta a compartir. Casi echo de menos aquellos mensajes de Brianna Wyoming, su emoción auténtica —buena y mala—, palpable en cada palabra.

Me invade un mal presentimiento, tan intenso que me obliga a encorvar los hombros. Lori me ha abandonado. Mi matrimonio se encuentra al borde del precipicio. Y hace menos de dos semanas un desconocido vino a mi casa con un cuchillo.

Salta el temporizador del horno. El pastel está listo.

Pero no sé si yo lo estoy.

Capítulo 52

Brianna

Jonah cierra la puerta de nuestro dormitorio.

—¿Y qué está haciendo aquí? —pregunta con voz tranquila pero tono amenazante.

Me muerdo el labio. Mary es su hermana, no la mía. El hecho de que yo agradezca que haya venido no significa que vaya a tener que responsabilizarme de su visita. Pero el recuerdo de su violencia aún es reciente y no quiero llevarle la contraria.

—Pues… no lo sé. En su felicitación navideña nos ofrecía ayuda, ¿no es así?

—Sí, pero la gente siempre escribe cosas así —me dice—. No significa nada. ¿No te parece raro que aparezca sin haber sido invitada?

Me encojo de hombros para expresar mi desconcierto, pero entonces parecen querer quedarse así, cerca de mis orejas, y he de hacer un esfuerzo por volver a relajarlos.

—Quizá haya sido algo impulsivo, a fin de cuentas, es la época de los buenos actos.

—O quizá alguien la haya llamado y le haya pedido que venga.

Sus palabras me aceleran el corazón. ¿Sabrá que encontré mi teléfono entre su arsenal de armas? ¿Que lo utilizo cuando él no está? Me obligo a mirarlo, a confiar en mi propio talento para la mentira.

—¿Te refieres a mí? ¿Y cómo voy a llamarla si ya no tengo el teléfono?

—Porque la felicitación llegó antes de Navidad, Bri. Tuviste tiempo de sobra para llamarla antes de que te lo quitara.

Me invade un profundo alivio; no sabe que lo tengo, probablemente ni se imagine que puedo llegar a ser tan desobediente, aunque ese torrente de emoción hace que se me dé vueltas la cabeza. Me siento en la cama y resisto la tentación de recostarme, de apoyar la cabeza en la almohada y cerrar los ojos. Necesito comida, y no un guiso casero, sino algo que me proporcione energía al instante. Una chocolatina Snickers o un Twinkie.

—Yo no me he puesto en contacto con ella —le aseguro.

—¿Te ha preguntado por los moratones de la cara?

—No.

—¿Le has contado algo de lo ocurrido?

—No.

Jonah asiente y se sienta a mi lado.

—Si descubro que estás mintiendo, no me hará ninguna gracia. Lo sabes, ¿verdad?

—No estoy mintiendo, te lo prometo —susurro mientras me acaricio la abultada tripa con la mano.

—De un modo u otro, tenemos que librarnos de ella.

Pienso en el abrazo que me dio Mary, en que me hizo reír por primera vez en mucho tiempo.

—Quizá pueda quedarse unos días, hasta tu cumpleaños —sugiero—. Podría ayudarnos a preparar el cuarto del bebé, tal como ha dicho. Y además ha traído un montón de comida, así que podemos ahorrar dinero mientras esté aquí.

Jonah chasquea la lengua y dice:

—Parece que prefieres su compañía a la mía.

—Claro que no. —Sonrío para enmascarar la verdad—. Pero parece simpática, y es de la familia. —Me poso las manos en la tripa—. Es la tía de nuestro bebé.

—¿Y qué pasa con nosotros? —pregunta Jonah—. ¿Acaso no planeamos esto como una aventura para nosotros? Los dos juntos viviendo nuestro sueño sin interrupciones.

—Pero serán solo unos días —susurro.

Jonah se pone en pie, luego se gira y se queda mirándome con una mezcla de desconfianza y decepción.

—Creo que este sueño nunca te ha importado tanto como a mí.

—¿Qué? Claro que sí.

—Si existe cualquier oportunidad de escaquearte, de quitarte tareas, la aprovechas sin dudar. Te pasas más horas dormida que despierta y te tirarías el día entero con el teléfono si te lo permitiera.

Cegada por una rabia ardiente, me levanto bruscamente de la cama. ¿Cómo puede criticarme por dormir hasta tarde después de lo que ha hecho? Salir de juerga y emborracharse siempre que tiene ocasión mientras yo estoy aquí sola. Pero no puedo sacar a colación sus defectos porque podría volver a pegarme. Dominarme cuando no tengo fuerza para contraatacar. Eso es lo que más detesto.

—Estoy embarazada, ¿recuerdas?

—Dios bendito, cómo se me iba a olvidar.

—Y hago muchas cosas que no me agradeces ni me reconoces —continúo.

—Bueno, si tanto te gusta trabajar, puedes encargarte de deshacerte de Mary.

—Es tu hermana —le recuerdo—. Si tanto quieres que se vaya, díselo tú. ¿O no crees que obedecería a su hermano pequeño? —Me pregunto si estaré provocándolo en exceso, si la presencia de Mary me protege o si, por el contrario, estoy volviendo a meterme en problemas.

—Ella entiende cuál es su lugar dentro de nuestra familia; sí, es la mayor, aunque también tiene tres hermanos varones. Pero esa no es la cuestión. Sabe que soy capaz de cuidar de mí mismo, así que debe de estar aquí porque cree que tú no eres capaz. Lo que significa que, si le dices que se vaya, se marchará sin rechistar.

—¡¿Por qué haces que parezca que es culpa mía?! ¡Por el amor de Dios, Jonah, estoy embarazada!

—No me levantes la voz, Bri, o te juro que…

—¿Qué? —lo interrumpo—. ¿Vas a volver a pegarme?

Jonah da dos pasos hacia mí, me intimida. De pronto vuelvo a estar en el salón, sintiendo la explosión del dolor cuando su puño se estrella contra mi cara. Noto que mi cuerpo empieza a temblar.

—Por favor, no me hagas daño —susurro.

Deja escapar un profundo suspiro y se le pone la cara roja de vergüenza. Pero, al darse la vuelta, me golpea el hombro con el suyo. Me tambaleo, pierdo el equilibrio y caigo hacia atrás. Me golpeo contra el suelo de madera, primero la espalda, después la cabeza. Cierro los ojos para soportar el dolor.

Alguien llama a la puerta. Abro los ojos.

—¿Va todo bien? He oído un golpe.

—Estamos bien —grita Jonah. Después se vuelve hacia mí y susurra—: Levanta.

—¿Estás seguro? ¿Puedo pasar?

Jonah me agarra de la muñeca y tira de mí para levantarme.

—Sí, por supuesto.

La puerta se abre. Sonrío a Mary —el instinto reflejo de fingir que todo va bien— y ella me devuelve la sonrisa, pero no es estúpida. Sabe que nos hemos peleado. Y mientras los tres nos miramos sumidos en un incómodo silencio, me pregunto de qué lado se pondrá Mary.

Capítulo 53

Madison

@ashleycoltrane92 Hola, ¿hay alguien más que piense que Madison March ha muerto?
#tradwifedesaparecida #hastapronto #tradwivesfuera

Me fui a la cama en torno a las once, aunque de poco me sirvió —no podía dormir—, por eso volví a bajar sin hacer ruido para asegurarme de no despertar a ningún niño cansado y excesivamente sensible. Y ahora estoy de vuelta en la mesa de la cocina con una generosa porción de pastel de cereza delante de mí.

Alrededor de las siete, mientras Cally preparaba sándwiches de queso a la plancha para los niños y fingía que eran un manjar y no la única cosa que sabe cocinar, me di por vencida y por fin llamé a mi marido. Pero, claro, no me contestó. Así que aquí estoy. Comiendo ansiosa a altas horas de la madrugada. Me meto en la boca otra cucharada y atrapo las migas con la mano.

Se me ilumina el móvil en la oscuridad, vibra sobre la mesa, sobresaltándome. Mierda. Mastico deprisa, trago y después lo cojo, jadeante por el esfuerzo.

—¿Diga?

—La tengo.

Me invade un profundo alivio. Me brotan las lágrimas. Bebo un poco de agua antes de hablar.

—¿Está bien?

—Michael júnior está bien, eso es lo único que me importa ahora mismo.

—Claro, a eso me refería —agrego apresuradamente—. ¿Cómo la has encontrado?

—Vi a Jonty Wilson en el pueblo y me dijo que había visto el coche de Lori una hora antes por la carretera que conduce a la granja de Harry Fisher.

—¿Y estaba allí? ¿Por qué allí?

Michael chasquea la lengua.

—Ya hablaremos de eso cuando llegue. Ahora mismo estoy entrando por el camino de casa.

—Perdona, ¿cómo dices? —Mi cerebro tarda unos segundos en asimilar sus palabras.

Ha estado fuera un día entero y la mitad de la noche. La granja de Harry Fisher se encuentra a una hora de camino, lo que significa que debe de haber encontrado a Lori hace ya rato. ¿Por qué me lo está diciendo ahora?

—¿Algún problema?

Percibo en su voz el tono beligerante y me recuerdo a mí misma que no es el mejor momento para discutir con mi marido. Esta noche somos aliados, Lori es nuestra enemiga común. Debo recordar eso.

—Qué va, me parece estupendo. Muchas gracias por encontrarla, por solucionarlo todo. —Cuelgo el teléfono.

Fiel a su palabra, a los pocos segundos oigo los neumáticos de Michael sobre la grava de la entrada y, casi acto seguido, se abre de golpe la puerta del recibidor que da a la cocina. Debe de querer que su regreso pase desapercibido, lo cual es impropio de él, pero en cualquier caso lo agradezco.

Lori está blanca como un fantasma, pero luce una expresión decidida. Lleva los brazos a la espalda e imagino que tiene las manos atadas. No veo en ella indicios evidentes de lesiones, aunque sé por experiencia la poca importancia que tiene eso. Michael la lleva sujeta por ambos hombros, con gesto triunfal, como si hubiera atrapado un ciervo de gran valor.

Destierro de mi mente esa imagen y me pongo en pie.

—Estaba en uno de los edificios anexos de la granja de Harry —explica Michael—. ¿Y sabes qué? Me ha apuntado con una pistola. Mi puta pistola, además. La muy zorra debe de haberla sacado de mi estudio.

Pese a toda la violencia que ejerce, Michael rara vez suelta tacos delante de mí, y me sorprende lo mucho que me estremezco.

—Además, estaba congelada —prosigue—. Podría haber muerto ahí fuera, y haberse llevado consigo a nuestro bebé, si no la hubiera encontrado. Pero, en lugar de mostrarse agradecida, se saca la pistola de la bota y me apunta con ella. —Sacude la cabeza, asqueado—. Solo después de quitársela de la mano de una patada me di cuenta de que era mi pistola. Y encima estaba cargada. Me habría matado si no hubiera sido más rápido que ella.

¿Lori ha intentado matar a Michael? Me parece tan impropio de ella que apenas me lo creo, aunque quizá esté equivocada. Lori es la mujer más fuerte que conozco.

—¿Tenía planeado dormir allí? —pregunto, sin dirigirme directamente a Lori; aún no estoy preparada para eso.

Sin embargo, Michael se encoge de hombros y dice:

—No lo sé, la encontré sobre la hora de comer.

—¿La hora de comer? ¿Qué coj…? —Ahogo un grito, aprieto los labios y me viene a la cabeza ese viejo dicho sobre hacer algo a toro pasado.

Michael me fulmina con la mirada.

—Para tu información, la he llevado un rato al rancho. Bill está ocupado, su madre anda pachucha, así que me necesitaban allí y, en cualquier caso, no iba a traer a Lori aquí esposada cuando los niños estuvieran despiertos.

—Sí, claro, he dicho una tontería. —No añado que, por lo menos, podría haberme llamado, evitándome así largas horas de angustia. Que no tiene por qué ser tan egoísta a todas horas.

—Tengo que ir al baño, ¿crees que puedes hacerte cargo de ella? ¿No se te escapará esta vez?

—Adelante —le digo tras tragar saliva.

Michael sienta a Lori en una silla con un empujón y después sale de la cocina. Espero unos instantes y, a continuación, me giro hacia la mujer que, en otro tiempo, pensé que estaría siempre a mi lado:

—¿En qué estabas pensando, Lori? ¿Cómo has podido abandonarme?

Lori se encoge de hombros y mira hacia la ventana antes de responder.

—Me pareció lo correcto —murmura con la voz rasgada—. Merecía la pena intentarlo.

—¡Cómo iba a ser lo correcto cuando tienes tantas cosas aquí! Este hogar precioso, un trabajo que te encanta. Puedes ver a los niños siempre que quieras. ¡Te lo he dado todo y aun así me traicionas! —¿Estoy enfadada con Lori? ¿O con Michael? El pastel me está provocando náuseas.

—¿A mis hijos, te refieres? —me espeta.

El comentario, además de la frialdad con que lo hace, me deja sin aliento. ¿Dónde está mi Lori? La que lo hace todo por mí porque me quiere. Y porque tiene conmigo una deuda tan grande que sabe que jamás podrá saldarla.

—¿Quién te ha convencido para hacerlo? —pregunto—. ¿Ha sido Cally? ¿O ha sido cosa de Rose? ¿Ha estado diciéndote cosas sobre Michael, sobre mí? Porque es una vieja bruja amargada, lo sabes, ¿verdad? No deberías creerte el veneno que escupe.

—Podríamos habernos marchado juntas —murmura Lori—. Allá por octubre, cuando empezaste a recibir los mensajes de Brianna Wyoming. Entonces la cosa no habría llegado a esto.

Me quedo callada unos instantes, aguardando a que el escalofrío del miedo me trepe por la espalda.

—¿Qué tiene que ver con esto Brianna Wyoming?

—Todo —responde Lori con una carcajada débil—. Y nada.

—¿Qué demonios significa eso?

La puerta se estampa contra la pared. Doy un respingo y maldigo para mis adentros la interrupción cuando Michael vuelve a entrar en la cocina.

—Estoy muerto —anuncia—. Tengo que dormir un poco.

—¿Y qué pasa con Lori? —pregunto.

He estado tan preocupada rezando para que Michael la trajera de vuelta a casa que no me había parado a pensar en qué hacer con ella cuando la localizara. Lori ha vivido aquí el mismo tiempo que yo, y siempre la he considerado parte de la familia. Pero nunca antes había estado en riesgo de fuga. ¿Tendremos que encerrarla bajo llave en su habitación todas las noches? ¿Tenerla esposada? ¿Cómo se lo explicaremos a los niños?

—La meteré en el búnker —dice Michael—. De allí no puede salir, y la esposaré a algo para que no ande dando vueltas.

Lori pone los ojos como platos y se vuelve hacia mí.

—No, Madison —murmura—. Tengo que quedarme aquí, en la casa, con los niños y contigo.

—Cállate —le gruñe Michael—. Perdiste tu derecho a opinar cuando casi me disparas. Vamos.

La agarra por la parte superior de los brazos y la levanta de la silla. Después la empuja y ella se tambalea hacia delante. Caminan así hasta que llegan a la puerta del recibidor de la cocina, pero entonces Lori frena en seco contra el cuerpo de Michael y se gira para mirarme.

—Se va a venir todo abajo, Madison. Si me dejaras marchar… —Suspira y mira al suelo—. Creo que tienes los días contados.

No sé a qué se refiere, ni cómo responder. Así que me quedo mirándola, en silencio, hasta que Michael le da un fuerte empujón y desaparecen ambos de mi vista.

Capítulo 54

Cally

No puedo dormir.

Claro que no puedo dormir. Mi única amiga en este dantesco infierno de casa se ha escapado, con unas temperaturas mínimas y embarazada de ocho meses. Y mi jefe ha ido a buscarla planeando hacer Dios sabe qué si la encuentra. Los niños se han mostrado difíciles durante toda la tarde; echan de menos a su madre, porque eso es lo que es, todos lo sabemos, además de captar la tensión que se respira en la casa. Y Madison se ha pasado el día entero sentada en la cocina, mirando por la ventana con su ligero vestido blanco, como si fuera la versión *tradwife* de Jadis, la Bruja Blanca de Narnia.

Y lo peor de todo es que no puedo contárselo absolutamente a nadie.

No puedo creerme que Michael me haya obligado a entregarle mi móvil, ni que yo lo haya hecho sin protestar. En la Hacienda March no hay teléfono fijo —algo acerca de que el Gobierno nos escucha—, de modo que ni siquiera puedo llamar a los dos números que he memorizado (el de mi casa y el de nuestro restaurante tailandés favorito, que se resistió más que la mayoría a incorporar *apps* de pedido a domicilio). Tener un medio de comunicación en un lugar como este, dejado de la mano de Dios, ¿no debería constituir un derecho humano fundamental? Aunque supongo que también debería constituirlo el tener voluntad sobre tu propio cuerpo, cosa que tampoco parece ser una prioridad aquí.

Retiro el edredón y salgo de la cama. Atravieso el suelo de mi cuarto —cubierto por una mullida y gruesa alfombra— y entro en el baño *en suite*. Mientras hago pis —fingiendo que este es el verdadero motivo por el que no puedo dormir, que tener la vejiga vacía solucionará todos los problemas—, miro a mi alrededor. El enorme plato de ducha de obra con un rociador del tamaño de un plato llano. El radiador toallero y el espejo con iluminación indirecta. Llevo cinco meses rodeada de todo este lujo y no se me ocurre un lugar en el que me apetezca menos estar.

Tengo que marcharme. Pero ¿cómo voy a hacerlo? Si no necesitara el dinero, hallaría una manera de escapar, aunque eso implicara caminar hasta el pueblo con temperaturas por debajo de los cero grados. Sí, abandonaría a los niños, y, teniendo en cuenta que Lori también se ha ido, sería una faena. Sin embargo, comportarme como una heroína nunca ha sido un rasgo de mi personalidad.

Independientemente, la cuestión es que sí necesito el dinero. La noche que estrellé el coche de Murphy, el héroe fue Luke. Vino en mi ayuda sin pararse a pensar ni por un momento en el riesgo que supondría para él. Entonces, en virtud de algún tipo de código de honor machista entre ladrones, fue Luke quien se convirtió en el blanco de la rabia de Murphy. Por supuesto, mi hermano, un hombre trabajador y de confianza, sería capaz de reunir cincuenta mil dólares si fuera necesario, pero no puedo permitir que haga eso. La deuda es mía, no suya. Si regreso a casa sin nada, ¿qué mensaje estaría transmitiéndole? ¿Que no lo quiero lo suficiente como para sacrificarme desempeñando un trabajo que odio para librarlo así de problemas?

No, no puedo ignorar la situación. Pase lo que pase con Lori, hagan lo que hagan Michael o Madison, no me queda más remedio que mantenerme al margen y fingir que me parece bien.

Tiro de la cadena, me lavo las manos y regreso al dormitorio. Descorro las cortinas y me quedo contemplando las vistas. Mi habitación da a la parte trasera de la casa. Cuando es de día, alcanzo a ver kilómetros de campo abierto y franjas boscosas. Los primeros meses que pasé aquí también podía verse algo de vida. Los caballos pastando en el redil. Clarabelle contoneándose en su bonito prado como la adorada mascota que es. Pero desde que llegó el invierno, los animales pasan la mayor parte del día en el interior y no hay nada que ver salvo extensas colinas.

Y ahora está todo negro.

O casi. El manto de nubes debe de tener algún claro, pues de vez en cuando asoma la luna y proyecta su brillo siniestro sobre los campos cubiertos de nieve antes de volver a esconderse. Estoy a punto de volverme a la cama para seguir intentando dormir sin conseguirlo cuando capto un movimiento por el rabillo del ojo. Me enderezo, se me tensan los músculos. Es más de la una de la mañana, pero estoy convencida de que hay alguien ahí fuera. La luna desaparece de nuevo y el paisaje queda envuelto en la oscuridad. Entorno los ojos, pero es inútil. No veo nada salvo una negrura espesa.

Hasta que se enciende una linterna. Está enfocando el suelo, aunque proyecta sobre la nieve la luz suficiente para distinguir quién la lleva. Lori, con las manos a la espalda, avanza tambaleante. Michael la lleva agarrada del brazo y la va empujando. Se me corta la respiración, pero el corazón se me acelera. Me froto los ojos y me pregunto si será una alucinación, pero allí siguen, cada vez más pequeños conforme Michael la aleja de la casa.

¿Qué debería hacer?

Quizá lo que me sorprende no es que la haya encontrado; un hombre como él tiene amigos en todas partes y se muestra imparable y despiadado para conseguir lo que quiere. Pero ¿tratar a Lori como si fuera una prisionera? ¿A la mujer que lleva dentro a su hijo, la que ha formado parte de su familia durante todo este tiempo? Me pregunto si lo sabrá Madison. La oí meterse en la cama en torno a las once de la noche, así que podría seguir ajena a lo que está haciendo su marido. Pero también podría estar detrás de esto, con ganas de castigar a Lori por abandonarla. Llevo cinco meses viviendo con esta familia y aún no he logrado averiguar si Madison es una víctima o el cerebro que hay detrás de todo este mundo tóxico de fantasía. O quizá sea ambas cosas.

La luz de la luna regresa, la linterna se apaga y segundos más tarde sus sombras desaparecen en la noche. Me invade una oleada de desesperación. Fuera hace mucho frío y Lori está gestando un bebé.

Tengo que poner fin a esto. Luke fue un valiente y me salvó, ahora me toca a mí hacer lo mismo por Lori, aunque sin poner en riesgo la vida de mi hermano.

Sé que es lo correcto.

Pero no tengo ni idea de cómo hacerlo.

Capítulo 55

Madison

@sarah.pilling72 Me diste la inspiración para dejar mi trabajo. Ahora mis hijos son mayores, mi marido me ha dejado y me siento tan sola que quiero morirme. ¿Y dónde estás ahora, Madison? #tradwivesfuera #tradwifedesaparecida

«Tienes los días contados».

Incremento la velocidad de la cinta andadora y corro más rápido. ¿A qué se refería Lori cuando ha dicho eso? Sacudo la cabeza con la esperanza de que eso me aclare las ideas, pero solo sirve para marearme.

Anoche me quedé dormida por fin en torno a las tres de la mañana, con Michael roncando junto a mí. Aunque apenas unas horas más tarde Myron empezó a llorar. Molly se levantó con él, bendito sea su instinto maternal, pero yo no pude volver a dormirme, hasta que al final dejé de intentarlo y me vine de puntillas al gimnasio.

Sin embargo, no me siento cansada, al menos no del modo habitual. Me noto tan aturdida que podría estar soñando, pero tengo el cuerpo sobrecargado de energía. Tanto que necesito quemarla al completo aquí. Escapar de todo ese miedo que me pisa los talones.

Brianna Wyoming. ¿Qué tiene que ver ella con todo esto?

«Todo y nada». ¿Qué demonios significa eso?

Cuando empecé a recibir mensajes de Brianna a finales de verano, di por hecho que sería una nueva *tradwife* que buscaba consejos. Sí, fue mucha casualidad, pero el movimiento va ganando cada vez más popularidad en los estados occidentales y Brianna no es un nombre tan infrecuente. Aun cuando sus mensajes fueron tornándose más intensos, más críticos, seguía sin permitirme creer que tuviera algo que ver con mi pasado. La bloqueé y seguí con mi vida. Ahora, lo que dijo Lori anoche dan al traste con cualquier explicación inocente.

¿Quién es entonces?

Los mensajes no pueden ser de la Brianna que conocíamos —murió hace trece años—, pero alguien los envió. Está claro que cualquiera puede abrir una cuenta de Instagram con un nombre falso, pero ¿a quién le importa tanto la antigua Brianna como para remover el pasado de esta forma?

Sé que hay una manera sencilla de averiguarlo. Lori está encerrada en el búnker, a poca distancia de mí. No sé en qué estado se encontrará, si Michael le habrá dado agua y comida o la oportunidad de ir al baño antes de atarla. Pero, de un modo u otro, tendría que estar muy desesperada para llegar a un acuerdo. Para decirme la verdad a cambio de... ¿qué? Sigo sin saber qué es lo que puedo ofrecerle yo.

Bajo la velocidad de la cinta y sigo corriendo otros veinte minutos hasta que por fin me noto lo bastante tranquila para enfrentarme a ella. Cuando me estoy poniendo la sudadera con forro de lana, la puerta del granero se abre y entra Cally. Tiene peor pinta que yo. Presenta unas pronunciadas ojeras. Se ha recogido la melena negro azabache en una apretada coleta. Y sin su característica sombra de ojos negra, parece un fantasma. Sigo sin entender qué fue lo que vio Michael en ella, o qué es lo que ve, en presente. A saber.

—Siento interrumpir tu entrenamiento —me dice frotándose las manos nerviosamente contra los pantalones vaqueros.

—¿Va todo bien? —pregunto con un tono de falsa preocupación—. ¿Los niños?

—Están bien, sí. Es que... me preguntaba si has sabido algo de Lori. Si Michael ha conseguido encontrarla.

Me dejo caer sobre el banco de pesas y me pongo las botas. Es tremendamente molesto que Cally me pregunte por Lori como si fueran amigas cuando la conoce desde hace nada. Lori vale diez veces más que ella. Sin embargo, mi vida ya pende de un hilo. Lo último que necesito es enemistarme más aún con Cally. Michael y yo nos pusimos de acuerdo en la historia que contaríamos antes de irnos a dormir anoche, así que será mejor que le haga caso.

—Sí, la encontró —respondo metiéndome en el personaje de Truly Madison—. Y tuvieron una larga charla.

—Ah.

—Creo que Michael y yo no hemos sido plenamente conscientes de lo mucho que los embarazos le pasan factura a Lori. Siempre se muestra dispuesta a ayudar, pero este año cumple cuarenta años, y la mediana edad no es amable con las mujeres, Cally. Supongo que ambas lo viviremos algún día en nuestras propias carnes. —Adopto un gesto nostálgico durante un segundo, después ladeo la cabeza y lo sustituyo con una expresión de generosidad—. Lori va a tomarse unas semanas libres. Michael le ha buscado un hotel precioso para descansar y una clínica de maternidad exclusiva para cuando llegue el momento. Cuando vuelvas a verla, Lori será una persona diferente, te lo prometo.

Si bien Michael y yo acordamos lo que contaríamos públicamente, no llegamos a un consenso sobre qué haremos con Lori. Tendremos que mantenerla encerrada hasta que nazca el bebé, ¿después qué? ¿La amenazamos para que se quede? ¿La desterramos con un fajo de billetes y la esperanza de que no abra la boca? O…, bueno, en la tercera opción no puedo ni pensar.

—¿Significa eso que ya puedo recuperar mi teléfono?

—¿Perdona?

—Ayer Michael se quedó con mi teléfono, ¿te acuerdas? Por si acaso advertía a… Quiero decir, por si contactaba con Lori.

—Ah, se me había olvidado.

—¿Crees entonces que me lo podrá devolver ya?

Sonrío. La idea de que Cally tenga contacto con el mundo exterior me inquieta después de todo lo que ha sucedido en las últimas veinticuatro horas. Pero no quiero negarme y echar por tierra todo mi trabajo.

—Por supuesto —respondo—. No sé dónde lo habrá puesto Michael, pero seguro que no le importará devolvértelo. En cuanto vuelva de trabajar.

Capítulo 56

Cally

No me creo la patraña que ha salido de la boca de Madison esta mañana.

¿Me estará mintiendo acerca del paradero de Lori o será Michael quien le ha mentido a ella?

¿Será cierto que Michael me va a devolver el teléfono cuando regrese de trabajar o también eso es pura fantasía?

Me inclino hacia delante en el sofá, junto las manos y las aprieto, me tenso mientras me devora la frustración.

—¿Se encuentra bien, señorita Cally?

Los ojos de Molly están cargados de preocupación. Los demás niños están ocupados jugando. Mason se entretiene con un puzle y la concentración le hace fruncir el ceño; hoy está más callado de lo normal, me pregunto si extrañará a Lori más de lo que le gustaría aparentar. Matilda está levantando una torre de bloques y grita de alegría cada vez que Myron estrella sus cochecitos contra ella; un ejemplo de resiliencia donde los haya.

—Estoy bien —respondo—. Un poco cansada, nada más. —Golpeo con la palma de la mano el cojín de mi lado y Molly se sienta en él—. ¿Y tú?

La niña se encoge de hombros.

—Seguro que echas de menos a Lori.

Dice que sí con la cabeza y empiezan a empañársele los ojos.

—Y papi parece muy enfadado.

—¿De verdad?

—Mason lo vio esta mañana antes de que se fuera a trabajar. —La voz de Molly suena tensa y grave—. Quería ir al rancho con papá y los chicos, pero… —Deja la frase inacabada.

—¿Tu papá le dijo que no?

—Se lo llevó a su estudio. Dijo que Mason estaba comportándose como si tuviera derecho a todo y que había que bajarle un poco los humos. Sé que somos unos niños estúpidos y que, a veces, es necesario castigarnos. Papi lo dice mucho. Pero la verdad es que no sé qué es lo que ha hecho mal Mason.

—No ha hecho nada mal —susurro.

Al contrario que su padre, me gustaría poder añadir. El hombre que me metió la lengua hasta la garganta. El que se ha llevado a Lori a alguna parte, esposada. Seguramente a su búnker del apocalipsis, con sus gruesos muros de cemento y su enorme candado.

Pero Michael es además la persona que ostenta el poder en esta casa, con su fuerza física y su ego del tamaño de un cráter. Es él quien decidirá si cobro mis cincuenta mil dólares. Es de él de quien depende el futuro de Luke.

No sé qué hacer, cómo ayudar a Lori sin tener que pedirle a Luke que se saque él mismo las castañas del fuego. Pero sí sé que necesito recuperar mi teléfono, y no puedo contar con que Michael vaya a devolvérmelo.

—Molly, ¿puedo dejarte al mando un rato? No tardaré en volver.

—Por supuesto.

Cuando me sonríe, veo la bondad de Lori con tal claridad en sus rasgos que no puedo creerme que hiciera falta un vientre plano enfundado en licra para que me diera cuenta de la verdad. Sacudo la cabeza ante mi propia estupidez y, a continuación, dirijo mis pasos hacia el recibidor.

Me quedo quieta unos instantes tratando de reproducir mentalmente la mañana de ayer. Cuando Michael me exigió que le diera mi móvil, estábamos en la cocina; después vino aquí y abandonó la casa por la puerta principal. Mi teléfono podría estar en su camioneta, tirado, olvidado, pero ¿habrá alguna razón para que no utilizara la puerta trasera? ¿Es posible que realizara una parada en alguna parte antes de marcharse?

Nunca he estado dentro del estudio de Michael, pero se encuentra al lado del recibidor, en la parte delantera de la casa, de manera que no le habría costado ningún trabajo pasar un momento por allí de camino a la salida. Su enorme puerta de roble permanece siempre cerrada, aunque no tiene cerradura. Y Michael está ahora mismo en el rancho, de modo que no habrá nada de malo en echar un vistazo. Noto un inquietante subidón de adrenalina al girar el picaporte, pero cuando entro y cierro a mi espalda, empiezo a calmarme. Nadie me encontrará aquí.

La estancia posee una amplia ventana con vistas al camino de acceso, lo cual hace que me sienta expuesta, así que me tumbo bocabajo y me arrastro por el suelo de madera, como si estuviera entrenando para las fuerzas especiales. Ahogo una carcajada —el miedo a veces me produce este efecto; histeria, supongo que podríamos llamarlo— y trepo hasta sentarme en la silla del escritorio. Hay tres cajones a cada lado y cuento con que al menos algunos estarán cerrados con llave —Michael es el hombre más desconfiado que he conocido en mi vida—, en cambio todos se abren a mi voluntad. Tal vez piensa que nadie se atrevería a cruzar el umbral de su estudio. La idea me provoca otro pico de terror y me vuelvo hacia la ventana. Sin embargo, allí fuera no hay nadie.

El cajón superior derecho contiene el típico material de escritorio: bolígrafos, clips, un par de libretas de notas. El izquierdo esconde una herramienta de madera, como un calzador plano, que es lo que imagino que Michael utiliza para castigar a sus hijos. Hay también una caja de cartón vacía, negra y dorada, con las palabras «Munición revólver» escritas en un costado. Cierro el cajón.

Los cajones inferiores están llenos de papeles: carpetas, ficheros, hojas sueltas. Seguramente podría encontrar aquí todo tipo de delitos de guante blanco si supiera lo que estoy buscando. Pero lo único que me interesa es localizar mi teléfono, así que sigo rebuscando y me invade una aplastante sensación de derrota al acabar con las manos vacías.

Frente a mí hay un ordenador de sobremesa, así que muevo el ratón, más por frustración que otra cosa, pero al iluminarse la pantalla, me pregunto si podré acceder a mis redes sociales, enviar un mensaje de socorro. Tardo solo un par de segundos en darme cuenta de que el ordenador de Michael está protegido con una contraseña. Por supuesto que lo está. Me planteo teclear «MichaelMarch» —la única persona que le importa de verdad—, aunque sé que es demasiado arriesgado, así que me recuesto en la silla e intento pensar qué puedo hacer. ¿Sigo buscando mi teléfono? ¿Trato de encontrar otro dispositivo que no me pida una contraseña? A los niños no se les permite tener teléfono y hace días que no veo a Erica ni a Noah. Pero puede que tenga alguna opción si consigo entrar en el estudio de Madison.

¿Debo priorizar encontrar a Lori? ¿Me arriesgo a confesarle a Madison lo que vi anoche? ¿O me largo de aquí e intento robar un banco para conseguir los cincuenta mil dólares de Murphy?

Dios mío, me va a explotar la cabeza.

De pronto oigo un ruido. Neumáticos sobre la grava. Mierda, mierda, mierda. Me incorporo de golpe, impulsada por el miedo y me golpeo las rodillas con la parte inferior del escritorio. ¿Será Michael? Me tiro al suelo y me arrastro sobre los tablones de madera. Me detengo —aterrorizada ante la idea de que entre en casa y me pille con las manos en la masa—, después murmuro una plegaria y me lanzo hacia la puerta.

Justo estoy dejándome caer en el sofá de la sala de juegos —con el corazón desbocado— cuando oigo una voz familiar en el recibidor. Ha venido Bill.

Capítulo 57

Brianna

Filete. Se me hace la boca agua solo con verlo. En mi casa, comíamos filete todos los sábados por la noche; mi padre lo preparaba en la barbacoa en verano, mi madre era la encargada durante los meses de invierno. Sin embargo, no he comido ni uno desde que me mudé aquí, así que la imagen de esos tres filetes de cadera, rojos como el rubí, me marea de la emoción.

Y los filetes no son el único regalo que nos ha traído Mary. También hay verduras frescas, albóndigas, un par de guisos que hemos guardado y sacado al exterior para que se congelen, y una gran bolsa de naranjas llenas de zumo. A lo largo de los tres últimos días, he comido tan bien que casi han desaparecido los antojos de comida basura. Aunque he escondido el paquete de Twinkies que trajo, por si acaso.

Coloco el manojo de romero sobre la tabla de cortar y empiezo a retirar las hojas de los tallos. También hay ajo y mantequilla; con unas patatas asadas y un poco de brócoli, va a ser un auténtico festín. Cuando Mary apareció en nuestra puerta, yo estaba magullada, asustada, hambrienta y desesperada. Y aquí estoy ahora, preparando la cena de cumpleaños de Jonah con una sonrisa en la cara.

Eso se debe a que Mary ha sido una bendición divina. Se levanta al amanecer, se toma dos tazas de café y se pone a trabajar. Y no para hasta que cae la noche. Limpia, cocina, remienda, confecciona. Y cada vez que se me ocurre protestar, me recuerda que estoy embarazada de seis meses y que no debería mirarle el diente a caballo regalado. Sí que es cierto que, en varias ocasiones, la he oído murmurar eso de «Si un trabajo merece la pena, hazlo tú mismo», pero me niego a sentirme ofendida. Sobre todo porque me recuerda que todos tenemos habilidades diferentes. Si esta noche estoy preparando yo la cena, es porque ella está fuera ayudando a Jonah a terminar la cuna que él no para de maldecir.

Los miro a través de la ventana, trabajando en silencio, pero sin la animosidad que palpé el día que llegó Mary. Jonah parece haber aceptado por fin su presencia aquí, como si se hubiera dado cuenta de la gran ayuda que nos brinda. Sé que esto no durará eternamente, que algún día hará las maletas y se irá. Pero no quiero pensar en eso ahora mismo. La felicidad ha escaseado tanto los últimos seis meses que debo aferrarme a cualquier resquicio.

Me agacho, busco el ajo escondido en la bolsa de verduras y cuando por fin lo palpo con los dedos, vuelvo a incorporarme.

Pero entonces frunzo el ceño. Algo ha cambiado fuera.

Jonah está erguido, tenso, mirando a Mary. Ella agita las manos y su boca escupe palabras que no alcanzo a oír. Dejo el ajo sobre la tabla de cortar, pero no cojo el cuchillo. En su lugar, me aferro a la superficie de trabajo y me quedo mirando a través de la ventana, como si estuviera viendo una oscura película de intriga sin sonido.

Jonah comienza a alejarse de su hermana en dirección a la casa. Mary lo sigue varios pasos hasta alcanzarlo, lo agarra del brazo y tira. Él se vuelve para mirarla y, por un instante, creo que va a pegarle como me pegó a mí, en cambio emplea su otra mano para zafarse de los dedos de ella. Ahora solo le veo la espalda, por eso no puedo saber si está hablando o no, aunque Mary empieza a negar con la cabeza. «Por favor —leo que dicen sus labios—. No quería decir eso».

Se me acelera la respiración.

¿Qué es lo que habrá dicho? Por favor, que no sea nuestro secreto.

Jonah le da la espalda. Ahora puedo verle la cara, crispada por la furia. Mientras lo veo caminar hacia la casa, me acuerdo de cuando estuve buscando mi teléfono en Nochevieja, en todas esas armas que encontré en su improvisado refugio. La pistola descargada que disparé hacia el bosque. El cuchillo de caza con su afilada hoja que empleé para rasgar el aire. El poder que experimenté cuando sostuve cada una de esas armas.

¿Por qué no me llevé ninguna?

Me meto la mano en el bolsillo del vestido y palpo el metal suave de mi teléfono. Aquel día me alivió tanto recuperarlo que corrí a cargarlo, olvidándome por completo de las armas que había descubierto. En teoría, mi teléfono era mi salvavidas. Pero ahora me pregunto si será mi perdición.

Y si, en su lugar, debería haberme llevado el cuchillo.

Capítulo 58

Madison

Me planto delante del búnker de Michael y trato de hacer fuerza para abrir la puerta. Todo está saliendo mal, y resulta que ni siquiera Bill es inmune. Esta mañana recibió una llamada de la residencia de su madre para decirle que esta había fallecido durante la noche. Hace un rato apareció en la cocina y me dijo que se marchaba a Yellowstone para poner en orden sus asuntos. Estaba tranquilo, decidido. Aunque tenía los ojos más rojos de lo normal. Sé que el hecho de no tenerlo cerca facilita más aún las cosas teniendo a Lori encerrada, pero, al verlo marcharse en su coche, siendo el único hombre en quien he confiado realmente desde que mi padre me decepcionó, me he sentido todavía más vulnerable que antes.

Pero tengo que hacer esto, así que respiro profundamente y alineo los seis dígitos que Michael me envió por mensaje —tras mucho insistir, después de señalarle que nuestro bebé necesitaría algo de sustento en las diez horas que él pasaría fuera de la hacienda—, entonces escucho abrirse el candado. Me detengo unos segundos para recomponerme, o quizá sean minutos, pues la falta de sueño y la sobrecarga de hormonas del estrés estiran el tiempo, como siempre han asegurado esos vídeos de TikTok. Luego empujo la puerta y entro.

Está oscuro. No hay ventanas aquí. ¿Habrá estado Lori sumida en la más absoluta oscuridad todo este tiempo? Encuentro el interruptor de la luz que está instalado en la pared y, al pulsarlo, se ilumina la hilera de bombillas que cuelga del techo. Dios mío. Respiro hondo y trastabillo hacia atrás con los pies. Pensé que Lori estaría en uno de los dormitorios, pero se encuentra sentada delante de mí, atada a una silla. Sus ojos taladran los míos.

—Lori —murmuro casi sin aire.

No está amordazada —me gustaría creer que se debe a que Michael no es tan cruel, pero seguramente sea porque nadie oiría sus gritos en esta mazmorra insonorizada—, pero no habla. Se queda mirándome como si yo fuera Judas, pese a que fue ella quien se escapó.

—Siento que hayamos tenido que hacer esto —le digo tratando verdaderamente de parecer arrepentida, cuando lo que en realidad siento es una intensa mezcla de miedo y soledad.

—No lo sientes. Si lo sintieras, no lo habrías hecho. —Pronuncia las palabras con voz tranquila; aun así, las recibo como una bofetada.

Empiezo a dar vueltas de un lado a otro.

—¿Y qué iba a hacer entonces? ¡Te escapaste, Lori! ¡Con mi bebé dentro! ¿Por qué harías una cosa así?

—Tenía mis razones. Razones estúpidas, según veo ahora.

—¡Exacto! —Pero percibo tal derrota en su voz que me quedo sin energía para pelearme con ella. Acerco una silla a ella y me siento. Me planteo tocarle el brazo, pero me da miedo que me rechace. Quizá hayamos dejado por fin de consolarnos la una a la otra—. Sé que has hecho muchas cosas por mí a lo largo de estos años. Y te lo agradezco. Pero estabas en deuda conmigo. Creí que lo entendías. Que deseabas compensarme por ello.

Lori crispa el gesto.

—Fue hace mucho tiempo. Las circunstancias cambian, nos damos cuenta de que tal vez recordemos las cosas de un modo equivocado.

—¡No recordabas nada de un modo equivocado! Es imposible. ¿Qué está pasando, Lori? ¿Por qué hablabas anoche de Brianna Wyoming?

—Tengo que ir al cuarto de baño. —Aprieta los labios, un claro indicio de que no piensa seguir hablando hasta que acceda a su petición, y a mí me dan ganas de llorar. Jamás le negaría semejante derecho humano básico.

Desato los complicados nudos de Michael, después la sujeto del brazo y la conduzco hasta el baño. Una vez ha terminado, recorro con ella el camino inverso y vuelvo a sentarla en la silla.

—No me ates las manos —me suplica—. Déjame ver a los niños y te lo contaré todo.

—No puedo hacer eso —le digo llevándole las manos a la espalda mientras miro la cuerda—. Michael me mataría.

—Sí —murmura Lori. Se resiste un instante a mis forcejeos, después se rinde—. Siempre me he preguntado cómo has logrado escoger a dos iguales.

Me estremezco. Sus palabras suponen un golpe directo.

—¿Así que ahora es culpa mía que eduquen a muchos hombres para abusar de sus esposas y novias? —Enrollo, retuerzo y anudo la cuerda.

—No lo sé, Madison. Pero sí siento que he sacrificado mucho por ti como para no haber aprendido nada del pasado.

—¿Y qué me dices de todo lo que he sacrificado yo? Y todo porque tienes la lengua suelta.

Veo las lagrimas que asoman a sus ojos, como sabía que sucedería. No es ella la única que tiene un as bajo la manga.

—Fue un accidente —murmura—. Se me escaparon las palabras. Pero todo eso ya lo sabes.

Noto la emoción que me sube por el pecho. He hecho de todo, incluso cambiar mi identidad por completo, con tal de dejar atrás aquel día, y aun así el miedo y el trauma siempre me alcanzan. Se me forma un nudo en la garganta.

—Lo único que te dejé más claro que el agua en mi mensaje era que Jonah nunca debía saber que te había pedido ayuda.

—Lo sé —responde Lori emitiendo un grave quejido.

—Y te envié esas fotos para que supieras que lo que te estaba pidiendo era realmente importante, que tu hermano era un hombre violento y peligroso.

Lori cierra los ojos.

—Ya hemos hablado de esto mil veces —susurra—. Por eso he guardado las fotos todo este tiempo.

—Y hablaremos mil veces más si así lo deseo —le espeto—. Mis amigos de Tumblr me convencieron de que cuidarías de mí si supieras la verdad, que antepondrías mi bienestar a la lealtad hacia tu hermano. Pero se equivocaban, porque me echaste a los leones.

—¡Fue un error! —me grita—. Un trágico y terrible error. —Deja escapar un largo suspiro, después me mira fijamente a los ojos, con gesto casi beligerante—. Y después cometí otro.

—¿A qué te refieres? —pregunto con los hombros en tensión, porque no puede ser lo que parece.

—No me había dado cuenta hasta ahora.

—No, ni hablar. —Sacudo la cabeza, me levanto de la silla y me giro para mirarla—. ¡No te atrevas a decir que aquello fue un error!

Capítulo 59

Brianna

—¡Me mentiste! —Jonah me da un empujón y sus manos se me clavan en las clavículas.

Trastabillo hacia atrás, alejándome de la tabla y del cuchillo de cocina, cosa que lamento al instante. Sigo sin saber qué está pasando, cómo la situación ha pasado de ser idílica a transformarse en esto, pero mi instinto me dice que corro peligro. Peligro real.

—No es verdad —tartamudeo—. No te he mentido. No sé a qué…

—¡La trajiste tú aquí, y me juraste a la cara que no fue así!

—¿Cómo? No, eso no es…

—¿Cómo la convenciste para que viniera? ¿Qué le dijiste?

Mary entra en la cocina por la puerta de atrás. Desvío la mirada hacia ella, pero Jonah se da la vuelta, colocándose ahora de espaldas a mí. Me pregunto si podría alcanzar el cuchillo sin que se diera cuenta, sin empeorar más las cosas.

—¡Jonah, no, por favor! —grita Mary—. ¡No me refería a Brianna, me refería a mamá! Ella me dio las indicaciones para encontrarte, me he confundido al decírtelo.

—¡Deja de contarme patrañas! ¡Y largo de mi casa! Esto es entre Brianna y yo.

Me da un vuelco el estómago. Empiezo a temblar, noto espasmos en los músculos. El bebé da una patada.

—No me abandones —susurro.

—¡CÁLLATE!

—Jonah, esto no es culpa de Brianna —insiste Mary sin aliento—. Vamos a hablar un rato más, tú y yo solos, fuera.

Jonah avanza hacia ella y la agarra del brazo. Es entonces cuando me doy cuenta de que es mucho más fuerte que ella. Mary es alta y capaz, y durante los últimos tres días la he considerado indestructible. Pero su figura delgada y menuda no es rival para su hermano. Está tan indefensa como yo. Jonah la arrastra con tanta vehemencia que le resbalan los pies por el suelo de madera en su camino hacia la puerta trasera. Entonces la echa de un empujón, cierra de un portazo y corre el cerrojo. Noto que me ceden las rodillas, me dejo caer y tengo que hacer acopio de toda mi energía para volver a incorporarme.

—Jonah, por favor. Sí, le pedí que viniera, pero solo porque estoy embarazada y tú nunca estás en casa. Siempre estás trabajando o en el bar.

—¡Otra vez la misma mierda de siempre! Estoy harto. ¡Me deslomo trabajando por ti!

—¡Eso no es cierto! ¡Te pasas el tiempo borracho y me haces daño, Jonah! Sabes que es cierto.

—Sí, y fuiste tú la que me obligó a hacerlo —sisea—. Has estado castigándome a diario con tu haraganería, con tus quejas constantes. ¿Sabes lo que es ver que tu sueño se hace pedazos porque tu novia se rinde a la primera adversidad?

—Que te jodan, Jonah. ¡Tú tampoco eres perfecto!

Camina hacia mí y me clava un dedo en el pecho.

—¿Lo ves? Ya estás otra vez faltándome al respeto. —Me empuja con más fuerza y mi espalda impacta contra el duro fregadero de cerámica, resucitando ese viejo dolor y provocándome ganas de vomitar.

—Quizá podría perdonarte por ser una inútil, incluso por tener esa boca sucia e irrespetuosa, pero ¿avergonzarme delante de mi hermana y después mentir al respecto? Eso es caer demasiado bajo, incluso para ti.

Oigo fuertes golpes procedentes del exterior. Mary está aporreando la ventana con los puños. Jonah la fulmina un instante con la mirada, después me coge por los hombros y me empuja una, dos veces, hasta que salimos de la cocina y entramos al salón, fuera de la vista de Mary.

Durante unos segundos, se produce un silencio, ambos temblamos, yo de miedo, él de rabia. Contemplo la mancha de sangre del suelo, recuerdo el dolor que me causó aquel día la rabia de Jonah.

Y me abalanzo hacia la puerta de la entrada.

Sin embargo, Jonah es demasiado rápido. Estira la pierna y gira el pie hacia dentro. Yo tropiezo con su pie, me caigo y me quedo tumbada en el suelo. Me estalla un fuerte dolor en la tripa. Dejo escapar un gemido grave y gutural.

—Te odio, cabrón —le espeto—. Este también era mi sueño, ¿recuerdas? Eres tú el que lo ha mandado todo a la mierda, no yo.

—¡Sigues negándote a admitir la verdad! —Me da una patada en la cintura.

El dolor se intensifica. Ruedo hasta situarme de costado y me quedo mirándolo. Presenta una mueca crispada de rabia y sinrazón. Me fijo en sus fríos ojos azules, siempre inyectados en sangre últimamente. ¿Cómo es posible que lo amara alguna vez? ¿Cómo he sido incapaz de ver el monstruo que se escondía detrás de esa sonrisa torcida?

—¡La única verdad aquí es que eres un abusón! —le acuso con todo el volumen que soy capaz de alcanzar—. Y un cobarde por meterte con alguien más débil que tú.

La siguiente patada es tan potente que me levanta del suelo. Vuelvo a caer con un golpe seco y cierro los ojos. Quiero soportar el dolor como la última vez, pero es demasiado. Me da vueltas la cabeza. Siento que estoy perdiendo la consciencia.

De pronto noto que me estoy moviendo. Jonah me ha clavado los dedos en los tobillos y me arrastra por el suelo. El dolor explota en cada rincón de mi cuerpo. ¿Adónde me lleva? ¿Y qué es ese olor? Algo acre, metálico.

Oigo un grito. Tan fuerte que me despierta. Mary está aquí, la puerta delantera oscila sobre sus bisagras, la oxidada cerradura está rota. Me doy cuenta de que se parece a Jonah. Cabello rubio, piel clara. La misma rabia gélida en sus ojos azules.

Levanta los brazos por encima de la cabeza, formando un diamante, con los codos hacia fuera y las manos unidas. Los últimos rayos de sol resplandecen a través del hueco que deja. Me pregunto si será un ángel, si habré muerto, si Mary ha venido para abrirme las puertas del cielo.

Deja escapar otro grito más gutural e impulsa las manos hacia delante, dejando ver lo que sujeta. Una sartén. De hierro fundido, comprada en un rastrillo de segunda mano, con docenas de años de antigüedad, pero pesada como un caldero.

La sartén golpea a Jonah en la sien. Él se tambalea. Mary lo golpea de nuevo. Yo me quedo mirándolos con los ojos muy abiertos ahora. Ella alza su arma, la impulsa hacia abajo por tercera vez. «Si un trabajo merece la pena, hazlo tú mismo».

Jonah se derrumba en el suelo.

Retrocede unos centímetros y ella lo golpea una última vez. Por fin, pierde el conocimiento.

A Mary se le cae la sartén de entre las manos, lo que provoca un golpe seco al impactar contra el suelo. Se arrodilla y se pone a gatas.

Yo cierro los ojos y siento la madera húmeda bajo mi cuerpo. Escucho el llanto de Mary. Saboreo la sangre en la boca.

Y ese olor.

Me sumerjo en la oscuridad.

Capítulo 60

Brianna

Emerjo de la oscuridad en el hospital.

Durante unos segundos, tengo doce años. Me he roto el brazo durante el entrenamiento del equipo de animadoras. Me despierto de la operación en la que me lo han vuelto a unir. Miro alrededor buscando a mi madre y al instante me embarga el asfixiante sentimiento de pérdida cuando la imagen se convierte en recuerdo y se desvanece.

Veo a Mary. Está sentada en un sillón situado en el rincón de la habitación. Tiene la cabeza apoyada en la mano, los ojos cerrados, el rostro crispado. Flota en el ocaso entre el sueño y la vigilia.

En la calle hay luz, me pregunto qué hora será. Cuántas horas habrán pasado desde que vi a Jonah desplomarse en el suelo a causa de los incansables golpes de Mary.

¿O lo habré soñado?

Miro al techo, me concentro. Recuerdo que Mary me rogaba que me levantara, pero yo no podía moverme, así que me arrastró al exterior al ver que no reaccionaba. Recuerdo sus brazos apretándome la caja torácica, levantándome en volandas para situarme en el asiento del copiloto de su coche. El dolor que me invadía mientras conducía por nuestro irregular sendero de acceso. Y después nada. Hasta ahora.

Doy un respingo. Estoy tumbada bocarriba.

Esa certeza desencadena una espiral de pánico. Me incorporo ayudándome de las manos. Levanto los hombros, pero se me encorvan, los codos me fallan, el esfuerzo es excesivo. Aunque estoy en mi tercer trimestre, no debería tumbarme bocarriba. Los médicos deben de saberlo.

Muy lentamente, con miedo, me llevo las manos a la tripa.

Sigue abultada, pero está blanda. ¿Dónde está el bebé? Recorro la habitación con la mirada buscando una cuna, cualquier indicio de que mi hijo aún existe. Pero no hay nada. Está solo Mary, cuyas pestañas se agitan.

Hundo los dedos en mi carne flácida. Lágrimas de fuego me queman los ojos. Dejo entonces vagar mis manos. Palpo las vendas que me cubren la mitad inferior del vientre. Siento la piel entumecida y encendida a un tiempo. ¿Qué es lo que me han hecho?

Emito un ruido raro, un quejido grave, lo bastante fuerte para despertar a Mary.

—Brianna. —Se incorpora de la silla, se acuclilla junto a mi cama, me estrecha las manos y empieza a parlotear—. Lo siento mucho. Es todo culpa mía. No puedo creerme que haya sido tan estúpida, que bajara la guardia después de todo lo que me habías contado. Y viéndolo con mis propios ojos. Mi propio hermano. Me siento avergonzada.

Retiro las manos y vuelvo a posarlas sobre mi vientre.

—¿Y mi bebé?

Mary sacude la cabeza y desvía la mirada.

—Lo siento mucho. Te hicieron una ecografía cuando ingresaste y no encontraron latido.

Cualquier atisbo de esperanza en que mi bebé esté sano y salvo, durmiendo en otra habitación, se marchita y muere en ese instante.

—¿Era niña?

—Sí. Los médicos te hablarán de ella.

—No quiero saber nada. —Percibo una nueva determinación en mi voz. No la reconozco, pero instintivamente sé que ahora soy esta. La batalla me ha endurecido. El tono gélido de mi voz se equipara con el frío metal de la armadura que no volveré a quitarme jamás.

Alzo la mano, le acaricio la mejilla a Mary y ella se vuelve para mirarme. En su mirada rivalizan la culpa y la compasión.

—Tú has matado a mi bebé —le digo.

Compunge el rostro y responde:

—Lo sé. Y si pudiera retroceder en el tiempo, recibir yo la paliza, lo haría sin dudar. Pero no puedo. Lo único que puedo hacer es prometerte que te lo compensaré, sea como sea.

Me pregunto qué podría hacer ella para compensar la pérdida de mi bebé.

Lo único que se me ocurre que podría servir de algo ya lo ha hecho.

—¿Él ha muerto?

Mary mira hacia la puerta y después otra vez a mí. Es el instinto de supervivencia que tenemos todos.

—Sí.

—¿Llamaste a la policía?

—No —responde tras una breve pausa.

—¿Se lo has dicho a los médicos?

—Cuando me preguntaron, les dije que habías resbalado en la nieve, que te caíste y chocaste contra un árbol.

Asiento sorprendida, y un poco impresionada, por la mentira de Mary. Aunque tal vez no debería estarlo. Esta mujer ha sido capaz de matar a su propio hermano.

—¿Dónde está?

—Donde lo dejé. Estabas sangrando mucho, así que mi prioridad fue traerte al hospital. Te operaron de inmediato y no me he apartado de tu lado desde que saliste de reanimación, en torno a la medianoche. —Mary consulta su reloj—. Ahora son poco más de las once.

Horas perdidas. Una vida perdida. Me pregunto qué más cosas se habrán perdido para siempre.

—¿En qué hospital estamos?

—En el Centro Médico de Washakie —responde desviando la mirada—. No quería ir al este, volver a Búfalo.

Asiento lentamente y voy dándome cuenta. Ahora tenemos demasiados secretos como para regresar a casa, como para arriesgarnos a ver a gente con la que crecimos. Pienso en mi familia. ¿Volveré a verlos alguna vez? Aquí tendida, la idea se me antoja una pérdida inconcebible, pero lo cierto es que ellos tomaron una decisión hace ya tiempo. La pérdida de este bebé también es culpa suya. Y no los perdonaré por ello.

Y ahora he perdido a Jonah, salvo que eso es algo bueno. Siempre y cuando eso no me quite la oportunidad de volver a vivir.

—Deberías regresar a la hacienda —le digo—. Esconder su cadáver.

—Quizá debería contárselo a alguien, ahora que sé que estás bien.

Sacudo la cabeza. Pero estoy tranquila. Sosegada. Me pregunto si esto también será parte de mi nueva yo. Alguien bendecida con una clarividencia implacable.

—No puedes arriesgarte a que te acusen de asesinato, Mary.

—Pero lo he matado —susurra—. A los ojos de Dios, debería ser castigada.

—A los ojos de Dios, has hecho justicia. Mató a mi bebé con sus patadas, ¿recuerdas? Lo justo es que pagara con su propia vida.

—Pero ¿cómo podré vivir conmigo misma?...

—Has dicho que me lo compensarías, ¿verdad? Fuera como fuera.

—Sí, y hablaba en serio.

—Pues puedes empezar ahora. Yo renuncié a mi familia por tu hermano, y ahora él me ha arrebatado también a mi bebé. Solo te tengo a ti. No puedo permitir que vayas a la cárcel.

—Pero está tirado en mitad de vuestro salón —razona Mary con voz temblorosa—. Hay sangre por todas partes. ¿Y qué voy a hacer con su cuerpo?

—Eres la persona más diligente que he conocido. Y nadie viene nunca a la hacienda; cortamos relación con todo el mundo, así que nadie lo echará de menos. Tendrás todo el tiempo que necesites para limpiar la casa. Detrás hay un bosque, a unos cientos de metros de distancia. Jonah no paraba de hablar de todos los depredadores que merodean por allí. Arrástralo hasta el bosque y deja que la naturaleza se ocupe del resto.

Mary empieza a llorar, sacudiendo los hombros mientras intenta contener el llanto, pero entonces asiente con la cabeza.

—De acuerdo. Lo haré.

Vuelvo a tocarme la tripa, como si eso fuese a estabilizarme, lo cual es una estupidez, porque ahora no es más que gelatina.

—Lo superaré, ¿verdad? —le pregunto—. ¿Me lo prometes?

—Claro que te lo prometo.

—Ni siquiera he cumplido diecinueve años aún. Mi vida acaba de empezar. Todavía puedo cumplir el sueño, ¿no es cierto?

—Claro que puedes. Eres especial, Brianna.

—Lo único que deseo es casarme, vivir en una casa bonita, tener una familia. Por favor, dime que todo saldrá bien. —Pero Mary arruga el gesto. El corazón se me desboca al ver su cara—. ¿Qué pasa? ¿Qué he dicho?

—Tienes que hablar con el médico —susurra.

—No, dímelo ya. —Otra vez esa nueva voz. Cáustica.

El rostro de Mary se torna fantasmal en su palidez.

—Tu bebé no ha sido lo único que no han podido salvar. El daño era demasiado grave.

Alzo la mano, como si quisiera protegerme de ella. La cabeza me da tantas vueltas que apenas logro recordar mi propia anatomía. Entonces me doy cuenta.

—¿Me han quitado el útero?

—Lo siento mucho.

—¿Tengo dieciocho años y ya soy un despojo, algo inservible?

—Qué va, eso no es cierto.

—¿Eso crees? —le espeto—. ¿Qué hombre decente de por aquí escogería por esposa a una mujer estéril?

Capítulo 61

Mary

He matado a mi hermano, he provocado la muerte de mi sobrina nonata y le he arrebatado a Brianna la oportunidad de volver a ser madre.

¿Qué clase de monstruo soy?

Apoyo la frente en el volante y cierro los ojos.

No lo vi venir. Yo era la hermana buena, un papel que he desempeñado con frecuencia a lo largo de los últimos doce años, desde que nuestro padre murió en el trabajo, aplastado por un compañero que padecía una epilepsia no diagnosticada y que lo arrolló con una carretilla elevadora. Sobre todo porque la tragedia nos dejó también sin madre, en casi todos los sentidos. Ella jamás se recuperó del estupor que le produjo verse viuda a una edad tan temprana.

Pero entonces cometí un error… y desencadené una serie de horribles acontecimientos.

Y ahora debo enfrentarme a las consecuencias. El niño al que le preparaba aros de pasta con tomate, aquel al que cuidé cuando tuvo la varicela y durante dos episodios de gripe, ha muerto. Y lo he matado yo.

Poco a poco alzo la cabeza y miro hacia la casa. Desde aquí parece preciosa. El sol proyecta un cálido brillo dorado sobre el tejado oxidado de zinc. No hay indicios del baño de sangre que guarda en su interior. Desearía poder quedarme aquí fuera más tiempo, en cambio tengo tareas que hacer. Limpiar la casa, guardar las cosas de Brianna. Sacar a rastras el cadáver de mi hermano por la puerta de atrás y dejarlo tirado en mitad del bosque para que se lo coman los animales. Quemar sus pertenencias hasta haber eliminado cualquier rastro suyo de la propiedad.

Abro la puerta del coche y vomito sobre el suelo congelado.

Pero le he prometido a Brianna que lo haría, y se lo debo.

Ha perdido al bebé que llevaba seis meses gestando. Yo nunca he estado embarazada, aunque me imagino lo especial que debe de ser cuando el bebé da patadas o le entra hipo, saber que depende de ti para todo. Perder esa conexión de forma tan brutal es algo que escapa a mi entendimiento.

Me aferro a la portezuela del coche y me yergo. Si Brianna puede superar todo eso sin romperse, yo puedo hacer esto.

Igual que di un paso al frente cuando murió mi padre.

Tenía solo trece años por aquel entonces. No era lo bastante adulta para convertirme en madre de tres niños en duelo, pero a la vez era demasiado joven para huir, de modo que no me quedó más remedio que ocuparme. Hacerlo lo mejor posible. Pensaba que había hecho un buen trabajo; sin embargo, ahora me doy cuenta del alcance de mis errores. Pienso en Jonah, pateando a su propio bebé hasta matarlo. Quizá mi responsabilidad en esta tragedia empezara hace mucho tiempo.

Subo los escalones del porche de la entrada. Ahora veo los indicios. Manchas de sangre sobre los tablones grises de madera. Tomo nota mental para limpiarlos después, los sorteo pasando por encima y abro la puerta.

El olor me golpea al instante. Como a carne podrida. Es tan acre que funciona como muro, como barrera. Siento que crece en mi pecho el instinto de «lucha o huida». No me quedan fuerzas para pelear, así que contemplo mi coche.

Podría volver a Búfalo, fingir que he pasado la semana cocinando y confeccionando cortinas para el nuevo hogar de mi hermano y que no ha ocurrido nada malo. Salvo que creo que la palabra «asesina» se me ha quedado grabada en la cara de por vida. No obstante, tengo ahorros en el banco, así que podría irme a cualquier otra parte. Empezar de nuevo en otro lugar. Quizá en un sitio anónimo como Nueva York o Seattle. Sí, estaría dejando a Brianna sola y abandonada, pero solo la conozco desde hace unos días. No es de mi familia. No es mi responsabilidad. Y quizá esté mejor sin mí.

Entonces mi mirada regresa a la mancha carmesí que impregna el suelo y recuerdo que no soy la clase de persona que huye de sus errores. Entro en la casa.

Mi hermano sigue donde lo dejé. Casi podría parecer que está dormido de no ser por la sangre acumulada en torno a su cabeza. Cierro los ojos con fuerza, la imagen es demasiado inquietante; luego tomo aire y vuelvo a abrirlos.

Lo levanto por los pies y tiro. No lo miro a la cara. No me fijo en él cuando rebota por los escalones de atrás, ni reparo en su cabeza colgante al cargarlo en la carretilla. Tampoco lo miro cuando lo dejo caer en la zona más frondosa del bosque. Las ramas están tan entrelazadas en esta parte que no hay nieve en el suelo, y Jonah cae sobre el mantillo de hojas húmedas.

Sin embargo, al ver su cuerpo inerte tendido en la tierra, la imagen me resulta demasiado espantosa e irrespetuosa, de modo que corro de vuelta a la hacienda y busco algo apropiado con que cubrirlo. Encuentro la manta que tejió Brianna. Recuerdo que me la enseñó el día de mi llegada, lo orgullosa que estaba de su labor. Sé que me odiaría por utilizarla para ofrecerle a Jonah cierta comodidad, pero descubro que quiero que mi hermano yazca bajo esta manta. Un último gesto de bondad antes de que entre en el infierno. Brianna nunca lo sabrá.

Llevo la manta al bosque y, mientras remeto los extremos por debajo del cuerpo de Jonah, murmuro un padrenuestro, aun sabiendo que no le ayudará en nada. Después me alejo sin mirar atrás.

Todavía tengo una lista de cosas por hacer y debo regresar al hospital antes de que caiga la noche.

Capítulo 62

Madison

@sallyann.sykes100 ¿Es por el bebé, Madison? ¿Le ocurre algo? #rezadporMadison #todomiamor #tradwifedesaparecida

Un error. ¿Cómo puede Lori pensar que matar a Jonah fue un error? Sí, era su hermano, pero también era un maltratador que mató a mi bebé. Merecía morir.

Y eso es lo que ha creído siempre ella también. Es cierto que se ha sentido culpable desde aquel día, hace trece años, cuando nuestras vidas cambiaron para siempre. Pero no por quitarle la vida a Jonah. Fue lo que me hizo a mí lo que ha pesado desde entonces en la conciencia de Lori, o de Mary, como se llamaba entonces. Al dejar caer que yo le había pedido que acudiera a la hacienda mencionando que le había dado las indicaciones necesarias para llegar, desató la furia de Jonah, alimentada por la vergüenza.

Y todo lo que sucedió después. Perdí el bebé que esperaba, así como la oportunidad de volver a tener más hijos. Lori siempre ha aceptado que yo fui inocente y que ella tenía que compensarme por lo que había perdido.

¿Qué ha cambiado entonces?

—¿Mami?

Matilda me tira de la manga y yo levanto el brazo de manera automática y se lo paso alrededor de los hombros. Enseguida se acurruca, y su cercanía me resulta a un tiempo reconfortante y peligrosa, como si pudiera arrancarme otra capa de piel y dejar al descubierto a la Brianna que se esconde debajo. Cuando rememoro aquel horrible episodio, tendida en la cama del hospital, llorando la pérdida de mi primer bebé —mi único bebé, si soy despiadadamente sincera al respecto—, me pregunto cómo habría sido mi vida si no la hubiera perdido. Pero lo cierto es que nunca lo sabré.

—¡Mami! —repite Matilda.

—Dime.

—¿Al final Old Yeller muere? Porque Mason ha dicho que sí, pero yo no quiero que muera. Me encantan los perros.

Me vuelvo para mirar la vieja película que se proyecta sobre la pantalla de tela que tenemos delante, oigo el suave murmullo del proyector a mis espaldas, que despide gránulos de luz a través del aire oscuro. Normalmente vemos una película los sábados por la noche en la sala de estar, pero, en ausencia de Lori, algo que los niños perciben, sugerí que viéramos una esta noche también, y Michael se mostró encantado con la idea.

Salvo que aún no ha llegado —se habrá quedado trabajando hasta tarde, supongo—, de manera que el público adulto ha menguado de los cuatro habituales a solo dos: Cally y yo.

—Cariño, presta atención a la película y te prometo que te encantará —le digo—. Era la favorita de papá cuando era pequeño.

—¿De verdad? —A Matilda se le iluminan los ojos y me pregunto si mi segunda hija romperá algún día con la tradición y seguirá el camino de su hermano hacia el bando de Michael.

Sería devastador para mí, pero sobreviviría, estoy acostumbrada a que mi familia me decepcione. Si mis padres hubieran apoyado mi decisión de irme con Jonah a vivir a la hacienda, ¿las cosas habrían sido distintas? ¿O si mi madre me hubiera devuelto la llamada cuando empecé a notar que las cosas iban terriblemente mal? ¿O si me hubiera respondido después de escribirles de forma impulsiva aquella tarjeta y pedirle al cartero que la enviase a mi casa familiar? No sé si la tarjeta llegó, porque no tenía sello, pero siempre he pensado que sí. Que simplemente, para entonces, mis padres ya habían perdido el interés en mí.

Después de aquello, me prometí a mí misma que jamás volvería a pensar en mi familia. Pero cuando mi perfil de Truly Madison empezó a llamar la atención, me preocupó que pudieran reconocerme. Sabía que mi aspecto había cambiado por completo —es asombroso lo que se consigue con dinero, tiempo y ambición—, pero siempre cabía la posibilidad de que alguien de mi pasado comenzara a sospechar. De forma que fabriqué una tapadera para Brianna. Escribí a mis padres y les dije que había roto con Jonah y que me mudaba a Hawái con mi nuevo novio, a quien le encantaba el surf, dándoles más motivos para renegar de mí. A continuación abrí un perfil de Instagram para Brianna Nelson y aún hoy comparto fotos de surf de vez en cuando, aunque ningún miembro de mi familia me ha seguido jamás.

También bloqueé en mi cuenta de Truly Madison a cualquiera que hubiera tenido relación conmigo en Búfalo, a fin de poner más distancia. A lo largo de estos años, alguna vez me ha preocupado haberme hecho demasiado famosa, que alguien pudiera reconocerme por la tele o en alguna revista y echara por tierra mi coartada. Sin embargo, nadie me ha reconocido jamás. Podría ser por mi cabello más rubio, por mis labios más gruesos o por el carísimo maquillaje que siempre llevo en mis publicaciones. O tal vez se deba a que nadie se creería jamás que aquella adolescente ingenua pudiera llegar tan lejos. O quizá la respuesta sea más simple que todo eso. Me siento totalmente desligada de Brianna Nelson, así que tiene sentido que nadie más la reconozca en mí.

Matilda sigue acurrucada junto a mí, pero devuelve la atención a la pantalla. Se oye el disparo de una pistola y, por un momento, me pregunto si *Su más fiel amigo* será la película más apropiada para una niña de seis años o si su condición de wéstern clásico de los cincuenta le da más manga ancha de la que en realidad merece. Entonces me imagino la reacción de Michael si compartiera con él mis preocupaciones. Esbozo una sonrisa al pensarlo, una sonrisa provocada por el humor negro, y acepto que un perro muerto en una película constituye el menor de mis problemas.

Cuando yacía en aquella cama de hospital, no sabía cómo volvería a encarrilar mi vida. Mi plan, cuando le envié a Mary aquellas fotos, era convencerla para que me cediese parte de la generosa indemnización del seguro de su madre, consecuencia de la muerte del padre, lo suficiente para permitirme ser madre soltera sin necesidad de rogar ni tener que disculparme con nadie. Pero jamás llegué a tener ocasión de pedírselo. De pronto Jonah había muerto, a manos de la propia Mary, y yo necesitaba un nuevo plan.

Pero supe, con una claridad nacida de los veinte puntos que recorrían mi vientre y del panfleto sobre partos de fetos muertos que sostenía en la mano, que encontraría uno. Tenía que hacerlo. Y Mary debía desempeñar su papel.

Jamás volví a ver la hacienda. Cuando me dieron el alta en el hospital, martirizada aún por mi negativa a participar en el funeral de mi bebé, nos alejamos en el coche de Mary con el maletero lleno de mis cosas y su promesa de que todas las pertenencias de Jonah habían ardido en su bidón de gasolina. Pusimos rumbo al norte, porque no queríamos ir al este, y escogimos el oeste cuando nos topamos con una bifurcación en la carretera. Cuando Mary se cansó de conducir y nos quedamos sin combustible, encontramos un motel barato y aparcamos. El pueblo se llamaba Big Timber.

Resultó que Mary tenía algunos ahorros, de modo que permanecimos alojadas en ese motel durante dos semanas. Ella salía de excursión casi todos los días, mientras que yo pasaba mi tiempo absorta en el teléfono, sin tener que soportar el gesto ceñudo de desaprobación de Jonah. Cerré de inmediato mi cuenta de Tumblr —aquella Brianna Nelson vulnerable y dependiente ya no existía—, pero reavivé mi amor por Instagram, que en 2012 aún seguía siendo algo nuevo y emocionante. Aquellas mujeres egoístas que nunca respondían a mis mensajes —incluso @bettymaydickson, que se quedó embarazada en la misma época que yo— habían vuelto a convertirse en mi inspiración. En mis educadoras.

El Rancho March era muy conocido en Big Timber, de modo que no tardé mucho tiempo en averiguar quién era Michael March, que estaba soltero —tenía una exmujer en alguna parte, pero claramente no estaba nada orgulloso de aquello— y que era el único heredero de la fortuna de su padre. Me pareció motivo suficiente para quedarme.

Pasamos a llamarnos Madison y Lori y nos construimos un pasado. Éramos dos mujeres solteras del este de Wyoming, y nuestra amistad estaba forjada en nuestra común devoción por la iglesia. Alquilamos una casita de campo de dos dormitorios en la linde del pueblo, Mary consiguió trabajo como cocinera en la parrilla de la calle principal y yo encontré formas de toparme con Michael. Mary me prestó dinero para cuidar mi aspecto —ropa nueva, nuevo corte de pelo, visitas periódicas al salón de belleza— y para finales del verano de 2012 Michael y yo ya salíamos juntos. Nos casamos el marzo siguiente —fue Michael quien eligió el mes, por supuesto—, por fin pude tener mis propias fotos deslumbrantes que publicar en mis redes sociales.

Durante un tiempo, las cosas no podrían haber ido mejor. Había escogido a un hombre tan adinerado como masculino, un marido cuyo miedo a la biología femenina supone que siga sin tener ni idea de que no tengo ningún vínculo genético con nuestros hijos, y que ha estado demasiado obsesionado consigo mismo como para prestar atención a mi creciente popularidad como *influencer*.

Pero entonces me hice mayor y mi belleza se fue apagando. Empezaron las aventuras extramatrimoniales. Las desavenencias se convirtieron en broncas. La admiración dio paso a la rivalidad. Y ahora Lori ha sacudido los cimientos de esta vida que he construido. Lori, la mujer que mató a su propio hermano para salvarme, la que ha dedicado su vida a asegurarse de que la mía fuese un éxito, se ha vuelto en mi contra. Y en respuesta, yo la he atado a una silla y la he encerrado en un búnker sin ventanas.

Matilda suelta un grito y después se ríe. Yo resoplo mostrando mi desaprobación y retiro el brazo. Molly está acurrucada en un puf a poca distancia de nosotras, viendo la película con atención y preparándose para su trágico final. Mason está solo en el sofá pequeño, hecho un ovillo en un extremo, dejando libre un asiento y medio, un santuario para su padre ausente. Y Myron está sobre el regazo de Cally, dormido como un tronco.

Nuestra tutora, la traidora. Ella también contempla la pantalla, pero me doy cuenta de que no le interesa la película. Será demasiado antigua para ella, demasiado estadounidense. Aun así, me alegra que esté aquí. No sé si se creyó mi historia acerca del retiro de relajación de Lori, pero me gusta tenerla vigilada. Seguramente esté esperando a que llegue Michael, desesperada por recuperar su teléfono, y supongo que puedo empatizar con ella. Es una pena que vaya a llevarse un chasco.

De todos modos, ¿dónde se ha metido Michael? Son casi las nueve de la noche, Old Yeller está a punto de estirar la pata y hace horas que oscureció.

Pienso de inmediato en Lori, en los amarres con los que Michael la mantiene prisionera.

¿Sería capaz de hacerle daño mientras yo estoy aquí ocupada en otra cosa?

Capítulo 63

Cally

Esto es insoportable. Lori está ahí fuera, esposada y secuestrada por Michael. Seguramente en el búnker. Y yo también soy su prisionera, aunque de un modo distinto. Sin teléfono, sin dinero, sin aliados más allá de quizá dos de los niños. Me muevo bajo el peso de Myron. En otras circunstancias, quizá me gustara que me utilizara de colchón, pero ahora mismo estoy demasiado agobiada como para que me resulte divertido.

Consulto mi reloj. Michael suele estar presente las noches que hay película en familia, advirtiéndole a Mason que no ha de llorar en los momentos tristes, lanzando a Matilda por los aires para después regañarle porque no se calma cuando él decide que se acabó. Sé que se fue al rancho esta mañana porque Mason se llevó un par de azotes en la mano por suplicarle que lo llevara con él, aunque es imposible que siga allí. ¿Y si ya ha vuelto a casa, pero en lugar de reunirse con su familia para ver la película se ha ido directo a ver a Lori? ¿Y si está haciéndole algo terrible en estos momentos? Vuelvo a moverme.

No puedo quedarme aquí sentada sin hacer nada.

Rodeo a Myron con los brazos para mantenerlo pegado a mi pecho y me pongo en pie, dejando que sus piernas cuelguen a los lados. Sigo mirando la película, sin desviar los ojos hacia Madison, sigo la lógica infantil según la cual alguien a quien no veo tampoco puede verme a mí.

—Cally, ¿qué sucede? ¿Adónde vas?

Suspiro. Claro que Madison me está observando. Le dedico la sonrisa más tranquilizadora que logro esbozar.

—Creo que debería llevarme a Myron a la cama —susurro—. Está agotado, pobrecito.

Madison entorna los ojos y responde:

—Quizá debería llevarlo yo.

—No te preocupes, en serio. Matilda y tú estáis muy cómodas ahí —insisto—. No quiero molestaros. Me llevará solo un par de minutos.

—¿Vas a volver?

—Sí, claro —miento.

Madison asiente, o al menos eso creo. Es un movimiento sutil, pero lo interpreto como un permiso y me dirijo hacia la puerta.

Cuando he conseguido ponerle a Myron el pijama y asegurarme de que ha vuelto a quedarse dormido en su cama en forma de carro, bajo de puntillas las escaleras, tratando de no pensar en las consecuencias si Madison me descubre o, peor aún, si aparece Michael. Recuerdo, demasiado tarde, que el cuchillo que robé para protegerme sigue escondido debajo de mi almohada. Me detengo un instante y me planteo si debería ir a buscarlo, al tiempo que me pregunto qué me ha sucedido a lo largo de los últimos seis meses como para considerar que un cuchillo es un accesorio necesario en mi vida. Entonces me doy cuenta de que estoy siendo estúpida, otra vez. La cocina está llena de cuchillos. Puedo ir a buscar otro.

El corazón se me desboca al abrir la puerta de la cocina, pero la estancia se encuentra vacía, así que me acerco al bloque de los cuchillos y extraigo uno que utiliza Lori para trinchar la carne. Lo empuño como una guerrera, a la altura de la oreja, entonces caigo en la cuenta de lo ridícula que soy y me lo guardo con cautela debajo de los vaqueros, a la espalda. ¿Sería acaso capaz de utilizarlo llegado el caso? ¿De hundirlo en la carne humana y seguir ejerciendo presión? La idea me parece absurda, nauseabunda, aunque, si no me quedara otro remedio, tal vez podría hacerlo.

Salgo al recibidor, me pongo mi grueso abrigo de nieve y saco una linterna de la desgastada y elegante cómoda de cajones. Cojo también unos clips y un imperdible con la esperanza de que me sirvan para abrir el candado del búnker de Michael; si eso no funciona, lo golpearé con una piedra hasta que se rompa. En el cajón hay también dos juegos de llaves de coche, me los guardo en el bolsillo, por si acaso necesitamos un coche para huir. Sigo sin saber cómo voy a enfrentarme a Murphy si me marcho de aquí sin los cincuenta mil dólares, pero debe de haber otra forma de conseguir el dinero. Hay prestamistas que no se fijan en tu solvencia siempre y cuando les pagues unos intereses abusivos. Podría conseguir el dinero de esa forma y pluriemplearme para devolverlo. Demostrarles a todos, incluida a mí misma, de lo que soy capaz. Impulsada por un desconocido sentimiento de determinación, salgo de la casa.

El cielo está cubierto esta noche, una noche negra como boca de lobo. No es tarde, apenas son las nueve y media; aun así, me quedo paralizada. No quiero que Madison vea el haz de luz de la linterna desde alguna de las ventanas del piso de arriba, de modo que al principio me guío únicamente por el débil destello procedente de la casa. Anoche enseguida perdí de vista a Michael y a Lori, así que en teoría podría haberla metido en uno de los graneros, pero mi instinto me dice que se encuentra en el búnker.

Cuando llego al prado de Clarabelle, enciendo la linterna. Es un alivio contar con algo que ilumine mi camino, pero todo lo que escapa al haz de luz aparece sumido en la más absoluta oscuridad. Si alguien se me acercara por detrás, no tendría manera de saberlo hasta que me tuviera agarrada.

Me giro por instinto, pero no hay nadie. Aun así, sé que Michael está por ahí, en alguna parte. Lo noto.

Sigo andando. Paso de largo el gimnasio. Apunto con la linterna hacia los establos, por si acaso, aunque allí dentro solo veo a seis caballos medio dormidos que ni siquiera relinchan. En cambio, al pasar frente al siguiente granero, el hogar de invierno de Clarabelle, oigo algo. Me quedo petrificada.

No distingo las palabras, pero se trata de una voz de hombre, sin duda.

Apago la linterna y me agacho. Me late el corazón en los oídos con tal fuerza que siento como si llevara puesto el estetoscopio de mi madre. Solo vacilo un instante antes de sacar el cuchillo de los pantalones. Me tiemblan los brazos, pero empuño el mango con ambas manos. Me invade la sorpresa al darme cuenta de que estoy dispuesta a hacerlo. Si me atacan, sé que contraatacaré.

Solo espero, con todo mi corazón, no tener que llegar a eso.

Capítulo 64

Madison

@mamasanchez88 He visto el vídeo, y no es por el bebé.
#infiel #escoria #solidaridad #tradwifedesaparecida

Matilda está llorando. Mason está pegando a Molly porque lo ha acusado de llorar. Y, pese a lo que dijo, Cally no ha regresado después de haber acostado a Myron.

Pero lo que más me inquieta es que Michael no haya aparecido todavía. Aunque estoy segura de que tiene más que ver con el hambre que con las ganas de reunirse con su familia, Michael casi nunca llega tarde del trabajo. Y si se retrasa, me avisa; únicamente, repito, a fin de asegurarse de que haya alguien que le prepare la cena. Pero son casi las diez y sigue sin haber rastro de él.

Deslizo las yemas de los dedos sobre la suave superficie de cristal de la pantalla del móvil, más para calmarme que porque tenga intención de usarlo. Ya le he enviado dos mensajes y sé que le molestaría que insistiera una tercera vez, por muy alegre que fuese mi tono. Hay aplicaciones de rastreo, por supuesto, aunque Michael no solo me confiscaría el teléfono si descubriera una vinculada al suyo, sino que además lo rompería en pedazos.

Frunzo el ceño. Soy una mujer lista, pero ahora mismo me noto a la deriva. Es curioso, cuando tengo empleados cerca —Erica, Noah, Lori, Cally—, el liderazgo me sale de manera natural. En cambio, ahora que no están aquí, aguardando mis órdenes, de pronto me siento perdida.

Pero algo sí sé. Estoy demasiado distraída para meter a los niños en la cama.

—¿Quién quiere palomitas y ver otra película?

Hace un par de años aprendí a hacer palomitas, aunque por suerte no es difícil; solo necesito maíz, aceite y sal. Fue poco después de empezar con las noches de cine cuando se me ocurrió esa idea genial para mi *reel*. Molly diseñó bolsitas individuales de palomitas y Mason, que por entonces era tan mono como lo es Myron ahora, gritaba de emoción con cada explosión de maíz. A mis seguidores les encantó aquello. Hoy en día cuesta creer que ese estilo de vida familiar tradicional bastase para conseguir clics.

Mason alza la vista y levanta la mano estirando los dedos.

—¡Yo!

—Vale, pues deja de pegar a tu hermana. Y tú —agrego mirando a Matilda—, sécate esas lágrimas. ¿Trato hecho?

—Trato hecho, mami —dice Matilda reprimiendo un hipido.

—Molly, eres la encargada de elegir la película de la estantería. Y, Mason, no te acerques a la estantería especial de papá. Yo vuelvo enseguida.

Les dedico mi mejor sonrisa maternal y me voy abajo.

No sé por qué reparo en que falta un cuchillo del bloque. No es que conozca al dedillo cada detalle de mi cocina, aunque, con todo lo que está pasando ahora mismo, su ausencia me resulta inquietante. Miro en el lavavajillas, vacío. Inspecciono el cajón de los trastos. Miro incluso en los armarios. Pero no está por ningún lado.

Oigo un ruido fuera. Un aullido. Suena terrorífico, aunque los animales emiten sonidos así. Cuando se pelean, o se aparean, o a todas horas, como en el caso de los coyotes. Pero han ocurrido demasiadas cosas como para pasarlo por alto tan fácilmente. Un hombre ha intentado colarse en la propiedad en dos ocasiones. Rose me envió la nota que Lori quemó. Lori se marchó y me abandonó. Y ahora Michael ha desaparecido, como el cuchillo, y a Cally tampoco se la ve por ninguna parte.

¿Me atrevo a salir? ¿Voy a ver cómo está Lori? Por un momento me pregunto si el ruido lo habrá emitido ella al ponerse de parto. Pero el búnker está insonorizado, de manera que si es ella, significa que ha logrado escapar de alguna forma. O que Michael la ha dejado salir. O que Cally la ha encontrado. O Rose.

Tomo aliento y salgo al recibidor. Me pongo las botas de nieve, prescindo de mi impermeable de Woolrich en favor de una chaqueta más vieja —me da la impresión de que esta noche la cosa podría ponerse fea— y abro el cajón para coger una linterna.

Qué raro. Generalmente hay dos linternas aquí: la Surefire Turbo de Michael que nadie salvo él tiene permiso para usar y la Maglite que utilizamos los demás. Pero no está ninguna de las dos. Y creo que faltan algunas cosas más, pero no caigo en la cuenta de cuáles. ¿Será porque Lori lleva dos días fuera y ella es la única que vuelve a guardar las cosas en su sitio? ¿O habrá alguien utilizando las dos linternas ahora mismo? ¿Habrá dos personas ahí fuera, vagando en la oscuridad?

La idea me provoca náuseas. Pero esta es mi casa. No debería tener miedo. Compruebo la batería de mi teléfono —está al setenta y uno por ciento— y activo la linterna. A continuación abro la puerta trasera y salgo de casa.

Capítulo 65

Cally

Me alejo dando tumbos, escucho el movimiento de los caballos, que pisotean el suelo en sus cubículos percibiendo la inquietud. La linterna dibuja patrones erráticos sobre la nieve mientras trato de calmar el temblor de mis extremidades, poner distancia entre el granero y yo.

Estoy convencida de que Lori se encuentra en el búnker, así que solo tengo que llegar hasta allí y sacarla. Seguro que uno de los dos juegos de llaves es de uno de los coches del garaje. Luego podremos acudir a la policía, explicarlo todo.

Pero ¿y si no logro romper el candado? Debería haber traído un destornillador, o unos alicates, quizá una de esas pesadas herramientas que usa la policía para echar abajo las puertas, y no unos clips y un imperdible. ¿Por qué he sido tan estúpida? Me palpo el cuerpo. He perdido hasta el cuchillo.

Me detengo al doblar la esquina trasera del establo de Clarabelle. Hay un río de pisadas que serpentean sobre la nieve y esa imagen me anima a continuar. Empiezo a correr —quizá la adrenalina fuese el elemento que faltaba en mis anteriores sesiones de gimnasia— hasta que me detengo en seco junto a la pared de cemento y me quedo mirando el voluminoso candado cerrado en torno al cerrojo corredizo.

Aporreo la puerta.

—¡Lori! —grito—. ¡Soy yo, Cally!

Pego la oreja al firme panel metálico de la puerta, aunque solo alcanzo a oír el zumbido que provoca la sangre en mi propio cerebro. Es imposible que pueda oírme. Me doy cuenta enseguida de que el candado necesita un código y no una llave, de modo que mis insignificantes herramientas metálicas no servirán de nada. Enfoco la linterna hacia abajo y la muevo en torno a mí hasta localizar una piedra del tamaño de mi mano. La cojo y golpeo con ella el candado, con todas mis fuerzas, pero la cerradura no cede.

Dejo la piedra en el suelo y tiro del candado llevada por la frustración. Es una combinación de seis dígitos, lo que significa que hay un millón de posibilidades, y no tengo ni idea de por dónde empezar.

Cierro los ojos intentando concentrarme. ¿Qué secuencia numérica podría haber utilizado Michael?

Primero pruebo con la fecha de nacimiento de Mason, después con la de Myron —sé cómo clasifica Michael a sus hijos—, seguida de la de Molly y la de Matilda. Sin embargo, ninguna da resultado. Sé que Michael y Madison se casaron en marzo de 2013, así que pruebo con todas las fechas posibles de ese mes, pero el candado sigue sin abrirse.

Me doy la vuelta, me apoyo contra la puerta y trato de pensar en alguna idea brillante.

Mientras contemplo el cielo negro, rememoro mi primera conversación con Michael, cuando, para mi vergüenza, me sentí atraída por su amor hacia esta casa. Cinco generaciones habían vivido aquí, me dijo. La Hacienda March. El hogar que no abandonará aun cuando el mundo se vaya a la mierda. ¿Cuándo dijo que fue construida? ¿Podría ser ese el código? Cierro los ojos con fuerza. Me concentro. Mil ochocientos algo. Después de la Ley de Asentamientos Rurales. Vuelvo a abrirlos. ¿1870? Sí, eso es.

Me vuelvo de nuevo, giro cada una de las ruedecitas del candado hasta formar 0-3-1-8-7-0 y... clic. La cerradura se abre. Me quedo mirando con asombro el oscilante arco metálico. Jamás en mi vida había estado tan impresionada conmigo misma.

Salgo de mi asombro, deslizo el cerrojo y abro la puerta. Está todo a oscuras, así que ilumino el interior con la linterna. Lori está atada a una silla. Frunce el gesto por el brillo de la luz, así que enseguida la enfoco hacia el suelo.

—¡Lori! —grito lanzándome hacia ella.

—¿Cally? —susurra con la voz áspera y cansada—. Cally, ¿eres tú?

—Sí, soy yo. Dios mío, ¿qué te han hecho?

—Las manos. ¿Puedes desatarme las manos?

Rodeo la silla y deshago los nudos con una facilidad pasmosa. La cuerda cae al suelo y Lori suspira aliviada. La veo acariciarse el vientre, después se pone en pie lentamente. Bebe de una botella de agua que tiene al lado.

—Tengo que hacer pis.

—Sí, claro. Pero tenemos que irnos —le digo mientras entra tambaleándose en una de las habitaciones—. ¿Tienes aquí tu coche? —pregunto con un grito—. Da igual si no lo tienes. He sacado unas llaves del cajón. Podemos usar el coche que sea.

Lori reaparece, moviéndose con mucha más soltura de la que tendría yo si tuviera un bebé casi desarrollado en la tripa y llevara veinte horas atada a una silla.

—Más despacio, dame un segundo.

—Perdona —le digo—. Es que... este sitio parece sacado de *The Walking Dead.*

Lori me estrecha la mano y me la aprieta. La mujer que lleva todo el día encarcelada me está tranquilizando a mí.

—Me temo que no puedo irme, Cally. Todavía no. No puedo dejar a mis niños aquí solos. Mi trabajo es protegerlos y sé, con absoluta certeza, que jamás me lo perdonaría si no lo lograra.

—¡Pero tienes que hacerlo! —Suavizo entonces el tono, pues lo último que deseo es disgustar a este ángel con ropa premamá—: Además, ¿no te habías marchado ya?

—Tienes razón, me marché. Pero solo lo hice porque pensaba que era la única manera de salvarlos, también a Madison. Y tenía pensado regresar algún día, cuando me sintiera capaz. —Se mira las manos—. Pero ya es demasiado tarde.

—No lo comprendo.

—No, claro que no —responde con pesar—. Porque tu delito fue hacer pedazos unas chapas metálicas que solo sirven para impresionar a hombres con egos desmesurados. —Me mira entonces a los ojos—. Pero yo hice algo mucho peor, hace mucho tiempo, y desde entonces he estado pagando esa deuda. Por fin se me presentó la oportunidad de saldar cuentas de una vez por todas, pero Michael me encontró antes de que pudiera hacerlo. Así que ahora no me queda otro remedio que afrontar las consecuencias, igual que antes, y confiar en que esta vez pueda hacerlo mejor. Aunque eso no significa que tú debas quedarte. De hecho, creo que sería menos peligroso que te fueras.

Pienso en las llaves de coche que he robado. ¿Sería capaz de huir y dejar sola a Lori ante los peligros que acechan en la Hacienda March?

Antes de poder decidir nada, oigo un golpe. Me vuelvo hacia la puerta y ahogo un grito.

Capítulo 66

Madison

@jemimapuddlef_ck97 Si mi marido me engañase con otra, le cortaría la polla
#infiel #escoria #venganza #tradwifedesaparecida

Esto no tiene nada de divertido. ¿Por qué la oscuridad hace que todo parezca peor? Hasta los caballos se muestran alterados. Y el cielo está totalmente negro.

Me ciño la chaqueta y camino por detrás del gimnasio, la ruta más rápida hacia el búnker. En cambio esta zona resulta aún más terrorífica —está más alejada de la casa—, y siento que me tiemblan las rodillas. Pero ¿de verdad se debe a la oscuridad? ¿O es mi sexto sentido gritándome que corro peligro? El mismo peligro que presentí cuando vi a Mary y a Jonah a través de la ventana de la cocina de mi primera hacienda, justo antes de que él matara a Brianna. Porque la chica que yo era entonces murió aquella noche, de eso no hay duda.

Las lágrimas me anegan los ojos. Parpadeo para que se vayan —ahora soy Madison March, fuerte, despiadada, lo bastante lista para reinventarme por completo—, pero al mirarme las piernas veo que se niegan a moverse.

De hecho, voy a llamar a Michael. Debería estar aquí, ayudándome con este embrollo. Como se haya ido al bar con sus empleados del rancho y se haya perdido la noche de cine sin avisar, puede que explote. Coge aire tres veces —es importante no explotar antes de tiempo— y marco su número. Escucho la señal y voy enfadándome más y más con cada vibración. Entonces me doy cuenta de que ocurre algo extraño. Como si, de pronto, mi teléfono tuviera sonido envolvente.

Con un creciente sentimiento de inquietud, me aparto lentamente el teléfono de la oreja.

Pero sigo oyendo el tono.

—¡¿Michael?! —grito con el miedo fuera de control—. ¿Estás ahí?

Escudriño el negro vacío con la linterna del teléfono al tiempo que me pregunto por qué no alcanzo a ver los haces de luz de la Surefire de Michael. Pero no hay nada. El tono del teléfono cesa —ha saltado el buzón de voz—, así que vuelvo a llamar y empiezo a caminar en dirección al origen del sonido. Cuanto más me acerco, más convencida estoy de que Michael no lleva el teléfono encima, lo cual no tiene ningún sentido. No se preocupa tanto como yo por su teléfono, pero tiene unos bolsillos profundos y tampoco lo saca cada cinco segundos para consultarlo.

De pronto mi pie tropieza con algo. Pierdo el equilibrio y caigo hacia delante, dejando escapar el teléfono con la inercia. Caigo de bruces. Sin embargo, apenas percibo la nieve que me quema las mejillas, porque me sobrecoge demasiado aquello sobre lo que me he caído. Algo caliente y viscoso. Me aparto arrastrándome, cojo mi teléfono y enfoco la linterna hacia la horrible criatura con la que sea que acabo de toparme.

Y grito.

Y grito todavía más.

Michael. Cubierto de sangre. Charcos y manchas. Como Jonah tantos años atrás, pero peor, porque el cuerpo de Jonah estaba intacto —solo había recibido golpes en la cabeza—, mientras que Michael presenta puñaladas en el pecho, el hombro y el vientre.

Tengo que comprobar si respira. Aunque no puedo hacerlo. No puedo acercarme tanto a él; resulta todo demasiado espantoso. Hay mucha sangre, demasiada como para que siga con vida, no cabe duda. Sé que está muerto. Como lo estaba Jonah. Salvo que cuando este murió, yo estaba distraída por mi propio dolor. Ahora estoy plenamente alerta y la imagen del cuerpo masacrado de Michael se me antoja tan grotesca, tan descarnada y real, que quedará grabada en mi retina para siempre.

Dios mío, ¿por qué está volviendo a sucederme lo mismo?

Me viene a la mente una imagen: el cuchillo de trinchar que había desaparecido del bloque. Sabía que su ausencia implicaba algo malo. Pero ¿quién ha asestado las puñaladas?

¿Cally? No, no me creo que esa chica sea capaz de hacer algo tan primitivo. Si es vegetariana, por el amor de Dios.

¿Y Rose? Está lo bastante loca para hacerlo y no soporta a Michael. La puerta trasera no estaba cerrada con llave cuando he salido, de modo que podría haber entrado en la casa y robado el cuchillo. Las luces de seguridad de este lugar son antiguas, así que tal vez conozca el sistema de cuando vivía aquí y sepa cómo evitar que se activen.

Claro que hay otra persona que podría haberlo hecho también. La mujer que ayer mismo apuntó a Michael con una pistola, la que ya ha matado con anterioridad.

¿Acaso no cerré bien el candado cuando fui a verla antes? ¿Habrá encontrado Lori la manera de zafarse de los nudos con los que le até las manos después de permitirle ir al cuarto de baño? No creo que le costara mucho esfuerzo; solo acudí a las Girl Scouts durante un trimestre, hasta que salió una plaza en el equipo de animadoras.

Pero incluso si Lori ha matado a Michael, sigo teniendo que encontrarla, ahora aún más que antes. Es la única que puede ayudarme a sobrellevar este trauma. La vi matar a Jonah hace trece años y aquello me hizo estar más convencida, no menos, de que deseaba tenerla a mi lado.

Me detengo. ¿Lo habrá hecho por mí igual que hizo entonces con Jonah? Ella sabía que Michael amenazaba con poner fin a nuestro matrimonio, que me había exigido dejar de hacer lo único que disfruto. Y sabe lo mucho que Truly Madison significa para mí.

¿Habrá estado de mi lado todo este tiempo?

¿Se escapó acaso porque sabía que Michael la seguiría?

No podremos ocultar el cuerpo de Michael como hicimos con el de Jonah —ahora soy demasiado famosa para hacer algo así—, aunque siempre hay formas de tergiversar el relato si vives en un lugar remoto como este y tienes dinero de sobra. Durante años, he compartido mi vida con millones de seguidores, pero solo les muestro lo que deseo que vean. Y esta historia puedo controlarla también. No podemos dejar ningún cabo suelto, lo que implica matar a Cally. Es una lástima —no se lo merece tanto como Jonah o Michael—, pero tampoco tiene nada especial. No es más que otra mujer joven que se cree que ha nacido con derechos, que no está dispuesta a ganárselos. En Boston hay muchas como ella y apenas la echarán de menos.

Tengo que encontrar a Lori. Hablar con ella. Y el primer lugar donde buscarla es el búnker. Cojo la Surefire de Michael, froto la sangre de la falda —este vestido ya no hay forma de salvarlo— y apunto con la linterna hacia la colina que se eleva a lo lejos.

Capítulo 67

Cally

Hay una figura en el umbral. No es más que una silueta en la sombra, pero mi instinto me dice que estoy en peligro. Dejo caer la linterna, retrocedo y estoy a punto de perder el equilibrio, pero Lori me sujeta justo a tiempo. Nos quedamos pegadas la una a la otra, como sacos de arena frente a una tormenta, y vemos entrar a un hombre que empuña un cuchillo de caza de treinta centímetros de largo.

—Jonah —dice Lori alzando las manos—. Te lo puedo explicar.

¿Jonah? ¿Quién es Jonah? ¿Y de qué lo conoce Lori? El hombre va tocado con un voluminoso sombrero calado hasta la frente y en la penumbra cuesta distinguir sus rasgos. Pero sus ojos azules brillan lo bastante para resaltar.

—Teníamos un trato —gruñe y nos mira alternativamente antes de clavar su mirada en Lori.

—Ya lo sé, y te estuve esperando en la granja de Harry Fisher tal como acordamos. Pero el marido de Brianna me encontró antes de que llegaras y me trajo de vuelta aquí.

¿Quién es Brianna? Un momento, ¿el marido de Brianna? ¿Michael? ¿Estuvo casado antes? ¿O será bígamo? ¿Eso es legal en Montana? Siento que me va a dar un cortocircuito cerebral.

—Pues te alegrará saber que no volverá a molestarnos. —Jonah se adentra en la estancia—. Ese cabrón se cree que puede apuntarme a la cara con una pistola y llamarme cobarde sin que haya consecuencias. Para atraerlo, me ha bastado con tirar unas pocas piedras contra su preciada camioneta. Ha salido corriendo detrás de mí, maldiciendo, pensando que quien llevaba las riendas era él. Eso demuestra lo estúpido que era. —Blande el cuchillo frente a él y observo que la hoja no brilla como debería. Está apagada y sucia. Como si acabaran de usarla.

Lori y yo nos apartamos de él como si fuéramos un solo ser.

—Me iré contigo —anuncia Lori—. Nadie más tiene por qué resultar herido.

—¿Cómo? —le digo—. ¡No puedes irte con él!

—No pasa nada, Cally. —Lori traga saliva; aun así, se le quiebra la voz—: Jonah es mi hermano.

Abro los ojos como platos. Miro al uno y a la otra.

—¿Tu hermano? —pregunto—. ¿Y por qué te amenaza con un cuchillo?

De pronto, Jonah se gira, se abalanza sobre mí y presiona la punta del cuchillo contra mi cuello.

—Porque me asesinó —gruñe.

Yo digo que sí con la cabeza, como si esa afirmación ilógica tuviera todo el sentido del mundo, pues salta a la vista que este hombre está loco. Mi reacción debe de apaciguarlo hasta cierto punto, porque aparta el cuchillo, aunque solo unos centímetros.

—¿Y tú quién eres?

Por un segundo me pregunto si al decírselo estaría incumpliendo mi acuerdo de confidencialidad, entonces decido que seguir con vida es más importante que una posible bancarrota.

—Cally —susurro—. La tutora de los niños.

—¿Te cae bien tu jefa?

Miro el cuchillo y me pregunto cuál será la mejor respuesta.

—Contesta.

—Pues… no está mal —murmuro, y se me ocurre una idea para abandonar este terreno tan pantanoso—. Y los niños son guapísimos.

Sin embargo, su expresión deja de ser hostil para convertirse en una mueca de pura furia.

—Ah, sí, la puta familia monísima de Madison. ¡Mientras que mi bebé murió!

—¿Qué dices? —le grita Lori incrédula—. ¿Cómo puedes decir eso cuando fuiste tú quien la mató?

—¿Como tú me mataste a mí, o casi? Me dejaste inconsciente y me diste por muerto. Cuando regresaste a la mañana siguiente, pensé que te había entrado cargo de conciencia, que venías a ayudarme. Pero no, me arrastraste hasta el bosque cuando no podía hablar ni moverme y me dejaste a merced de los animales, como si fuera basura.

—¡Pensé que estabas muerto! —exclama Lori—. Tenías la cabeza cubierta de sangre. ¡No te movías!

—¿Y crees que eso lo arregla todo? —gruñe Jonah—. Habría muerto si Jackson no me hubiera encontrado cuando salió de caza. Te diré una cosa, ese hombre es un héroe. No dio por hecho que estuviera muerto. Lo comprobó, me encontró el pulso y después me llevó a su cabaña. Por aquel entonces, llevaba tres décadas valiéndose por sí mismo, que Dios lo tenga en su gloria, y me curó mejor de lo que podría haberlo hecho cualquier médico. Para él, yo era un desconocido; aun así, invirtió más de un mes en mi recuperación y no me pidió nada a cambio. Mientras que mi propia hermana…

—Y ahora quieres vengarte —lo interrumpe Lori, luego cierra los ojos.

No quiero creer a este hombre que empuña un cuchillo, aunque Lori tampoco lo niega y supongo que cuadra con lo que acaba de decirme, que hizo algo terrible. Pero ¿un intento de homicidio? ¿Dejar a su propio hermano muerto en mitad del bosque? Pensaba que era asombrosa, una superheroína, pero no sería la primera vez que me falla el instinto.

—Pasé seis semanas en la cabaña de Jackson —continúa Jonah—. Regresé a la hacienda cuando pude, pero todas mis cosas habían desaparecido. Quemadas, supongo, en mi bidón de gasolina. Imagino que fue cosa tuya. Me desahuciaste además de intentar matarme. Sin trabajo, sin dinero. Con el rostro desfigurado. Lo único que no encontraste fue este cuchillo. Supongo que no es de extrañar que acabara en la trena.

—Escúchame, puedo conseguir el dinero —dice Lori—. Déjame marchar ahora y mañana me reuniré contigo.

—No, Mary. —Jonah sacude la cabeza—. Tuviste tu oportunidad de salvar a Brianna. Y la desperdiciaste.

Capítulo 68

Lori

Nochevieja

Vuelvo a mirar por el espejo retrovisor. Pero esta noche, por supuesto, Madison no me sigue, como hizo hace cuatro días. Ni siquiera sabe que he salido de casa, y además está muy ocupada con la cena de Nochevieja. Nancy, la mujer de Nathan, no está al corriente de la gestación subrogada —hasta Nathan admite que es demasiado cotilla como para confiarle algo así de importante—, de modo que me han dicho que no aparezca.

Lo cual me viene de maravilla. Sabiendo que el alcohol correrá sin restricciones, me ha brindado la oportunidad perfecta para reunirme con Jonah sin que nadie se dé cuenta, así que, después de asegurarme de que los niños estaban profundamente dormidos, me escabullí.

Porque, tras leer la tarjeta que Jonah le envió a Madison, tenía que verlo.

Aparco a una manzana de distancia del bar y voy caminando hasta allí. Son las diez y media y el establecimiento está abarrotado, lo que resulta a un tiempo inquietante y tranquilizador. No estoy acostumbrada a las multitudes, en especial a tantos hombres borrachos juntos, al menos nadie reparará en una mujer gorda de pelo canoso. Me acerco a la barra y pido un Jack Daniel's con hielo. No voy a bebérmelo, pero es la mejor forma de encajar aquí esta noche. He ocultado mi tripa nuevamente bajo la vieja parka de Michael, aunque ya no se trata de proteger el secreto de Madison. Lo que no quiero es que Jonah esté al tanto de mi vulnerabilidad.

En Nochebuena, cuando se activaron las luces de seguridad, me limité a seguir a Michael hasta la verja perimetral para asegurarme de que no hiciera ninguna estupidez, o al menos nada que pudiera generar una respuesta negativa para Madison en sus redes sociales. Sin embargo, cuando encontramos al intruso, su rostro estaba iluminado bajo la luz brillante, como un ángel caído, y lo reconocí al momento.

Jonah.

Aunque estaba convencida de que mi hermano había muerto, y pese a llevar la cara medio tapada por un gorro de trampero, supe que era él. También él me reconoció. Quizá ya supiera que vivía con Brianna, o mejor dicho con Madison, pero no lo creo, pues pareció demasiado sorprendido de verme. Su titubeo fue también su perdición, ya que Michael consiguió cargar su rifle y apuntarle con él antes de que pudiera reaccionar.

Yo estaba aturdida cuando regresé a la casa, pero confiaba en que la cosa acabara ahí. En que, por una vez, Michael hubiera hecho algo verdaderamente útil por Madison y por mí, aunque ni siquiera lo supiera.

Sin embargo, mi optimismo se apagó a la mañana siguiente, cuando Noah me entregó una tarjeta dirigida a Madison. La había encontrado en el buzón al llegar y me pidió que se la entregara. Pero la dirección garabateada de mala manera me pareció demasiada casualidad y la caligrafía me resultó familiar. Jonah debía de haber ido a meter la nota en el buzón cuando se activaron las luces de seguridad.

Me fui a mi habitación y la abrí.

Madison March. Menuda reinvención, Bri. Hasta te has buscado a un vaquero armado que me eche a patadas del pueblo.

Seguro que pensabas que había funcionado, ¿a que sí? Que no volvería.

Bloqueaste a Brianna Wyoming en Instagram y pensaste que tus problemas desaparecerían.

Pero ¿qué hay de mis problemas? Dolores de cabeza. Pesadillas. Depresión.

Diez años en una prisión federal simplemente por no dejarme pisotear.

Eso es lo que pasa cuando te dan por muerto.

Me lo debes, Bri. Y es Navidad, así que me parecía un buen momento para hacerme un regalo. Quiero medio millón de dólares. Eso es calderilla para ti y tu maridito, ¿a que sí?

Desbloquéame en Instagram y espera mi mensaje. Si no lo haces, le diré quién eres en realidad.

Escondí la carta debajo de mi almohada y la eché al fuego en cuanto tuve oportunidad. Muy fugazmente me planteé la posibilidad de contárselo a Madison, de preguntarle si podía conseguir el dinero. Pero sabía que era imposible, ¿qué sentido tenía? Puede que Madison gane una fortuna, pero no tiene acceso a su dinero. Va todo para la cuenta de Michael —un pequeño precio a pagar a cambio del fastuoso estilo de vida que este le proporciona, según ella—, ¿cómo iba a explicarle que necesitaba medio millón de dólares para pagar el chantaje de un exnovio al que creía que su empleada doméstica había matado?

Sin embargo, es más que eso. Jonah murió hace trece años; lo maté para salvar a Brianna, y eso le brindó la oportunidad de convertirse en Madison March. Salvo que Jonah no murió. Lo que significa que el error fue mío. Así que soy yo quien debe enmendarlo.

Aunque primero tenía que encontrarlo. La única pista de que disponía la obtuve cuando Madison le preguntó a Bill acerca del intruso cuando este fue visto por primera vez en la finca. Antes de saber que se trataba de Jonah. Bill nos contó que lo habían visto con Rose en el bar en un par de ocasiones. De manera que me inventé una excusa para ir al pueblo en cuanto pudiera después de Navidad —mi fingida infección dental— y fui a buscarla.

Conociendo la reputación de Rose, estaba nerviosa, pero resultó que no daba tanto miedo ni estaba tan loca como dice la gente. Se mostraba inquieta, sí, y desconfiada, pero me pareció más vulnerable que peligrosa. No sabía dónde vivía Jonah, o quizá no quiso decírmelo, pero cuando le pregunté si podía asegurarse de que Jonah estuviera en el bar en Nochevieja, me dijo que sí, siempre y cuando cargara cincuenta dólares en su cuenta del bar.

No obstante, Jonah no está aquí. Y Rose está rodeada por un grupo de hombres demasiado intimidatorios como para interrumpirlos. Doy un pequeño sorbo a mi copa y espero.

La medianoche llega y se va, y ya estoy a punto de rendirme y marcharme cuando lo veo. Él mira hacia Rose, después camina furtivamente hacia uno de los reservados del fondo y se deja caer en uno de los asientos. Pocos segundos más tarde, Rose deja una botella de cerveza sobre su mesa y se aleja sin hablar. Salta a la vista que Jonah desea pasar desapercibido. Lo veo dar un largo trago, después se vuelve para mirarme desde el otro extremo del local. En mi cabeza se dispara una alarma. ¡Sal corriendo! En cambio, la ignoro y me acerco. No me siento a la mesa —me parecería ir demasiado lejos—, pero me obligo a mirarlo a los ojos.

—Hola, Jonah —susurro.

—Mary —responde. Parece calmado, pero los músculos del cuello le tiemblan por la tensión—. Cuando Rose me dijo que había una mujer que andaba buscándome, albergaba la esperanza de que fuese Brianna, aunque habría apostado mi dinero a que serías tú. Has venido otra vez a salvarle el culo a esa zorra holgazana, ¿no es así?

—No quiero problemas.

—¿Partirme la cabeza y darme por muerto no te parecen suficientes problemas?

—Pensé que ibas a matarla —le digo—. Tenía que protegerla.

Jonah suelta una carcajada y sacude la cabeza.

—Si apenas la toqué. Solo quería enseñarle la lección para que no volviera a mentir.

—¿En serio? ¿Y cómo es que perdió al bebé? ¿Y por qué los médicos tuvieron que extirparle el útero?

—No me vengas con patrañas —gruñe—. Tiene montones de hijos. Los he visto en Instagram. Tan monos que me dan ganas de retorcerles el pescuezo.

No son más que palabras, pero me provocan un miedo primitivo. Ver a mis hijos amenazados por el hombre al que yo misma ayudé a criar. ¿Cómo ha podido convertirse en este ser humano tan repulsivo? ¿Y cómo no fui capaz de educar a un hombre decente? Quizá estuviese corrupto desde el principio. Una manzana en mal estado que se va pudriendo desde el interior.

—No son… —Me llevo la mano a la tripa—. Son de Michael, pero no de ella.

—No te creo.

—Es la verdad.

—Dice la asesina a sangre fría.

Mi respiración se agita, una mezcla de miedo y frustración. Si no lo hubiera tapado con aquella manta, ¿se habría muerto de frío? ¿Acaso esos pocos grados de temperatura marcaron la diferencia entre la vida y la muerte?

Desde aquella noche, he aprendido mucho acerca de la resiliencia. Esta vez debo hacerlo bien. Hago una pausa, tomo aliento y digo:

—Puedo conseguirte el dinero.

—¿Medio millón?

—Como dijiste.

—¿Cuándo?

No quiero que Madison, y menos aún los niños, sepan nada de esto, de modo que necesito algo de tiempo para planificarlo. Para despedirme por si acaso no puedo volver a casa. Pero también sé que no puedo hacerle esperar demasiado.

—Madison necesitará una semana para reunir esa cantidad —elijo responder al fin.

Jonah se inclina sobre la mesa.

—¿Ves a ese tipo borracho de ahí? —Señala con la cabeza una densa multitud de personas. Sigo el curso de su mirada y ahogo un grito. Es Michael, que rodea a una chica con el brazo mientras con la otra mano sostiene una botella de cerveza. ¿Qué hace aquí?—. Supongo que eso significa que no sabías que iba a venir —dice Jonah con una sonrisa que me recuerda a un cocodrilo—. Pues ese cabrón me hizo sentir como si volviera a estar en la cárcel, alardeando con su enorme pistola, tratándome como si fuera un vulgar y patético acosador. Así que, curiosamente, ahora mismo no me queda mucha paciencia.

Tengo que largarme de aquí, asegurarme de que Michael no me

vea y de que Jonah no anuncie mi presencia. Pero también necesito marcharme sabiendo que he llegado a un acuerdo.

—Tu cumpleaños es el 6 de enero —le digo—. ¿Medio millón de dólares no serían el regalo perfecto? Dime dónde vernos y te prometo que allí estaré.

—Esa fecha no es solo la de mi cumpleaños —señala Jonah, y se pasa la palma de la mano por la parte frontal de su sombrero—. Y supongo que la cosa tiene algo de poético. —Me agarra la mano y tira de ella hasta el asiento del reservado.

Siento el metal frío, su cuchillo de caza, y deseo que Michael se lo hubiera arrebatado cuando tuvo la oportunidad. Entonces Jonah se saca un bolígrafo del bolsillo de la chaqueta y garabatea unas palabras en mi brazo, una dirección.

—Reúnete conmigo en esta granja el 6 de enero, hay algunos edificios anexos situados a unos tres kilómetros de la casa principal. Allí estaré, a media tarde. A las tres en punto. Si no apareces con todo el dinero, iré en busca de Madison March y de su puñetera familia perfecta.

Me marcho del bar sin mediar palabra, pero pensando en mis niños y en lo que tendré que hacer para protegerlos. Solo espero que Dios me perdone. Una vez más.

Capítulo 69

Cally

Jonah se lanza contra Lori. Entonces yo me lanzo contra él en respuesta, empujando con el hombro. Si consigo golpearle con la fuerza suficiente, quizá se le caiga el cuchillo. No es un mostrenco de hombre como Michael, aunque sí es alto, y yo soy una mujer con una talla treinta y seis que nunca va al gimnasio.

Mi hombro impacta contra el suyo. Noto el dolor que me sube por el cuello. Se tambalea ligeramente, da un paso atrás, después se estabiliza, tiene el cuchillo aún agarrado con firmeza. Me quedo inmóvil. Ya se me han acabado las ideas y lo único que he conseguido es convertirme otra vez en su objetivo y hacerle perder, quizá, un máximo de tres segundos. Buen trabajo, Cally.

Sin embargo, Lori emplea esos tres segundos en asestarle un fuerte rodillazo en la entrepierna. Jonah no suelta el cuchillo, pero sí se dobla hacia delante y deja escapar un alarido de dolor. Miro a mi alrededor en busca de un arma. La hostia, si tienen una pared entera llena. Una ballesta y muchas pistolas. Pero ni siquiera Michael puede ser tan imprudente como para dejarlas a la vista estando cargadas. Bueno, quizá sí lo sea, pero yo no tengo ni idea de cómo usarlas. Distingo una botella de cristal en la estantería —de esas que se utilizan para servir el agua en las cenas elegantes—, algo más acorde a mi nivel. La cojo y se la estampo a Jonah en la nuca mientras continúa doblado de dolor.

El cristal no se rompe, aunque se oye un sólido golpe seco. Se le cae el sombrero; veo un irregular cuadrado de puntadas rojas cosidas al forro interior. Suelta un grito y se endereza. En sus arrebatadores ojos azules brillan chispas de rabia, pero ya no constituyen su principal rasgo característico. Tiene la cabeza destrozada, deformada, y una red de cicatrices amoratadas en la frente. Me quedo mirando, aturdida. ¿Eso se lo hizo Lori? Lo veo levantar el cuchillo.

Justo en el último momento, me doy cuenta de que estoy a punto de morir, me impulso hacia delante y cargo contra él. Mi hombro impacta con su pecho y lo veo trastabillar, sin aire esta vez. Estira el brazo para recuperar el equilibrio, se aferra a un trípode —joder, Madison los pone en todas partes—, entonces se da cuenta de que no es lo suficientemente robusto para sostenerlo y me lo lanza. Subo las manos para protegerme la cara, siento el cristal frío del teléfono que lleva instalado encima cuando me golpea. Le doy un manotazo, consigo volver a poner el trípode en pie y quitármelo de en medio, pero ya he perdido la ventaja. Jonah ha encontrado la mesa, mucho más robusta, y se apoya en ella.

Noto que tensa los músculos, que su cuerpo gana la batalla contra la fuerza de la gravedad. Intento retroceder, aunque mis pies no cooperan y resbalo. Agito los brazos en el aire como un molino para mantenerme erguida; sin embargo, no funciona y caigo de espaldas. Totalmente vulnerable.

Voy a morir. Hoy, a los veinticuatro años. Antes de haber tenido la oportunidad de lograr nada. Quien escriba mi panegírico tendrá que fingir que mi diminuta participación en el musical del colegio significó algo. Murphy no conseguirá su dinero. ¿Y Luke? ¿Qué pasará con él?

Oigo el borboteo de un líquido que vuela por el aire. Me salpica en el brazo y siento que empieza a quemarme la piel. Entonces Jonah deja escapar un grito y por fin, por fin, suelta el cuchillo. Se lleva las manos a la cara mientras ese horrendo ruido sigue manando de su boca.

—Vamos —me dice Lori—. Tenemos que irnos.

—¿Qué era eso? —pregunto con los ojos muy abiertos.

—Lejía. La he encontrado en la caja etiquetada como «Productos de limpieza» y he pensado que esa es mi mejor arma. —Me guiña un ojo, con el sonido de fondo de los constantes gritos de Jonah, y me coge la mano. Dios mío, retiro todo lo malo que acabo de pensar, esta mujer es oficialmente asombrosa—. Pero creo que el bebé está en camino —añade—, así que deberíamos volver a la casa.

La cabeza me da vueltas. Un asesino que regresa de entre los muertos y que ahora se retuerce entre gritos de dolor. Un bebé al que le faltaban cinco semanas para nacer de repente viene de camino. ¿Puede acaso esta noche volverse más terrorífica?

—¿Y qué pasa con él? —pregunto.

—De momento, lo dejaremos aquí encerrado. Ya lo decidiremos más adelante, cuando no esté teniendo contracciones cada cinco minutos.

Me parece una buena sugerencia.

Cierro de golpe la puerta a nuestras espaldas, coloco de nuevo el candado, giro las ruedecitas y guío a Lori de vuelta a la casa todo lo rápido que le permite su intenso dolor.

Capítulo 70

Madison

@tradlife.bestlife Recuerda tus votos, Madison. En lo bueno y en lo malo.
#segundasoportunidades #elmatrimonioesparasiempre
#MichaelyMadison #tradwifedesaparecida

Enfoco con la linterna de Michael el candado del búnker y veo que está cerrado. Intento entender qué significa eso. Lori sigue dentro. No es ella quien ha matado a Michael.

Me paro a pensar qué me hace sentir eso.

Me había convencido a mí misma de que había sido ella y de que lo había hecho por mí. Había estado pensando en cómo afrontaríamos juntas las consecuencias y tergiversaríamos el relato a fin de que Lori evitara la cárcel y mi marca se hiciera más relevante aún. Aunque si Lori sigue encerrada en el búnker, significa que a Michael lo ha atacado otra persona. Y significa también que estoy en peligro.

Me giro, apoyo la espalda contra la sólida puerta del búnker y enfoco con la linterna la noche negra. Nunca he soportado este búnker, pero ahora mismo querría encontrarme dentro, con Lori y con provisiones, y con una pared llena de armas.

Me coloco la linterna debajo de la axila y empleo ambas manos para agarrar el candado. Hago girar las seis ruedas hasta componer la combinación correcta y la cerradura se abre. Con dedos temblorosos, levanto el arco metálico, deslizo el cerrojo y tiro de la puerta para abrirla.

Del interior escapa un grito atormentado. Como el de un animal salvaje aquejado de un intenso dolor.

Se me dispara de nuevo la adrenalina. Retrocedo unos pasos, con el corazón desbocado, y entonces me doy cuenta. ¡El bebé! Lori debe de haberse puesto de parto. ¿Tendré que asistirla? ¿Se le habrá ocurrido a Michael aprovisionar el búnker con guantes de látex? Gracias a Dios, hoy no me he puesto mi nuevo vestido de Dôen.

Tomo aire para tranquilizarme y entro.

Sin embargo, no es Lori quien está hecha un ovillo en el suelo retorciéndose de dolor. Es un hombre. Casi se me para el corazón con la sorpresa.

Le apunto con la linterna. Tiene los ojos cerrados, la cara hinchada y enrojecida, con la piel llena de manchas.

Pero se parece a… No, no puede ser. Está muerto. Lori lo mató hace trece años.

¿O no?

Pienso en los mensajes de Brianna Wyoming. Si soy sincera conmigo misma, es posible que siempre tuviera la impresión de que había algo raro en ellos. Pero Jonah estaba muerto y nadie más sabía lo que había hecho Lori, de modo que me resultó fácil desterrar esos miedos. Sin embargo, si la mente no me está jugando una mala pasada, Jonah sigue vivo. Y fingir ser Brianna constituiría una forma perfecta de volverme loca. Él no soportaba que me pasara el día mirando el móvil; quizá porque se dio cuenta de que llegué a querer más a ese chisme que a él. Verme llevar la vida que soñamos juntos, y con diez millones de seguidores adorándome por ello, debe de haber sido para él una tortura.

Entonces caigo en la cuenta. Fue Jonah quien vino a la hacienda, a quien Bill ahuyentó aquella primera vez, y después Michael en Nochebuena. ¿La nota también sería suya?

Lo miro con más atención. Jonah abre los ojos.

Lo que fuera que le hizo Lori a su hermano hace trece años no fue suficiente para matarlo. Porque aquí está. Tirado en el suelo del búnker de Michael. Junto al cuchillo de caza que, aún hoy, veo a veces en mis sueños. Tiene la cara cubierta de ampollas.

—Bri —susurra con la voz ahogada por el dolor—. La cara. Tráeme agua.

Veo el contenedor de veinte litros que hay pegado a la pared en la zona de la cocina. Me recuerda a cuando tenía que sacar agua del pozo en la casa de Wyoming. Jonah me decía que siempre le tocaba hacerlo a él, pero en realidad no tenía ni idea de la cantidad de veces que había que llenarlo cuando él no estaba. Despreciaba todo lo que yo hacía, me acusaba a todas horas de ser una vaga, por mucho que me esforzara. Y no tardaba en escaquearse en cuanto se le presentaba la oportunidad. Me prometió muchas cosas. Y cuando se dio cuenta de lo poco que tenía para ofrecerme, recurrió a los puños.

—¿Te duele la cara? —le pregunto con la esperanza de que diga que sí.

No sé qué ha ocurrido aquí, pero me lo puedo imaginar. Lori siempre ha apostado por la lejía para acabar con las manchas difíciles.

La fiel y laboriosa Lori. Siempre dispuesta a mancharse las manos.

¿Habré vuelto a subestimarla?

«Y después cometí otro».

Cuando Lori me dijo que había cometido otro error, pensé que se refería a que se arrepentía de haber matado a Jonah. Pero no era eso. La tarjeta que echó al fuego, la visita secreta al bar, su decisión de huir. Debió de descubrir que Jonah seguía con vida. ¿Habrá venido aquí en busca de venganza? ¿Acaso huyó Lori de casa solo para protegerme? ¿Ha estado de mi lado desde el principio?

—Me está matando —responde con la voz entrecortada—. Y va a peor. Necesito agua.

Recuerdo lo desconcertada que me quedé cuando Jonah me pegó. Yo era una cría inocente y confiada de dieciocho años. Y aquel desconcierto enseguida se convirtió en miedo. Un miedo justificado, como se demostró más adelante, cuando con sus patadas acabó con mi oportunidad de ser madre en el sentido más estricto. Provocándome un dolor indescriptible.

Cojo una pistola de las muchas que Michael tiene allí expuestas. Jonah repta por el suelo tratando de escapar.

Ha matado a mi marido. Me será fácil convencer a la gente de que lo mío fue en defensa propia. A la policía, sí, pero sobre todo, y lo más importante, a mis seguidoras.

Esto va más allá de la venganza. Podría beneficiar enormemente mi marca. Me convertiré en una heroína. La auténtica mujer estadounidense que defendió su hogar, a sus hijos, y se enfrentó a un intruso violento.

Una amplia sonrisa se dibuja en mi rostro cuando apunto a Jonah con la pistola y aprieto el gatillo.

Cinco disparos. Cinco balas. Y quizá incluso cinco millones de nuevos seguidores para @_TrulyMadison_.

Capítulo 71

Las seguidoras de Madison

Jenna se deja caer en el sofá, se cubre las piernas con la manta y muerde una untuosa *cookie* de *chips* de chocolate. Qué rica. La Navidad ha sido agotadora. El Año Nuevo ha sido decepcionante. Pero esto —estar de vuelta en su apartamento, sin nadie que repare en su sujetador tirado en el suelo, ni ponga en tela de juicio las cosas que decide comer a altas horas de la noche— le resulta exquisito.

Jenna abre Instagram y mira sus historias. Va pasando cada vez más rápido de una a otra. Demasiados amigos molestos con vidas emocionantes que seguramente no lo sean en absoluto, aunque nadie tiene por qué saberlo. Pero… un momento. Deja caer la galleta a medio comer sobre el cojín del sofá y se endereza. @_TrulyMadison_ está haciendo un directo en Instagram. ¡Eso nunca sucede!

Lisa sabe que debería poner su teléfono en modo suspensión y apagar la lamparita de noche, que irse a la cama temprano porque siente que empieza a dolerle la cabeza no implica pasarse horas mirando Instagram, que tenerlo en silencio es mejor para ella. Pero es demasiado adictivo.

@_TrulyMadison_ está emitiendo en directo, pero no ha ocurrido nada. Al menos no desde que ella se conectó. Pero el fondo difiere mucho de su estética habitual. Lejos quedan los atardeceres de Montana y los niños monos preparando galletas. Está todo oscuro, sucio, como si fuera el sótano de un *thriller* distópico. Lisa espera que vaya a aparecer de pronto una criada vestida de rojo o que salga un zombi de una de esas cajas etiquetadas que hay a un lado. Un momento, ¿ahí pone «Munición»?

Taylor saca su teléfono. ¿Podría ir peor esta cita? Una gran parte de ella desea escapar ahora, mientras él está en el cuarto de baño —por tercera vez; seguro que está metiéndose cocaína—, pero no puede hacerlo. Culpa de ello a sus padres, y a su iglesia, por convertirla en una chica extraordinariamente buena.

Entra en Instagram. Pasa de largo unas cuantas publicaciones. Dios, ¿por qué sigue a tantos famosos? ¿Cómo va a sentirse así mejor por estar a punto de cumplir treinta años, tener un trabajo que detesta, no parar de engordar y seguir soltera? Prueba con las historias. Pero es más de lo mismo. Hasta que…

Ay, madre, @_TrulyMadison_ está haciendo un directo en Instagram. Así les callará la boca a todos esos troles del #tradwifedesaparecida.

Pero qué mal aspecto tiene. Y se la ve muy delgada. ¿No estaba embarazada? ¿Habrá tenido el bebé durante las Navidades? ¿Y con quién está hablando?

Taylor nota una sombra que pasa junto a ella. Su cita ha vuelto. Maldita sea. Deja el teléfono, maldice de nuevo la catequesis y sonríe mientras él se sienta enfrente y arruga la nariz.

Alice DeMille tiene ganas de arrancarse la cara. Este nuevo *peeling* facial le produce mucho picor. Aunque no piensa mencionarlo en su *reel*, por supuesto, porque su agente le negoció veinte mil dólares para que dijera solo cosas buenas acerca del producto. En especial ahora que esa zorra de Madison March le ha puesto tan difícil ganar dinero con su papel de *tradwife*.

Alice revisa Instagram. Anda, qué casualidad, Madison March está haciendo un directo. Es muy valiente por su parte, o muy estúpido; con suerte será lo segundo. En cualquier caso, merece la pena echarle un vistazo.

Santa madre de Dios. Alice parpadea; ese es el único movimiento facial que le permite hacer ese *peeling* tan duro como una piedra.

¿Madison acaba de disparar a un hombre tirado en el suelo? No puede ser verdad. ¿Será alguna colaboración extraña con una marca? ¿O un anuncio para una película? ¿Cuánto le pagarán por ello?

¿Y no se supone que estaba embarazada de ocho meses?

Alice escucha los disparos. Cinco en total. Gritos después de los dos primeros, pero nada tras los tres últimos. De hecho, es bastante asqueroso. Sabía que Madison era una zorra, pero no era consciente de hasta qué punto estaría dispuesta a rebajarse con tal de cobrar un cheque. Quizá, pensándolo mejor, no sea muy buena idea hacer ese reportaje con ella la semana que viene en KULR-TV.

La inspectora Scarlett Finn, de la oficina del *sheriff* del condado de Sweet Grass, terminó su turno hace media hora, pero todavía no ha salido de la comisaría. ¿Qué prisa tiene, si ya no hay nadie en casa esperándola? Sus dos hijos se han ido a la universidad y William la dejó hace diez años. La noche es fría y oscura. Amenaza nieve.

Se arrellana en el asiento y saca su teléfono personal. Le encanta su trabajo, pero a veces le preocupa que eso sea lo único que tiene. No, la cuestión va más allá. Le preocupa ser solo eso: su trabajo. Se pregunta si William habría ido tirándose a otras si ella se hubiera quedado en casa cuidando de sus hijos. Horneando galletas y poniéndose lencería sexi en lugar de pasarse horas y horas trabajando vestida con un traje de pantalón marrón muy poco favorecedor.

Como Madison March. Esa hermosa mujer cuyos valores no podrían estar más alejados de los de Scarlett, pero a la que no puede dejar de seguir. Anda, mira tú por dónde. La reina de las *tradwives* está haciendo un directo.

Scarlett se inclina hacia delante. No puede creerse lo que está viendo. Pero sabe perfectamente lo que está viendo; es inspectora desde hace dieciocho años, de modo que es capaz de reconocer un homicidio cuando tiene lugar delante de sus narices. Deja caer el móvil, aprieta la mandíbula y agarra su radio de policía.

Capítulo 72

Cally

Llegamos a la puerta de atrás. Lori respira con dificultad y la luz del recibidor me permite ver que está blanca como un fantasma. Sobrevivir al ataque de Jonah me ha producido semejante subidón de endorfinas que me he creído invencible cuando corríamos de vuelta hacia la casa. Sin embargo, una vez aquí, soy consciente de la realidad. Lori está a punto de tener un bebé que se ha adelantado cinco semanas y yo voy a tener que darle a Madison la noticia de que su marido ha muerto y de que su asesino está encerrado en el búnker de Michael.

—¿Cómo quieres hacerlo? —pregunto—. Cuando salí de casa, Madison estaba viendo una película arriba con los tres mayores. Pero eso fue hace… —Consulto mi reloj. ¿Solo he estado fuera cincuenta minutos? Me parece que ha transcurrido una eternidad—. En realidad no hace tanto.

—No puedo ver a Madison, todavía no. Ahora no —responde Lori sacudiendo la cabeza. Después crispa el rostro por el dolor, se dobla sobre su vientre y se lo agarra como si fuese a dejar caer el bebé allí mismo, en el escalón.

La sostengo, trato de disimular el pánico que se me ha agarrado al pecho.

—Lori, tenemos que llamar a emergencias. Pedir una ambulancia.

—No puedes…

—Sé que no es lo ideal, con todo lo que ha sucedido esta noche, pero no podemos hacerlo nosotras solas. ¿Y si hay complicaciones? El bebé podría morir. Dios, tú misma podrías morir. ¡Por una vez, debes priorizarte, Lori!

—No. Me refiero a que no puedes porque ninguna de las dos tiene teléfono.

Mierda. Lleva razón. ¿Cómo puedo vivir en casa de una de las *influencers* más importantes del mundo y no tener acceso a un teléfono?

—Voy a tener que decírselo a Madison para que llame ella.

Lori parece asustada, pero no me discute.

—Vale, pero date prisa —me dice encaminando sus pasos hacia el salón—. Porque el bebé no espera.

Subo los escalones de dos en dos. Una fría pátina de sudor me cubre la frente. Me lanzo hacia la puerta de la sala de estar, pero me detengo un instante antes de abrir y me tomo unos segundos para recomponerme. No quiero asustar a los niños.

Esbozo una sonrisa y abro la puerta.

—Hola, señorita Cally —dice Molly—. ¿Ha traído palomitas?

—¿Palomitas? —repito súbitamente pasmada por la calma que se respira en la habitación.

Matilda duerme como un tronco en el sofá, Molly se halla recostada en el puf y Mason está sentado, erguido como un soldado, en el otro sofá. En la pantalla de tela, Lassie corre con determinación.

—Mami dijo que iba a traernos palomitas, pero eso fue hace siglos.

—¿Por qué tienes la ropa manchada de sangre? —pregunta Mason.

Miro hacia abajo. Lleva razón, hay una mancha de sangre sobre la pechera de mi sudadera blanca con capucha de los Red Sox de Boston. Debe de ser de Jonah. Joder, podría incluso ser la sangre del padre de estos niños.

—Lori va a tener el bebé —anuncio. Mierda. ¿Qué espero que hagan al respecto unos niños de ocho y diez años?

—¿Lori ha vuelto? —pregunta Molly con los ojos como platos y una amplia sonrisa en la cara.

—¿Lo sabe papá? —pregunta Mason—. Porque normalmente, cuando Lori tiene los bebés de mamá, viene la señorita Kate. Pero no la he visto.

—No, el bebé se ha adelantado un poco —explico—. Pero voy a pedir una ambulancia para que no haya de qué preocuparse. Solo tengo que encontrar a vuestra madre para poder usar su teléfono.

Pero Mason ha dejado de escucharme. Pasa corriendo frente a mí y baja a toda prisa las escaleras. Dios, ¿qué he hecho? Corro tras él, seguida de Molly.

Por suerte, Mason corre en dirección contraria al salón, hacia la cocina. Le pido a Molly que vaya con él para mantenerlos a ambos lejos de Lori, y vuelvo corriendo con ella con la esperanza de que las palomitas y las sobras del pastel de cerezas basten para distraer a los niños. Sigo sin tener un teléfono, pero Lori me ha dicho que no me ausentase demasiado tiempo, así que debo ir a ver cómo se encuentra.

Oigo los gritos antes de llegar a la puerta y al ver a Lori lo confirmo. El bebé no piensa esperar a que llegue una ambulancia.

—Señorita Cally.

Me doy la vuelta. Mason lleva una pila de toallas limpias y Molly sujeta una palangana con agua caliente.

—Esto es lo que hace siempre la señorita Kate —me explica el niño—. Y ahora iré a llamar a emergencias desde uno de los teléfonos que mamá guarda en el cajón de su dormitorio.

—¿En serio? —pregunto aceptando las toallas y el agua—. Qué bien. Pero ¿sus teléfonos no estarán protegidos con contraseña?

—Para llamadas de emergencia no hace falta saberse la contraseña. ¿No lo sabías?

Mierda, es verdad. ¿Por qué todos parecen mucho más espabilados que yo durante una crisis?

—¡Cally! —grita Lori desde el interior del salón—. ¡Te necesito! Dios mío.

—Gracias, Mason —digo—. Lori te va a querer para siempre.

El niño sonríe radiante, después sale corriendo. Yo me giro y voy quitándome la sudadera sucia mientras avanzo.

Capítulo 73

Madison

@jenna.cookiequeen ¿Qué demonios acabo de ver?

Enciendo la bombilla que cuelga del techo y tiro de la puerta hacia mí, no para cerrarla del todo, no quiero quedarme encerrada aquí, sino para concederme algo de privacidad mientras decido qué hacer, cómo montar la escena a la perfección para que encaje con mi relato de la defensa propia.

Contemplo el cuerpo de Jonah bajo el brillo tenue de la bombilla. Ahora que lo pienso, tal vez no debería haberle disparado cinco veces. Quizá a la gente le parezca exagerado. A lo mejor si coloco su cuerpo en una posición más amenazante y le pongo el cuchillo en la mano... Sí, eso es lo que debería hacer.

Aunque está sangrando mucho, de modo que debo tener cuidado. No pasa nada por tener el vestido manchado con la sangre de Michael, es normal que una esposa angustiada se arrodille junto a su verdadero amor, resulta casi esencial. Pero con la sangre de Jonah no. Que él fue mi verdadero amor será un secreto que me llevaré a la tumba, lo juro.

Con cierta reticencia —porque me siento vulnerable quedándome en ropa interior aquí dentro—, me quito el abrigo y el vestido y lo dejo todo bien doblado en la estantería más alejada de la escena del crimen. A continuación, paso por encima del cuerpo de Jonah y rebusco en la caja de productos de limpieza. Resulta que sí que había guantes de látex. Me los pongo y me vuelvo de nuevo hacia el cuerpo.

Pero entonces algo llama mi atención.

El teléfono que Michael instaló en el trípode está situado de espaldas a mí. Bajo la escasa luz de la bombilla, distingo un brillo a su alrededor, como si la pantalla estuviera encendida al otro lado. Pero ¿por qué iba a estarlo? Un escalofrío me recorre el torso casi desnudo. Cuando vine aquí en noviembre con Michael, recuerdo que hablé con él acerca del teléfono. Me invadió una mezcla de gratitud por que hubiera pensado en mis necesidades y también de cierta incomodidad al ver que había invadido mi privacidad al instalar en él mi cuenta de Instagram sin que yo lo supiera.

Recuerdo que abrí la aplicación y vi allí todas mis notificaciones, sin que al hacerlo me solicitara la contraseña. Cuando vine antes a ver a Lori, no recuerdo haberme fijado en el teléfono ni en el trípode, pero tenía otras cosas en la cabeza.

Un momento. ¿Dónde está Lori?

Me ha desconcertado tanto la reaparición de Jonah que no me he parado a pensar en que Lori no está aquí. Pero la última vez que la vi se encontraba atada a una silla. ¿Dónde se ha metido? Vuelvo a mirar el teléfono instalado sobre el trípode.

El mal presentimiento resulta tan intenso que apenas logro alzar el brazo. Pero lo consigo. El teléfono está firmemente anclado al trípode, así que giro todo el conjunto hacia mí y me fijo uno a uno en todos los detalles. La cámara está encendida. Hay símbolos en el lado derecho de la pantalla. Hay un texto superpuesto a la imagen.

«¡¡El primer directo de Madison!! ¡Aurora boreal en Montana!».

Santa madre de Dios.

Mi gran idea.

Grabarnos cuando Michael estuviera acurrucado con los niños durante la noche de cine extra de esta semana.

Empiezo a hiperventilar. No atino a darle al botón. Me tiembla demasiado. Deslizo el dedo, me equivoco, vuelvo a intentarlo. Por fin, gracias a Dios. La grabación en directo se detiene.

¿Deseas guardar tu vídeo?

No, no, no, no, no. Pulso para desecharlo.

Pero ¿qué he hecho? ¿Y en qué momento habrá empezado a grabar el móvil? Trato de recordar a qué hora lo programé —mi primer directo en Instagram—, pero tengo la mente en blanco.

Por favor, Dios, que no haya sido antes de disparar a Jonah. Él, indefenso y consumido por el dolor; yo impasible sobre él; los cinco disparos a quemarropa.

Cuando Bill empezó a hablar de la aurora boreal en Nochevieja y comentó que había una prevista para verse sobre Montana la noche del 7 de enero, supe que sería una oportunidad asombrosa para generar contenido. Pero no del mismo modo en que lo harían todos los demás. Místicos tonos verdosos y rosados en sus historias, qué aburrido. *Reels* con la banda sonora de *La guerra de las galaxias* o de *Stranger Things*, qué horror, qué falta de imaginación. Sin embargo, hacer que mis seguidores vieran el espectacular cielo nocturno en tiempo real, para que sintieran que estaban compartiéndolo conmigo, estando todos nosotros acurrucados bajo las mantas de lana blanco crudo de Montana, constituiría la forma perfecta de debutar en los directos de Instagram.

Pero con la fuga de Lori y la desaparición de Michael, además de que el cielo está tan cubierto de nubes que nadie alcanzaría a ver ninguna luz, me olvidé por completo del asunto. ¿La función se habrá activado sola? ¿Y por qué ha empezado a grabar en esta cámara?

Saco mi propio teléfono del bolsillo. La notificación está ahí, pidiéndome que dé comienzo a la sesión programada. Eso significa que haría falta un solo toque con el dedo para comenzar a transmitir en directo. ¿Acaso Lori habrá visto la oportunidad y no ha dudado en aprovecharla, agotada finalmente su lealtad después de verse encerrada aquí dentro durante horas? ¿O se habrá producido quizá de forma accidental durante su forcejeo con Jonah, tras el que este ha acabado con lejía en la cara?

¿Cabe la posibilidad de que haya sido obra de Cally? Alguien debe de haber ayudado a Lori a escapar. ¿Será una adversaria mucho más competente de lo que aparentaba?

Tengo otra notificación en mi teléfono. «Tu directo en Instagram se ha realizado con éxito. Revisa tu actividad». Me noto la frente perlada de sudor. Se me entrecorta la respiración. Muy despacio, invadida por una asfixiante sensación de fatalidad, abro la página. Un millón cuatrocientos mil seguidores han visto mi directo.

Un millón cuatrocientos mil testigos me han visto disparar a Jonah.

Durante un instante fugaz e irracional, la asombrosa cifra me produce cierta alegría. Después se me nubla la vista. Me brotan las lágrimas y caen en goterones sobre la pantalla de mi móvil.

Oigo las sirenas a lo lejos. Suenan cada vez más cerca.

Rebusco entonces en la caja con la etiqueta de «Madison». Si me van a detener por asesinato, por lo menos quiero llevar puesto un vestido limpio.

Capítulo 74

Lori

Dieciocho meses más tarde

—¡Ya está aquí! —grita Mason, que entra corriendo en la cocina desde el recibidor.

Sonrío.

—Bueno, ¿y a qué esperas? Ve a saludar. ¡Y llévate a los demás! —agrego cuando sale corriendo por el pasillo hacia la entrada, a punto de tropezar con una de las Crocs de Matilda.

No soy tan ordenada como antes, al fin y al cabo, soy madre soltera de cinco niños, ¿de dónde voy a sacar el tiempo?, aunque aquí a nadie le importa mucho eso ya. Siempre pensé que me gustaba ayudar a la gente, aun cuando no lo merecieran, aunque últimamente me he dado cuenta de que solo lo hacía para no sentirme culpable. Tras haber invertido algo de tiempo en averiguar qué es lo que de verdad deseo, resulta que soy más una vaquera que una limpiadora.

Mientras los otros tres niños bajan corriendo las escaleras, me inclino sobre el parque infantil y cojo en brazos a mi hija. Aun hoy, cada vez que la toco me da un vuelco el corazón. El primer bebé que pude reclamar como propio desde el mismo momento en que nació. Michelle. El nombre fue una sugerencia de Molly, y Mason estuvo de acuerdo. Fue más tarde, ya en el hospital, cuando Cally mencionó quién podría haber servido de inspiración a Molly, una auténtica primera dama, y sigo sin saber si Mason estaba o no al corriente de ello. Pero espero que sí.

Salgo al recibidor de la entrada principal y sonrío a nuestra visita.

—Madre mía, casi se me había olvidado que aquí el clima también puede ser caluroso —dice Cally dejando caer su bolsa de viaje con un golpe seco antes de secarse el sudor de la frente—. Pero supongo que por eso la gente escoge casarse en julio.

La acerco a mí para darle un abrazo.

—Sí, y no en marzo. Me alegra mucho que hayas podido venir.

Cally sonríe, da un paso atrás y le estrecha la regordeta mano a Michelle.

—No me lo perdería por nada del mundo. Y esta pequeñaja ha crecido mucho desde la última vez que la vi.

—¡Claro que sí, señorita Cally, qué tonta! —grita Matilda—. Hace siglos de eso. Michelle ya camina. ¡Enséñaselo, mami!

—¿Mami? —murmura Cally mientras dejo a Michelle sobre el suelo de madera—. Seguro que te encanta.

No digo nada —por si acaso se me saltan las lágrimas—, pero me invade el orgullo cuando Michelle da unos pocos pasos torpones hacia sus hermanas. Molly la observa con atención, las manos estiradas, preparada para atrapar a su hermana pequeña si se cae; después la levanta en brazos.

Me vuelvo hacia Cally y digo:

—Bueno, la cena de ensayo de la boda es esta noche, pero ¿hay algo en particular que te gustaría hacer antes?

—No. Soy toda tuya.

—Genial. Entonces vamos a montar a caballo.

—Ay, Dios.

Los niños prorrumpen en carcajadas, después cogen a Cally de la mano y tiran de ella a través de la casa. Cinco minutos más tarde, ya tenemos puesta la ropa de montar y caminamos hacia los establos. Ninguna menciona el búnker que se adivina a lo lejos, medio escondido. Salvo para pintar la puerta de un relajante blanco crudo, no he vuelto a pasar por allí desde que la oficina del *sheriff* concluyó sus investigaciones. No hay necesidad. El apocalipsis vino y se fue, y nosotras sobrevivimos.

—¿Puedo llevar a Michelle conmigo? —pregunta Mason.

Al girarme para responderle, veo las cejas enarcadas de Cally y siento en la tripa un cosquilleo de orgullo. Borrarle a Mason la nociva influencia de su padre es una tarea en curso —en especial cuando hay tanto en juego—, pero creo que estoy haciendo un buen trabajo. Y calculo que me quedan otros once años hasta que empiece a importar de verdad.

—Sí, vale. Su sillita de montar puede acoplarse a la tuya. Pero ten cuidado.

—Pues claro —responde el niño chasqueando la lengua.

Molly escoge a Apricot, un caballo de naturaleza serena, para Cally —después de vetar la sugerencia de Mason, que entre risitas había propuesto que montara a nuestro nuevo potro, Pedro, lo que demuestra que el niño sigue siendo una tarea pendiente— y el resto montamos en nuestros propios caballos. Pasamos frente al prado de Clarabelle y entonces los niños se alejan a medio galope, dejándonos a Cally y a mí solas.

—Sigo sin poder creerme que Bill vaya a casarse —empieza diciendo Cally—. Me refiero a que, si alguien merece un final feliz, es él, pero me lo imaginaba como el eterno soltero.

—Creo que a Bill le gustaba Rose desde hacía mucho tiempo, pero no podía hacer nada al respecto mientras trabajaba para Michael.

—Otra persona a la que le ha mejorado la vida al no tener a ese hombre cerca —murmura Cally.

—A Rose también —respondo con una sonrisa—. Al final resultó que la gota que colmó el vaso en su matrimonio con Michael fue cuando él le pegó, la misma noche en que su padre tuvo su primer ataque al corazón. Pero ella no lo abandonó. Michael la culpó de haberlo provocado y después la echó. Para entonces, la había despojado también de su autoestima, de modo que Rose no llegó muy lejos. El alcohol fue para ella un mecanismo de afrontamiento, y pensaba que esa sería su vida para siempre. Pero cuando Michael murió, cambiaron las cosas. El final de un libro, lo llamó Rose. El caso es que, tras unas semanas sobria, le di un trabajo en el rancho; se adaptó bien y ahora se desenvuelve como pez en el agua.

—Qué bien. Si antes ya me alegraba de que Michael no estuviera, ahora me alegro más —murmura Cally. Cabalgamos en silencio durante un rato, hasta que ella retoma la conversación—. Me alegra que dirijas tú el rancho. Eres la vaquera que siempre quisiste ser.

—Y debo darle las gracias a Madeline, la hermana de Michael, porque me ayudó con todo el papeleo. Es una buena mujer. No entiendo cómo puede estar emparentada con el resto de la familia, pero me alegra que así sea.

—Bueno —dice Cally con una sonrisa—, sin duda te lo mereces.

—No me sorprendió que Michael se lo hubiera dejado todo a Mason. Aunque cuando leí el testamento y vi que Nathan era el administrador… —dejo la frase inacabada.

—Sí, resultó de gran ayuda que no llegara a la lectura del testamento, ¿no te parece?

Para mi vergüenza, se me escapa una risita.

—Creo que el asesinato de Michael y la condena de Madison fueron demasiado para él. Eso y los años que se pasó desayunando beicon y cenando filetes casi a diario. Me sorprende que no le diera antes el derrame.

—Fue un alivio que el tribunal te designara a ti como administradora y tutora de Mason y no al hermano de Michael. Aunque espero que al niño no se le suba a la cabeza lo de ser el rey del rancho.

—Todavía no se lo he dicho —admito—. Esa fue mi primera decisión como su tutora legal. Confío en que, para cuando cumpla la mayoría de edad, quiera compartir su herencia con sus hermanos.

—¿Y tu segunda decisión fue concederme la bonificación aun sin haber cumplido el año? —pregunta Cally con cierta timidez—. Muchas gracias, por cierto.

—Solo siento no haber podido hacértelo llegar antes. Pero parece que conseguiste quitarte de encima al tal Murphy.

—Bueno, Madeline me ayudó también a mí. Cuando me dijo que el acuerdo de confidencialidad que había firmado tenía más agujeros que el pan de masa madre de Madison, acepté conceder las entrevistas a esas revistas. Es asombrosa la cantidad de dinero que estaban dispuestas a pagar por tener la exclusiva sobre Madison March. Gracias también por darme tu aprobación con eso. ¿Sigues convencida de no querer contar tu versión de la historia?

—¿Yo? Convencidísima. Creo que está bien que la gente vea el caos que hay detrás de las cámaras, pero, de ahora en adelante, esta familia seguirá sin meterse en redes sociales. ¿Y en qué te estás gastando el dinero que te envié?

Cally parece algo avergonzada.

—De hecho, he reservado un viaje a Asia; Tailandia, Vietnam y la India. Voy a montar en elefante, son más lentos que los caballos, ¿verdad?, y comeré comida callejera y haré surf con los delfines. Y cuando regrese, conseguiré un trabajo en condiciones. Sin duda, al cien por cien. Pero la vida es muy corta, ¿no?

Me río a carcajadas y me alegra oír el eco de mi voz en las montañas.

—Puede serlo, sí. Supongo que depende del contexto. También puede ser larga.

Cally se queda callada unos instantes e imagino que estará pensando en lo mismo que yo. La detención de Madison por homicidio en segundo grado acaparó titulares durante meses en todos los medios de comunicación. Que ella misma se declarase culpable fue algo que nos libró a todos —pero sobre todo a ella— de un juicio y de las incómodas preguntas que sin duda este suscitaría. Y su condena de diez años de prisión, la más baja que a un juez se le permite dictar en el estado de Montana, demuestra que Madison no ha perdido su toque.

—¿Has sabido algo de Madison? —pregunta Cally al fin.

—Todavía no.

—¿Así que esperas que se ponga en contacto?

Miro a los niños a lo lejos. Molly va delante, guiando a los demás. Matilda va abrazada a su caballo. Myron solo tiene cinco años y ya parece que ha nacido para esto. Y Mason con una mano en las riendas y la otra protegiendo a su hermana pequeña. Durante años, creyeron que la vida giraba en torno a una cámara, a la estética; pensaban que las chicas y los chicos eran enemigos, se acostumbraron a los castigos corporales. Por suerte, han olvidado ya aquella época oscura. Hay gente a la que se le da bien resurgir de sus cenizas.

—Bueno, ya conoces a Madison March —digo al fin—. La reina de las *tradwives* no se quedará callada para siempre.

Epílogo

Madison

Saco la lima de uñas de debajo de mi almohada. No espero que me dejen salir todavía; para eso está mi nueva abogada de oficio, Hannah Smith, para organizar mi apelación y también para lograr que siga siendo relevante en el mundo libre. Pero estar encerrada en la cárcel de mujeres de Montana no debería significar rebajar mis estándares.

Justo cuando empiezo a limarme el índice izquierdo, oigo un suave y tímido golpecito en la puerta de mi celda. Alzo la vista, irritada ya. Nuestras puertas permanecen abiertas cuando no están cerradas con llave, así que llamar constituye un ejercicio absurdo. Aunque en realidad es lo que estaba esperando, así que dibujo una sonrisa.

—¿Sí? —respondo con tranquilidad.

La cárcel es muy distinta a Instagram en lo relativo a la influencia que ejerces sobre la gente. Aquí, menos es más. Y tampoco puedes confiar en los filtros.

—Lo tengo —dice la mujer en voz baja.

Lara. Dieciocho meses por robar pañales y crema para pezones. En cierto sentido, me recuerda a Brianna, menos guapa pero igualmente desesperada; en ocasiones me pregunto cómo habría sido mi vida si me hubieran detenido por robar Twinkies entonces. Aunque supongo que lo importante es que no me pillaron. Siempre he sido más lista que todos los que me rodeaban. Incluso provoqué mi propia ruina de un modo retorcido.

—Pasa entonces.

Lara mira una vez más hacia el pasillo, después entra en mi celda y empuja la puerta con el pie hasta dejarla medio cerrada. ¿Puede resultar más sospechosa?

—Deprisa —le digo con un gesto para que se acerque.

Se mete la mano por debajo de los pantalones —gracias a Dios que le pedí a Hannah que me trajera toallitas antisépticas la última vez que vino a verme— y me entrega mi premio. De pronto, los gérmenes y el vello púbico dejan de importarme. Es un teléfono. Un *smartphone*. Mi salvavidas.

—Hay datos en la tarjeta SIM —explica Lara—. Pero no muchos. Mi hermana dice que las redes sociales los consumirán muy rápido. Lo siento.

—No te disculpes, Lara, lo has hecho bien.

Se encoge de hombros.

—Antes te veía a todas horas en Instagram y en TikTok. No puedo creerme que esa tal Erica cerrara todas tus cuentas como si estuvieras muerta o algo así.

—Bueno, entre tú y yo, esos canales han muerto para mí. Solo necesito el teléfono para llamar a la gente.

—¿Para llamar? —Lara parece decepcionada. Seguramente esperaba aparecer en mis nuevas publicaciones; #tradtrena quizá.

—¿Me guardas un secreto, Lara? —pregunto.

Al verla abrir los ojos como platos, le dedico una sonrisa cómplice.

—Construir mi marca en Instagram y en TikTok fue divertido mientras duró, pero ahora he de mirar hacia delante. Hacia nuevos horizontes.

—¿Y eso?

—Netflix —le digo con un guiño—. ¿Por qué iba a molestarme en crear mi propio contenido cuando un productor cinematográfico de los gordos me ha ofrecido un millón de dólares para hacerlo por mí?

Agradecimientos

Llegué un poco tarde al fenómeno #tradwife, pero cuando lo hice, me cautivó. De modo que, en primer lugar, quiero dar las gracias a todas esas amas de casa tradicionales que me han entretenido durante horas, sobre todo en Instagram. Si vuestra comida está tan rica como parece, tengo la agenda siempre libre.

El estilo de vida *tradwife* ha generado mucho debate en Estados Unidos y otras partes del mundo. Al escribir *El secreto de la esposa perfecta*, no era mi intención juzgar las decisiones de la gente, tan solo explorar los temas asociados a dicho movimiento; y, por supuesto, escribir una historia apasionante y llena de giros para entretener a mis lectores. Confío en haberlo logrado.

Este libro trata sobre el contenido de internet, así que quizá no resulte sorprendente que me documentara principalmente *online*. Quiero dar las gracias a las docenas de *vloggers* y *bloggers* que compartieron sus estilos de vida y sus vacaciones en Montana y Wyoming a través de YouTube y de diferentes blogs. Las vívidas imágenes que creasteis me brindaron los detalles necesarios para dar vida al entorno y a los personajes.

El secreto de la esposa perfecta aborda algunos temas delicados, y espero haberlos tratado con el respeto —y el horror— que merecen. La violencia doméstica y la violencia contra las mujeres y niñas sigue siendo una realidad para gran parte de la población mundial. Existen muchas organizaciones que luchan por esta causa, aunque el desafío es inmenso y los avances, inconsistentes. Confío en que, juntas, podamos inculcar a nuestros hijos, a nuestros hombres, a nuestras comunidades y a nuestros legisladores que la violencia jamás es aceptable y que las mujeres tienen voluntad igual que los hombres.

Gracias a todo el equipo de HQ que ha defendido este libro con gran entusiasmo. Gracias a Francesca von Krauland por sus innovadoras ideas para el manuscrito y a mi asombrosa editora, Cicely Aspinall. Trabajar contigo en este libro ha sido una auténtica delicia —¡aun con esos plazos de entrega!— y te agradezco mucho tus aportaciones en cada paso del proceso.

No podría hacer este trabajo sin el apoyo de mis compañeros escritores, así que gracias a todos por responder a mis wasaps o por quedar conmigo para tomar un café. Y gracias a mi amplia red de amigos y familiares, que me han concedido el tiempo y el espacio necesarios para escribir este libro. Una mención especial a mi madre, por escuchar mis miedos sobre los plazos de entrega; a mi padre, por ser siempre mi primer lector; y a Hannah, por ser mi más ferviente admiradora.

Y, por último, gracias a mi familia. Chris, Scarlett y Finn. Vosotros me permitís relativizarlo todo.